rowohlt
POLARIS

RENÉE ROSEN

EIN LEBEN FÜR *Barbie*

Sie erfand eine Puppe.
Sie wurde zur Legende.

ROMAN

Aus dem Englischen
von Angela Koonen

ROWOHLT POLARIS

Die englische Originalausgabe erschien 2025
unter dem Titel «Let's Call Her Barbie» bei Berkley, New York.

Deutsche Erstausgabe
Veröffentlicht im Rowohlt Taschenbuch Verlag,
Kirchenallee 19, 20099 Hamburg, März 2025

Covergestaltung bürosüd, München
Coverabbildung www.buerosued.de
Satz aus der Garamond Premier Pro
bei Pinkuin Satz und Datentechnik, Berlin
Druck und Bindung GGP Media GmbH, Pößneck
ISBN 978-3-499-01660-8

Kontaktadresse nach EU-Produktsicherheitsverordnung:
produktsicherheit@rowohlt.de

FSC www.fsc.org MIX Papier | Fördert gute Waldnutzung FSC® C014496

Für die Barbie-Liebhaber weltweit.
Auf dass sie uns und kommende Generationen
stärkt und inspiriert.

Erster Teil

KLEINER DENKEN

Meine Quellen sagen Nein

1956

Ruth Handler hört die Melodie eines Kinderlieds, als sie die Tür zum Konferenzraum öffnet. Es ist der erste Tag nach ihrem Urlaub, und sie spürt den Jetlag, weigert sich aber, deswegen schlappzumachen. Zu aufgeregt, um während des Fluges zu schlafen, funktioniert sie jetzt nur mittels Kaffee, Zigaretten und Adrenalin. Sie hat die gut dreißig Zentimeter lange Schachtel bei sich, die während der Rückreise von der Schweiz nach Los Angeles auf ihrem Schoß lag, und kann es kaum erwarten, den Inhalt zu präsentieren. Ihr Bauchgefühl sagt ihr, dass sie auf etwas Großes gestoßen ist, doch sie ahnt nicht, dass sie die Büchse der Pandora in den Händen hält.

Elliot, ihr Mann und Geschäftspartner, befindet sich am anderen Ende des Konferenztischs und zupft an den Saiten einer roten Uke-A-Doodle, des ersten von ihm erfundenen Spielzeugs. Er leidet nicht unter einem Jetlag, denn er hat im Flugzeug geschlafen. Elliot lässt sich durch nichts vom Schlafen abhalten. Neben ihm sitzt ein frischgebackener Harvard-Ingenieur. Die Tinte auf seinem Diplom ist noch feucht. Er albert mit einem Springteufel herum, und der Clownskopf hüpft auf seiner Feder. Er drückt ihn in das Kästchen, schließt den Deckel und dreht die Kurbel, damit er von Neuem hochspringt. Rechts von ihm sitzt ein Mann, der 1947 für Princeton ruderte und jetzt Zündplättchen in die Trommel eines Spielzeugrevolvers einlegt. Ihm gegenüber ein Cornell-Absolvent, Jahrgang 51, der einen Magic-8-Ball schüttelt und mit geschlossenen Augen die richtige Antwort erfleht, als hinge sein Lebensglück davon ab. Ein Außenstehender mag in ihnen ein paar Männer sehen, die mit Albernheiten ihre Zeit vertrödeln, doch sie sind hoch qualifizierte Ivy-League-Ingenieure, und Spielzeuge konstruieren ist ein ernstes Geschäft, insbesondere hier bei Mattel.

«Guten Morgen, Gentlemen», sagt Ruth, als sie ihren Platz am Kopf des Tisches einnimmt. Die Spielzeuge verschwinden und machen Winkelmessern, Zirkeln und Papier Platz. Sie deutet auf den freien Stuhl. «Wie ich sehe, fehlt Ihr Anführer.»

Nur Jack Ryan kann sich erlauben, zu einer Sitzung zu spät zu kommen. Kein anderer würde es wagen, Ruth warten zu lassen. Die Übrigen fürchten sie, und das aus gutem Grund, denn sie ist ihre Chefin. Hinter ihrem Rücken nennt man sie Ruthless, das weiß sie, und insgeheim gefällt ihr das. Sie ist zierlich, nur eins achtundfünfzig groß, und dennoch überragt sie Elliot in vielerlei Hinsicht. Sie ist stets modisch gekleidet und trägt eine schicke Kurzhaarfrisur mit einem dichten dunklen Pony. Sie ist eine zielstrebige Frau.

Schließlich schwingt die Tür auf, und Jack schlendert herein, als wäre er über eins achtzig anstatt eins sechsundsiebzig – und davon verdankt er sechs Zentimeter seinen italienischen Spezialschuhen mit extrahoher Sohle. Er arbeitet seit einem Jahr bei Mattel, seit Elliot ihn von dem Luftfahrtunternehmen Raytheon weggelockt hat. Jack ist nicht mal dreißig und schon stellvertretender Direktor der Entwicklungsabteilung.

Während er sich am Tisch niederlässt, zündet Ruth sich eine Zigarette an und zerknüllt die leere Winston-Schachtel, die sie am vergangenen Abend im Flugzeug aufgerissen hat. Sie wird weniger rauchen, gelobt sie sich, aber nicht heute.

Als alle so weit sind, eröffnet Ruth die Sitzung. Ganz oben auf ihrer Tagesordnung steht Mattels Einstieg in den Puppenmarkt. Schon lange wollen sie in dieses lukrative Segment einsteigen, haben jedoch keinen klaren Weg gesehen. Bis jetzt. Sie hat die Lösung, und die wird die Puppenwelt auf den Kopf stellen.

«Wir sind uns alle einig, dass es zurzeit in den Regalen eine Puppenschwemme gibt. Niemand braucht eine weitere Puppe, die die Augen schließen, weinen oder sich einnässen kann.» Ruth spricht bedächtig, um nicht mit der Tür ins Haus zu fallen. Sie fühlt sich wie ein Rennpferd, das auf die Startglocke wartet. «Stattdessen brauchen wir das ...» Sie legt die Schachtel feierlich auf den Tisch, hebt den Deckel ab und nimmt die Plastikpuppe heraus. «Gentlemen, darf ich vorstellen? Die Bild-Lilli.»

Kurz ist es totenstill. Niemand gibt einen Piep von sich. Dann ändern sie die Sitzhaltung und räuspern sich, während sie die Puppe in Augenschein nehmen – ihren kecken blonden Pferdeschwanz, die Locke an der Stirn, die langen, wohlgeformten Beine, die schlanke Taille und die großen, spitzen Brüste. Lilli ist mit sehr kurzen Shorts und einem engen Pullover bekleidet und hat einen verführerischen Blick, der Aufmerksamkeit einfordert. Für die ganzen dreißig Zentimeter.

«Nun», Ruth trommelt mit den Fingerspitzen, «sagen Sie etwas.»

Seit Jahren will Ruth schon eine erwachsene Puppe kreieren, doch sie ist keine Spielzeugdesignerin, und ihre Strichmännchenzeichnungen konnten ihr Konzept nicht überzeugend vermitteln. Sie hatte die Idee schon fast aufgegeben, doch dann entdeckte sie in einem Andenkenladen in Luzern die Bild-Lilli. Tatsächlich hatte ihre Tochter sie als Erste gesehen. Mit ihren fünfzehn Jahren ist Barbara zu alt, um mit Puppen zu spielen, sammelt sie aber noch. Ruth und Barbara waren von der Bild-Lilli begeistert. Da stand sie. Als hätte sie nur auf Ruth gewartet.

Ruth kaufte eine für Barbara und eine für sich und lief damit nach draußen, um sie Elliot zu zeigen. «Schau mal. Genau so habe ich sie mir vorgestellt.»

«Ach, komm, Ruthie», sagte er schmunzelnd. «Wir können unmöglich solch eine Puppe machen.»

Doch er hätte es besser wissen müssen. Ruth hat noch nie vor einer Herausforderung gekniffen. Das hat sie sich früh angewöhnt, als ihre aufstrebende Firma jemanden brauchte, der das Ausliefern übernahm, und sie sich dafür meldete. «Auf keinen Fall», sagte Elliot. «Du kannst keinen Lastwagen fahren.» Was tat sie? Sie mietete einen Dodge Pick-up, in dem sie mit ihren Pumps nur knapp ans Kupplungspedal reichte. Kümmerte es sie, als die Männer dabeistanden und lachend Wetten abschlossen, ob sie rückwärts aus der Parklücke setzen könne? Und wenn sie fast ein Dutzend Versuche brauchte, na und? Sie wird sich ganz bestimmt von niemandem sagen lassen, was sie kann oder nicht kann.

«Nenn mir einen guten Grund, warum diese Puppe nicht ankommen würde», sagte sie zu Elliot. Sie standen noch auf dem Bürgersteig vor dem Andenkenladen.

«Ich nenne dir sogar zwei.» Er deutete auf Lillis Brüste.

«Äh, Ruth», sagt Jack jetzt im Konferenzraum. «Ich weiß nicht, ob Ihnen die Kleinigkeit aufgefallen ist, aber äh, die Puppe», er neigt den Kopf zur Seite, «äh, sie hat Titten.»

Das löst Gelächter und Gejohle aus, da alle Jacks Beispiel folgen und einander unter anzüglichen Witzeleien an die Brust greifen. Sie kann es sich nicht leisten, dass ihr die Sitzung aus der Hand gleitet. Doch die Herren lassen nicht nach. Sie hören sie nicht einmal. Verärgert greift sie nach dem Spielzeugrevolver auf dem Tisch, zielt an die Decke und gibt drei Schüsse ab. Alle fahren erschrocken zusammen, und Schwefelgeruch zieht durch den Raum.

«Sie hören sich an wie ein Haufen gottverdammter Jungs beim Gruppenwichsen.» Sie hat sich solche Ausdrücke angeeignet, um ihnen zu zeigen, dass sie ihre Sprache beherrscht und genauso zäh ist wie ein Mann. «Selbstverständlich hat sie Titten. Darauf kommt es ja an. Sie ist keine Babypuppe.»

«Was für eine Puppe ist sie dann?», fragt Jack. «Sie sieht aus wie eine Nutte.»

«Das ist sie nicht», erwidert Ruth, obwohl er nicht ganz unrecht hat. Jack Ryan erkennt eine Prostituierte auf den ersten Blick. Die Bild-Lilli basiert auf einer pikanten deutschen Comicstrip-Figur, die eine unabhängige Frau mit diversen Liebhabern darstellte und ihre männlichen Bewunderer amüsierte. «Sie ist ein Scherzgeschenk», sagt Ruth. «Sie wird hauptsächlich an Männer verkauft. Sie wissen schon, wie ein Sexspielzeug.»

«Jetzt wollen Sie also Sexspielzeuge produzieren?»

«Natürlich nicht. Du lieber Himmel.» Sie schlägt auf den Tisch, und ihr wird heiß. Die Situation macht sie nervös, und wenn sie nicht aufpasst, wird man sie nicht für leidenschaftlich, sondern überemotional halten. Sie muss pragmatisch und logisch argumentieren. Nach einem tiefen Atemzug fängt sie noch einmal von vorn an. «Wir sagen, wir wollen ins Puppensegment einsteigen, und ich sage Ihnen, so müssen wir es machen. Denken Sie mal darüber nach – wir geben kleinen Jungs Spielzeugpistolen, Spielzeugsoldaten und Bausteine. Und was geben wir kleinen Mädchen? Babypuppen. Kleine Jungen können erwachsene Männer und tapfere Soldaten spielen. Und was können Mädchen spielen? Mütter. Sie sollen Familie spielen. Das ist alles.»

«Und was ist daran verkehrt?», fragt Jack.

Sie sieht ihn an und blickt dann in die Männerrunde. Dabei drückt sie ihre Zigarette im Aschenbecher aus, mit mehr Kraft als nötig. «Es mag Ihnen schwerfallen, das zu glauben, aber nicht jedes Mädchen möchte später mal nur Hausfrau und Mutter sein. Das Leben hat für eine Frau mehr zu bieten. Wenn Sie einem kleinen Mädchen eine Babypuppe geben, wird es sich für eine Mutter halten. Aber wenn Sie ihr solch eine Puppe geben», sie hält die Lilli hoch, «kann sie spielen, sie wäre eine unabhängige Frau. Vielleicht spielt sie, dass sie ins Büro geht oder zu einer Verabredung, aber sie wird ganz bestimmt nicht spielen, dass sie Windeln wechselt und einen Kinderwagen schiebt.»

Sie ignoriert es, als Elliot die Brauen bei jedem ihrer Sätze ein Stückchen höherzieht. Offenbar muss sie es ihnen ausbuchstabieren. «Bedenken Sie, wie stark sich die Welt seit Kriegsende verändert hat. Möchte jemand raten, was passierte, als die Soldaten in die Arme ihrer Liebsten heimkehrten? Ich werde es Ihnen sagen – sie haben fleißig Kinder gezeugt. Wissen Sie, wie viele Kinder 1946 geboren wurden?» Sie stellt die Frage und gibt darauf die Antwort. «Über drei Millionen. Und die Anzahl ist jedes Jahr größer geworden. Unsere Bevölkerung ist innerhalb der letzten zehn Jahre sprunghaft gewachsen. Zurzeit gibt es in diesem Land Millionen kleiner Mädchen zwischen drei und zehn. Und nächstes Jahr werden es noch mehr sein. Die meisten sind zu alt für Babypuppen und haben kein passendes Spielzeug. Wir können eine riesige Marktlücke füllen, indem wir eine Puppe herausbringen, mit der sie sich identifizieren können.» Sie schaut mit unnachgiebiger Miene in die Gesichter.

Elliot ist zwar nicht angetan von der Idee, doch er lächelt sie bewundernd an, weil er ihre Grundüberlegung schätzt und nicht bestreiten kann, dass sie etwas erkannt hat, was sich vermarkten lässt.

«Gentlemen», sagt sie. «Wir sitzen auf einer verdammten Goldader, und ja, die Goldader hat zufällig Titten.»

Jack setzt sich aufrechter hin. «Es ist Ihnen ernst damit? Sie wollen, dass wir solch eine Puppe für Mädchen herstellen?»

«So ist es.» Sie zieht eine neue Packung Winstons aus der Tasche und reißt das Zellophan so hastig ab, als könnte sie die nächste Zigarette gar nicht schnell genug anzünden. «Wenn man mit etwas Geld scheffeln kann, dann damit.» Sie hört, wie selbstsicher sie klingt, doch zugleich sind ihr alle Fallstricke des Projekts bewusst. Sie weiß, wie viel Zeit, wie viele Arbeitsstunden und erst recht wie viel Geld hineingesteckt werden muss, um die Puppe zu verwirklichen. Wenn sie falschliegt, wenn die Puppe beim Käufer durchfällt, was heißt das für die Zukunft von Mattel? Was heißt das für sie selbst? Wird die ganze Branche über sie lachen und denken: Nur eine Frau kann auf so eine Idee kommen?

Sicher, jeder hier weiß, dass es Mattel ohne sie nicht gäbe, doch für die Welt da draußen ist sie nur Elliots Frau. Vielleicht denken die Leute, sie führt die Bücher oder stellt Anrufer durch. Sie sehen nicht die Arbeit, die sie hinter den Kulissen leistet, welche unternehmerischen Schachzüge ihr gelingen, wie viele Verhandlungen sie schaukelt. Zum Teufel, es steht nicht mal ihr Name auf dem Firmenschild. Mattel setzt sich aus den Namen ihrer Geschäftspartner zusammen: Harold «Matt» Mattson und Elliot – Matt und El. Mit der Puppe würde man etwas Greifbares mit ihr in Verbindung bringen. Sie könnte sagen: Sehen Sie, die ist mein Werk. Sie wünscht sich solche Anerkennung, und trotz ihrer Zweifel ist sie bereit, den Versuch mit der Puppe zu wagen.

«Wir wären dumm, uns die Chance entgehen zu lassen», sagt sie, um ihr Argument zu bekräftigen. «Das ist unsere Chance, ein neues Marktsegment zu erschaffen. Niemand weiß, dass es überhaupt existiert.»

Jack nimmt den Magic-8-Ball in die Hand. Er schüttelt ihn und seufzt. «Meine Quellen sagen Nein.» Alle lachen. «Entschuldigen Sie, Ruth, interessante Idee – faszinierend –, aber die Produktion solch einer Puppe würde ein Vermögen kosten.» Er zuckt die Achseln, Fall erledigt. «Kommen wir zum nächsten Punkt.»

Nach der Sitzung geht Ruth in Jacks Büro, das neben ihrem liegt. Mit einer frisch angezündeten Zigarette in der einen und Lilli in der anderen Hand stellt sie sich in seine Tür. Jacks Büro ist ordentlich. In der Ecke steht eine Anrichte voll teurer Spirituosen, und in der Mitte liegt ein Bärenfell. Manchmal streckt er sich darauf aus, um den Rücken zu dehnen oder ein Nickerchen zu machen, das seiner Ansicht nach für den kreativen Prozess unerlässlich ist – obgleich er seine Ingenieure zusammenstauchen würde, wenn er sie während der Arbeit beim Dösen erwischte.

Ruth räuspert sich, sodass er vom Zeichentisch aufblickt. «Warum haben Sie die Puppe so schnell abgelehnt?»

«Warum? Darum.» Mehr sagt er nicht, so als verstünde sich das von selbst.

«Sehen Sie denn nicht, wofür die Puppe steht? Sie hat eine ganz andere Ausstrahlung.»

«Ja, sie strahlt Sex aus.» Er hebt ein Lineal hoch und schwenkt es wie ein Schwert.

Ruth denkt kurz nach. In dieser Sache muss sie geschickt vorgehen. Wenn die Puppe auf den Weg gebracht werden soll, dann braucht sie Jack auf ihrer Seite. Die anderen werden auf ihn hören, sogar Elliot. Als er vor einem Jahr zu Mattel kam, war er voller Energie und dynamisch wie ein Flummi. Er hatte eine kindliche Verspieltheit an sich, die im Unternehmen gebraucht wurde. Zusammen waren Jack und Elliot im Spielzeugerfindungsrausch, brachten völlig neue Spieldosen, Plastikpistolen und andere Wunderdinge heraus, die den Verkäufern aus den Händen gerissen wurden.

«Erlauben Sie mir eine Frage», sagt er. «Als Sie ein kleines Mädchen waren, hätten Sie da mit solch einer Puppe gespielt?»

Sie weiß die Antwort sofort, muss gar nicht erst überlegen. «Nein. Aber nur weil ich überhaupt nicht mit Puppen gespielt habe.» Das ist wahr. Wie die meisten Spielzeuge waren ihr Puppen zu albern. Wenn sie sich etwas hätte aussuchen können, hätte sie sich für die Lincoln Logs ihres Bruders entschieden. Mit den kleinen Holzbausteinen konnte man etwas erschaffen und bekam für seine Mühe etwas zum Vorzeigen. Die Ironie, dass sie in der Spielwarenbranche gelandet ist, ist ihr nicht entgangen. «Aber hier geht es nicht um mich», sagt sie. «Hier geht es um ein ganzes Segment der Bevölkerung, für das es kein Spielzeug gibt, mit dem es sich identifizieren kann.»

«Und Sie meinen, die Mädchen werden sich mit solch einer Puppe identifizieren?»

«Wissen Sie, wie oft ich meine kleine Tochter dabei ertappt habe, dass sie meinen Lippenstift benutzt hat und in meine hohen Pumps gestiegen ist? Mädchen fiebern der Zeit entgegen, wenn sie sich schminken und schick anziehen dürfen. Das ist das Geniale an dieser Puppe.»

Ruth zeigt sich selten erregt, sie ist eher angespannt rastlos. Er hat diese Seite an ihr viele Male beobachtet. Sie jetzt so lebhaft zu sehen, veranlasst ihn dazu, sich die Puppe näher anzuschauen. Er legt das Lineal hin und nimmt sie in die Hand, beugt sie an der Hüfte, setzt sie auf die Schreibtischkante. «Ich glaube, mit dir bin ich schon mal ausgegangen», sagt er zu Lilli.

Ruth hebt den Blick zur Decke. «Das würde mich nicht überraschen.»

Jack ist ein Casanova, der seiner Frau fremdgeht und behauptet, sie hätten eine Übereinkunft. Seit seinem ersten Tag bei Mattel geht er mit irgendwelchen Kolleginnen ins Bett. Was die in ihm sehen, ist ihr schleierhaft.

Er bewegt die Arme der Puppe, zieht ihr die Shorts aus, um die Hüftgelenke zu untersuchen, und dann den Pullover, um zu sehen, wie die Armgelenke funktionieren. Er dreht ihr den Kopf ab und schaut hinein.

«Und?», fragt sie.

Achselzuckend schraubt er den Kopf wieder an. «Zu viele Konstruktionsprobleme.»

«Herr im Himmel, Jack. Sie haben Sparrow- und Hawk-Raketen für die Streitkräfte entwickelt, und jetzt sagen Sie mir, Sie können keine Dreißig-Zentimeter-Puppe entwerfen?»

«Wollen Sie mich herausfordern?» Er klingt beleidigt, denn das ist er. Seine ganze berufliche Laufbahn fußt auf seinem Ruf, ein brillanter Ingenieur zu sein, und wenn der Krieg nicht geendet hätte, würde Jack noch immer Raketen bauen. Er hatte nicht vor, Spielzeugmacher zu werden, doch ihm war klar, dass er etwas Neues anfangen musste. Zum Glück hat Mattel an seine Tür geklopft, bevor Raytheon anfing, Leute zu entlassen. Jetzt muss er sich einen neuen Platz erkämpfen, sein Können von Neuem unter Beweis stellen. «Sie halten es für einfach, solch eine Puppe zu machen?», kontert er.

«Ich wüsste nicht, warum das so verdammt schwer sein soll.»

«Zunächst einmal wegen des Gesichts.» Er reicht ihr die Puppe zurück. «Sehen Sie, wie detailliert es gestaltet ist. Der blaue Lidschatten, die roten Lippen, das Rouge auf den Wangen – das kann keine Maschine replizieren. Das müsste von Hand aufgemalt werden. Und dasselbe gilt für die Haare. Die sind in den Kopf eingezogen. Auch das müsste von Hand geschehen. Die Stückkosten wären viel zu hoch, und ehrlich gesagt fällt mir hier kein Hersteller ein, der überhaupt wüsste, wie er das machen muss.»

«Wie wär's mit einer Produktion in Übersee? In Japan?» Sie blickt zu dem Koffer in der Ecke und dem darauf liegenden Kleidersack. Jack wird am Abend nach Tokio fliegen, um Produktionsmöglichkeiten für eine sprechende Armbanduhr auszuloten. Ehe er Einwände erheben kann, drückt sie ihm die Lilli in die Hand. «Nehmen Sie die einfach mit und schauen Sie, ob Sie da drüben jemanden finden – irgendwen –, der die nachmachen kann.»

Jack greift in die Jacketttasche und holt sein Diktiergerät heraus, das er immer bei sich hat, selbst in der Herrentoilette, wo er mitunter am besten nachdenken kann. Er drückt den Aufnahmeknopf und spricht in das eingebaute Mikrofon. «Möglichkeiten der Puppennachbildung prüfen. Für Ruth.» Er schaltet das Gerät aus. «Das ist ein Vabanquespiel, das ist Ihnen klar, oder? Und das hat nichts mit meiner Fähigkeit zu tun, eine Dreißig-Zentimeter-Puppe zu konstruieren.»

Sie sehen einander in die Augen, und Ruth lächelt. Vor ihr steht ein Mann, der vor nicht allzu langer Zeit noch an hochgeheimen Sitzungen im Pentagon teilnahm und jetzt für sie arbeitet. Und nun soll er für sie eine Puppe entwerfen. Eine Puppe mit Titten.

Der Witz
an Rasierklingen

Jack sitzt in einem Flugzeug der Pan Am – Fensterplatz – und schaut abwechselnd über den Pazifik und auf die Beine der Stewardess, sobald sie an ihm vorbei den Gang hinuntergeht oder stehen bleibt, um sein Weinglas aufzufüllen. Die üblichen Vorzüge, wenn man erster Klasse reist. Ein hübscher Luxus. Vor allem wenn man drei Wochen lang in Tokio an Türen geklopft hat. Mit dem Übersetzer permanent an seiner Seite, versuchte Jack immer wieder, jemanden zu überzeugen, eine Puppe wie die Bild-Lilli herzustellen. Die japanischen Geschäftsleute fanden sie jedoch anstößig. Er wollte schon aufgeben, da traf er auf Kokusai Boeki Kaisha – oder kurz KBK –, einen Hersteller, der bereit war, sich auf solch ein «riskantes Projekt» einzulassen – dessen Worte laut Übersetzer, nicht Jacks.

Am Abend kehrte er, nachdem er ein wenig gefeiert hatte, in sein Hotelzimmer zurück. Für ihn war es Mitternacht, zu Hause erst acht Uhr morgens. Er wusste, Ruth würde bereits im Büro sein. Als er anrief und ihr die gute Neuigkeit mitteilte, hörte er sie klatschen. Sie machten es kurz, da die ersten drei Minuten zwölf Dollar kosteten, aber nach dem Auflegen hörte er noch ihre Stimme in seinem Kopf: «Sie haben es geschafft, Jack. Ich wusste es. Beeilen Sie sich mit der Heimreise. Es gibt Arbeit.»

Obwohl Ruth erst vierzig ist und damit nur zehn Jahre älter als er, ist sie für ihn eine Mutterfigur. Sicher, ab und zu provoziert er sie, dennoch sucht er ihr Lob und ihre Anerkennung, als hoffte er, die Leere zu füllen, die seine Mutter – und auch sein Vater – durch Schweigen und Verweigerung erzeugten. Vor Kurzem entwickelte Jack eine vorprogrammierte Spielzeugharmonika, von der Elliot sagte, sie sei seinem Saxofon zu ähnlich. Aber Ruth fand sie brillant und brachte Jack damit zum Strahlen. Er wurde auf der Stelle ein paar Zentimeter größer.

Nach dem nächtlichen Telefonat mit ihr schlief er kaum. Das war für ihn nichts Neues. Er schätzt diese Anfälle von Schlaflosigkeit sogar. Durch sie fühlt er sich machtvoll im Vergleich zu schwächeren Männern, die ohne acht Stunden Schlaf kaum funktionieren können. Er ist in Hochform, wenn er nachts nur vier Stunden schläft oder besser noch nur drei. Lange nach der Nationalhymne, wenn der Fernseher nur noch das Testbild bietet, wird er lebendig. Dann findet seine Kreativität zu ihrer vollen Stärke. Seine besten Ideen sind immer im Morgengrauen entstanden. Oder nach einem Nickerchen, das in seinen Augen nicht als Schlaf zählt.

In jener Nacht im Hotelzimmer dachte er darüber nach, was er in Japan erreicht hatte. Er hatte einen Hersteller für die Puppe gefunden, und nun brauchte er sie nur noch zu gestalten. Die Einfälle kamen ihm schneller, als er auf dem Notizblock des Imperial Hotels zeichnen konnte. Nach der ersten überschießenden Inspiration rief er die Rezeption an und bat um mehr Papier und einen Bourbon. Die Bar war bereits geschlossen, und er hätte für das Geld, das er für die Flasche hinblätterte, eine Kiste Schnaps kaufen können, die fünfzig Yen für den Hotelpagen, der sie ihm aufs Zimmer brachte, nicht eingerechnet. Doch das war ihm egal. Er trank zufrieden seinen Whiskey und zeichnete und träumte.

«Noch etwas Wein, Mr Ryan?» Die Stewardess klimpert mit ihren langen Wimpern.

Frauen fühlen sich generell zu ihm hingezogen. Sie sagen, er sehe aus wie Dean Martin. Zwar hat Jack die gleichen dunklen Haare, aber sein Gesicht ist eher dreieckig, hat eine breite Stirn und ein spitzes Kinn, das umso mehr auffällt, wenn er lächelt, wie er es gerade tut.

«Klasse», sagt er, als sie sich vorbeugt und ihm ein weiteres Mal nachschenkt.

Während Jack die Telefonnummer der Stewardess bekommt, ist Ruth in Los Angeles bei der Modedesignerin Charlotte Johnson, die als Einzige bereit war, sich mit ihr zu treffen. Ruth hat bereits mit sieben anderen telefoniert, doch sobald sie sagte, dass es um Puppenkleider gehe, waren sie nicht mehr interessiert. Als letzten verzweifelten Versuch wandte sie sich an das Chouinard Art Institute. Charlotte arbeitet dort als Ausbilderin, und trotz des alten Sprichworts «Wer es nicht kann, unterrichtet es» ist sie äußerst fähig. Attraktiv, groß und schlank, hat sie sich vom Laufstegmannequin zu einem Star der Seventh Avenue mit eigenem Modelabel entwickelt. Erst nach ihrem Umzug nach Los Angeles fing sie an zu unterrichten und versuchte gleichzeitig, sich an der Westküste einen neuen Kundenstamm aufzubauen. Da sie in Scheidung lebt, kann sie den zusätzlichen Verdienst gebrauchen, und das ist der einzige Grund, weshalb sie erwägt, abends nebenher für Mattel zu arbeiten.

Ruth sitzt nun in Charlottes winziger Küche an einem grünen Resopaltisch mit zwei verschiedenen Stühlen, zwischen ihnen eine Muschelschale als Aschenbecher und zwei beschlagene Gläser mit Limonade.

«Bevor wir anfangen», Ruth nimmt Papiere aus ihrer Aktentasche, «müssen Sie mir das unterschreiben.»

«Was ist das?», fragt Charlotte. Sie hat eine leise, helle Stimme und klingt damit, als stünde sie auf Zehenspitzen.

«Nur ein Wettbewerbsverbot und eine Verschwiegenheitserklärung», sagt Ruth.

Charlotte greift nach einer Brille und haucht die Gläser an, um sie sauber zu wischen. Sie blättert und unterschreibt, obwohl sie die Vorsichtsmaßnahmen albern findet. Wem sollte sie davon erzählen? Ihre Kollegen sollen gar nicht wissen, dass sie verzweifelt genug ist, um Puppenkleider zu entwerfen.

Doch Ruth hat ihre Gründe. Das Unternehmen von Louis Marx, dem «Spielzeugkönig», ist auch deshalb eines der größten des Landes, weil er seine besten Ideen von Mattel und anderen gestohlen hat. Er geht zur Toy Fair – der großen jährlichen Spielzeugmesse in New York – und hört sich um, was die Konkurrenz vorhat, damit er die Neuheiten kopieren und zu einem niedrigeren Preis anbieten kann. Er hat sogar schon Spione zu Mattel geschickt, die sich als Jobbewerber ausgaben und herumschnüffelten. Ruth kann also nicht vorsichtig genug sein.

Nachdem Charlotte die Formulare unterschrieben hat, prüft Ruth zweimal nach, ob keine Unterschrift fehlt. Zufrieden, weil das Puppengeheimnis geschützt ist, greift sie wieder in die Aktentasche. Da Jack ihre Puppe nach Japan mitgenommen hat, musste sie sich das Exemplar ihrer Tochter borgen, und mit einem Ta-da präsentiert sie die Bild-Lilli.

«Ach du je.» Charlotte nimmt die Puppe, um sie näher zu betrachten, und rückt ihre Brille zurecht. «So etwas habe ich nicht erwartet.»

Diese Reaktion hat Ruth auch nicht erwartet. Sie dachte, Charlotte würde die Puppe mit dem Blick einer Frau freudig bestaunen. Stattdessen wirkt sie so skeptisch wie die Männer bei Mattel. Ruth trinkt einen Schluck Limonade, und ihr Blick fällt auf die Küchenuhr. Sie wird zu spät zur Theateraufführung ihrer Tochter kommen, aber sie darf noch nicht gehen. Zuerst muss sie Charlotte überzeugen. Ihr gehen die Optionen aus, und sie braucht jemanden, der die Puppenkleider entwirft. Sie erzählt Charlotte, wie sie die Bild-Lilli entdeckte und dass Jack gerade einen japanischen Hersteller gefunden hat. «Natürlich werden wir sie neu konstruieren und gestalten und sie zu unserem eigenen Produkt machen, aber so etwas schwebt uns vor. Nun müssen wir uns noch darüber klar werden, wie wir sie kleiden wollen.»

«Ich soll also die Kleider entwerfen? Für die?»

«Ja, aber ich möchte nicht die üblichen Puppenkleider. Ich stelle mir schicke Ensembles vor, luxuriöse Mode.»

Charlotte denkt einen Moment lang darüber nach. «Also möchten Sie die in eine Modepuppe verwandeln. Ähnlich wie Anziehpuppen ...»

«Genau!» Endlich hat Ruth das Gefühl, ein Stück weiterzukommen. Charlotte hat das Konzept begriffen. «Tatsächlich basiert meine Idee einer erwachsenen Modepuppe auf Anziehpuppen aus Pappe. Meine Tochter hat lange mit solchen gespielt.»

«Ich auch. Die gibt es schon ewig.»

«Dann haben Sie ja Erfahrung mit den empfindlichen Laschen.»

«Die waren furchtbar. Sie konnten die Kleider nicht an der Puppe halten und sind immerzu abgerissen.»

«Und dann das Ausschneiden der Kleider», Ruth schüttelt den Kopf, «das war eine Strafe. Aber stellen Sie sich vor, mit einer Puppe zu spielen, die richtige Kleider hat. Aus den feinsten Stoffen, mit echten Knöpfen, echten Reißverschlüssen, echten ...»

«Augenblick ...» Charlotte unterbricht sie lachend, sodass die Lücke zwischen ihren Schneidezähnen sichtbar wird. «Knöpfe? Reißverschlüsse? So kleine gibt es gar nicht. Die werden nicht hergestellt.»

«Dann werden wir sie machen lassen.» Sie hat ein Unternehmen voller Ingenieure. Wenn die Pistolen mit Zündplättchen konstruieren können, warum nicht auch winzige Reißverschlüsse? «Sie entwerfen die Kleider, und Jack wird austüfteln, wie man sie herstellen kann. Glauben Sie mir, er ist ein Genie. Manchmal nervtötend, aber ein Genie.»

Charlotte lehnt sich zurück, verschränkt die Arme und trommelt mit den Fingerspitzen auf ihrem Blusenärmel. «Das hört sich nach schrecklich viel Arbeit an.»

«Ich weiß.» Ruth lässt ihren Blick durch den kleinen Bungalow schweifen, über die angeschlagenen mexikanischen Fliesen und die abgewohnten Möbel. «Aber es soll sich für Sie lohnen.»

Charlotte überlegt. Seit Monaten hat sie zu kämpfen, knausert bei den Lebensmitteln, beim Strom und Tanken. Je nachdem was Ruth ihr zahlen will, wird sie vielleicht aufatmen und nachts wieder schlafen können.

Während Charlotte sich die Puppe noch einmal näher ansieht, packt Ruth ihre Sachen ein und denkt, dass sie es noch rechtzeitig zur Aufführung schafft, wenn der Verkehr nicht zu dicht ist.

«Wie sehr wird es sich denn für mich lohnen?», fragt Charlotte.

«Ich weiß nicht – wie wär's mit fünf Dollar die Stunde?»

«Wie wär's mit sechs?»

«Abgemacht.»

Charlotte sieht Ruth an und lächelt. «Ich muss sagen, die Puppe ist ein erstaunliches kleines Ding, nicht wahr?»

Als Ruth die Aula der Highschool betritt, ist der erste Akt von *Ein Baum wächst in Brooklyn* halb vorbei. Im Zuschauerraum ist es dunkel, im Scheinwerferlicht nahe der Bühne flimmert der Staub. Ruth und ein ebenso schuldbewusster Vater, der seinen Fedora in der Faust hält, schleichen den Mittelgang hinunter.

Schließlich entdeckt sie Elliot und Ken, ihren Sohn, in der Mitte der dritten Reihe. Nachdem sie sich zu dem freien Platz durchgeschoben hat, erregt sie noch mehr Aufmerksamkeit, weil das Scharnier ihres Klappsessels quietscht. Doch wenigstens sitzt sie nun und kann applaudieren, als Barbara in der Rolle der Katie Nolan mit ihrem Lied «Look Who's Dancing» zu Ende kommt.

«Ich bin so schnell gekommen, wie es ging», flüstert sie Elliot zu, bevor der Applaus verebbt. «Mein Treffen hat länger gedauert, und der Verkehr war mörderisch.» Barbara sieht sie und lächelt, als Ruth ihr einen Kuss zubläst.

«Sag das deiner Tochter», erwidert er, den Blick zur Bühne gerichtet.

Immerhin bin ich hier, möchte sie sagen. Das ist mehr, als meine Mutter getan hat.

Die hatte bereits neun Kinder, als Ruth zur Welt kam, und einen Mann, der seine Zeit am Spieltisch verbrachte. Mit vierzig Jahren wollte Ida Mosko nicht noch ein Baby versorgen müssen. Nach sechs Monaten hatte sie genug. So alt war Ruth, als ihre Mutter sie an ihre älteste Tochter Sarah weiterreichte und sagte: Nimm du sie und zieh sie groß. Sarah war frisch verheiratet und damit alt genug, um Ruths Mutter zu sein. Ruth liebte zwar ihre älteste Schwester, doch das änderte nichts daran, dass ihre Mutter sie nicht mehr wollte.

Als Ruth ihre kleine Barbara zum ersten Mal im Arm hielt, begriff sie, was ihre Mutter damals hergab. Barbara war schön und erstaunlich und gehörte zu ihr. Ihr Kindchen im Arm zu halten löste bei ihr gemischte Gefühle aus, freudige Erregung und tiefen Schmerz. Sie wunderte sich, wie man ein Kind neun Monate lang in seinem Leib behüten und nach einem Blick darauf sagen kann: Nein danke, das will ich nicht mehr.

Abgesehen von ihrer reinen, unerschütterlichen Liebe, lag Ruth die Mutterschaft nicht im Blut. Wie sollte sie auch? Sie war von ihrer Schwester großgezogen worden, die währenddessen genauso hart arbeitete wie Ruth jetzt. Sarah führte einen Drugstore in Denver mit einer Limonadenbar im hinteren Bereich und war viel zu beschäftigt, um ihre kleine Schwester zu erziehen und mit ihr zu spielen. Von klein auf wollte Ruth ihr nicht zur Last fallen, denn sie wollte nicht noch einmal weggegeben werden. Sie erledigte Hausarbeiten, ohne dass sie ihr aufgetragen wurden. Sie trug den Müll raus und reinigte die Katzentoilette für eine einsiedlerische Tigerkatze, die selten aus ihrem Versteck kam. Im Winter schaufelte sie den Schnee aus der Einfahrt, im Sommer mähte sie den Rasen, im Herbst harkte sie Laub, und im Frühling pflanzte sie Blumen. Mit zehn Jahren räumte sie in Sarahs Drugstore bereits Waren ein und packte Lieferungen aus. Solange sie zurückdenken konnte, hat sie nützlich mit liebenswert oder zumindest mit behaltenswert gleichgesetzt.

Ruth musste sich das Muttersein selbst beibringen. Sie überwand sich dazu, der kleinen Barbara Pusteküsschen auf den Bauch zu geben, sie auf den Knien zu schaukeln, mit ihr in Babysprache zu reden, obwohl sie sich dabei albern vorkam. Eine erwachsene Frau, die A-a und bah-bah sagt, die Guck-guck spielt und «Backe, backe Kuchen» singt.

Trotz alldem liebt sie ihre Tochter, und dass sie zu spät zu ihrer Schulaufführung kommt, heißt nicht, dass sie sie jetzt weniger liebt. Ruth mag keine vorbildliche Mutter sein, aber sie würde eher einen Arm hergeben als eins ihrer Kinder.

Nach der Aufführung feiern sie im Punch & Judy, Barbaras Lieblings-Eisdiele. Elliot und Ken sitzen nebeneinander auf einer Polsterbank, Ruth und Barbara gegenüber auf der anderen. Ruth schaut auf die Eiskarte und schlägt vor, für alle zusammen den Monsterbecher zu bestellen – acht Kugeln Eis mit acht verschiedenen Soßen und Verzierungen: Karamellsoße, Buttertoffeestückchen, gebranntem Zucker, Himbeersirup, Marshmallows, Kirschen, Nüssen und Schlagsahne.

«Wisst ihr, warum das Ding Monsterbecher heißt?», fragt Elliot. «Weil nur ein Monster das ganze Ding allein essen könnte.»

Sie lachen, und als die Monstrosität serviert wird, nehmen sie sich jeder einen Löffel. Ken hält seinen wie ein Schwert. «En garde», sagt er und sticht sich einen großen Happen Eis ab, nur um einen Moment später ein schrilles Jaulen auszustoßen, weil ihm die Kälte in den Kopf steigt.

Sobald sich Ken erholt hat, schlägt Elliot mit seinem Löffel an sein Wasserglas. «Und nun, verehrte Damen und Herren», er nimmt den Serviettenspender in die Hand, «der Oscar für die beste Darstellerin in einem Highschool-Musical geht an», er hält inne, und Ken schlägt auf dem Tisch einen Trommelwirbel, «Miss Barbara Joyce Handler.»

Barbara kichert, während die anderen klatschen, und birgt verlegen das Gesicht an Ruths Schulter.

«Verbeug dich, Miss Handler», sagt Ruth und küsst sie auf den Scheitel. «Du warst wunderbar, Liebling. Einfach wunderbar.» Ruth atmet den Duft ihres Shampoos ein und genießt den Moment in vollen Zügen – alle sind gut gelaunt, keiner mürrisch, keiner streitet. Eine Seltenheit. Seit Barbara dreizehn geworden ist und dachte, sie sei jetzt erwachsen und wüsste alles besser als ihre Mutter, hat Ruth ihr nichts mehr recht machen können. Bei der geringsten Kleinigkeit flammt ihr Zorn auf. Als hätte man ein brennendes Streichholz in einen Haufen Zunder geworfen. Doch im Augenblick ist sie wieder Ruths liebes kleines Mädchen, und Ruth schaut in drei zufriedene Gesichter.

Später, als Ruth und Elliot sich fürs Bett bereit machen, erzählt sie ihm von dem Treffen mit Charlotte. «Zuerst sah es so aus, als würde sie ablehnen.» Sie dreht sich um, damit er ihr die Perlenkette öffnen kann. «Doch dann kamen wir – Gott sei Dank – auf das Honorar zu sprechen ...»

Während sie die Verhandlung zusammenfasst und sich die Haare bürstet, zieht Elliot sich den Pyjama an und stellt den Wecker. Er hört ihr zu, denn das tut er immer, allerdings beunruhigt ihn, was sie erzählt.

«... und dann hat Charlotte doch noch zugesagt. Ist das nicht sagenhaft?» Da er nicht antwortet, hält sie beim Bürsten inne. «Du bist doch nicht immer noch böse, weil ich zu spät gekommen bin, oder?» Barbara ist ihr nicht böse – warum sollte er es dann sein?

«Nein, nein.» Er schüttelt den Kopf. «Ganz und gar nicht. Das war ein wunderbarer Abend. Ich habe die Kinder lange nicht so glücklich gesehen.»

«Was ist es dann?»

«Ich bin nur überrascht, weil du schon diese Charlotte engagiert hast. Jack hat noch nicht mal die Puppe entworfen. Du hast noch keinen Namen für sie. Meinst du nicht, es ist voreilig, sich schon über die Puppenkleider Gedanken zu machen?»

Lächelnd geht sie zu ihm und setzt sich neben ihm aufs Bett. «Ich habe da so ein Gefühl, Elliot. Nenn es Intuition oder einen Riecher, aber du musst mir vertrauen. Ich weiß, diese Puppe wird ein Riesenerfolg.» Sie hat das durchgerechnet, sich den Markt in allen Aspekten angeschaut. Sie weiß, was sie tut. «Verstehst du nicht? Die Kleider sind hier die Rasierklingen.»

«Ich kann dir nicht ganz folgen.»

«Überleg mal. Womit macht Gillette den größten Gewinn? Aufgepasst: nicht mit den Rasierapparaten, sondern mit den Rasierklingen. Glaub mir, das große Geld steckt nicht in der Puppe, es steckt in ihrer Garderobe.»

Gewaltig,
aber nicht gigantisch

Elliot ist noch nicht von der Puppe überzeugt, doch nun da Ruth Charlotte ins Team geholt und Jack KBK für die Herstellung verpflichtet hat, können sie mit der Arbeit loslegen. Sie hofft, dass Elliot irgendwann einlenkt, aber fürs Erste sind sie nur zu dritt.

Sie arbeiten hauptsächlich abends, wenn Charlotte am Chouinard fertig ist und Ruth und Jack ihr reguläres Arbeitspensum geschafft haben, das nicht geringer geworden ist und auch nicht werden wird. Ruth geht von einer Sitzung in die nächste, und dazwischen sind bergeweise Unterlagen, Telefonverhandlungen und finanzielle Angelegenheiten zu erledigen. Jack hat kaum Zeit für ein Mittagessen. Er leitet eine Abteilung mit über zweihundert Ingenieuren, optimiert ihre Entwürfe, behebt Fehlfunktionen und sorgt dafür, dass ständig neue Spielwaren auf den Markt kommen können.

Die Puppe ist jedoch eine ganz andere Sache. Sie sind sich noch nicht sicher, warum. Vielleicht weil das Risiko so hoch ist und der potenzielle Gewinn enorm. Wenn die Puppe gut ankommt, wird sie ihnen die Taschen füllen. Doch vorerst stecken sie nur Geld und Arbeitsstunden in ein kniffliges Spielzeug, das es so noch nie gegeben hat. Sicher, sie haben die Bild-Lilli als Vorlage, aber die dient nur als Ausgangspunkt.

Sie drei sind jeder in ihrem eigenen Fachgebiet zu Hause.

Jack in der Technik, Charlotte in der Ästhetik und Ruth im Geschäftlichen, obgleich sie auch versucht, etwas zum kreativen Prozess beizutragen. Jack und Charlotte sind handwerklich begabt und können ihre Gedanken zeichnerisch umsetzen, aber da kommt Ruth ins Hintertreffen. Einmal, als sie schon benommen sind vor Überanstrengung und Ruth versucht, den Puppenfuß zu zeichnen, bekommen sie einen Lachanfall.

«Der sieht aus, als wäre ein Lkw drübergefahren», sagt Jack und hält sich lachend die Seite.

«Wie soll man das als Fuß erkennen?», sagt Charlotte atemlos.

«Es hat Zehen.» Ruth bekommt vor Lachen die Worte kaum heraus und tupft sich die Augen.

Ein anderes Mal sind sie ernst und führen leidenschaftliche Debatten über Details wie Haare und Augenfarbe. Sie können stundenlang beraten, welches Rot sie für die Finger- und Fußnägel wählen, welche Art von Kunststoff man verwenden und wie viele Gelenke die Puppe haben sollte. Sie diskutieren ausgiebig mögliche Namen – «Miss Fashion Plate», «Fancy Fashion Franny», «Little Miss Model» ... Doch bislang erörtern sie vor allem die körperlichen Merkmale.

«Ach, kommen Sie, Jack.» Ruth lacht über seinen Entwurf. «Sie müssen die Brüste kleiner machen.»

«Na gut, meinetwegen.» Er dreht den Skizzenblock wieder zu sich herum und ändert mit ein paar Strichen.

«Kleiner», sagt sie nach einem Blick darauf. «Im Ernst, Jack. Die sind viel zu groß.»

«Sie verderben einem den ganzen Spaß», sagt er und ändert erneut.

Bald wird das Abendessen geliefert, und der halbe Konferenztisch verschwindet unter Schachteln mit chinesischen Gerichten, Essstäbchen und Tütchen mit Sojasoße. Jeden Abend bestellen sie Pizza, Sandwiches, Hamburger oder chinesisches Essen. Elliot kommt herein, um zu fragen, wie lange Ruth noch im Büro bleiben will.

«Ich bin fast fertig», sagt sie.

«Das heißt noch ein, zwei Stunden.» Er klingt nicht unfreundlich, aber er kennt seine Frau und weiß, wie leicht sie beim konzentrierten Arbeiten das Zeitgefühl verliert.

«Hey, Elliot», sagt Jack, «da Sie gerade hier sind, ich könnte die Meinung eines Mannes gebrauchen. Ruth findet die Titten zu groß.»

Elliot wirft einen Blick auf Jacks Front- und Profilansicht der Puppe und lacht. «Sie sind gewaltig, aber nicht gigantisch.»

«Sehen Sie», meint Jack. «Sie sind nicht zu groß.»

Nachdem Elliot gegangen ist, schaut Charlotte, die in ihre Überlegungen vertieft war, von Jacks technischen Zeichnungen auf. Ihre Brauen sind zusammengezogen. «Leute, wir haben ein größeres Problem als ihre Möpse. Ich habe mir gerade die Maße der Puppe angesehen. Der Taillenumfang entspricht der einer Frau mit Sechzig-Zentimeter-Taille.»

«Weil sie eine Sanduhrsilhouette haben soll, oder? Kommt es nicht genau darauf an?» Jack entwirft die Figur nach einer realen Frau, einer Schönheit aus seiner Vergangenheit, die bei einer Körpergröße von eins achtzig schlanke fünfzig Kilo wog, aber kurvig war.

«Gut, aber sehen Sie sich das an.» Sie dreht den Skizzenblock den beiden zu. «Sie haben sie mit gut neunundzwanzig Zentimetern etwas kleiner gemacht als die Bild-Lilli. Sie misst ein Sechstel einer wirklichen Frau, aber Sie haben nicht bedacht, wie dick die Kleiderstoffe sein werden. Stoff ist Stoff. Für einen Hosen- oder Rockbund muss man den Stoff doppelt nehmen, und der Verschluss kommt auch noch dazu. Das heißt, man muss die Taille schmaler machen, um die Stoffdicke auszugleichen. Andernfalls wird die Puppe beleibt oder untersetzt aussehen.»

«Warum haben Sie das nicht eher gesagt?», fragt er.

«Weil ich erst jetzt darüber nachgedacht habe. Ich habe noch nie für diese Kleidergröße gearbeitet.»

Das hat keiner von ihnen. Ihnen bleibt nur die Methode Versuch und Irrtum. Und im Augenblick häufen sich die Irrtümer. Jedes Detail der Puppe erweist sich als kniffliges Problem. Als Jack nach einem Material suchte, das sich für die Haare der Puppe eignete, war er nahe daran, sich die eigenen auszureißen. Jede Einzelfaser fiel beim Ausprobieren durch – einige nahmen Schaden beim Einknüpfen, andere nahmen Feuchtigkeit auf und rochen modrig, manche standen den Färbeprozess nicht durch. Am Ende wandte sich Jack an ein paar Chemiker, die ein spezielles Polyvinylidenchlorid namens Saran entwickelt hatten, und damit funktionierte es schließlich. Die nächste Hürde war, den richtigen Kunststoff für den Kopf, den Torso und die Arme und Beine zu finden. Alle waren entweder zu hart oder zu weich, und sie tüftelten monatelang, erhitzten und kühlten Polyvinylchlorid, suchten nach der richtigen Kombination von Weichmachern für die Puppe. Und auch jetzt sind sie vom Ergebnis noch nicht überzeugt. Trotz allem, was die Firma Greiner & Hausser bei ihrer Bild-Lilli zustande gebracht hat, Ruth, Jack und Charlotte wollen mit ihrer Puppe wesentlich weiter gehen.

Jack hat seit dreiunddreißig Stunden nicht mehr geschlafen. Er ist nicht müde. Nicht im Geringsten. Er ist beschwingt und seine Sinneswahrnehmung gesteigert. Als könnte er ein Baby auf fünf Kilometer Entfernung weinen hören oder durch die Wände seines Büros die Autos sehen, die auf dem Century Boulevard vorbeisausen. Er nimmt in sich ein scharfes, hektisches Knistern wahr, das nicht nachlässt und bei dem jeder andere aus der Haut fahren würde. Aber so ist das bei ihm.

So wird er, wenn er sich voll und ganz in ein Projekt vertieft. Und er liebt es, die Welle zu reiten, solange sie anhält. Denn er weiß, diesem Hoch folgt ein bodenloser Absturz, bei dem die Strömung plötzlich abreißt und er sich lustlos und ausgehöhlt fühlt. Das ist eine wertlose Leere, die das zuvor Erreichte zunichtemacht. Und dann tritt er in den langen schwarzen Tunnel ein, und es kann Tage und Wochen oder gar Monate dauern, bis er wieder herausfindet.

Doch im Augenblick ist er noch vollkommen munter und leistet Arbeit für fünf. Seine Bürowände sind tapeziert mit technischen Zeichnungen der Arme, der Beine, des Halses. Er hat Seitenansichten des Torsos im Hochformat, vertikale Querschnitte und perspektivische Ansichten erstellt. Er legt die Gelenkpunkte fest. Er tüftelt an den Längsbohrungen in den Beinen, die teleskopisch mit Stiften in den Fußsohlen zusammenwirken, sodass die Puppe mithilfe eines Ständers in verschiedenen Positionen stehen kann. Da sind tausend Entscheidungen zu treffen, und sie fallen auf ihn zurück. Er kommt sich ein wenig verrückt vor, wie Dr. Frankenstein bei der Erschaffung seines Monsters. Doch diese Puppe ist kein Monster. Nein, wenn er fertig ist, hat er eine Göttin erschaffen.

Es klopft an der Tür. Herein kommt Ginger, seine Sekretärin. Sie ist groß, hat eine markante Nase mit einem leichten Höcker, dickes braunes Haar und eine füllige Taille. Er findet sie unattraktiv, und deshalb hat er sie eingestellt, als versöhnliche Geste an Barbara, seine Frau, weil er wegen seiner Sekretärin bei Raytheon in Schwierigkeiten geraten war.

Wenn doch nur Ginger die Lösung für Jacks Eheprobleme wäre. Er weiß, wie schwer es für seine Frau ist, mit ihm verheiratet zu bleiben. Er ist sich sicher, dass es ihr ohne ihn besser ginge, und er würde sie verlassen, wenn die beiden Töchter und sein Vater nicht wären. Obwohl James J. Ryan selbst viele Affären hatte, hält er die Scheidung für eine Todsünde, durch die sein Sohn in die Hölle käme. Jack verehrt seinen Vater und sehnt sich nach seiner Anerkennung, also steht eine Scheidung außer Frage, zumindest zu dessen Lebzeiten.

«Das ist gerade aus der Rechtsabteilung gekommen», sagt Ginger und hält ein Schriftstück hoch. «Es geht um die Lizenzvereinbarung mit Greiner & Hausser.»

Jack streicht sich durch die Haare und seufzt. «Gut. Lassen Sie hören.»

Ginger beginnt, das zweiseitige Gutachten vorzulesen, in dem empfohlen wird, mit besagter Firma einen Lizenzvertrag abzuschließen, um die Puppe nach dem Vorbild der Bild-Lilli auf den Markt bringen zu dürfen. Jack zeichnet Beine auf sein Skizzenblatt und nimmt jedes Wort in sich auf.

«... daher bezüglich der Patentverletzung bei der Vermarktung dieser Puppe ...»

Ginger ist ein Geschenk des Himmels – seine persönliche Torwächterin und Hüterin eines Geheimnisses, von dem sie nichts ahnt. Unwissend macht sie in Sitzungen minutiös Notizen und liest sie ihm anschließend vor, ebenso wie langatmige innerbetriebliche Mitteilungen, jeden interessanten Zeitungsartikel, jedes Patentanmeldungsformular, das er ausfüllen muss. Es ist nicht so, dass Jack nicht lesen kann. Er ist kein Analphabet. Doch während seiner Kindheit wurde bei ihm Wortblindheit diagnostiziert, das heißt, er kann Speisekarten, Verkehrsschilder und auch einfache Sätze lesen, aber bei längeren Satzkonstruktionen und Abschnitten verlieren die Wörter für ihn den Sinn. Dann bleibt er stecken. Er sieht doppelt, als würde er schielen. Oder die Sätze bilden Webmuster, oder einzelne Buchstaben erscheinen ihm wie Symbole. Er hat noch nie ein Buch gelesen und hätte an der Yale keinen Abschluss machen können, hätte er sich keine Lerngruppen organisiert, in denen die Kommilitonen die Fachliteratur lasen und für ihn mündlich zusammenfassten. Er verstand grundsätzlich alles, was sie selbst schwer zu begreifen fanden. Er ist ein geborener Ingenieur. Schon als Kind hatte er die Fähigkeit, Dinge dreidimensional zu erfassen, und sah die Welt immer in Begriffen zusammenhängender Systeme und Strukturen. Dadurch ist er anderen immer ein paar Schritte voraus.

«... und basierend auf meiner vorläufigen Untersuchung», liest Ginger weiter, «gibt es erhebliche Ähnlichkeiten zwischen dem G-&-H-Produkt und dem vorgeschlagenen Produkt, das wir ...»

Schon sein ganzes Leben hütet Jack sein Geheimnis und fand immer Wege, die Hindernisse zu umgehen. Aufgrund ärztlicher Atteste, in denen ihm Sehprobleme bescheinigt wurden, durfte er Prüfungen mündlich ablegen, und nun gleicht Ginger nahtlos und ahnungslos sein Defizit aus.

Sie hat noch nie gefragt, warum sie ihrem Chef alle Schriftstücke vorlesen muss. Sie würde alles für ihn tun, wirklich alles. Nachdem sie ihr Leben lang von keinem Mann beachtet wurde, ist er der erste, der ihr das Gefühl gibt, wichtig zu sein, und das bedeutet ihr mehr, als er ahnt. Im Gegensatz zu ihrem Vater denkt Jack an ihren Geburtstag und schenkt ihr sogar Blumen. Am letzten Valentinstag hat er ihr eine herzförmige Schachtel Pralinen geschenkt. Natürlich haben auch alle anderen Frauen im Büro so eine von ihm bekommen, aber trotzdem ...

«Allerdings», fährt Ginger fort, «gibt es Bedenken in Bezug auf den Stand der Technik, und deshalb würde ich dringend empfehlen ...»

Als sie mit Vorlesen fertig ist, hat er sich schon wieder über den Zeichentisch gebeugt, erpicht darauf voranzukommen. «Es macht Ihnen wirklich Spaß, an der Puppe zu arbeiten, nicht wahr?», sagt sie.

«Keine Frage. Ich bin im siebten Himmel.» Er lacht. «Ich erschaffe die perfekte Frau.»

«Sie finden wirklich, sie ist perfekt, hm?»

«Das wird sie sein, wenn ich fertig bin.»

Ginger hat die Tür noch nicht geschlossen, da ist Jack wieder in die Arbeit vertieft und überprüft seine Berechnungen. Um die Sanduhrsilhouette zu verwirklichen und die Stoffschicht in der Taille auszugleichen, muss Jack den Betrachter täuschen und eine optische Illusion erzeugen. Auf dem Papier hat die Puppe die absurden Maße von 99, 46, 84. Dasselbe gilt für die Füße der Puppe. *Welche erwachsene Frau trägt Schuhgröße 32?* Aber größere Füße würden clownhaft wirken. Die kleinsten Details bringen ihn ins Stolpern, wie etwa die Hände. Nachdem er sich von einem Skulpteur beraten ließ, wie sie auszusehen haben, wies Charlotte scharfsinnig darauf hin, dass derart geformte Hände beim An- und Ausziehen unpraktisch sind.

«Die passen durch keinen Ärmel. Die Finger dürfen nicht gespreizt sein. Sie muss sie so halten.» Sie machte es vor.

«Augenblick», sagte er. «Nicht bewegen. Bleiben Sie in der Haltung.» Charlotte hat elegante Hände. Wieso war ihm das bis dahin nicht aufgefallen? Er griff nach der Polaroidkamera und fotografierte ihre Hände aus allen möglichen Blickwinkeln, traf sich dann wieder mit dem Skulpteur und sagte: «Das sind die Hände. Die will ich.»

Jetzt ist Jack in Gedanken versunken, als Ruth, ohne anzuklopfen, in sein Büro kommt. «Ich habe eine Idee, wie wir sie nennen können. Wie wär's mit ‹Lady›? ‹Lady Doll›.» Sie lächelt in stolzer Haltung. «Das ist schlicht und treffend.»

«Lady?» Er lacht und klemmt sich den Bleistift hinters Ohr. «Wie in *Lady and the Tramp*?»

«Oh, Scheiße.» Sie lässt die Schultern nach vorn sinken. Wieso sind alle guten Namen schon vergeben, und warum ist das so schwierig? Sie hat sich den Kopf zerbrochen, ist jede Alliteration durchgegangen, jede vorstellbare Kombination. Nichts erscheint passend. Ruth schaut zu Jacks Zeichentisch. «Zeigen Sie mir, woran Sie gerade arbeiten.»

«Ich gebe den Gesichtszügen den letzten Schliff.»

Sie beugt sich darüber. Während die Bild-Lilli ein ernstes Gesicht hat und dazu einen listigen, scherzhaften, frechen Blick, gestaltet Jack eine Schönheit.

«Sie ist zu hübsch», sagt Ruth.

«Zu hübsch gibt es gar nicht.»

«Sie darf nicht so hübsch sein», sagt Ruth. «Sie muss attraktiv sein, ja, aber sie darf nicht so schön sein, dass die Mädchen sich nicht mehr mit ihr identifizieren. Sie müssen sich selbst in der Puppe sehen. Darauf kommt es an. Die Mädchen müssen die Puppe anschauen und sich ihre eigene Zukunft vorstellen können.»

«Aber die Nase», sagt Jack, «das ist doch eine schöne Nase.»

«Das ist das Problem. Sie ist zu schön.»

«Dann finden Sie wohl auch die Lippen zu sehr geschürzt.»

«Tatsächlich ja. Und die Wangenknochen sind zu ausgeprägt.»

«Noch etwas, das Sie ruinieren möchten?»

«Ja. Wenn Sie schon dabei sind, kürzen Sie die Wimpern. Sie sind zu klimperig.»

«Zu klimperig, mein lieber Schwan.»

Doch er tut, was sie sagt, denn bei der Zusammenarbeit gibt es immer ein Geben und Nehmen, das ist beiden klar. Sie werfen ihre Ideen in den Raum und hoffen, dass der andere sie brillant findet. Das ist ein Tanz, und sie haben keine Skrupel, dem anderen auf die Füße zu treten. Sie arbeiten verblüffend gut im Takt, und einer baut auf der Idee des anderen auf. Als Jack sagt, die Puppe sollte frei stehen können, schlägt sie einen Ständer vor, und er entwirft einen, der praktisch unsichtbar ist. Als Jack der Puppe lange Haare geben will, möchte Ruth einen hoch sitzenden Pferdeschwanz. Jeder legt abwechselnd eine Sprosse auf ihre Leiter, auf der sie zwangsläufig nach oben rennen, denn Ruth Handler und Jack Ryan sind immer auf Wettkampf aus.

Die Wirkung von Rosa

1957

Nach einem weiteren langen Tag verlässt Ruth den Firmenparkplatz in ihrem neuen rosa Thunderbird Cabrio, das Elliot ihr im Juni zum neunzehnten Hochzeitstag geschenkt hat. Er hat ihn in ihrer Wunschfarbe lackieren lassen. Und dabei ist Rosa nicht einmal ihre Lieblingsfarbe. Allerdings hat ihre Schwester ihr einmal erklärt, dass eine Frau in der Geschäftswelt knallhart sein, äußerlich aber feminin erscheinen muss. «Wenn du tough aussiehst, bist du ein Mannweib, und mit so einer will keiner zusammenarbeiten. Aber wirkst du zu sanft, tanzen sie dir auf der Nase herum. Mit dieser Kombination aber lässt du sie ständig rätseln. Sie wissen nicht, wie sie dich einordnen sollen.»

Ruth hat sich den Rat ihrer Schwester zu Herzen genommen und sie beobachtet. Sarah ließ sich von den Männern immer die Tür aufhalten, Kartons und Kisten tragen, alles, was für eine Frau als zu schwer erachtet wurde. Sie konnte sanftmütig mit einem Verkäufer feilschen, doch dabei hatte ihre heitere Stimme einen entschiedenen Unterton. Sie kleidete sich schlicht und gepflegt, ging aber nie ohne ihren knallroten Lippenstift. Bis zum Ende. Der Gedanke versetzt Ruth einen Stich – auch nach zehn Jahren fehlt ihr die große Schwester noch. Sarah ist der Grund, warum sie jeden Tag die Perlen trägt und sich jede Woche die Zeit nimmt, zur Maniküre zu gehen, egal wie viel Arbeit auf sie wartet.

Eine Dreiviertelstunde später biegt sie in die lange Auffahrt ihres Hauses am Duxbury Circle ein. Es ist ein großes Haus in Beverlywood. Sie haben es 1955 gekauft, nach ihrem ersten großen Erfolg, der Burp Gun, die sich im ersten Jahr über eine Million Mal verkaufte. Da fühlten sie sich zum ersten Mal reich. Die Schleusentore hatten sich geöffnet, und zugegeben, sie übertrieben es ein wenig. Sie spielten plötzlich bei den Großen mit. Sie hatten einen Finanzberater und Lebensversicherungen – sie fühlten sich wie Erwachsene. Die Freiheit, etwas im Schaufenster zu sehen und sagen zu können «Das werde ich mir kaufen!», war unwiderstehlich. Ruth kaufte nicht mehr bei der May Company von der Stange, sondern in den exklusiven Boutiquen und besaß ein halbes Dutzend Chanel-Kostüme. Elliot bekam den Mercedes-Benz, den er immer gewollt hatte. Sie reisten erster Klasse und verbrachten Familienurlaube in London und Paris. Sie stellten einen Chauffeur ein, der die Kinder zur Schule und nach Hause fuhr, denn sie waren zu beschäftigt, um das selbst zu tun, und Elliot fürchtete wegen ihres neu erworbenen Reichtums auch, die Kinder könnten entführt werden. Und sie kauften natürlich ein Haus, das sie prompt abreißen und neu bauen ließen. Elliot entwarf es mitsamt der bodentiefen Fenster und der Holzausstattung. *Better Homes and Gardens* bezeichnete es als «ein Wunder der Moderne», und *Architectural Digest* nannte es «wunderlich», da im Wohnzimmer eine Wendeltreppe um eine Eiche herumführte, auf deren Zweigen Spielzeugvögel saßen. Es ist einzigartig. Es ist sicherlich nicht zu vergleichen mit dem Haus in Denver, in dem Ruth aufwuchs, jenem Holzhaus mit zwei Schlafzimmern und einer schmalen Frontveranda mit drei Holzstufen in verschiedenen Stadien des Verfalls.

Die Sonne geht gerade unter, überzieht den Himmel mit roten und orangefarbigen Streifen und wirft einen warmen Schein auf die Dächer. Der weite Rasen ist umgeben von Palmen, Feigen- und Granatapfelbäumen, und hinter dem Haus gibt es einen Swimmingpool, den Ruth dieser Tage kaum genießen kann, weil die Puppe so viel von ihrer Zeit beansprucht.

Sie arbeiten nun schon über ein Jahr daran, und Ruth hat längst die Hoffnung aufgegeben, die Puppe auf der nächsten Toy Fair vorzustellen. Sie sind nicht einmal annähernd fertig. Jack hat Schwierigkeiten mit den Armgelenken. Außerdem haben sie noch immer keinen Namen: «Molly Model», «Make-Believe Belinda» – einer ist schlechter als der andere. Doch trotz der Probleme hat es etwas Magisches, Faszinierendes, die Puppe zu kreieren. Jeder kleine Sieg ist hart erkämpft, das Resultat vieler vorheriger Versuche, die nicht überzeugen konnten. Als Jack endlich ein Hüftgelenk baut, das sich wie gewünscht bewegen lässt, als sie den Haaransatz akkurat eingezogen haben, als der Spann richtig gewölbt ist, hoch genug, damit die von Charlotte entworfenen Pantoletten passen, feiern sie, als hätten sie die Baseball-Meisterschaft gewonnen. Bei mehr als einer Gelegenheit haben sie eine Flasche Champagner geköpft und mit Pappbechern und Kaffeetassen angestoßen.

Doch dann gibt es Tage wie diesen. Ruth kommt nur so spät nach Hause, weil am Nachmittag der erste Prototyp geliefert worden ist. Sie waren ungeheuer aufgeregt und konnten es nicht erwarten, den Karton zu öffnen. Doch als Jack die Puppe herausnahm, waren sie alle sprachlos. Was hatte der Übersetzer KBK gesagt? Die Puppe sah aus wie eine Japanerin, und die Form ihrer Augen war nur ein Teil des Problems. Der Hersteller hat den falschen Kunststoff verwendet, und siehe da, die Puppe hat Nippel bekommen. Jack hat ihr beinahe den Arm abgeschnitten, als er versuchte, die Brustwarzen mit seinem Taschenmesser zu entfernen. Ruth wäre eine Stunde früher nach Hause gekommen, hätten sie nicht in Übersee anrufen müssen, um mit dem Übersetzer und KBK zu sprechen und den Schlamassel aus der Welt zu schaffen.

Ruth hat von jeher hart gearbeitet, aber ihr Pensum hat sich verdichtet, seit sie die Puppe kreieren. Sonst machte sie um fünf, spätestens um sechs Uhr Feierabend und fuhr nach Hause. Sie hatte immer Wert auf ein gemeinsames Abendessen gelegt. Sie spielte Tennis im Klub und traf sich ein oder zwei Mal die Woche mit Freundinnen zum Lunch. Sie hat keine Ahnung, was aus ihrem gemischten Doppel geworden ist. Das hat sich in den vergangenen Monaten anscheinend in Luft aufgelöst, genau wie ihr Sozialleben. Sie war derart beschäftigt, dass sie letzte Woche Barbaras Elternabend versäumte. Der war ihr gänzlich entfallen. Ruth wies ihre Sekretärin an, der Lehrerin Blumen zu schicken, und legte eine Karte bei, auf der sie sich entschuldigte. Die hätte sie besser an Barbara geschickt, die am nächsten Tag vor lauter Peinlichkeit nicht zur Schule gehen wollte. Ruth versäumte auch eine von Kens Klavieraufführungen, doch es ging nicht anders – sie und Charlotte mussten Stoffe beschaffen. Zugegeben, zurzeit gibt es nicht viel Ausgleich in Ruths Leben, doch das ist nur vorübergehend, bis die Puppe auf dem Markt ist.

Ruth betritt das Haus, wirft ihre Handtasche auf den Marmortisch im Flur und geht die Post durch. Sie streift sich die hohen Pumps ab und tappt auf schmerzenden Füßen durch das Wohnzimmer, wo das letzte Sonnenlicht auf dem Deckel des Flügels schimmert und auf der Klaviaturklappe Kens Fingerabdrücke sichtbar macht. Dahinter im Esszimmer beenden Elliot und die Kinder gerade ihre Mahlzeit.

«Entschuldigt, dass ich so spät komme», ruft sie. «Wir hatten wieder eine Krise.»

«Wir haben so lange gewartet, wie es ging», sagt Elliot und

zuckt bedauernd die Achseln. «Ich wusste nicht, wann du kommen würdest. Ich habe Edna einen Teller warm stellen lassen.»

Ruth nickt und lässt sich auf ihren Stuhl plumpsen. Auf dem Tisch liegen etliche Schulbücher und Hefte mit Hausaufgaben, als hätte keiner geglaubt, dass sie zum Essen da sein wird.

«Wie war es in der Schule?» Sie schiebt die Bücher beiseite und stützt die Ellbogen auf den Tisch.

«Ich will nicht darüber reden», sagt Ken, der auf seinem Teller eine Erbse hin und her rollt.

«Hast du heute nicht Prüfungen gehabt?», fragt sie.

«Ich sagte, ich will nicht darüber reden.» Er lässt die Gabel fallen, dass es klirrt.

Ken ist selten so barsch. Er ist ein fleißiger Zwölfjähriger mit einem Bürstenschnitt, einer dicken Brille und gelegentlichen Aknepusteln. Ruth macht sich seinetwegen Sorgen. Er ist ein Einzelgänger. Introvertierter als seine ältere Schwester, aber zum Glück nicht so übellaunig. Meistens.

«Und was ist mit dir?» Sie wendet sich Barbara zu, die kaum von ihrem Teller aufgeblickt hat. «Wie ist die Probe gelaufen?»

«Darf ich aufstehen?» Die Bitte ist an Elliot gerichtet.

«Stimmt etwas nicht mit dem Steak?», fragt Ruth. «Das isst du doch so gerne.»

«Ich bin satt», antwortet Barbara, verlässt hastig den Tisch und geht mit energischen Schritten, man könnte fast sagen, sie stampft, aus dem Esszimmer.

«Was ist mit ihr los?» Ruth kostet von dem Kartoffelbrei, den Barbara auf dem Teller gelassen hat.

Elliot zuckt die Achseln und deutet mit einer dezenten Kopfbewegung auf Ken: *Nicht vor ihm.*

Ken fragt, ob er auch aufstehen darf, und sobald er außer Hörweite ist, sagt Elliot: «Er hat es nicht ins Team geschafft, wie du dir vielleicht denken konntest.»

«Das habe ich vermutet.» Sie senkt den Kopf und massiert sich die schmerzenden Schläfen.

«Er wird darüber hinwegkommen», meint Elliot. «Ich habe ihn überredet, sich der Schachmannschaft anzuschließen.»

Sie nickt und merkt, dass sie Hunger hat, einen Bärenhunger sogar. Sie kann sich nicht erinnern, ob sie zu Mittag etwas gegessen hat. Sie nimmt einen Bissen von Barbaras Salisbury Steak.

«Die Kinder vermissen dich, Ruthie.»

«Ich weiß.» Sie verspürt einen schuldbewussten Stich in der Rippengegend, bei dem ihr die Luft wegbleibt.

«Du bist gar nicht mehr zu Hause. Du bist nicht da, wenn sie dich brauchen ...»

«Ach, komm, das ist nicht wahr.» Doch ihre Verteidigung klingt kraftlos, weil sie weiß, dass er recht hat.

«Du arbeitest ständig. Und zu Hause bist du mit den Gedanken bei der Arbeit. Das belastet sie.»

Sie lässt ihre Gabel los und schiebt den Teller weg. «Meinst du, ich sehe nicht, wie unglücklich sie sind? Ich habe auch so schon ein schlechtes Gewissen. Du brauchst das nicht noch zu verschlimmern.»

«Ich will deswegen nicht streiten, Ruthie.»

Sie will das auch nicht, würde aber gern betonen, dass es Ken nicht sportlicher machte, wenn sie pünktlich nach Hause käme. Das würde auch weder seine Akne beseitigen noch seine Weitsichtigkeit heilen. Es würde ihn in der Schule nicht beliebter machen. Und Barbara nicht nachsichtiger mit den anderen Darstellern oder mit ihren Klassenkameradinnen, die angeblich ihren Kleidungsstil kopieren, obwohl sie alle die gleichen Pudelröcke und Sattelschuhe tragen. Selbst wenn Ruth aufhören würde zu arbeiten, könnte sie die Probleme ihrer Kinder nicht lösen.

Das ist ein krasser Gegensatz zu ihrer Wirksamkeit in der Firma. Dort hat sie Macht, ist entscheidungsfreudig und selbstsicher. Sie kann eine Zweihunderttausend-Dollar-Entscheidung treffen und kurzerhand die Reederei wechseln. Sie kann sich vor einen Raum voller Männer stellen und ihnen sagen, was sie zu tun haben. Sie kann Mitarbeiter einstellen und entlassen und deren finanzielle Zukunft mit einem Federstrich ändern. Bei Mattel hat sie starken Einfluss, aber in ihrem eigenen Zuhause kann sie sich nicht durchsetzen. Und nichts löst bei ihr so sehr das Gefühl aus, wertlos zu sein, wie das. Ist es da verwunderlich, wenn sie so viel arbeitet? In der Firma ist sie emotional nicht verletzbar, hier fühlt sie sich nicht angewiesen auf Liebe und Anerkennung.

Möchten Sie tanzen?

Sie scheinen heute enorm gut gelaunt zu sein», bemerkt Dr. Greene und notiert, dass Jack offenbar in eine manische Phase eintritt. Seine letzte manische Phase liegt vier Monate zurück. Er nimmt nicht nur wöchentlich mit seiner Frau an einer Gruppensitzung teil, sondern kommt auch zu Einzelsitzungen. Über manches kann er in Gegenwart von Barbara oder vor den anderen Irren nicht reden. Zum Beispiel über sein «hypersexuelles Syndrom», wie Dr. Greene es nennt und mit dem er sich heute eingehender befassen will.

«Ich habe gern Sex und meine Frau nicht», sagt Jack. «Barbara und ich haben dazu eine Abmachung. Sie weiß, dass ich anderswo Sex bekomme. Ist das ein Verbrechen?»

Dr. Greene neigt den Kopf zur Seite. «Erinnern Sie sich an Ihr erstes sexuelles Erleben?»

«Nein», lügt Jack. Er weiß noch genau, wann und wie es dazu kam. Er verdankt es den Rockettes. Er ist in New York aufgewachsen, wo sein Vater ein großer Bauunternehmer war, und eines Nachmittags begleitete der zwölfjährige Jack ihn in die Radio City Music Hall. Während sein Vater mit Kunden sprach, stahl sich Jack in den Orchestergraben, um die Showtanzgruppe proben zu sehen. Diese Beine – oh, was sie mit seinem jungen Körper machten, dieses Kribbeln und Hartwerden hatte er noch nie erlebt.

«Wirklich?», sagt Dr. Greene. «Keine Erinnerung?»

Jack schweigt.

«Wie kommen wir beim Masturbieren zurecht?», fragt Dr. Greene.

«*Wir* kommen sehr gut damit zurecht. Ich habe die Sache in die Hand genommen», sagt er, wohl wissend, dass Dr. Greene den Witz nicht würdigen wird. Dr. Greene ist besorgt wegen der Häufigkeit, da das Ziel ist, die Anzahl der *Vorfälle* auf ein *normales* Maß zu reduzieren. Aber wer legt fest, was normal ist?

Nun wechselt Dr. Greene das Thema. «In unserer letzten Sitzung sprachen Sie über Ihre Kindheit und Ihre Eltern.»

Jack seufzt, dann stöhnt er.

«Sie sagten, Ihr Vater sei distanziert.»

«Mein Vater ist ein kalter, hartherziger Hundesohn.» Trotzdem verehrt Jack ihn.

«Und Ihre Mutter?»

Jack lacht. «Lily Ryan ist eine prätentiöse Wichtigtuerin. Ihr kommt es nur auf den äußeren Schein an.»

Das ist wahr. Ein perfektes Beispiel dafür war Jacks Elternhaus in Riverdale am Rand der Bronx. Ihnen gehörte das größte Haus in der Straße, eins mit großer kreisrunder Auffahrt, Säulenfront und schmiedeeisernen Verzierungen an der Tür. Leider passte das Innere nicht zu dem großartigen Äußeren. Seine Mutter hatte ein Bild vor Augen und war unaufhörlich damit beschäftigt, zu tapezieren, anzustreichen und aufzupolstern, um es richtig hinzukriegen. Das Ergebnis war eine heillose Unordnung mit diversen Leitern und farbbespritzten Abdeckplanen. Jack fühlt sich oft, als wäre er jenes Haus, äußerlich so ansprechend in seinen maßgeschneiderten Anzügen und seidenen Krawattenschals, aber innerlich eine Katastrophe.

«Meines Wissens sagten Sie, Sie hätten keine Freunde mitbringen dürfen.»

«Oh, verflucht, nein. Meine Mutter erlaubte nicht, dass jemand ins Haus kam. Selbst Lieferjungen mussten das Zeug auf der hinteren Veranda ablegen. Freunde mitzubringen stand außer Frage. Außerdem hat ihr keiner von ihnen gepasst, und wenn ich zu ihnen eingeladen wurde, sagte sie: ‹Du willst dich mit denen nicht abgeben. Die sind vulgär.›» Jack lacht traurig. «Jeder war vulgär oder ein Verlierer oder zu bourgeois, zu ungehobelt, zu flegelhaft, zu sonst was.»

«Das muss eine ziemlich einsame Zeit für Sie gewesen sein», sagt Dr. Greene.

«Können wir bitte das Thema wechseln?» Tatsächlich ist er noch immer einsam. Besonders in seinem eigenen Haus. Seine Frau ist bei ihm, doch er spürt, wie sie zusammenzuckt, wenn er sie anfasst. So war es in den ersten paar Jahren nicht – damals haben sie zusammen gelacht, es gab Vertrautheit und Sex, wenn auch nicht so oft, wie er es gern gehabt hätte. Dennoch glaubte er, sie passten gut zusammen. Und dann haben sie einander verloren, irgendwo zwischen der Kindererziehung und seiner Arbeit. Die Kluft zwischen ihnen ist nicht mehr zu überbrücken, nicht mehr zu leugnen. Sie kann ihm nicht geben, was er braucht, und er ihr nicht.

Nun versucht er, die Leere mit allem Möglichen zu füllen. Ungeachtet seiner Anfälle von Schlaflosigkeit kann er nicht allein schlafen, außer er ist sturzbetrunken, und er würde sich eher die Haare anzünden, als allein in einem Restaurant zu essen. Wenn seine Mutter ihm nur erlaubt hätte, Freunde zu haben. Stattdessen hat er in jungen Jahren gelernt, in seiner Gedankenwelt zu leben, und jetzt steckt er dort fest.

Elliot verlässt das Büro früher als sonst, weil er vor dem Heimweg einiges erledigen muss. Er ist draußen am Swimmingpool und staunt über die Tatsache, dass er, Elliot Handler, ein schuldenfreies Haus mit einem Pool besitzt. Als er Ruth kennenlernte, waren seine Taschen leer. Sie waren bei einem Spendenball des B'nai B'rith, und er borgte sich von seinem Freund einen Nickel für den Eintritt, weil er mit ihr tanzen wollte. Nach dem ersten Foxtrott war er in sie verliebt. Sie war für ihn unerreichbar. Wie könnte ein Junge aus dem Westen von Denver – der sich mit einer Bande jüdischer und italienischer Rowdys herumtrieb – das Herz eines Mädchens wie Ruthie Mosko gewinnen?

Später an dem Abend standen sie vor der Denver Lodge an der Colfax Avenue, und er rieb sich die schwitzenden Handflächen an den Hosenbeinen ab, bevor er sich traute, nach ihrer Hand zu greifen. Ihm versagte fast die Stimme, als er fragte, ob er sie nach Hause bringen dürfe. Er hatte kein Auto, und sie wohnte fast zwei Kilometer entfernt, doch sie war einverstanden. Also gingen sie zu Fuß, und er hielt dabei ihre zierliche Hand. Ihm war schwindlig vor Aufregung, weil sie sich zum ersten Mal küssen würden. Oh, wie er sich deswegen den Kopf zerbrach. Womit sollte er das einleiten? Wann sollte er sie küssen? Und wie lange? Sollte es ein flüchtiger Kuss sein? Auf die Wange? Auf den Mund? Oder intimer? Durfte er einen Zungenkuss wagen? Während er hin und her überlegte, blieb Ruthie auf dem Bürgersteig im Lichtkreis einer Laterne stehen, sodass sie noch engelhafter aussah. Sie waren erst ein paar Querstraßen weit gelaufen, da stellte sie sich auf die Zehenspitzen und küsste ihn, lange und sanft und wundervoll. Elliot lächelt, wenn er daran zurückdenkt und wie sie in dem Moment die Regie übernahm und seitdem behalten hat. Sie war es auch, die ihm den Heiratsantrag machte. Und dem Himmel sei Dank dafür.

Er geht in den Werkzeugschuppen, nimmt sich den langstieligen Kescher vom Haken und sammelt auf dem Wasser treibende Blätter und Insekten ein. Sie haben zwar einen Pooljungen, der zweimal die Woche kommt, aber Elliot kümmert sich, wenn er

Zeit hat, gern selbst um den Pool. Am flachen Ende macht er sich daran, einen kupferroten, schillernden Käfer einzufangen.

Er weiß, er hätte ohne Ruth weder den Pool noch das Haus und ganz sicher keine erfolgreiche Firma. Wäre sie nicht gewesen, würden Elliot und sein Freund Matt noch immer in einer Garage Lucite-Fotorahmen mit Bildern bestücken. Es war Ruth, die vorschlug, sie zu verkaufen. Vor elf Jahren machte sie ihren ersten Vertreterbesuch, schleppte einen Musterkoffer, den sie kaum heben konnte, in ein Einrichtungshaus. Sie hatte den Koffer noch gar nicht aufgeklappt, da winkte der Inhaber schon ab.

«Sagen Sie nicht so schnell Nein.» Ruth zeigte ihm einen Rahmen und erklärte, dass Lucite der neueste Schrei sei. «Sie sind der Erste, dem ich sie zeige, aber wenn Sie nicht interessiert sind, verkaufe ich die eben an Ihre Konkurrenten.» Der Mann bestellte schließlich für dreitausend Dollar, und das Wissen, dass sie ihn dazu gebracht hatte, sich ihrem Willen zu beugen, entzündete in ihr ein Feuer, eine Flamme, die seitdem nicht erloschen ist.

Sie verlor ihre Antriebskraft nie, nicht einmal in schweren Zeiten, von denen es viele gab. Gerade als ihr Bilderrahmengeschäft ins Rollen kam, brauchte die Regierung alle Plastikproduktionskapazitäten für den Krieg. Offenbar wurde auch Elliot gebraucht, doch er wurde zum Glück nicht ins Gefecht geschickt. Sobald er wieder zu Hause war, begann er mit Matt zusammen, aus billigem Nutzholz und Holzresten Puppenmöbel zu bauen. Wieder machte sich Ruth daran, die Produkte zu verkaufen – diesmal mit zwei Kindern im Schlepptau –, und dabei lernte sie die Spielzeugbranche kennen. Sie studierte Fachzeitschriften, als lernte sie für eine Prüfung. 1945 fuhr sie sogar mit dem Zug nach New York und nahm zum ersten Mal an der Toy Fair teil. Sie hatte nicht geahnt, wie groß die Spielzeugindustrie war und wie viel Geld man in der Branche verdienen konnte.

Danach überzeugte sie Elliot und Matt, gemeinsam ins Geschäft einzusteigen. In ihrem ersten Jahr erzielten sie einen Gewinn von dreißigtausend Dollar und im zweiten Jahr das Dreifache. Bis 1947 hatten sie sich in der Branche mit Elliots Uke-A-Doodle, einer Spielzeugukulele aus Plastik, einen Namen gemacht. Da sie für ihren kleinen Laden inzwischen zu groß geworden waren, verhandelte Ruth den Mietvertrag für ihr erstes Geschäftshaus. Als sie hundert Mitarbeiter auf ihrer Lohnliste führten, fühlte sich Matt überwältigt. Das war zu viel für ihn, und Ruth ermutigte Elliot, Matt mit fünfzehntausend Dollar auszuzahlen – damals eine fürstliche Summe –, und sie borgten sich das Geld von Sarah und ihrem Mann Louie.

«Was tust du hier draußen?», fragt Ruth jetzt, als sie durch die Glasschiebetür tritt. «Ist alles in Ordnung?» Sie legt Handtasche und Autoschlüssel auf einen der Klubsessel. «Ich kam aus der Sitzung, und es hieß, du seist schon gegangen.»

«Ich musste den Reifendruck prüfen lassen. Und ich war bei der Reiseagentur. Wir sind startklar. Zwei Wochen Hawaii. Ein Hotel direkt am Strand. Wir werden Wale beobachten und einen Hubschrauberrundflug über Kauai machen – oh, und eine Schiffstour entlang der Küste von Napali. Klingt das nicht großartig?»

«Wann war das noch mal?», fragt sie und setzt sich in einen Sessel.

«Wir fliegen am achten Juni – dem ersten Samstag nach Ferienbeginn.»

«Oh.» Ruth seufzt übertrieben und kaut auf der Unterlippe.

Dieser Tonfall, dieser Gesichtsausdruck – er weiß, was kommt, und kann es nicht ertragen, sie das sagen zu hören. «Oh nein, Ruth. Du kannst keinen Rückzieher machen. Die Kinder wären am Boden zerstört. Sie freuen sich seit Monaten auf die Reise.»

Sie kapituliert. «Also gut, in Ordnung, ich werde mitkommen.»

«Und dann? Die ganze Zeit im Hotelzimmer sitzen und arbeiten, wie du es am Lake Tahoe getan hast? Oder an den Niagarafällen?»

«Das ist nicht fair.»

«Ach nein? Kannst du dich überhaupt noch erinnern, wann wir zuletzt zusammen Urlaub gemacht haben und du nicht die halbe Zeit gearbeitet hast? Ich sage dir, wann das war. Es war in Europa – vor über einem Jahr, bevor du die verdammte Puppe gesehen hast.» Er hebt den Kescher aus dem Wasser, dreht das Netz herum und klopft damit auf die Zementplatten, damit es seinen Fang freigibt.

«Was soll ich denn sagen? Ich muss ein Unternehmen führen.»

«Es ist auch mein Unternehmen, Ruthie. Das vergisst du manchmal.» Das kommt ruppiger als beabsichtigt. Er mag es nicht, wenn er die Beherrschung verliert. Das ärgert ihn mehr als das, was ihn eigentlich aufgebracht hat. Jetzt bekommt er Kopfschmerzen, spürt plötzlich, dass die Luft steht und wie eng ihm in der Brust ist.

«Das habe ich nie vergessen», sagt sie. Und sie meint das ernst. Aber wie so viele kreative Menschen ist Elliot im Grunde kein Geschäftsmann. Er ist ein Träumer, fantasievoll wie ein Kind. Und wie Jack kann er an einem Spielzeug ewig herumtüfteln. Würde sie keinen Dampf machen, brächten sie nichts zu Ende. Kann er nicht würdigen, unter welchem Druck sie steht? Das Geschäft lastet auf ihren Schultern.

«Seit du die Puppe entdeckt hast, wirst du von Arbeit aufgezehrt. Du hast keine Zeit für etwas anderes, nicht mal für deine Familie. Du verbringst mehr Zeit mit Jack als mit mir.»

«Bitte sag nicht, du bist eifersüchtig auf Jack.»

«Natürlich nicht. Gott, nein.» Er holt tief Luft und sucht nach den richtigen Worten, um es zu erklären. «Aber ich weiß, was passiert, wenn zwei zusammen an einem Projekt arbeiten. Da bildet sich eine Verbundenheit, in die kein anderer eindringen kann. Da entsteht eine gewisse Energie, und ich weiß, du spürst sie. Er ebenfalls. Das ist wie ein Klub, dem kein anderer beitreten kann. Ging es dir nicht genauso, als ich und Matt zusammengearbeitet haben?»

Sie war damals als Vertreterin unterwegs, um ihr Geschäft zum Laufen zu bringen. So hat sie das nie betrachtet.

«Also ja», räumt Elliot verlegen ein. «Ich bin wohl ein wenig eifersüchtig auf deine Partnerschaft mit Jack.»

«Dann arbeite mit uns. Wir können deine Hilfe weiß Gott gebrauchen.»

Er schüttelt den Kopf. «Ich bedauere, aber ich sehe nicht, warum du so versessen darauf bist, diese Puppe zu machen. Es läuft nicht gut, Ruthie. In der einen Woche klappt es mit den Haaren nicht, in der nächsten sind es die Arme. Und du hast noch immer keinen Namen. Ihr dreht euch im Kreis. Ich habe an vielen Spielzeugen gearbeitet, und wenn man an so viele Hindernisse stößt, dann will dir das Universum etwas sagen. Es sollte nicht so schwierig sein. Außerdem dieses Konzept, eine Puppe mit Brüsten ...» Er schüttelt wieder den Kopf. «Das erscheint mir nicht passend. Niemand hat den Mut, dir das ins Gesicht zu sagen, aber wir denken, du musst in die Bremsen steigen.»

«Wer ist wir?»

«Die Buchhalter, die Juristen, die Hälfte der Ingenieure. Die Sache birgt zu viele Risiken.»

«Ach komm, wir sind immer Risiken eingegangen.» Eigentlich ist sie die Risikobereite, die dann Elliot überzeugt, bei ihrem Plan mitzumachen. «So haben wir die Firma aufgebaut. Deshalb sind wir erfolgreich.»

«Das ist nicht der alleinige Grund. Wir beide haben unterschiedliche Stärken, die einander ergänzen, und darum sind wir erfolgreich. Ich gestalte, und du verkaufst.»

Und dann begreift sie. Er ist nicht nur auf Jack eifersüchtig. «Nimmst du mir übel, dass ich ein Spielzeug erschaffe?»

«Sei nicht albern.»

«Ich will es wissen. Nimmst du es mir übel?» Gewöhnlich stellt er sie nicht infrage, und das trägt sehr dazu bei, dass ihre Ehe funktioniert. Sie führt, und er folgt, zufrieden und bereitwillig. Nur ist sie bisher nie auf sein Fachgebiet abgeschwenkt. Sie will Elliot aber nichts wegnehmen oder ihn in den Schatten stellen. Es ist nur so, dass sie alles auf den Erfolg der Puppe setzt, und am Ende soll jeder wissen, dass sie ihre Idee, ihre Vision war.

«Ruthie, ich habe dir nie gesagt, wie du deine Arbeit machen sollst, nicht wahr?»

«Also nimmst du es mir übel.»

«Jetzt beleidigst du mich. Es geht mir nicht darum, dass du ein Spielzeug gestaltest, sondern was für eins es ist. Dieses Spielzeug ist sinnlos.» Er hängt den Kescher an den Haken. Er ist so wütend, er kann sie im Augenblick nicht ansehen, und deshalb geht er ins Haus, um sich abzuregen.

Ruth bleibt draußen in dem Sessel sitzen und verfolgt, wie sich die Tropfen von dem Netz lösen und auf den Zementboden fallen. Ihr ist, als ob sich ihre Familie mit jedem Tropfen weiter von ihr zurückzieht.

Sie haben sich immer vorgenommen, niemals wütend einzuschlafen, doch Elliot schläft bereits, als Ruth das Schlafzimmer betritt. Sie überlegt, ihn zu wecken und sich auszusprechen, aber es ist spät, sie ist erschöpft, und eigentlich findet sie, dass er sich bei ihr entschuldigen oder ihr auf halbem Weg entgegenkommen sollte. Anscheinend verlangt er von ihr, sich zwischen Familie und Beruf zu entscheiden.

Darüber denkt sie eine Weile nach und versucht, das Problem von seiner Warte aus zu sehen. Vielleicht hat Elliot Grund, auf Jack eifersüchtig zu sein. Im Lauf des Jahres hat sich eine gewisse Intensität, wenn nicht sogar Intimität entwickelt. Sie bekommen ebenso leicht einen Lachanfall, wie sie einander an die Gurgel gehen. Wenn einer von ihnen eine Idee hat, rennt er sofort nach nebenan und teilt sie mit. Da ist Leidenschaft im Spiel – zwar nicht von der romantischen Art, aber ist das so ein großer Unterschied? Man ist mit dem Herzen dabei und gibt alles.

Ruth frustriert vor allem, dass sich solch eine Gelegenheit nicht alle Tage bietet und Elliot das nicht erkennen will. Wenn diese Puppe nur halb so gut ankommt, wie Ruth glaubt, werden sie ausgesorgt haben und ihre Kinder und Enkel und Urenkel gleich mit.

Ruth weiß, wie es ist, mal Geld zu haben und mal pleite zu sein. Im Drugstore ihrer Schwester schwankten die Einnahmen, und Louie gesellte sich häufig zu Ruths Vater an den Pokertisch. Sarah wusste nie, wann er heimkommen würde oder ob sie in der nächsten Woche Essen auf den Tisch bringen konnte. Selbst für das Nötigste war oft kein Geld da. Ruth erinnert sich an die Zeiten, als ihnen der Strom abgestellt wurde und sie sich mit Taschenlampen behelfen mussten, bis Sarah das Geld zusammenhatte, um die Rechnung zu begleichen. Das Spielzeuggeschäft ist ein Glücksspiel, und die Angst vor Knappheit sitzt bei Ruth tief. Elliot sollte das eigentlich verstehen. Hat er etwa vergessen, wie pleite er war, als sie sich kennenlernten? Vergisst er die Zeit, als sie froh waren, wenn sie achtzehn Dollar auf dem Konto hatten?

Sie betrachtet ihn und fühlt einen großen Abstand zwischen ihnen, obwohl er direkt neben ihr liegt. Sie kann sich nicht erinnern, wann sie zuletzt miteinander geschlafen haben. Abends ist sie zu müde, wenn er einen Fuß auf ihre Seite des Bettes schiebt und ihr Bein anstupst – sein Lockruf. Und morgens, wenn sie ihre Perlen anlegt und sich die Lippen schminkt, blickt sie ihn im Spiegel an und sagt: «Willst du heute Abend?» Er versteht die Kurzform und lächelt immer, sagt immer «Sicher». Doch wenn «heute Abend» da ist, ist sie zu müde, oder er ist in ein Buch oder eine Fernsehsendung vertieft. Und wieder ist ein Tag vorbei.

Ruth fällt schließlich in einen unruhigen Schlaf und ist im ersten Moment desorientiert, als der Wecker klingelt. Beide regen sich, und noch ehe sie die Augen aufschlägt, hat sie ihren Streit von gestern Abend wieder im Ohr. Sie will nicht, dass eine Puppe sie auseinanderbringt. Elliot ist das Beste, was ihr je passiert ist, und sie liebt den Mann im Großen wie im Kleinen. Sie liebt seine Kreativität, und seine Art zu denken fasziniert sie immer wieder. Nur Elliot kann in den Rissen im Zementboden das Profil eines alten Mannes erkennen, wo andere lediglich schadhaftes Pflaster sehen. Er hat die Fähigkeit, in allem das Gute zu entdecken, sogar in ihr. Sie liebt seine herrlichen Fußmassagen und dass er im Stau nie andere Fahrer beschimpft und bei den Kindern selten unbeherrscht reagiert. Er lacht gern, und das ist so ansteckend, dass sie mit ihm lacht. Sie liebt den dreieckigen Flecken Haare auf seinem Kopf, der von seinen dunklen Locken geblieben ist. Und seinen Geruch. Elliot riecht wie kein anderer, sauber und nach Sommersonne. Nie nach Schweiß. Niemals. In all den Jahren, die sie mit ihm zusammen ist, egal ob er achtzehn Löcher Golf oder sechs Sätze Tennis gespielt oder mit dem Schweißbrenner in einer aufgeheizten Garage gearbeitet hat, er riecht immer gut, frisch und anziehend.

Sie rutscht zu ihm hinüber. «Es tut mir leid», flüstert sie in sein Ohr.

Noch im Halbschlaf zieht er sie an sich. «Mir auch.»

Aus den Augenwinkeln läuft eine Träne aufs Kopfkissen. Sie erlaubt sich nur selten zu weinen, weil sie das für Zeitverschwendung hält. Doch diese Tränen sind ihre Reue, denn sie erkennt, dass sie ihn für selbstverständlich gehalten hat.

«Es tut mir leid», sagt er noch einmal. «Du fehlst mir, Ruthie. Das ist alles.»

Darauf weint sie heftiger und birgt das Gesicht an seiner Schulter, die schon einen feuchten Fleck hat.

«Schsch.» Er streicht ihr beruhigend über den Rücken. «Ist schon gut, Ruthie. Zwischen uns ist alles gut.»

Sie atmet tief seinen Geruch ein und fühlt, wie sich ihr Körper weitet, als sich ihre kleinen schmerzenden Leerstellen mit seiner Liebe füllen. Nirgendwo fühlt sie sich so geborgen wie bei Elliot, und in solchen Augenblicken, wenn sie sich verletzlich vorkommt, will sie nur bei ihm sein, selbst wenn ihre innere Stimme sie drängt, schleunigst aufzustehen, zu duschen, sich anzuziehen und zur Arbeit zu fahren.

Nennen wir sie Barbie

Eines Abends, als Elliot bei Ruths Büro anhält, um ihr zu sagen, dass er Feierabend macht, findet er sie und Jack in panischem Zustand. Auf ihrem Schreibtisch steht eine Flasche Scotch, und der halbe Raum ist tapeziert mit großen Papierbögen, auf denen in Ruths Handschrift lauter Namen stehen: «Dilly-Dolly», «My Big Dolly», «Grown-Up Girly». Als Elliot fragt, was los ist, berichten sie von einer neuen Puppe, die von der Ideal Toy Company gerade herausgebracht wird.

«Und das ist keine neue Betsy Wetsy.» Jack fährt sich mit beiden Händen durch die Haare. «Das ist eine erwachsene Puppe.»

«Was heißt erwachsen in diesem Fall?», fragt Elliot.

«*Erwachsen* erwachsen», sagt Ruth und klingt leicht hysterisch. «Eine erwachsene Puppe mit hohen Absätzen und dem Körper einer Frau und ... Himmel, ich kann nicht glauben, dass das passiert.»

«Moment, Augenblick mal. Was genau wisst ihr über die Puppe?», fragt Elliot. Wie immer bleibt er ruhig, denkt nüchtern und praktisch, lässt sich nicht auf voreilige Schlüsse ein. «Sie ist vielleicht gar nicht wie eure Puppe. Wann soll sie in die Geschäfte kommen?»

«In zwei Wochen, einem Monat, einem Jahr ... ich weiß es nicht», sagt Jack. «Wir haben gerade erst davon erfahren.»

«Als Erstes müsst ihr beide euch beruhigen», sagt Elliot. «Soweit ihr wisst, ist Ideal mit der Puppe noch in einem frühen Stadium.»

«Aber wir dürfen uns nicht darauf verlassen», sagt Ruth. «Genau das habe ich die ganze Zeit befürchtet. Wir müssen als Erste auf den Markt kommen. Wir müssen jetzt fertig werden. Keine Verzögerungen mehr. Keine Mängel mehr.»

«Du solltest nicht überreagieren», sagt Elliot und erntet damit lediglich einen bösen Blick. «Der Markt ist groß genug für mehr als eine erwachsene Puppe. Seht euch nur die verschiedenen Babypuppen an und die vielen Spielzeugpistolen. Jeder hat zu Hause einen Springteufel, einen Flummi. Ihr werdet schon sehen, das läuft trotzdem.»

«Du hast leicht reden.» Ruth hasst es, wenn er so nüchtern denkt, besonders wenn sie so emotional ist. Dann fühlt sie sich, als würde sie ihr seelisches Gleichgewicht verlieren.

«Hat einer von euch deren Puppe gesehen?»

«Ich bemühe mich gerade, sie in die Finger zu kriegen», sagt Jack. «Ich habe schon ein paar Leute bei Revlon angerufen und ...»

«Revlon?» Elliot zieht ein Gesicht. «Die Kosmetikfirma?»

«Ideal hat sich mit der zusammengetan», sagt Ruth. «Sie nennen sie die Miss Revlon Doll. Sie sind viel weiter als wir. Wir haben noch keinen Namen.»

«Nur darum geht es hier?» Elliot deutet auf die Blätter, die ringsum an den Wänden kleben. «Du bist doch so gut mit Namen, Ruthie», sagt er, um sie aufzumuntern. «Du bist auf die Uke-A-Doodle gekommen und auf Mattel – das war auch von dir. Der richtige Name wird dir ganz von selbst einfallen. Das kannst du nicht erzwingen.»

«Aber ich muss. Uns läuft die Zeit davon. Wir brauchen den Namen jetzt.»

«Ihr beide macht euch verrückt», sagt Elliot. «So läuft das nicht mit der Kreativität. Jack, Sie wissen das besser als jeder andere. Es hat seinen Grund, warum Ihnen die besten Ideen unter der Dusche oder am Strand kommen. Man darf sich nicht darin verbeißen. Kommt, lasst uns woandershin gehen. Ihr braucht beide einen Tapetenwechsel.»

Schließlich spielen sie Billard in einer Bar in der Nähe des Flughafens, in der es nach schalem Bier riecht und jedes Mal die Lampen flackern, wenn ein Flugzeug startet oder landet. Leider hat es nicht geholfen, sie aus dem Büro rauszuholen. Anstatt sich dort hochzuschaukeln, tun sie es jetzt in einer Bar. Während Elliot und Jack Billard spielen, rutscht Ruth auf ihrem Hocker hin und her und ruft ihnen Namen zu. «Wie wär's mit ‹Fashion Franny›? Oder ‹Melody Model›?»

Elliot hat sich bisher rausgehalten, weil die Puppe nicht seine Erfindung ist, sondern ihre, aber er kann nicht mit ansehen, wie die beiden sich weiter den Kopf zerbrechen. Bei einem Spielzeug ist es genauso wie bei einem Baby. Der Name gibt dem Kind einen Charakter, und nachdem man endlos Namen aus dem Hut gezaubert hat, sieht man sein Neugeborenes an und weiß sofort, welcher der richtige ist. Bei einem Spielzeug ist das nicht anders. Er wollte sich eigentlich nicht einmischen, aber für ihn liegt der ideale Name auf der Hand. Er war die ganze Zeit vor ihrer Nase.

«Wisst ihr», sagt Elliot, nachdem Jack seinen Stoß ausgeführt hat, «ihr habt beide einen wichtigen Menschen in eurem Leben, der Barbara heißt. Ihr könntet die Puppe ‹Barbara› nennen. Oder ‹Babs›. Oder hey, noch besser – wie wär's mit ‹Barbie›?»

Ruth hört auf zu zappeln. Jack hält über den Billardtisch gebeugt inne. Beide sind wie erstarrt und sehen Elliot mit offenem Mund an. *Barbie. Barbie. Barbie.* Das klingt springlebendig, gut gelaunt und selbstbewusst. Das hat Verve und Ausstrahlung. Der Name passt perfekt.

Jack richtet sich auf und schlägt sich an die Stirn. «Wieso ist das keinem eingefallen?»

«Mir ist es gerade eingefallen», sagt Elliot.

«Das leuchtet absolut ein», sagt Ruth. «Unsere Tochter, Jacks Frau!»

«Eine Ehrung unserer Barbaras», sagt Jack.

«Ja, lasst uns den nehmen», sagt Ruth. «Nennen wir sie ‹Barbie›.»

Die Sache ist entschieden. Endlich. Sie bleiben in der Bar und feiern mit Miller High Life, dem «Champagner unter den Bieren». Das ist ein Riesenschritt, und sie sind ausgelassen vor Freude und Erleichterung. Mit dem Namen wird die Puppe erst real. Jetzt ist sie mehr als etwas Hypothetisches, mehr als eine Idee.

«Na kommt», sagt Elliot bei einem Blick auf die Uhr und seine leere Bierflasche. «Trinkt aus. Es ist spät, und wir haben mit der Puppe viel Arbeit vor uns.»

«Ich glaub's nicht.» Ruth lächelt ihn an. «Hast du gerade *wir* gesagt? Heißt das, du kommst offiziell ins Team?»

«Du meinst, ins Team Barbie?» Elliot lacht und weiß es nun: Wenn er Zeit mit seiner Frau verbringen will, muss er sich mit ihrer Barbiepuppe anfreunden.

Zehn Finger und zehn Zehen

1958

Ruth sitzt am Tisch im Konferenzraum unter einer Wolke von Zigarettenrauch und sieht Jack zu, der in einem fort einen Flummi an die Wand wirft und auffängt und damit ein dumpfes rhythmisches Klopfen erzeugt.

«Jack, ich bitte Sie.» Sie drückt die Fingerspitzen an die Kopfhaut.

«Um was?» Das Klopfen geht weiter.

«Herrgott noch, Jack.» Sie steht auf und nimmt ihm den Ball weg.

«Na, dann geben Sie mir eine Zigarette oder was anderes. Ich brauche etwas in den Händen.»

«Meinetwegen.» Sie schiebt ihm schwungvoll die Zigarettenschachtel zu.

Sie warten auf den neuen Prototyp aus Tokio. Jemand vom Ladedock hat die Zentrale angerufen und die Lieferung angekündigt. Diesmal muss er gut sein. Sie arbeiten seit zwei Jahren an der Barbie. Sie wollten sie im März auf der Toy Fair vorstellen, doch Barbie war noch nicht fertig. Darum wird sie im kommenden Jahr debütieren – wenn sie Glück haben. Wenigstens brauchen sie sich wegen der Miss Revlon Doll keine Sorgen mehr zu machen. Die hat sie in Angst und Schrecken versetzt, bis sie sie gesehen haben: den zu großen Kopf, die lächerlich hohe Taille, die flache Brust. Sie war nur eine bessere Babypuppe mit Lippenstift und klobigen Pumps.

Charlotte kommt herein, beladen mit Stoffproben und einem Maßband um den Hals. Ruth hat sie kürzlich ganztags eingestellt und zahlt ihr ein Spitzengehalt von fünfzehntausend Dollar im Jahr.

«Ich möchte die mit Ihnen durchgehen», sagt Charlotte und lädt die Muster auf dem Tisch ab. «Schauen Sie mal und sagen Sie mir, was Sie davon halten.»

Vor ihnen ausgebreitet liegen Stoffquadrate aus Baumwollgewebe, Samt, Reyon, Taft und Seide, manche mit winzigen Bienen, Blüten, Karos, Streifen und Hahnentrittmuster. Es war unmöglich, Stoffe zu finden, deren Muster klein genug sind, um maßstäblich zur Barbie zu passen, daher hat Charlotte die Muster selbst entworfen.

«Oooh, ich mag den getüpfelten Stoff», sagt Jack, greift nach der Probe und befühlt sie. «Der ist klasse.»

«Ja», pflichtet Ruth bei und nimmt ein anderes Stoffquadrat in die Hand. «Die sind niedlich. Ich mag auch den rosa-weiß gestreiften.»

«Wir können auch ausprobieren, welche zueinanderpassen», sagt Charlotte, zieht sich einen Stuhl hervor und lässt sich darauf fallen.

Ruth sieht die dunklen Schatten unter ihren Augen. Den Husten von ihrer Erkältung wird sie nicht so richtig los. Die Frau ist ausgelaugt, und Ruth fühlt sich dafür verantwortlich. Kürzlich hat sie Charlotte nach Japan geschickt, damit sie die Näherinnen instruiert, die massenhaft Barbie-Kleider nähen werden. Davor war Charlotte in Paris bei den Modenschauen, um sich von Balenciaga, Givenchy und Schiaparelli inspirieren zu lassen. Ruth weiß, sie verlangt viel von ihr, und sie zahlt ihr häufig einen Bonus oder gewährt andere Vergünstigungen wie einen Firmenwagen, um sie zu beschwichtigen und von einer Kündigung abzuhalten.

Nicht dass Charlotte vorhat, die Firma zu verlassen. Ganz im Gegenteil. Wenn Mattel nicht wäre, wer weiß, was sie dann mit sich anfangen würde. Sie ist eine Nachteule und nimmt sich häufig Arbeit nach Hause mit, damit sie abends etwas zu tun hat. Sie ist ein paarmal ausgegangen, doch Männer haben seltsame Ansichten über geschiedene Frauen, und sie ist nicht auf Sex aus.

Nachdem sie ihre Stoffproben zusammengerafft hat und in ihr Büro zurückkehrt, raucht Ruth noch eine Zigarette und fragt sich, wo der Prototyp bleibt. Sie ist nervös, weil letzten Monat eine weitere desaströse Lieferung aus Tokio kam. Die Puppe hatte Blasen an Nase und Wangen, und einige Finger und Zehen fehlten.

Jack fluchte und warf die Puppe zurück in den Karton. Er erklärte, dass der Rotationsguss misslungen sei und sie bei der Produktion Leute bräuchten, die die Gussformen drehen, damit der Kunststoff gleichmäßig bis in die Hohlräume für die Finger und Zehen fließt.

«Und was wird das kosten?», fragte sie.

«Ich weiß es nicht. Und sehen Sie mich nicht so an. Ich sage Ihnen schon die ganze Zeit, eine Puppe dieser Größe, die so detailreich ist, hat noch keiner hergestellt.»

«Wenn die Deutschen das konnten, warum dann nicht Sie?»

«Herrgott noch, Ruth, wir haben schon hundert Mal darüber gesprochen. Noch niemand hat diesen Kunststoff benutzt – auch die Deutschen nicht. Die Bild-Lilli ist aus steinhartem Plastik. Und wenn Sie keine Lizenzgebühr an Greiner & Hausser zahlen wollen, müssen Sie mich in Ruhe meine Arbeit machen lassen.»

Es klopft an der Tür, und Ruth kehrt in die Gegenwart zurück, als Jacks Sekretärin mit einem großen Karton hereinkommt. Ginger ist fast zehn Zentimeter größer als Jack, und es ist kein Geheimnis, dass sie schrecklich in ihn verknallt ist. Sie himmelt ihn an, und wenn es nach ihr ginge, würde sie ihn glatt auf dem Bärenfell mit Trauben füttern.

Jack nimmt den Karton entgegen und stellt ihn auf den Tisch. Mit dem Taschenmesser schlitzt er vorsichtig durch die japanischen Schriftzeichen auf dem Paketaufkleber. Ruth spannt die Schultern an. Sie hat ein Gefühl im Magen, als hätte sie eine Faust verschluckt. Was, wenn die Puppe nicht gelungen ist? Schon wieder nicht? Sie haben enorm viel Geld in das Projekt gesteckt: Jacks Reisen nach Japan, Charlottes Reisen, der KBK-Vertrag, Charlottes Gehalt, die Honorare der Anwälte, dazu die bisher geleisteten Arbeitsstunden.

Und es sind nicht nur Unternehmenskosten entstanden. Da ist auch der emotionale Preis, den sie selbst zahlt. Wegen Barbie gibt es Spannungen zu Hause – sie streitet mit Elliot, Barbara ist wütend auf sie, und Ken behandelt sie mit schierer Gleichgültigkeit. Er ist derart an ihre Abwesenheit gewöhnt, er fragt schon gar nicht mehr, wann sie nach Hause kommt. Jeder in ihrer Familie hat wegen Barbie Opfer gebracht, und was, wenn KBK die Puppe nicht richtig hinbekommt? Hat sie die nötigen Mittel für einen weiteren Versuch? Ruth ist frustriert und wird immer nervöser, weil ihr allmählich Zweifel kommen. Und dennoch ist Aufgeben für sie keine Option. Sie will nicht scheitern. Wenn etwas nicht so läuft, wie sie es sich vorgestellt hat, setzt sie neu an und drängt umso schneller und entschlossener voran. *Erzwing es nicht, aber gib alles, was in dir steckt.* Sie hat ein Händchen dafür, die Dinge zu vereinfachen, und bewirkt, dass sich Leute, Umstände und Dinge ihrem Willen fügen. Jetzt muss ihr das mit neunundzwanzig Zentimeter Kunststoff genauso gelingen.

Jack schneidet den Karton auf, wühlt sich durch Verpackungsmaterial und hebt eine Puppe heraus, um sie zu inspizieren. Ruth kann von seinem Gesicht nichts ablesen. Sein Ausdruck ist unverändert.

«Nun?», fragt sie.

«Sagen Sie es mir.» Er reicht ihr die Puppe. Sie schaut und betrachtet sie von allen Seiten. Da ist keine einzige Plastikblase im Gesicht. Der Haaransatz ist gleichmäßig. Die Arme und Beine lassen sich bewegen. Sie lässt sich wie gewünscht hinsetzen. Ruth mustert sie wie eine Mutter ihr Neugeborenes. Barbie hat zehn Finger und zehn Zehen.

Es ist sonst nicht ihre Art zu kreischen, doch genau das tut sie in dem Moment. Es passiert reflexhaft, kommt spontan aus ihr heraus. Die Anspannung verlässt ihren Körper, wie Garn von einer Spule rinnt. Sie ist aufgesprungen und steht nah bei Jack, sodass sie den Impuls verspürt, ihn zu umarmen, um den Augenblick zu feiern. Doch das wäre plump. Sie ist keine seiner Bewunderinnen, und dennoch kann sie nicht anders, sie zieht ihn an sich. Er hebt sie hoch und dreht sich mit ihr im Kreis, und sie lachen so heftig, dass ihnen die Tränen kommen, Tränen der Freude und Erleichterung.

Sie fassen sich gerade wieder und sonnen sich noch in ihrem Sieg, als Henry Pursell hereinkommt, Mattels Justiziar.

«Schauen Sie her», sagt Jack und hält ihm die Barbie hin. «Ist sie nicht grandios?»

«Die, äh, die ist großartig», sagt Pursell. «Aber wie steht es um den Lizenzvertrag mit Greiner & Hausser? Ich habe noch keinen gesehen.»

«Machen Sie sich deswegen keine Gedanken», sagt Jack.

«Nun, einer muss sich Gedanken machen. Bevor Sie beide noch mehr Zeit und Geld in dieses Barbie-Projekt stecken, sollten Sie sich die Rechte sichern, die Bild-Lilli in Ihre Puppe umzuwandeln.»

«Wir werden uns darum kümmern», sagt Ruth. Beizeiten.

Oder auch nicht. Jack ist zuversichtlich, dass er einen Weg gefunden hat, die Patente zu umgehen, sodass sie sich eine teure Lizenzvereinbarung sparen können. Außerdem haben sie keine Zeit dafür. Sie müssen die Puppe fertigstellen. Und sie weiß, wie Jack ist. Nur weil der neue Prototyp fehlerfrei ist, hört er noch lange nicht auf, daran zu arbeiten. Nein, er wird weiter schauen, ob sich das Design verbessern lässt. In seinen Augen ist nichts je fertig. Alles kann man verbessern, ob die Veränderung beim ersten Hinsehen auffällt oder nicht.

Ruth betrachtet wieder die Puppe. Sie ist ruhig, und zugleich wogt ein Machtgefühl in ihr, weil sie es so weit geschafft haben und weil sie jetzt weiß, dass es klappen wird.

Sagen Sie nicht Puppe

Charlotte ertrinkt in Arbeit. Selbst mit Mia, einer Musterschneiderin, die das Nähen der Modelle übernommen hat, ist die Arbeitsbelastung zu hoch. Vor allem da Mattel sie immer wieder nach Tokio schickt, damit sie die Produktion der ersten Barbie-Ensembles überwacht: einen schwarz-weiß gestreiften Badeanzug, ein blau-weißes Sommerkleid mit Faltenrock und einen Mantel aus weißer flauschiger Wolle mit schicken Taschen und Halbgürtel.

Ruth hat versprochen, eine zweite Designerin einzustellen. Sie und Charlotte haben schon Gespräche mit mehreren Bewerberinnen geführt, doch Ruth fand, sie seien KMM – kein Mattel-Material.

«Wir brauchen eine, die so zäh ist wie wir», sagt Ruth. «Eine, die ich nicht zum Weinen bringen kann.»

«Das ist viel verlangt.» Charlotte lacht. «Sie bringen das halbe Männerkollegium zum Weinen. Aber ich habe vielleicht die Richtige für die Aufgabe.»

Sie meint ihre ehemalige Schülerin Stevie Klein. Allerdings hatte Stevie bei ihrer letzten Begegnung Mühe, die Tränen zurückzuhalten. Drei Monate vor ihrem Abschluss saß sie bei Charlotte im Büro und sagte, sie wolle die Ausbildung abbrechen. Charlotte erriet den Grund, wollte sie aber nicht darauf ansprechen und beschämen. Wie vermutet war Stevie schwanger, und ein paar Wochen später verlor sie das Kind und auch den Mann, der sie geschwängert hatte. Dennoch war Stevie Klein die vielversprechendste Schülerin am Chouinard gewesen.

Sie fiel schon gleich zu Anfang auf, weil sie Linkshänderin war. Charlotte konnte sich nicht vorstellen, wie Stevie dieses Handicap überwinden sollte, das mitunter ernsthaft hinderlich war. Da die Armauflage der Einzel-Schulbänke für Rechtshänder designt war, saß Stevie zur Seite gedreht und musste beinahe auf dem Kopf schreiben, während ihr Unterarm bis zum Ellbogen vom Abrieb der Bleistiftschrift grau war. Es gab keine linkshändigen Nadeleinfädler und keine Linkshänderscheren, sodass es für sie schwierig war, eine gerade Linie zu schneiden. Um einen klassischen Fischgrätenstich zu nähen, musste sie verkehrt herum, von rechts nach links, arbeiten. Selbst die Zahlen auf ihrem Maßband standen auf dem Kopf, wenn sie es mit der linken Hand aus dem Gehäuse zog. Doch trotz der Widrigkeiten hatte sie ihre Schwächen in ihre größten Stärken verwandelt. Sie mochte länger brauchen, um ihre Schnittmuster zu schneiden, dafür waren sie umso präziser. Sie nahm an einem Mannequin nicht nur ein Mal Maß, sondern zwei Mal, um sicherzugehen, dass sie richtig abgelesen hatte. Vielleicht fiel es Charlotte gerade wegen des Handicaps auf, wie innovativ Stevie war und dass sie eine seltene Art der Genialität besaß. Im Grundkurs Nähen fertigte sie Paspelknopflöcher an und entschied sich für doppelte Abnäher anstelle der einfachen, obwohl das zeitaufwendiger war. Sie nähte Reißverschlüsse von Hand ein, sodass sie praktisch nicht mehr zu sehen waren, und sie war die erste von Charlottes Schülerinnen, die die Prinzessnaht beherrschte. Sie kannte die emotionalen Eigenschaften der Farben, und man brauchte ihr nicht erst beizubringen, dass die Form der Funktion zu folgen hat. Außerdem ist sie ein zäher Brocken.

Stevie steht hinter der langen Theke eines Diners am Pico Boulevard, wo sie seit einem Jahr kellnert, da sie in ihrem Fach keine Stelle bekommen konnte, sosehr sie sich auch bemühte. Nach einer Achtstundenschicht skizzierte sie beim Abendessen neue Ideen, um sich dann an die Nähmaschine zu setzen und bis spät in die Nacht an Modellen zu arbeiten, die sie bei Bewerbungen präsentieren wollte. Wenn sie Pause hatte, zog sie in der Toilettenkabine ihre Arbeitskleidung aus und eins ihrer Modelle an und eilte zu einem Vorstellungstermin. An ihren freien Tagen klopfte sie bei jedem Arbeitgeber an, den sie finden konnte, bot sich als Praktikantin oder als Lehrling an und war sogar bereit, ohne Lohn zu arbeiten, nur um Berufserfahrung zu sammeln. Doch ohne einen Abschluss nahm sie keiner ernst. Ihre Mitbewohnerin und frühere Klassenkameradin, Vivian Ross, ergatterte eine bezahlte Praktikantenstelle bei Rudi Gernreich. Sie hatte dort für Stevie ein gutes Wort eingelegt, doch es kam nichts dabei heraus.

Nun sieht Stevie zu, wie der letzte Rest Ketchup aus einer Flasche in eine andere tropft, bis sie aufblickt und ihre ehemalige Lehrerin, Mrs Johnson, vor sich sieht. Sie ist in Begleitung eines kleinen Mannes und einer noch kleineren Frau, oder vielleicht wirken die beiden nur klein, weil Charlotte genau wie sie selbst ungewöhnlich groß ist. Stevie denkt, sie sind nur zufällig für ein frühes Mittagessen in das Diner gekommen, doch nein, sie sind ihretwegen hier, und das im richtigen Moment, denn nachdem sie die letzte Ketchup-Flasche umgefüllt hat, kann sie endlich in die Pause gehen.

Als sie hinter der Theke hervortritt, schaut der kleine Mann sie von oben bis unten an und stößt einen leisen Pfiff aus. «Mannomann.»

«Kusch, Junge.» Mrs Johnson boxt ihn gegen die Schulter.

«Beachten Sie ihn gar nicht», sagt die andere Frau.

«Beißt er denn?», fragt Stevie, und als der Mann darauf grinst und sie von oben bis unten mustert, stellt sie ihn zur Rede. «Hey, Kurzer. Meine Augen sind hier oben.»

Der Mann lacht entzückt. «Sie sind eine Resolute, hm?»

Stevie stemmt die Hände in die Hüften. «Freundchen, Sie haben ja keine Ahnung.»

«Oooh, die gefällt mir», sagt die Frau, als stünde Stevie nicht dabei.

Nach dieser Bemerkung wird Stevie mit Jack und Ruth bekannt gemacht. Alle einschließlich Charlotte, der früheren Mrs Johnson, sprechen einander mit dem Vornamen an. Sie nehmen eine der hinteren Nischen, die mit dem rissigen türkisfarbenen Sitzpolster. Stevie wundert sich über den Besuch, und während die drei über den Verkehr auf dem Sepulveda Boulevard plaudern, nimmt Jack Zuckerwürfel aus dem Schälchen neben den Salz- und Pfefferstreuern und baut einen Iglu.

«Charlotte sagt, Sie waren ihre beste Schülerin», beginnt Ruth und klopft sich eine Zigarette aus der Packung.

«Das war sie», bekräftigt Charlotte. «Sie ist eine geborene Designerin.»

Das ist durchaus wahr. Stevie hat das Designfieber sehr früh gepackt, wenn auch aus Notwendigkeit. Ihr Vater verkaufte früher die World Book Encyclopedia an der Haustür, und Geld war bei ihnen stets knapp. Da sie keine gebrauchte Kleidung tragen wollte, überredete sie ihre Eltern, ihr eine gebrauchte Singer zu kaufen, eine große, schwere Tretnähmaschine, die sie noch immer hat. Mit der Hilfe einer Nachbarin brachte Stevie sich das Nähen bei. Sie hatte fast sofort ein Gefühl dafür und konnte gut und schließlich ausgezeichnet nähen.

Dennoch kann Stevie Charlottes Lob nicht annehmen und macht sich weiter Vorwürfe, weil sie ihre berufliche Laufbahn spektakulär vergeigt hat. Töricht, wie sie war, glaubte sie, den

Mann zu lieben. Doch das Universum hatte anders geplant, und so lernte Stevie ihre Lektion: niemals einen Mann an die erste Stelle setzen, sich nie vom Kurs abbringen lassen. Denn wegen eines Mannes schloss sie ihre Ausbildung nicht ab und verbannte ihren Traum, Modedesignerin zu werden, zusammen mit ihrem letzten Nähprojekt, dem Hochzeitskleid, das sie nicht getragen hatte.

Ihre Kollegin bringt ihnen Kaffee. Sie hat extreme X-Beine und dadurch einen schaukelnden Gang, der die Getränke auf ihrem Tablett zum Schwappen bringt. Dass dabei niemals ein Tropfen überfließt, ist ein Wunder und Beweis dafür, dass die Frau ihr Leben lang hingebungsvoll gekellnert hat. Der Gedanke bringt Stevie fast zum Weinen, denn das ist wie ein Ausblick in ihre eigene Zukunft.

«Also was bringt Sie hierher?», fragt sie.

Ruth neigt sich vor und faltet die Hände, sodass ihr großer Smaragdring auffällt. «Wir sind hier, um Ihnen eine fantastische Chance zu bieten.»

«Die streng geheim ist. Absolut vertraulich», sagt Jack. Sein Iglu nimmt allmählich die Gestalt einer Burg an, bekommt einen Turm und Wehrmauern. Als er den letzten Zuckerwürfel aus der Schale verbaut hat, holt er sich den Zucker vom Nachbartisch und setzt den nächsten Würfel sorgfältig an seinen Platz.

«Was ich Ihnen anbiete», sagt Ruth, «ist die Chance, eine Kleiderkollektion zu entwerfen. Inklusive Accessoires. Luxuriöse Mode, von Alltags- bis hin zu Abendkleidung.»

«Moment – Sie bieten mir eine Stelle an? Eine Designerstelle?» Stevie zieht die Brauen hoch und versucht, ihre Erwartungen zu zügeln. Wenn das ein Scherz sein soll, dann findet sie ihn nicht witzig. Sie schaut Charlotte fragend an.

«Wir würden mit *ihm* zusammenarbeiten.» Charlotte zeigt mit dem gereckten Daumen auf Jack und runzelt scherzhaft die

Stirn. «Er wäre theoretisch Ihr Chef, aber praktisch würden Sie mit mir zusammenarbeiten.»

«Mehr Einzelheiten können wir Ihnen noch nicht verraten», sagt Ruth und klaubt sich einen Tabakkrümel von der Zunge. «Sie werden mir vertrauen müssen, mir und Charlotte. Und sich auf ein Wagnis einlassen.»

«Aber eins können wir Ihnen sagen.» Jack hält inne, neigt sich verschwörerisch nach vorn, schaut sich um, ob jemand lauscht, und flüstert: «Sie entwerfen die Kleider für eine Puppe.»

Das ist ein Scherz. Stevie lässt sich gegen die Rückenlehne fallen.

«Ich weiß, was Sie denken», sagt Charlotte. «So ging es mir auch. Aber das ist keine gewöhnliche Puppe. So eine haben Sie noch nie gesehen.»

«Mehr dürfen wir wirklich nicht verraten.» Jack legt einen Finger an die Lippen, seine Augenwinkel kräuseln sich. «Wahrscheinlich haben wir schon zu viel gesagt.»

«Das ist wirklich eine einmalige Gelegenheit», versichert Ruth. «Andernfalls würde ich Ihre Zeit nicht in Anspruch nehmen – und mir meine sparen. Und wir zahlen Ihnen für den Anfang zweihundert Dollar pro Woche.»

Stevie bezwingt ihren Impuls, nach Luft zu schnappen. Sie fragt sich, ob sie sich verhört hat. Ruth bietet ihr zweihundert Dollar pro Woche? Damit sie eine Kleiderkollektion entwirft? Für eine Puppe? Sie blickt Charlotte an, um zu sehen, ob das ernst gemeint ist. Mein Gott, tatsächlich. In dem Diner verdient sie fünfundsechzig Cent pro Stunde plus Trinkgeld, und das reicht nicht zum Leben. Vivian musste ihr letzten Monat die Hälfte der Miete vorschießen, und ihre größte Angst ist, wieder bei ihren Eltern einziehen zu müssen. Sie braucht eine Zahnfüllung, und erst heute Morgen hat sie zehn Liter Benzin getankt und mit Fünf- und Zehncentstücken bezahlt. Ihre alte Klapperkiste überhitzt sich oft und braucht eine neue Batterie.

Sie hofft, dass man ihr nichts ansieht, als sie ihre Antwort gibt. «Ich muss darüber nachdenken.» Doch bei zweihundert pro Woche gibt es nichts nachzudenken.

Am folgenden Montagmorgen um Null Achthundert, wie man bei Mattel sagt, öffnet das Unternehmen seine Türen. Vor dem Haupteingang bildet sich eine Schlange von über hundert Beschäftigten, die ins Haus wollen. Manche trinken Kaffee aus Thermosflaschen und rauchen Zigaretten, manche unterhalten sich, und andere bleiben für sich und lesen die Morgenzeitung. Mattel hat fast achthundert Leute auf der Lohnliste, sie rangieren vom jungen bis zum mittleren Alter, Männer und Frauen, darunter einige Mexikaner, Schwarze und Asiaten. Wenn Mattel Leute einstellt, dann ist Diskriminierung kein Faktor. Nur die Qualifikation zählt. Einer nach dem anderen zeigen die Angestellten dem bewaffneten Wächter ihren Dienstausweis, obwohl er die meisten mit Namen kennt. Die Frauen öffnen ihre Handtaschen, damit er hineinschaut, bevor er sie durchlässt.

Eine Stunde später, um Null Neunhundert, tritt Stevie bei Mattel ihren ersten Arbeitstag an. Nachdem sie auf die Rosecrans Avenue eingebogen ist, gelangt sie zu einem großen, eingeschossigen weißen Gebäude in einem trostlosen Gewerbegebiet draußen beim Flughafen. Als sie auf den Parkplatz fährt, sieht sie den gefürchteten Dampf unter der Motorhaube hervorquellen. Kaum hat sie freie Sicht durch ihre Windschutzscheibe, hört sie ein lautes Dröhnen und sieht ein Flugzeug im Landeanflug, das so tief über das Gebäude hinwegfliegt, dass sie das TWA am Heck erkennen kann.

Charlotte hat sie gebeten, eine Stunde später zu kommen. So vermeidet sie die Warteschlange und kann direkt ins Haus gehen, wo sie von dem Wachmann angehalten wird. Er durchsucht ihre Handtasche, in der sich außer einem Lippenstift und ihrem leeren Portemonnaie allerhand Bonbonpapierchen, gebrauchte Papiertaschentücher und anderes angesammelt haben. Der Wachmann nickt der Frau hinter der Glasscheibe zu, die wiederum Stevies Führerschein verlangt und ihn nach einem schnellen prüfenden Blick zurückgibt. Endlich öffnet sich eine schwere Stahltür, und Stevie wird durch ein Drehkreuz ins Foyer geleitet. Dort ist klassische Musik zu hören, was ihr seltsam erscheint, da sie auf Schaukästen mit Spielzeugen blickt: eine Ukulele, ein Karussell, eine Biene auf Rädern und verschiedene Plastikpistolen.

Wie aus dem Nichts erscheint eine selbstbewusste Rezeptionistin mit kastanienbraunen Haaren und Sommersprossen und macht von Stevie unangekündigt ein Polaroidfoto. Während sie mit dem Foto wedelt, um den Entwicklungsprozess zu beschleunigen, ruft sie Charlotte an. Dann schaut sie auf das Foto, und ihr Lächeln lässt nach. Es ist das unvorteilhafteste, das je von Stevie gemacht wurde. Ihr Gesicht wirkt verzerrt, ihre Nase zu lang, Mund und Wangen eingedrückt. Wie ein Klumpen Kaugummi unter der Schuhsohle.

Die Rezeptionistin schiebt es in die durchsichtige Plastikhülle eines Firmenausweises und gibt ihn Stevie. «Den müssen Sie immer bei sich tragen.»

Stevie würde gern um ein neues Foto bitten, doch das erscheint ihr zwecklos, und daher folgt sie der Frau einen Flur hinunter, wo Charlotte wartet, um sie in Empfang zu nehmen.

«Wieso gibt es hier so viele Sicherheitsmaßnahmen?», fragt Stevie.

«Oh, Sie wären überrascht, wie hart es in der Spielwarenbranche zugeht. Da gibt es viel Industriespionage.»

«Huu», Stevie tut, als knabberte sie an einem Fingernagel, «das klingt teuflisch.»

«Lachen Sie nicht. Die Spione sind überall.»

Das ist wahr, und Mattel ist noch wachsamer als andere Firmen, weil Jack und einige Kollegen früher in der Luftfahrtindustrie gearbeitet haben. Nun werden die Details der von ihnen konstruierten Spielzeuge genauso gehütet und bewacht wie ein militärisches Geheimnis.

Charlotte führt Stevie durch das Haus, angefangen bei einer langen holzvertäfelten Wand, die intern Mahogany Row genannt wird. «Hier sind die Büros von Ruth und Elliot. Jacks Büro ist auch dahinten, gleich neben Ruths.» Sie gehen durch ein Labyrinth von Arbeitsnischen, die durch farbige Stellwände voneinander getrennt sind. Es gibt einige schräge Zeichentische mit Reißschienen, Druckbleistiften und Zirkeln. Charlotte zeigt ihr, wo die Entwicklungsingenieure sitzen. Die Modellbauer neben ihnen probieren gerade die Klangstäbe für ein Xylofon aus, ihr blechern klingendes Kinderlied konkurriert gerade mit einer Chopin-Etüde. Der Vertrieb und die Abteilung für Öffentlichkeitsarbeit befinden sich gegenüber, daneben die Rechtsabteilung und die Buchhaltung.

«Und hier arbeiten wir beide.» Charlotte vollführt eine kleine Drehung und zeigt Stevie ihren Platz in der hintersten Ecke. «Sie werden da drüben sitzen.» Sie zeigt auf einen Arbeitsplatz, der wie eine Müllhalde für ausrangierte Ordner, Kartons, ramponierte Schreibunterlagen, Hefter und anderes Büromaterial aussieht. «Keine Sorge», sagt Charlotte. «Wir finden jemanden, der das wegräumt.» Sie macht vor einer Tür halt und bedeutet Stevie, mit hineinzukommen. «Und ich sitze hier.»

In Charlottes Büro stapeln sich Modezeitschriften, Musterbücher und Stoffmuster in allen erdenklichen Farbtönen aus der Standard Color Refence of America, die auch am Chouinard verwendet wurde. An einer Seite lehnen Stoffballen neben einer Nähmaschine. Ihr Schreibtisch ist übersät mit Bleistiften, Nadelkissen, Maßbändern und Aschenbechern. Lauter Dinge, die Stevie im Büro einer Modedesignerin erwarten würde. Nichts davon lässt sie an Spielzeugproduktion denken.

Charlotte holt das Formular der üblichen Verschwiegenheitsvereinbarung hervor, das jeder unterschreiben muss, der das nähere Umfeld der Barbiepuppe betritt. Sobald Stevie alles unterschrieben hat, bekommt sie schließlich die Puppe zu Gesicht, und die ist nicht das pummelige Kind, mit dem sie gerechnet hatte.

Angesichts von Stevies Reaktion sagt Charlotte: «Jetzt verstehen Sie sicher, warum ich auf Sie zugekommen bin.» Stolz hält sie die Barbie ins Licht. «Entwerfen Sie zwei Jahre lang Kleider für sie, und Sie können sich Ihren Arbeitgeber aussuchen.» Charlotte nimmt einen großen Skizzenblock vom Schreibtisch. «Das sind nur erste Entwürfe», sagt sie und schlägt ihn auf. «Aber daran sehen Sie, von welcher Art Kleidung wir sprechen.»

Sie deutet auf mehrere Skizzen, und die sind so elegant und detailliert wie bei jedem anderen Modezeichner auch. Sie vergisst beinahe, dass es um Puppenkleider geht. Allmählich erkennt Stevie für sich eine echte Perspektive, und als sie sich traut, sich dem Gedanken ein bisschen weiter zuzuwenden, strömen ihr Bilder eines Traums in den Kopf, von dem sie sich bereits verabschiedet hatte. Jetzt, nach einem Jahr voller Absagen, erwacht die Designerin in ihr zu neuem Leben. Diese Puppe, für die sie Kleider entwerfen soll, ist praktisch eine erwachsene Frau – zwar in Miniaturform, aber eine Frau. Sie wird eigentlich keine Puppenkleidung, sondern eine Haute-Couture-Kollektion für eine winzige Person entwerfen. Und sie wird dafür bezahlt. Sie sieht es bereits vor sich, wie sie Barbies Kleider in ihrer Bewerbungsmappe verwenden und sich bei großen Modehäusern bewerben wird. Es mag ein Umweg sein, aber sie fühlt sich beflügelt bei dem Gedanken, nun doch noch den erträumten Karriereweg zu beschreiten.

Charlotte blättert um, und Stevie betrachtet die fein gezeichnete Unterwäsche und lacht.

«Was ist so lustig?», fragt Charlotte.

Stevie lacht weiter. «Das ist … na kommen Sie – ein BH und Strumpfgürtel? Für eine Puppe?»

Charlotte lacht nicht. Sie neigt sich zu ihr. «Ich rate Ihnen eines: Sprechen Sie von Barbie niemals wie von einem toten Gegenstand. Und sagen Sie nicht Puppe. Wenn Ruth das hört, rastet sie aus.»

Stevie braucht nicht lange, um Routine zu entwickeln. In der zweiten Woche kennt sie die Abläufe. Jeden Morgen um acht kommt sie auf dem Parkplatz an und sieht Ruths rosa Thunderbird schon dort stehen. Sie stellt sich an der Schlange an und wartet darauf, ihre Handtasche durchsuchen zu lassen und den Firmenausweis zu zücken. Sie schiebt sich durch das Drehkreuz, wo sie von klassischer Musik empfangen wird, dann steuert sie die Teeküche an, wo sie sich an der Kaffeemaschine anstellt. Meistens drängt sich Ginger vor. «Jack braucht Kaffee», erklärt sie dann, und die Warteschlange teilt sich vor ihr wie das Rote Meer vor Mose.

Um neun Uhr geht es zu wie im Tollhaus. Ermutigt von ihrem furchtlosen Anführer Jack, benehmen sich die Ingenieure wie ein Haufen Teenager. Von ihren Arbeitsnischen aus beschießen sie einander mit Gummibandschleudern, werfen Spielzeughandgranaten über die Trennwände und lassen Papierflieger mit koketten Botschaften zu den Sekretärinnen segeln. Wasserpistolenschlachten sind an der Tagesordnung, und jeden Vormittag niest Gina aus dem Vertrieb drei Mal hintereinander, worauf von allen Seiten das deutsche «Gesundheit» schallt.

Da das Firmengebäude mitten im Nirgendwo steht, gibt es für die Mitarbeiter eine Kantine. Dort essen alle, sogar Ruth und Elliot. Das Essen ist nicht kostenlos, aber für ein oder zwei Dollar bekommt man eine komplette Mahlzeit. Frauen in Laborkittel und Haarnetz teilen das Tagesgericht aus, das immer der mexikanischen Küche entstammt und mit Jalapeños und Chilis gespickt ist. Fast jeder hat gegen das unvermeidliche Sodbrennen einen Tablettenvorrat in der Schreibtischschublade. Um zwei Uhr schaltet Elliot von der beruhigenden Klassik auf Marschmusik um, weil er glaubt, dass «On, Wisconsin!» und «Stars and Stripes Forever» die Nachmittagsmüdigkeit vertreiben.

Wenn die Uhr fünf schlägt, ist Feierabend, und Stevie geht mit Mia, der Musterschneiderin, und Patsy aus der Buchhaltung, mit denen sie sich angefreundet hat, an den Strand. Während sie zusammen auf einer großen Decke sitzen, sehen sie den Männern beim Volleyball zu. Die ziehen ihre Hemden aus und entblößen ihre sonnengebräunten Muskeln, geben mit Schmetterschlägen und Sprüngen an und hoffen, die Damen zu beeindrucken.

Einmal erzielt ein Ingenieur namens Twist – eigentlich heißt er Anthony Wheeler – einen Punkt und zwinkert Stevie lächelnd zu, während er sich den Sand von Brust und Schultern wischt. Er sieht sehr gut aus, doch Stevie ist nicht interessiert. Zu frisch ist noch der Schock über ihren Bruch mit Russell.

Es macht sie immer noch fassungslos, dass sie beinahe denselben Fehler gemacht hätte wie ihre Mutter. Sie hat nachgerechnet. Ihre Eltern haben siebeneinhalb Monate vor ihrer Geburt geheiratet, und sie weiß zwar, dass sie sie lieben, fragt sich aber oft, ob sie einander je geliebt haben. Ihrer Erinnerung nach haben die beiden immer in separaten Zimmern geschlafen. Außer *Tonight Starring Jack Paar* und *Perry Mason* haben sie keine gemeinsamen Interessen. Ihr Vater kann ruppig sein, was Stevie mehr ärgert als ihre Mutter. Er ist nicht gewalttätig, nur zutiefst unglücklich, egal wie sehr ihre Mutter sich bemüht, ihn zu erfreuen. Sie vollbringt in der Küche wahre Wunder und macht ein billiges Stück Fleisch zart und saftig. Sie kann aus einer Dose Tomatensuppe eine pikante Spaghettisoße zaubern. Ihre Spezialität sind jedoch Desserts: Schokoladenpudding, Zitronentarte, Schokoladentorte mit Buttermilch. Stevie hat immer damit gerechnet, dass ihre Eltern sich scheiden lassen, sobald sie auf eigenen Beinen steht. Schließlich sind beide noch jung und attraktiv, und Stevie kann sich gut vorstellen, dass sie wieder heiraten und die wahre Liebe finden. Doch sie sind noch immer zusammen und unglücklich. Als sie ihre Mutter einmal fragte, warum sie ihn nicht verlässt, antwortete sie: «Wohin soll ich denn gehen?» Sie hat kein Geld, kann nicht selbst für ihren Unterhalt sorgen. Sie sitzt in der Falle, und Stevie hat sich geschworen, dass ihr das nicht passiert.

Russell hat ihr einen großen Gefallen getan, indem er sie sitzen ließ, auch wenn sie immer noch erschüttert ist und Angst hat, wieder schwanger zu werden, ehe sie dazu bereit ist. Daher lächelt sie bloß höflich, als Twist ihr schöne Augen macht. Einmal hat sie schon wegen eines Mannes Schiffbruch erlitten, und das passiert ihr kein zweites Mal.

Stevie ist neu in der Firma und weiß noch nicht, wie viele Techtelmechtel bei Mattel laufen. Da wäre Blythe aus dem Lager, der in der Herrentoilette bei einer Fellatio mit Herky aus dem Vertrieb erwischt wurde. Leah von der Rezeption hat eine Affäre mit Alex aus der Produktion, der nebenbei etwas mit Connie aus der Lohnbuchhaltung hat. Nach Feierabend treibt es Phil aus der Poststelle auf dem Tisch des Konferenzraums mit Millie aus dem Versand. Und dann ist da natürlich noch Jack, der erstaunlicherweise jeder seiner Verehrerinnen das Gefühl gibt, die Einzige für ihn zu sein. Ruth weiß von allen Affären, sagt aber nichts, denn schließlich schläft sie mit einem der Firmeninhaber, der zufällig ihr Mann ist.

Die Lernkurve

Seit Wochen tut Stevie nichts anderes, als Charlottes Ideen umzusetzen. Sie arbeitet Skizzen und technische Illustrationen aus, und mit Charlottes Zustimmung fertigt sie die Schnittmuster. Sobald Charlotte auch diese absegnet, übergibt Stevie sie an Mia, die sie auf Musselin auslegt und das Anheften, Zuschneiden und Nähen übernimmt. Wenn sie ein Muster an der Schneiderpuppe haben, einem kopflosen dreidimensionalen Torso einer Barbie, bestimmt Charlotte, welche Stoffe, Knöpfe und sogar welche Garnfarbe Stevie verwenden soll. Stevie fühlt sich mehr wie eine Handlangerin als wie eine Modedesignerin, und Charlotte spürt das.

«Geduld, Stevie», sagt sie. «Hier gibt es eine Lernkurve. Glauben Sie mir, Kleider im Maßstab von eins zu sechs zu entwerfen ist knifflig. Es hat lange gedauert, bis ich begriffen habe, dass ich Details wie Steppnähte, Taschen und sogar Kragen nach Barbies Kopfgröße und nicht nach ihren Körpermaßen ausrichten muss, sonst sieht es falsch aus.»

«Aber das kann doch nicht sein.»

«Dennoch ist es so. Hier sind viele optische Täuschungen im Spiel», sagt sie. «Jack konnte die Proportionen der Barbie nur richtig erscheinen lassen, indem er manches größer und anderes kleiner gestaltete. Deshalb ist der Kopf so groß, und deshalb hat er ihren Hals so lang und dünn gemacht. Tatsächlich könnten wir den Kopf nicht aufrecht halten, wenn wir diese Proportionen hätten. Doch an der Barbie müssen sie so sein.» Sie klopft sich eine Zigarette aus der Packung und reißt ein Streichholz an. «Und noch etwas habe ich dabei gelernt», sie beugt sich über die Flamme, «nämlich welches die passende Stichdichte ist. Normalerweise nimmt man sechs, sieben oder sogar zehn Stiche pro Zoll, aber bei Barbie», sie hält inne, um das Streichholz auszuschütteln, «sind es zwölf bis fünfzehn Stiche pro Zoll. Man muss auch Dinge wie Nahtzugaben und Garngewicht berücksichtigen. Sie können kein dreißiger oder vierziger Garn verwenden. Das wäre zu dick. Sie brauchen achtziger, neunziger oder noch feineres Garn. Und obendrein müssen Barbies Kleider elegant sein und trotzdem Kinder ansprechen – man muss Knöpfe und Reißverschlüsse mühelos öffnen und die Kleidungsstücke an- und ausziehen können.»

«Ich verstehe. All das kann ich.»

«Das weiß ich. Und Sie werden Ihre Chance bekommen.» Charlotte klemmt sich die Zigarette in den Mundwinkel und kneift das Auge gegen den aufsteigenden Rauch zusammen. «Glauben Sie mir, es gibt noch viel für Sie zu tun. Haben Sie Geduld.»

Zwei Wochen später, sie ist fast einen Monat bei Mattel, bekommt Stevie endlich Gelegenheit, eigene Entwürfe zu präsentieren. Sie hat in der vergangenen Woche bis spät in den Abend gearbeitet und ist immer erst nach Mitternacht zu Hause gewesen. Sie hat die Zeit aus den Augen verloren, hat ihre Maße doppelt und dreifach nachgeprüft und ihre Ideen perfektioniert.

Nun betritt sie mit ihren Zeichnungen endlich Charlottes Büro. Sie ist begeistert von ihrem Ensemble und überzeugt, dass Charlotte beeindruckt sein und ihr die Stützräder abnehmen wird. In Hochstimmung legt sie ihr den Entwurf vor, ein violettes, ausgestelltes Kleid mit einem niedlichen Bubikragen.

Charlotte rückt ihre Brille zurecht und betrachtet die Illustrationen. Sie sagt dabei kein Wort. Kein Laut des Erstaunens, kein *«Meine Güte»*. Sie reagiert überhaupt nicht, wie Stevie erwartet hat. Und es gibt ihr einen Stich, als Charlotte nach ihrem Bleistift greift und anfängt, Bemerkungen an den Rand zu schreiben.

«Das ist ein guter Anfang», sagt Charlotte.

Ein Anfang? Aber das ist fertig, denkt Stevie.

«Und welchen Namen haben Sie dafür?»

«Ich nenne es Apple Delight.» Sie deutet auf das Apfelmuster des Stoffes.

«Nein, das klingt wie ein Rezept. Das können Sie besser.»

Wirklich? Das war der beste von zwanzig Namen. Und im Übrigen hat in dem Diner keiner etwas davon gesagt, dass sie sich Namen ausdenken muss. Die Ensembles heißen wie Lippenstifte oder Nagellacke, haben Namen wie Golden Girl und Evening Splendor.

«Wie wär's mit Apple of Her Eye?», schlägt Charlotte vor. «Oh, und wie steht's mit Accessoires?»

«Es ist eine Handtasche dabei – sehen Sie?» Stevie zeigt auf die entsprechenden Skizzen in dem Block, und als Bonus hält sie eine winzige Handtasche hin, die sie aus einer Papierklammer gebastelt hat. Sie musste sich etwas einfallen lassen, was bei dem Maßstab knifflig ist. Sie denkt daran zurück, wie sie am Schreibtisch saß und mit der Klammer herumspielte und ihr dabei die Idee kam. Sie hat sie mit einem Stoffrest bezogen und die Drahtbügel der Klammer durch eine feingliedrige Kette ersetzt, und so bekam sie eine Handtasche in Barbie-Größe.

«Hmmm.» Charlotte tippt mit dem Bleistift aufs Papier und blättert um, um mehr zu sehen, doch das nächste Blatt ist leer. «Oh.» Sie blickt auf und zieht die Unterlippe zwischen die Zähne. «Was ist mit dem Inneren der Tasche? Wo ist das Futter?»

Das Futter? Stevie ist nicht klar gewesen, dass eine Handtasche von der Größe einer Briefmarke so detailreich sein muss.

«Sie muss gefüttert sein», sagt Charlotte, senkt den Kopf ein wenig und sieht Stevie über den Brillenrand an. «Und wo sind ihre Schuhe? Barbie kann nicht ohne Schuhe aus dem Haus gehen. Überlegen Sie weiter, Stevie. Braucht Barbie einen Hut? Und was für Schmuck könnte ihr Erscheinungsbild komplettieren?»

Stevie beugt sich über ihren Skizzenblock und macht sich Notizen. Inzwischen hat sie heiße Ohren. Sie hat die Stelle des Geldes wegen angenommen und dachte, das würde kinderleicht und möglicherweise bekäme sie in der Branche einen Fuß in die Tür. Doch wenn sie nicht mal die Kleider für eine Puppe hinbekommt, wie soll sie je echte Kleider für echte Frauen kreieren?

Charlotte hat inzwischen zu ihrem eigenen Block gegriffen und zeichnet. «Nehmen Sie das doch als Ausgangsbasis.» Sie reißt das Blatt heraus und gibt es Stevie.

Die fühlt sich verschwitzt. Die Präsentation ist in die Hose gegangen, und sie hat den Eindruck, versagt zu haben und wieder Charlottes Handlanger zu werden.

Als sie aufsteht, um hinauszugehen, sagt Charlotte: «Moment, wo wollen Sie hin? Ich habe noch etwas, woran Sie sich versuchen sollen.»

«Was ist es?»

«Ich hatte eine Idee. Die geht mir schon seit Wochen durch den Kopf, aber ich hatte keine Zeit, mich damit zu befassen. Ich denke an etwas Klassisches. An so etwas …» Charlotte zieht einen Ordner heraus und reicht Stevie die Doppelseite einer Zeitschrift. «Meinen Sie, Sie könnten das als Grundlage nehmen?»

Stevie betrachtet das elegante Mannequin im Chanel-Kostüm, das vor einem Pariser Café steht.

«Das soll nur zur Anregung dienen», sagt Charlotte. «Nehmen Sie das mit und variieren Sie es. Machen Sie daraus etwas Eigenes.»

Und das tut Stevie. Zurück an ihrem Arbeitsplatz, heftet sie die Doppelseite an ihre Trennwand und greift zum Skizzenblock. Es ist von Chanel, also ein zeitloses Stück, und Stevie könnte es kopieren und für Barbie verkleinern. Doch stattdessen packt sie etwas, oder vielleicht überlässt sie sich der Illusion, dass Barbie mehr als eine Puppe oder vielleicht überhaupt keine Puppe ist. Es ist wie ein Hinübergleiten in eine andere Dimension. Es geht auf ihren Bleistift über, während sie sich vorstellt, wo Barbie das Kostüm tragen könnte. Sie begleitet Barbie durch den Tag, sieht sie im Aufzug eines Bürohauses nach oben fahren, jemand bringt ihr Kaffee. Barbie ist die Chefin, also werden Anrufe zu ihr durchgestellt, sie geht zu Sitzungen. Sie geht mit Mitarbeitern zum Lunch ins Formosa wegen der Teigtaschen. Wieder im Büro, schaut sie in ihrem Terminkalender nach, was am Nachmittag ansteht, und am Abend sitzt sie mit glamourösen Freunden im Hamburger Hamlet und trinkt einen eiskalten Gimlet. Das ist eine alberne Fantasie, die ihr jedoch ermöglicht, das Konzept weiter auszuarbeiten, und im Lauf einer Stunde ist es ihr gelungen, das Kostüm vielseitiger zu gestalten. Sie wird die kragenlose Strickjacke und den Etuirock beibehalten, aber nicht die Bluse, die ist für Barbie zu steif. Sie wird zwei Oberteile kreieren – eins fürs Büro und ein eleganteres für den Abend. Sie denkt an Dunkelblau, Stielknöpfe, einen dekorativen Hut und eine charmante kleine Hutschachtel. Bis zum Abend hat Stevie unzählige Skizzen für ein Ensemble angefertigt, das sie Commuter Set nennt.

Während sie vor sich hin arbeitet, spürt sie, dass sich ringsherum die Atmosphäre verändert. Jack nähert sich durch das Großraumbüro, bleibt bei Mia stehen, um sie nach ihrem Sohn zu fragen, der sich den Arm gebrochen hat. Er gratuliert Huntly, der bei der Wochenendregatta den ersten Platz gemacht hat, und bedankt sich bei Melody für den Inventurbericht. Es scheint, als ginge er von einer Nische zur anderen, um Freude und Wohlwollen zu säen.

«Wie geht es Ihnen, Kleine?», fragt er an Stevies Schreibtisch.

Gott, sie hasst es, wenn er sie so nennt.

Er nimmt eine ihrer Skizzen und hält sie ins Licht. «Hmmm.» Er legt einen Finger ans Kinn. «Ich fürchte, die Manschetten sind zu eng.»

Stevie verschränkt die Arme. «Vielleicht könnten Sie warten, bis ich fertig bin, ehe Sie meine Arbeit kritisieren.» Ihr Ton fällt schärfer aus als beabsichtigt. Immerhin ist Jack ihr Vorgesetzter. Genauer gesagt, der Vorgesetzte ihrer Vorgesetzten, aber sie kann den Kerl nicht leiden. Er hat etwas an sich, das ihr gegen den Strich geht.

«Ich dachte nur, ich erspare Ihnen späteren Ärger», sagt er, amüsiert über ihre Entrüstung. «Ich habe schon einen ähnlichen Irrtum begangen. Glauben Sie mir, Barbies Hände werden nicht durch diese Manschetten passen.»

«Das ist mir klar.» In Wirklichkeit hatte sie das nicht bedacht, aber verdammt, er hat recht. Sie sind viel zu eng. «Ich bin noch nicht fertig.» Sie reißt ihm das Blatt aus der Hand, sodass es an der Ecke einreißt.

«Na, jetzt haben Sie's mir aber gezeigt, hm?» Er lächelt, und bevor er geht, sagt er: «Gewöhnen Sie sich lieber an konstruktive Kritik, Kleine. Nehmen Sie es nicht so persönlich.»

«Ich kann den Kerl nicht ausstehen», sagt Stevie nach Feierabend zu Patsy. Sie haben beschlossen, auf das Volleyballspiel und das Lagerfeuer am Strand zu verzichten, und sind in einen Taco-Laden gegangen, wo sie Margaritas trinken. Sie sitzen draußen an einem orangefarbenen Picknicktisch, umgeben von Spalieren mit blühender Bougainvillea. Zwischen ihnen steht ein Korb, ausgelegt mit fettigem Wachspapier und gefüllt mit Pommes frites, sowie ein Schälchen Salsa. Stevie weigert sich zuzugreifen, denn sie weiß, wenn sie eine isst, futtert sie den Korb leer.

«Du musst ihn erst mal kennenlernen», beharrt Patsy und schiebt sich die Sonnenbrille ins Haar. Sie hat schöne Wangenknochen und ein Lächeln wie aus der Zahnpastawerbung. «Gib ihm eine Chance. Im Ernst. Du wirst ihn mögen. Er ist ein prima Kerl. Wirklich. Und er ist genial. Er hat mir mal gesagt, dass er einen IQ von 140 hat.»

Stevie lacht. «Und das hast du ihm geglaubt?»

«Das ist kein Witz, er ist brillant.» Sie schiebt sich die langen blonden Haare hinter die Ohren und neigt sich zu ihr. «Kannst du etwas für dich behalten?»

«Ja, klar», sagt Stevie und leckt das Salz von ihrem Glasrand.

«Bei ihm hatte ich meinen ersten Orgasmus.»

Stevie lässt fast ihr Glas fallen. «Was? Bei Jack?»

Patsy nickt, und ihre Augen werden größer. «Dabei dachte ich, ich hätte schon mal einen gehabt, bis ich mit Jack zusammen war. Als wir zum ersten Mal Sex hatten, dachte ich: Oh mein Gott, jetzt verstehe ich. Jetzt weiß ich, warum Sex so toll ist. Und Mannomann kann der küssen. Jack Ryan ist der beste Küsser der Welt, ohne jeden Zweifel.»

Stevie ist sprachlos und ein bisschen angewidert. Sie kann sich nicht vorstellen, Jack zu küssen, geschweige denn mit ihm ins Bett zu gehen. «Aber er ist so klein.»

«Lass dich davon nicht täuschen. Er hat die Zentimeter da, wo's drauf ankommt.» Patsy kichert. «Im Ernst, der Mann ist extrem gut ausgestattet.»

Stevie schüttelt den Kopf, um sich von der Fantasie zu befreien. «Aber, Moment», sie nimmt sich eine Pommes frites, «er ist verheiratet, oder?» Sie erinnert sich an ein Foto auf seinem Schreibtisch, auf dem seine Frau mit zwei kleinen Mädchen zu sehen ist.

«Tja.» Patsy zuckt die Achseln. «Ja und nein.»

«Wie kann man zugleich verheiratet und nicht verheiratet sein?»

«Er und seine Frau haben eine Übereinkunft. Und er geht ganz offen damit um. Er hat mich sofort darüber aufgeklärt. ‹Du weißt, dass ich verheiratet bin, oder?› Das hat er gesagt. Und seine Frau weiß, dass er mit anderen herummacht. Wie gesagt, sie haben eine Übereinkunft.»

«Wie praktisch.» Stevie tunkt eine weitere Pommes in die Salsa.

«Eins musst du über Jack wissen», sagt Patsy ernst. «Er lügt nie. Bei gar nichts. Er hat mir gleich gesagt, dass er von Monogamie nichts hält.»

«Wirklich charmant – Mensch, Patsy, wie lange triffst du dich schon mit ihm?»

«Gar nicht mehr. Das ist vorbei. Aber es waren», sie neigt den Kopf zur Seite und rechnet, «mal sehen, sechs Monate ungefähr.»

«Was ist passiert?»

«Ach, ich war total verknallt, aber er meinte, für ihn wäre es Zeit, etwas Neues anzufangen.»

«Und damit bist du einverstanden? Du musst ihn jeden Tag sehen.» Stevie greift wieder in den Korb und dann noch einmal und nimmt sich vor, dass es das letzte Mal ist.

Patsy lacht. «Er ist trotzdem noch ein toller Freund. Ich kann mit ihm über alles reden. Und wenn ich bei irgendetwas Hilfe brauche, ist er für mich da. Neulich hat er meinen Backofen repariert. Mit der Zünddüse, oder wie das Ding heißt, war etwas nicht in Ordnung. Auf jeden Fall ist er großzügig und freundlich. Ehrlich gesagt, er ist einer meiner Lieblingsmenschen.»

Stevie verarbeitet das einen Moment lang. Inzwischen isst sie aus Nervosität und nimmt sich noch eine letzte Pommes, um den Korb dann zu Patsy rüberzuschieben. «Weiß Ginger von euch beiden?»

«Oh, die Ärmste.»

Es ist kein Geheimnis, dass Ginger sich nach Jack verzehrt. Und sie ist nicht die Einzige. Da wären noch Mia, Wendy, Gina, Laura und die Hälfte der Sekretärinnen. Alle schwören, dass Jack ein fantastischer Chef ist. Vor allem für Frauen. Wenn eine bis spätabends gearbeitet hat oder am Wochenende im Büro war, findet sie am nächsten Morgen Blumen oder eine Schachtel Pralinen auf ihrem Schreibtisch vor. Einige Kolleginnen haben diese Gesten als Annäherungsversuch aufgefasst, doch da lagen sie falsch. Bei der letzten Weihnachtsfeier hat Ginger zu viel getrunken. Jack fuhr sie nach Hause und musste ihre Hände abwehren, bevor er sie ins Bett steckte. Am nächsten Morgen behauptete sie, an den Abend keine Erinnerung zu haben. Eine andere wartete einmal nackt auf dem Bärenfell in seinem Büro, und Jack reichte ihr liebevoll ihre Kleidung an und sagte, sie würde einen anderen Mann sehr glücklich machen. Eine Woche später kündigte sie.

Patsy setzt die Sonnenbrille wieder auf. «Beurteile ihn nicht so hart. Du solltest ihn besser kennenlernen.»

Noch während der Heimfahrt an dem Abend ist Stevie über Patsys Geständnis verblüfft. Patsy und Jack? Sie kann das nicht verstehen, und dann die Sache mit dem Orgasmus. Sie ist sich nicht sicher, ob sie schon mal einen gehabt hat, aber laut Patsy weiß man es sofort, wenn man einen hat. Der einzige Mann, mit dem Stevie zusammen war, ist Russell, und nach der Erfahrung mit ihm verbindet sie Sex mit Schwangerschaft, nicht mit Lust – und ganz bestimmt nicht mit Orgasmen.

Ihren Unterhalt verdienen

Als Ruth Feierabend macht, sieht sie bei Stevie noch Licht brennen. Ihr ist aufgefallen, dass Stevie meistens als eine der Letzten das Haus verlässt, und selbst wenn sie nach der Arbeit mit Kollegen an den Strand geht, kehrt sie später für ein, zwei Stunden an den Schreibtisch zurück. Ruth schätzt ihr Arbeitsethos. Sie war selbst auch so, als sie ins Berufsleben startete. Allerdings ist Stevie zielstrebiger als Ruth in dem Alter. Mit ihren einundzwanzig Jahren weiß Stevie bereits, wo ihre Talente liegen, während Ruth noch dabei war, das herauszufinden.

Ruth ist praktisch im Drugstore ihrer Schwester aufgewachsen. Weil die sich kein Kindermädchen leisten konnte, nahm sie die kleine Ruth zur Arbeit mit. Sarah und Louie liebten sie zwar, doch sie waren frisch verheiratet und hätten sie nicht aus freien Stücken bei sich aufgenommen. Da Ruth ihnen nicht zur Last fallen wollte und das Gefühl hatte, sich ihren Unterhalt verdienen zu müssen, ging sie schon als Zehnjährige mit in den Drugstore. Sie polierte die Gläser und Mahagonivitrinen, die von Hörgeräten bis zu Schmerzmitteln alle möglichen Waren enthielten. Ruth sah ihrer Schwester zu. Sarah kannte alle Kunden mit Namen und schenkte den Kindern Lutscher. Sie sprach mit Vertretern, die Bittersalz, Glyzerin, Lakritzpulver und diverse Schlangenölprodukte verkauften. Sie putzte die Schaufenster und dekorierte die Auslage für Feiertage und Sonderangebote.

Mit der Zeit ging Ruth ihr bei allem zur Hand. Mit zwölf Jahren arbeitete sie im hinteren Teil des Ladens als Limonadenverkäuferin und machte Schokoladensprudel, Milchshakes und Bananensplit. Jeden Tag ging sie von der Schule direkt in die Limonadenbar. Auch ihre Freundinnen fanden sich dort ein und saßen zusammengedrängt in den Polsternischen und an den runden Marmortischen. Wenn Ruth sie bediente, fühlte sie sich nie zweitrangig. Ganz im Gegenteil. Sie war sehr stolz darauf, ihnen mehr Streusel zu bringen oder einen Schuss Kirschsirup in ihre Coca-Cola zu geben. Sie wollte nützlich sein – ein Motiv, das sie bis ins Erwachsenenalter antrieb. Sei nützlich und hilfsbereit, und sie werden dich bei sich behalten. Sie glaubte, ohne die Limonadenbar hätte sie in einer Freundschaft nichts zu bieten.

Als sie älter wurde, ging sie davon aus, eines Tages selbst einen Drugstore mit einer Limonadenbar zu eröffnen. Dann half sie schließlich in der Kanzlei ihres Bruders aus. Diese Arbeit faszinierte sie, und sie beschloss, Jura zu studieren. Aber mit neunzehn änderten sich ihre Pläne, als sie in Kalifornien Urlaub machte. Ruth verliebte sich in Los Angeles – den Sonnenschein, die Berge, die Strände. Das war für sie ein Traumland. Sarah, die Ruths Beziehung mit Elliot anfangs nicht billigte, hatte Ruth ermutigt, dortzubleiben und sich Arbeit zu suchen. Ruth bekam eine Stelle bei Paramount Pictures, wo sie für fünfundzwanzig Dollar pro Woche Drehbücher tippte. Es dauerte nicht lange, bis Elliot auch nach Los Angeles zog, sehr zu Sarahs Verdruss. Und obwohl er darauf wartete, dass Ruth Feierabend machte, blieb sie oft bis spät in die Nacht und ließ sich zusätzliche Arbeit geben, damit Paramount sie behielt.

«Arbeiten Sie wieder bis spät in die Nacht?», ruft Ruth ihrer Angestellten zu.

«Ach, ich ordne nur die neuen Muster für Mia», antwortet Stevie. «Irgendwie finde ich tagsüber nicht die Zeit dafür.»

«Bleiben Sie nicht zu lange.» Ruth hört sich das sagen und ist überrascht, sogar ein bisschen verlegen. Sie ist gewöhnlich nicht so fürsorglich zu ihren Mitarbeitern.

Es ist kurz vor neun, als Ruth an dem Abend zu Hause ankommt. Sie ist erschöpft und mit den Gedanken noch bei der Arbeit. Sie sieht Elliot und Barbara im Wohnzimmer. Ihre Tochter lümmelt auf der Couch, die rötlich braunen Haare offen, die nackten Füße an der Kante des Glastisches abgestützt, der rosa Nagellack an den Zehen abgesplittert. Sie blättert in einer *Harper's Bazaar.* Wenn sie nur halb so viel Zeit für Hausarbeit aufwenden würde wie für Modezeitschriften.

Ruth geht zu Elliot, der sich in seinem Sessel vor dem Fernseher entspannt. Er sieht sich einen Steve-McQueen-Film an und ist derart vertieft, dass er kaum reagiert, als sie ihm einen Kuss auf den Scheitel gibt. Sie wendet sich ihrer Tochter zu, zögert aber, unsicher, auf welche Art sie sie begrüßen soll. Barbara ist zu alt, um sich drücken zu lassen, und wenn Ruth ihr, Gott bewahre, einen Kuss gäbe, würde sie sich die Wange abwischen. Schließlich entscheidet sich Ruth für ein freundliches, um Frieden bemühtes «Hallo». Es kommt zaghaft und im Frageton.

Barbara blickt von ihrer Zeitschrift auf, als hätte man sie von etwas Weltbewegendem weggerissen, von der Entdeckung des Heiligen Grals oder dem achten Weltwunder. Sie sagt kein Wort.

«Alles in Ordnung?», fragt Ruth. Sie bewegt sich wie durch ein Minenfeld.

«Bestens. Alles wunderbar.»

«Das klingt für meine Ohren nicht so gut.»

Darauf wirft Barbara ihre Zeitschrift auf den Tisch und stürmt hinaus. Eine Sekunde später hört man ihre Zimmertür knallen.

«Was ist los?», fragt Ruth. «Hat sie sich wieder mit Allen gestritten?»

«Schön wär's.» Elliot schüttelt den Kopf. Er geht den Fernseher ausschalten und räumt den Couchtisch auf, wo Barbaras Zeitschrift den Stapel Untersetzer umgeworfen und Asche aus dem Aschenbecher gewirbelt hat. «Leider verstehen sich die Turteltauben klasse», sagt er, um einen von Jacks Ausdrücken zu gebrauchen.

Weder Ruth noch Elliot sind begeistert von diesem neuen Freund. Oberflächlich gesehen ist Allen Segal ein netter jüdischer Junge, wie sie ihn sich für ihre Tochter wünschen. Doch er ist drei Jahre älter als sie, hat eine Frisur wie Elvis Presley, riecht nach Zigarettenrauch und sieht ihnen nie in die Augen. Er arbeitet in einem Sportgeschäft und hat anscheinend eine Vorliebe für Kajakfahrten und Minigolf. Ruth hegt einen leisen Verdacht, dass Barbara für ihn mitbezahlt, wenn sie zusammen ausgehen, und ihm manchmal sogar Benzingeld gibt.

Nachdem sie sich einen Drink eingeschenkt und sich mit ein paar Schlucken gestärkt hat, steigt sie die Wendeltreppe hoch, um nach ihrer Tochter zu sehen. Nach einem tiefen Atemzug klopft sie an Barbaras Tür und nimmt das ärgerliche «Waaas?» als Erlaubnis einzutreten.

Barbara liegt mit dem Rücken zur Tür auf dem Bett. Eine ganze Weile sagt keine ein Wort und lauscht nur auf die Atemgeräusche der anderen. Ruth weiß nicht, was sie sagen soll, und das sieht ihr gar nicht ähnlich. Im Büro kritisiert sie sich nie im Nachhinein, bei niemand anderem stellt sie sich derart infrage. Nur Barbara hat diese Macht über sie. Sie könnte nicht einmal sagen, wann oder wie das angefangen hat. Früher hat Barbara ihr nie Widerworte gegeben. Als kleines Mädchen war sie immer nur dankbar und liebevoll. Wie oft hat sie sich auf Ruths Schoß zusammengerollt und wollte Geschichten über die

Filmstars hören, mit denen Ruth als Sekretärin in Hollywood zu tun hatte. «Hast du wirklich Lucille Ball und W. C. Fields getroffen, Mami?» Und als sie sich noch kein Kindermädchen leisten konnten, begleitete Barbara sie gern zu ihren Verkaufsgesprächen und freute sich, wenn Ruth sie als «meine neue Assistentin» vorstellte. Wo ist dieses Mädchen geblieben? Und vor allem, wo ist die junge Mutter geblieben, die es nicht ertragen konnte, von ihrer Tochter ein paar Stunden lang getrennt zu sein? Jetzt muss sie jedes Wort abwägen, um Streit zu vermeiden.

Sie fragt sich, ob sie Sarah je das Gefühl gegeben hat, bei ihr vorsichtig auftreten zu müssen. Sie bezweifelt das, denn in ihren Augen konnte Sarah nichts falsch machen. Eigentlich ist das ein Problem, mit dem sie sich an ihre Mutter wenden würde, doch Ida Mosko ist tot und hat Ruth nie wie eine Tochter behandelt.

Sie denkt noch immer mit Schrecken an die Zeit zurück, als Sarah und Louie für ein paar Tage nach Fort Collins fuhren und die zehnjährige Ruth bei Ida ließen. Ruth hatte damit zu kämpfen. Niemand hat ihr die Wahrheit verheimlicht. Sie wusste, das war nicht das Haus ihrer Großmutter, sondern das ihrer Mutter, dasselbe Haus, das ihre neun Geschwister ihr Zuhause nannten. Die sechs Jungen teilten sich zwei Zimmer und ebenso die drei Mädchen. Aber für Ruth gab es dort kein Bett und keinen Platz am Tisch, und das konnte sie nicht verstehen, vor allem nicht, da Sarah verheiratet und ausgezogen war.

Sie fand ihre Mutter zugleich faszinierend und verwirrend. Was für ein Mensch war Ida Mosko eigentlich, und wieso empfand Ruth diese starke Verbundenheit, ein Urbedürfnis, ihr nahe zu sein? Sie folgte Ida auf Schritt und Tritt durchs Haus, sah ihr zu, wenn sie am Küchentisch Kartoffeln schälte und Zwiebeln schnitt. Sobald Ida damit fertig war, nahm sie sich den Besen oder das Staubtuch oder einen Korb voll Wäsche. Sie stand nie still. Ruth hat sie kein einziges Mal ausruhen, die Hände in den Schoß legen sehen.

Ihre Mutter sprach kein Englisch. Die einzigen jiddischen Ausdrücke, die Ruth verstand, waren «*gey avek* – geh weg» und «*gey shpiln in droysn* – geh raus spielen». Dabei war Spielen für sie genauso ein Fremdwort wie die anderen. Ihre Brüder Aaron und Muzzy kletterten auf Bäume und ließen Drachen steigen, aber sie fand das völlig sinnlos. Man klettert auf einen Baum, nur um wieder hinunterzusteigen. Man lässt einen Drachen in die Luft steigen, nur damit er ein paar Schritte entfernt wieder auf den Boden stürzt. Was gewinnt man dabei? Wenn Ida zu ihr sagte: *Gey avek, gey shpiln in droysn*, rührte sich Ruth nicht vom Fleck. Sie wollte bei ihrer Mutter sein, wollte ihr helfen, den Tisch zu decken, das Geschirr abzutrocknen, die Wäsche zu falten, den Boden zu wischen – alles, womit sich beweisen ließe, dass sie ein braves Mädchen, ein nützliches Mädchen war, das sich zu behalten lohnte. Doch ihre Mutter wollte sie nicht behalten, und als Sarah und Louie sie abholen kamen, musste Ruth ihre Sachen zusammenpacken und durfte nichts zurücklassen. Das war's dann. Es war ihr nicht gelungen, die Liebe ihrer Mutter zu gewinnen.

Inzwischen sind ihre Eltern tot, doch eigentlich war Ida für Ruth schon tot, seit sie sie weggegeben hatte. Dieses einschneidende Ereignis war ein Bruch in ihrem Leben, hat sie mehr geprägt, als ihr bewusst ist. Deshalb schützt sie ihr Herz mit einer harten Schale, deshalb treibt sie sich bis zur Erschöpfung an. Jeden Morgen beim Aufwachen denkt sie, dass sie nützlich und produktiv sein muss, um ihre Existenzberechtigung zu beweisen.

«Was willst du, Mom?», fragt Barbara und zieht Ruth in die Gegenwart.

«Was ist los, Barbara? Was ist das Problem?»

«Nichts», sagt sie in einem Ton, der das Gegenteil andeutet.

Barbara will, dass Ruth sich um sie bemüht, aber Ruth weiß nicht, wie sie es anstellen soll. Sie ist von ihrem eigenen Kind eingeschüchtert, und je länger sie dasitzt und schweigt, desto schwieriger wird es für sie, etwas zu sagen. «Ich weiß, du bist aufgebracht, aber, Liebes …» Sie wagt es, ihr über den Rücken zu streichen, und Barbara rutscht hastig weg. «Ich kann dir nicht helfen, wenn du mir nicht sagst, was los ist.»

«Du wirst sowieso nichts tun, also was soll's.»

«Wie wär's, wenn du mir eine Chance gibst? Geht es um Allen? Habt ihr euch gestritten?»

Barbara schlägt auf ihr Kissen und wirft sich auf den Rücken. «Nein, es geht nicht um Allen. Ich staune, dass du noch weißt, wie er heißt. Oder wie ich heiße.» Sie starrt an die Decke, und ihre Unterlippe fängt an zu zittern. Ihr Stolz lässt es nicht zu, dass sie weint. «Du bist nie da», jammert sie. «Die anderen Mütter müssen alle nicht arbeiten.»

«Nun, ich muss es auch nicht. Ich möchte es.»

«Und ich hasse es, dass Edna jeden Abend das Essen kocht.»

«Wäre es dir wirklich lieber, wenn ich koche?» Ruth versucht es mit Humor, da sie beide wissen, dass sie eine lausige Köchin ist.

Barbara verzieht keine Miene. «Ich hasse dieses blöde Haus. Warum können wir nicht in einem normalen Haus wohnen wie jeder andere auch? Bei keinem meiner Freunde wächst ein Baum im Wohnzimmer.»

«Früher warst du von dem Baum begeistert.» Ruth erinnert sich an die Zeit kurz nach ihrem Einzug. Barbara lud ihre Freundinnen zu Pyjamapartys ein und übernachtete mit ihnen im Schlafsack unter dem Baum, als würden sie zelten. Sie spielte ständig da unten und saß mit einem Buch auf dem Schoß an den Stamm gelehnt. Damals war der Baum großartig, aber jetzt ist er blöd wie alles andere.

«Und wieso kann ich nicht zur Schule gehen wie jeder normale Mensch? Außer mir hat keiner einen Chauffeur. Das ist demütigend.»

«Das ist zu deiner Sicherheit.»

«Ich hasse das», sagt sie und kommt auf ihren Vorwurf an Ruth zurück. «Und ich hasse es, dass du immer im Büro bist. Dir ist nur noch die Arbeit wichtig. Manchmal denke ich, du kümmerst dich mehr um diese Puppe als um mich.»

«Du weißt, dass das nicht wahr ist.»

Barbara kehrt ihr wieder den Rücken zu. «Ich will jetzt nicht mehr darüber reden.»

«Gut, na schön. Wie du willst.»

Ruth steht auf, um zu gehen, und schaut in das Regal, in dem Barbaras Puppen sitzen, die sie von klein auf gesammelt hat. Darunter sind auch welche aus Porzellan, aus Stoff, aus Wachstuch und Babypuppen mit Mützchen und Nachthemden und, oh je – beim ersten Hinsehen denkt Ruth, da steht Barbie. Doch nein, es ist die Bild-Lilli. Ein Unbehagen beginnt in ihrem Magen zu rumoren. Lillis verschlagener Blick scheint zu sagen: Ich weiß, was du denkst. Das ist beunruhigend. Obwohl sie so viel Arbeit hineingesteckt haben, ist Barbie von ihr kaum zu unterscheiden. Wie ist das möglich? Haben sie vergessen, wie die Bild-Lilli aussieht? Hat sich ihr Gesicht und ihr Körper so stark eingeprägt, dass sie sie unbewusst bis ins kleinste Detail kopieren? Nein, nein. Unmöglich. Sie haben den Entwurf immer wieder verändert. Jack hat monatelang daran gearbeitet. Sie haben sogar Bud Westmore engagiert, den Hollywood-Visagisten, damit er Barbies Augenbrauen eine andere Form, Augen und Mund einen weicheren Ausdruck gibt und ihren Haaransatz neu gestaltet.

Ruth denkt an den Lizenzvertrag, zu dem die Rechtsabteilung ihr geraten hat. Sie hat sich noch nicht darum gekümmert. Und Jack auch nicht. Ihr wird mulmig. Sicher hat Jack das Modell inzwischen entscheidend verändert, und sie weiß, dass er bereits ein Patent für die Konstruktion der Puppe angemeldet hat. Sie dürften keine Grenze überschritten haben, oder? Man kann ihnen keinen Ideendiebstahl vorwerfen. Und selbst wenn, wäre es nicht zu beweisen. Barbie ist keine Bild-Lilli. Sie brauchen sich keine Sorgen zu machen. Überhaupt keine. Nein, sie sind auf der sicheren Seite.

Sie atmet tief durch und schaut zu ihrer Tochter, ein kleines Knäuel aus Wut und Teenagerängsten. In der Tür hält sie inne und fragt sich mit der Hand am Schalter, ob sie das Licht ausmachen oder anlassen soll. «Barbie, Liebes, soll ich ...» Ruth stockt. Sie hat den Lapsus bemerkt, aber es ist zu spät.

Barbara wirft sich mit dem Schwung eines Propellers herum. «Nenn mich nicht so. Ich bin nicht deine blöde Puppe.»

In jener Nacht liegt Ruth wach. Sie nimmt an, dass Elliot schläft, doch plötzlich schlägt er die Decke zurück.

«Habe ich die Poolbeleuchtung ausgeschaltet?», fragt er.

«Das weiß ich nicht. Wahrscheinlich.»

«Ich kann mich nicht erinnern.» Er steht auf und stolpert über seine Schuhe, die immer neben seinem Bett stehen für den Fall, dass die Erde bebt und er über Glasscherben aus dem Haus flüchten muss. Er fährt in seinen Morgenmantel, der am Fuß der Matratze liegt, und geht zur Treppe. Dort sieht er nichts als Dunkelheit. Kein Licht im Pool.

«War es aus?», fragt sie, als er ins Zimmer zurückkommt.

«Ja.» Und nach ein paar Augenblicken ist er wieder eingeschlafen.

Sie hat von Anfang an gewusst, dass er sich um alles Sorgen macht. Aber wie gern würde sie den Teil seines Verstandes abschalten, der ständig fragt: Sind unsere Lebensversicherungen ausreichend hoch? Was ist, wenn die Sprinkleranlage ausfällt?

Wann habe ich zuletzt einen Ölwechsel machen lassen? Früher fand sie das liebenswert, und eines Tages wird es das auch wieder sein, aber vorerst hat sie dafür kein Verständnis. Sie selbst ist nicht so. Sie ist für schnelle, intuitive Entscheidungen. Zögern und Bedenken töten nicht nur die Inspiration ab, sondern verhindern auch geschäftliche Abmachungen.

Sie blickt zu Elliot hinüber, der längst wieder schläft. So ruhig. Erstaunlich, dass er schlafen kann, obwohl er sich so viele Sorgen macht. Sie setzt sich auf und greift nach den Zigaretten. Elliot mag es nicht, wenn sie im Bett raucht, weil er Angst hat, dass das Haus in Brand gerät. Doch er schläft tief und fest, und nichts wird ihn aufwecken. Sie zieht die Knie an, stützt die Ellbogen auf, als sie sich die Zigarette anzündet, nimmt einen tiefen, befriedigenden Zug und fragt sich, wie sie wieder ein gutes Verhältnis zu Barbara bekommen kann. Sie akzeptiert es, dass sie keine konventionelle Kindheit hatte und deshalb keine konventionelle Hausfrau und Mutter geworden ist. Und gerade das, worauf sie so stolz ist – der Aufbau eines erfolgreichen Unternehmens –, nimmt ihre Tochter ihr übel.

«Ich bin ein Schlüsselkind», hat Barbara oft mit Tränen in den Augen gesagt.

Aber Ruth kann nicht zu Hause bleiben und darauf warten, dass ihre Kinder von der Schule kommen. Sie wird nie wissen, wie man ein Spannbetttuch faltet und woran man eine reife Melone erkennt. Sie möchte nicht am Schulfrühstück teilnehmen oder zu Elternbeiratssitzungen gehen. Sie hat keine Lust, Bridge und Mah-Jongg zu spielen. Sie pokert lieber. Tatsächlich spielen sie und Elliot regelmäßig mit anderen Paaren, und sie hat oft das Gefühl, dass sie mit den Ehemännern mehr gemeinsam hat als mit ihren Frauen.

Ruth ist keine, die die Freundschaft anderer Frauen sucht. Sie weiß, Barbara wünscht sich, sie wäre mehr wie andere Mütter, und Ruth wünscht sich – nun, sie wünschte, Barbara wäre mehr wie Barbie. Meine Güte. Das ist eine Erleuchtung, ein Geistesblitz, der genauso schnell wieder verschwindet, wie er erschienen ist. Ruth mag sich am nächsten Morgen nicht mal daran erinnern, doch im Augenblick in der Dunkelheit ist ihr klar, dass sie Barbie als Alter Ego ihrer Tochter betrachtet. Oder als die junge Dame, die Barbara in ihren Augen sein sollte.

Vermeidungsverhalten

Jack kommt von einer weiteren Japanreise zurück und sieht Ginger mit einer neuen Haarfarbe. Sie sind heller. Dadurch kommen ihre Augen mehr zur Geltung, deren Blau kräftiger ist, als er dachte. Sie scheint auch schlanker geworden zu sein. Er weiß, dass sie versucht hat abzunehmen. Er hat auf ihrem Schreibtisch die Ayds-Schokolade gesehen, die sie in den Kaffeepausen knabbert. Auf der Schachtel steht: *Ayds Abnehmplan. Verlieren Sie zehn Pfund in fünf Tagen.*

Seine bewährte Torwächterin lehnt jetzt am Türrahmen und sagt, dass die wöchentliche Barbie-Sitzung im Konferenzraum begonnen hat. Und dass er spät dran ist. Jack spricht sich eine Notiz ins Diktiergerät, nimmt seinen Kaffee, und auf dem Weg den Flur hinunter ordnet er seine Gedanken. Die gute Nachricht ist, dass die Urformen für die Puppe kurz vor der Fertigstellung stehen und bald eingesetzt werden können. Die schlechte Nachricht ist, dass in Japan die Reisernte naht und deshalb die Landarbeiter, die KBK für die graduelle Arbeit an der Puppe eingestellt hat, auf die Felder zurückkehren werden. Ab September wird KBK also einen Monat, möglicherweise sechs Wochen lang pausieren. Er freut sich nicht darauf, Ruth das zu eröffnen.

Schon vom Flur aus sieht er alle um den Tisch sitzen. Twist wirft Papierkugeln in den Korb, Frankie lässt seinen Bleistift zwischen den Fingern hin und her schnellen, bis er weich wie Gummi erscheint, und Huntly bastelt eine Kette aus Büroklammern. Sie benehmen sich wie mäkelige Kinder, die nicht still sitzen können.

Und dann sieht er Ruth, die ihn böse anblickt. «Wie schön, dass Sie uns beehren, Jack.»

Er schlendert in den Raum und schließt die Tür hinter sich, ganz Lächeln und aufgesetzte Unbekümmertheit. «Der Spaß hat schon begonnen?», fragt er.

Ruth drückt ihren Zigarettenstummel im Aschenbecher zu einem Klümpchen zusammen. «Fangen wir an, ja?» Sie steht auf und geht zum Flipchart in der Ecke, auf dem mit einem dicken schwarzen Filzstift *Barbie Toy Fair Launch* geschrieben steht.

Die Spielzeugmesse rückt näher. Sie zieht Zehntausende Käufer und Verkäufer aus dem ganzen Land an und ist die einzige Gelegenheit im Jahr, neue Produkte vorzustellen. Ein Spielzeug steht und fällt mit seinem Erfolg auf der Toy Fair.

Es spielt keine Rolle, dass sie auch zwei neue Burp Guns, die zweistufige Wasserrakete und die von Elliot erdachten Spieluhren und Xylofone haben – alles dreht sich nur um Barbie. Sie soll im März debütieren. Wenn das nicht klappt, müssen sie wieder ein Jahr warten. Sie können es sich nicht leisten, Charlotte, Stevie und Mia zwölf Monate lang Däumchen drehen zu lassen, aber Ruth kann es sich auch nicht leisten, sie zu entlassen, denn dann bekäme sie sie nicht zurück. Jack und sein Team könnten bis in alle Ewigkeit weitere Prototypen prüfen und überarbeiten. Doch ihr Budget ist bereits überschritten, und wenn sie hinter dem Zeitplan zurückbleiben, ist obendrein zu befürchten, dass ihnen ein Konkurrent mit einer erwachsenen Puppe – und nicht Miss Revlon – zuvorkommt.

Es herrscht eine angespannte Stimmung, da alle spüren, dass ihnen die Zeit davonläuft. Elliot hat einen riesigen Jahreskalender an die Wand geheftet, in dem er jeden Morgen, bevor er die klassische Musik einschaltet, ein Kästchen mit rotem Filzstift durchstreicht und die Anzahl der verbliebenen Tage hinschreibt. Es sind noch zweihundertsiebenundvierzig. Es ist inzwischen Juli. Sie haben nur noch acht Monate Zeit. Ruth hat mehr Leute eingestellt und wichtige Techniker und Modellbauer aus der Abteilung Jungenspielzeug abgezogen. Jetzt wird fast ein Drittel des Betriebsbudgets aufgewendet, um Barbie zur Marktreife zu bringen.

Ruth beginnt mit ihrer Checkliste. «Wie weit sind wir mit der überarbeiteten Verpackung?», fragt sie Sid Gravely vom Vertrieb. Er ist Ende zwanzig und hat schon eine Glatze. Sein Toupet ruht auf seinem Kopf, aber nie an derselben Stelle. Es sitzt entweder zu weit links oder zu weit rechts, sodass man den Rand seiner rosa Kopfhaut sieht, was alle höflich ignorieren.

«Die überarbeitete Verpackung?», fragt Ruth erneut und eindringlicher.

Sid ist intelligent und sehr gut in seinem Job, doch er hat Angst vor Ruth. Er antwortet, ohne von seinen Notizen aufzublicken. «Wir, äh, wir sind fast fertig.»

«Fast? Was heißt das? Und wie steht es mit dem Logo?»

«Das, äh. Das ist ... Es, äh, es geht voran.» Auf seiner Stirn bilden sich Schweißperlen.

Ruth schießt ihm einen ärgerlichen Blick zu und nimmt dann die ganze Runde ins Visier. «Wir müssen mit allem fertig werden, damit Japan mit der Produktion beginnen kann. Uns läuft die Zeit davon, Leute.»

Das will Jack nicht hören – vor allem nicht angesichts der nahenden Reisernte, die sich auf den Zeitplan auswirken wird. Während Ruth also allen Feuer unterm Hintern macht, blendet Jack sie aus und mustert Charlottes neue Designerin. Stevie ist jung, aber ein Kracher und verdammt aufgeweckt. Er merkt ihr an, dass sie ihn nicht leiden kann, und das irritiert ihn. Im

Gegensatz zu anderen Frauen wirft sie ihm keine langen Blicke zu, lacht nicht über seine Scherze und trödelt nach einer Sitzung nicht herum, in der Hoffnung, dass er sie anspricht. All das tut sie nicht. In den drei Monaten ihrer Beschäftigung bei Mattel hat er kein einziges Mal ihre ungeteilte Aufmerksamkeit bekommen. Wann immer er redet, tut sie dabei etwas anderes – sogar bei Besprechungen. Sie notiert sich etwas, blättert in Akten oder Anschauungsmaterial. Dass sie ihm nicht den Respekt entgegenbringt, den er verdient – immerhin ist er ihr Chef –, macht sie faszinierend und zu einer Herausforderung. Er will sie für sich gewinnen, könnte aber nicht sagen, mit welcher Absicht.

Er fragt sich, ob sie einen Freund hat. Sie hat ganz sicher einen. Er sieht, wie Twist und die anderen mit ihr flirten. Sie ist eine Schönheit mit braunen Haaren und blauen Augen und hat ein Grübchenkinn wie Ava Gardner. Jede Wette, dass sich ihr Haar so gut anfühlt, wie es duftet … *Herrgott noch, lass das!* Er sollte überhaupt nicht an sie denken. Dr. Greene würde jetzt von Vermeidungsverhalten sprechen. Weil Jack nicht an die Reisernte denken will, denkt er an Stevie. Jack Ryan ist ein vollkommen introspektiver Mensch.

Er zwingt sich, wieder konzentriert zuzuhören, während die anderen mit Fachbegriffen wie Spielwert und Naturspielzeug versus vorgefertigtes Spielzeug um sich werfen. Ruth redet jetzt über Abgüsse und Inventarbedarf und gibt dann das Wort an Charlotte weiter.

«Das sind die neuesten Entwürfe», sagt Charlotte, während Stevie einige Ensembles an der Schneiderpuppe aufreiht. Das erste ist ein schulterfreies Cocktailkleid aus gold-weiß gemustertem Brokat mit Rückenreißverschluss, das sich an Barbies Kurven schmiegt. «Dieses ist ein klassisches Design.»

«Das gefällt mir», sagt Ruth. «Jetzt müssen Sie es noch

komplettieren. Wie wär's mit einer Stola? Oder vielleicht mit einem Überwurf?»

Während Stevie sich das notiert, greift Charlotte zum Skizzenblock und zeichnet mit kräftigen Strichen eine Jacke mit Dreiviertelärmeln. «Was halten Sie davon?» Sie dreht den Block herum und schiebt ihn über den Tisch zu Ruth.

Jack beobachtet die beiden, wie sie einander inspirieren und harmonisch zusammenarbeiten. Als würden ihre Gedanken zwischen ihnen hin und her fließen.

«Vielleicht eine Kragenverzierung», schlägt Ruth vor. «Und etwas an den Ärmeln.»

«Vielleicht eine Pelzverbrämung?», sagt Charlotte.

«Genau daran habe ich gedacht», sagt Ruth. «Und wie ist es mit Accessoires?»

«Oh, ich habe eine komplette Accessoire-Serie entworfen.»

Natürlich hast du, denkt Jack.

Charlotte zeigt eine goldfarbene Unterarmtasche mit zitronengelbem Seidenfutter und braune, zehenfreie Pumps. Die gefallen Ruth. *Sie liebt verdammt noch mal alles, was Charlotte ihr zeigt.* So ungern er das zugibt, er fühlt sich ausgeschlossen. Sie waren einmal ein Dreierteam, und jetzt besteht das Team nur noch aus Ruth und Charlotte. Und Stevie. Sicher ist es nur eine Frage der Zeit, bis die sich bei den beiden eingeschmeichelt hat und in den Klub aufgenommen wird. Auch wenn es ein Frauenklub ist, er will rein.

Als er noch ein Junge war, wurde er nie in die Jungenclique aufgenommen. Er war für die meisten Sportarten zu klein, außer fürs Ringen, und das hatte für ihn keinen Reiz. Wenn er sich schweißglänzend auf dem Boden herumrollen wollte, dann mit einem Mädchen. Doch auch in der Hinsicht hatte er kaum Optionen. Die Freundinnen kamen erst später, und Mann, wie sich das Leben änderte, sobald er entdeckt hatte, wie sich diese

Schatztruhe öffnen ließ. Abgesehen von Barbara zu Anfang, waren Ruth und Charlotte die Einzigen, die er nicht mit seinem Charme gewinnen konnte, aber jetzt auch noch Stevie, und das beunruhigt ihn. Verliert er allmählich sein Geschick? Wenn ja, was dann? Ob das stimmt oder nicht, die Aufmerksamkeit und Bewunderung von Frauen sind die Quelle seines Selbstvertrauens. Sein Selbstwertgefühl ist so stark mit ihnen verbunden, wie er sich mit ihrem Körper verbinden will.

«Und Jack», Ruth richtet ihren Blick auf ihn, «berichten Sie uns doch von Ihrer Japanreise. Wie weit sind wir bei KBK?»

Jack reibt sich den Nacken. Sein Kragen ist ein wenig feucht. Während er von der erfolgreichen Begutachtung der Barbie-Gießformen berichtet, ist ihm, als steckte er mit dem Kopf in einer Trommel, seine Stimme klingt in seinen Ohren dumpf. Er weiß, dass er spricht, doch er hört sich verzerrt wie aus einem Lautsprecher. Schließlich gelangt er zum schwierigen Teil, dem Reisernteproblem.

Der schrille Klang von Ruths Stimme – «Wollen Sie mich auf den Arm nehmen?» – macht seinen Kopf klar. «Soll das heißen, jeder, der an Barbie arbeitet, wird einen ganzen Monat fehlen, um den verdammten Reis zu ernten?» Ruth ist aufgesprungen und beugt sich über den Tisch, um ihr Gift auf Jack zu versprühen.

Er muss sich gegen sie behaupten. Sein gesamtes Team beobachtet ihn. Sogar Stevie sieht ihn an. Und er ist nicht wie Sid. Er hat vor Ruth keine Angst. «Jep.» Er steht ebenfalls auf, ein symbolischer Nadelstich, um sie zu ärgern. «Genau das soll es heißen. KBK stoppt die Produktion, damit die Arbeiter den *verdammten* Reis ernten können.» Er spürt Stevies Blick und hat das Gefühl, dass sein Auftritt ihr gilt, dass er nur für sie spielt. Ihre Blicke begegnen sich für den Bruchteil einer Sekunde, dann schaut sie weg.

«Und niemand – und damit meine ich Sie, Sie Wunderknabe – hat daran gedacht, das in unseren Zeitplan einzubauen?»

«Nun ist es aber genug.» Elliot steht auf und legt die Hände auf Ruths Schultern, um sie sanft auf ihren Stuhl zu drücken. «Wir haben noch Zeit bis zur Toy Fair. Wenn sie mit der Ernte fertig sind, lassen wir KBK notfalls Extraschichten fahren. Wir lassen ihre Leute rund um die Uhr arbeiten, auch an den Wochenenden. KBK wird tun, was nötig ist, um den Zeitverlust auszugleichen und termingerecht zu liefern. In Ordnung?» Elliot schaut nacheinander in die Gesichter und stellt mit jedem Blickkontakt her. Auf die Handflächen gestützt, sagt er: «Gut. Können wir dann fortfahren?»

Elliot erfindet nicht nur Spielzeuge, sondern fungiert auch als Friedensstifter, und das ist vielleicht seine wichtigste Aufgabe bei Mattel. Er räumt hinter seiner Frau auf und beseitigt die Schäden, wenn sie Verkäufer gegen sich aufgebracht, Angestellte in einer Lache von Tränen zurückgelassen oder Bankdirektoren beleidigt hat. Ohne Elliots diplomatischen Charme hätten Ruths Ungeduld und erst recht ihr Zorn sie schon vor Jahren ruiniert.

Stevie fährt aus der Parkbucht, froh, dass sie endlich das Geld für eine neue Batterie hinblättern konnte und nicht mehr mit angehaltenem Atem und einem Stoßgebet den Zündschlüssel dreht. Während der Fahrt schwirrt ihr noch der Kopf von der Sitzung. Sie kommt nicht darüber hinweg, wie Ruth auf Jack losgegangen ist, und das vor allen anderen. Jetzt versteht sie, warum sie den Spitznamen Ruthless hat. Das war ein wenig furchterregend, aber auch beeindruckend, sie so in Aktion zu sehen.

Stevies Mutter ist das genaue Gegenteil, sie entschuldigt sich hastig für jede Unannehmlichkeit und übernimmt die Verantwortung für alles, was in der Welt ihres Vaters schiefläuft – es ist ihre Schuld, wenn er sich an der Suppe die Zunge verbrennt und wenn die Zeitungsseiten durcheinandergeraten sind. Sie hält sogar den Kopf hin, wenn der Heißwassertank den Geist aufgegeben hat, wenn sie auf dem Freeway einen Platten haben, wenn der Nachbarshund bellt. Stevie weiß, dass das nie passieren wird, doch sie würde zu gerne einmal erleben, dass ihre Mutter ein bisschen Stärke zeigt, sich etwas von der Macht zurückholt, die sie ahnungslos abgegeben hat.

Ihre Gedanken kehren zu der Sitzung zurück. Jack war jedenfalls durch Ruths Verhalten nicht aus der Fassung gebracht. Stevie kann ihn zwar nicht leiden, aber er macht sie neugierig. Seit ihrer Unterhaltung mit Patsy kann sie ihn nicht mehr so ansehen wie vorher. Jack Ryan, der meisterhafte Küsser und Orgasmusspender. Daran muss sie wohl bei der Sitzung gedacht haben, denn einmal sind sich ihre Blicke begegnet. Das hat ihr ein unerwartetes Kribbeln durch den Leib gejagt, und sie hat gespürt, dass sie rot wurde.

Ärgerlicherweise denkt sie noch immer an Jack, als sie vor ihrer Wohnungstür anlangt. Sie und Vivian leben jetzt in einem der Neubauten, die man später als Dingbat-Häuser bezeichnen wird. *Casa Bella* steht in goldener Schrift an dem weißen Putz mit ein paar Sternen als Verzierung. Das Gebäude ist aufgeteilt in vier Wohnungen und sieht aus, als stünde es auf Stelzen, zwischen denen die Autos parken.

Stevie geht hinein, legt die Schlüssel auf den kleinen Küchentisch und streift sich die Pumps ab. Der kühle Fußboden tut ihren Füßen gut. Vivian ist nicht zu Hause. Das erkennt sie daran, dass sie nicht über deren Schuhe stolpert, keine Festbeleuchtung herrscht und die Stereoanlage nicht plärrt.

Am Chouinard waren sie zwar befreundet, doch sie sind nur zusammengezogen, um Geld zu sparen. Nachdem sie sich zufällig bei der Besichtigung einer Wohnung in West Hollywood begegnet sind, die sie sich beide nicht leisten konnten, beschlossen sie, zusammenzuziehen und sich die Ausgaben zu teilen. Das Zusammenwohnen klappt ganz gut, aber nur weil Stevie keinen Aufstand macht, wenn das Messer voll Erdnussbutter auf der Arbeitsfläche liegen geblieben ist, wenn Zahnpasta im Waschbecken klebt oder wenn Vivian mal wieder die Milch oder das Shampoo leer gemacht hat, ohne neues zu besorgen.

Sie nimmt sich eine Flasche Bitter Lemon aus dem Kühlschrank und geht auf den Balkon. Es ist ein warmer Abend, und die beiden Jungen von 1B schwimmen und planschen im Pool herum. Sie trinkt den ersten Schluck und ertappt sich dabei, dass sie wieder an Jack denkt und sich erinnert, wie er sie während der Sitzung anblickte. Oder hat sie ihn zuerst angeblickt? *Ach, hör auf damit!* Doch je mehr sie sich ermahnt, nicht an ihn zu denken, desto mehr denkt sie an ihn. Es ist, wie wenn man jemandem sagt: Denk nicht an das Zebra in deiner Badewanne. Die ganze Sache ist unschön. Sie arbeitet für ihn, und außerdem müsste sie sich bei den vielen Frauen, die für ihn schwärmen, hinten anstellen. Und sie schwärmt entschieden nicht für ihn.

«Stevie? Bist du zu Hause?», hört sie Vivian rufen.

«Hier draußen.»

Vivian gesellt sich zu ihr auf den Balkon. Sie hat schulterlange glatte Haare und sehr dunkle Augen, ist schick gekleidet und klein, fast so klein wie Ruth und mitunter auch genauso penetrant. «Heute habe ich den Herausgeber der *Glamour* kennengelernt», sagt sie und trinkt einen Schluck von Stevies Bitter Lemon. «Sie werden in der Juniausgabe einen Artikel über Rudis Badeanzugentwürfe bringen. Ist das nicht aufregend?»

«Ja, allerdings.» Stevie gibt sich Mühe, nicht neidisch zu klingen. Letzte Woche waren es die Moderedakteurinnen der *Vogue* und in der Woche davor die von *Harper's Bazaar.* «Ach, und ich war heute Mittag mit Bob zusammen essen.»

«Bob?»

«Bob Mackie. Er hat nach dir gefragt. Ich soll dich grüßen.»

«Ist er noch bei Paramount?»

«Ja, und er arbeitet an einem neuen Film mit Marlene Dietrich. Ist das nicht großartig?»

«Ja, das ... ist großartig.» Bob war mit ihnen in derselben Klasse, und wie Stevie hat er die Ausbildung am Chouinard abgebrochen. Doch Bob ist gegangen, weil Frank Thompson ihn als Kostümzeichner engagierte.

Bob und Vivian stehen mitten in der Welt des Modedesigns, und während Vivian ständig von ihrem Praktikum bei Rudi Gernreich erzählt, ist Stevie zum Schweigen verpflichtet, geknebelt von Verschwiegenheitserklärungen. Vivian weiß nur, dass sie für einen Spielwarenhersteller Puppenkleider macht. Stevie darf nicht mal das Wort Modepuppe in den Mund nehmen, ohne ihre Stelle zu riskieren. Anders als Charlotte und Jack, die eine Sondererlaubnis haben, darf Stevie keine Arbeit nach Hause mitnehmen. Daher kann sie Vivian keinen ihrer Entwürfe zeigen, weder die Kaninchenfellstola noch das blaue Ballonkleid noch den kurzen weißen Kunstledermantel mit dem roten Vliesfutter, an dem sie mit Charlotte arbeitet. So spektakulär und raffiniert ihre Modelle sind, unterm Strich bleiben es Puppenkleider. Sie fühlt sich wie eine Komparsin auf der Designerbühne und fragt sich ungeachtet der zweihundert Dollar pro Woche, ob sie sich richtig entschieden hat und Mattel für sie das Sprungbrett ist, um eine echte Modedesignerin zu werden.

Jack kommt eine Viertelstunde zu spät zur Gruppe. Er hat die Zeit aus den Augen verloren und im Stau gestanden. Trotz des Reiserntendebakels bei der Sitzung ist er bei Mattel ein aufsteigender Stern, aber zu Hause steht er in Ungnade, und deshalb geht er mit seiner Frau zur Gruppentherapie. Er ist ein lausiger Ehemann, das ist ihm klar. Er ist Barbara schon seit Jahren untreu. Er arbeitet zu viel und trinkt zu viel. Er liebt seine kleinen Töchter und kann trotzdem nicht behaupten, ein guter Vater zu sein. Das kriegt er einfach nicht hin. In vielerlei Hinsicht ist er selbst noch ein Kind, kommt ständig auf dumme Gedanken und stiftet auch seine Töchter dazu an. Er zeigt ihnen, wie man Marshmallows über der Gasflamme röstet, und wenn er nicht schlafen kann, weckt er sie zu einem Murmel- oder Damespiel. Sie sind die Spielkameraden, die er – dank seiner Mutter – früher nicht gehabt hat.

Als Jack an der Reihe ist, sagt Dr. Greene: «Wie kommen wir mit Ihrer Im-pul-si-vi-tät zurecht?» Er betont jede einzelne der fünf Silben.

Jack hat an dem Wir einen Narren gefressen. *Wir* machen gar nichts mit der *Impulsivität.* Das ist Dr. Greenes Ausdruck dafür, nicht Jacks. Jack weiß, was der Mann hören will und was Barbara *dringend* hören will, und daher sagt er es: «Ich erkenne gerade, dass meine Handlungen Konsequenzen haben.» Na bitte, war doch gar nicht so schwer, oder? Doch er kann seine schöne Frau nicht ansehen, weil sie ihn sofort durchschauen würde. Wenn es um Selbstbeherrschung und gutes Urteilsvermögen geht, hat Jack wenig vorzuweisen.

Er mustert den Therapeuten und die anderen vier Paare, die mit ihm auf Klappstühlen im Kreis sitzen. Dr. Greene trägt weite Cordhosen in Senfgelb und eine braune Strickjacke, hat die Beine übereinandergeschlagen und wippt mit dem Fuß. Der Loafer ist ihm von der Ferse gerutscht und baumelt unter der Fußsohle. Er wirkt gelangweilt und sollte es auch sein. Was für ein jämmerlicher Haufen sind sie doch. Die Frau, die links neben Jack sitzt, weint bei jeder Sitzung, weil ihr Mann vor *neun* Jahren eine Affäre hatte. Der Mann des nächsten Paares hat Angst vor Spiegeln. Er glaubt, dass seiner Frau etwas Schreckliches passiert, wenn er sich im Spiegel sieht. Wie irre ist das denn? Im Vergleich dazu erscheint Jack vollkommen gesund, sodass er sich fragt, wie zum Teufel er sich von Barbara dazu überreden lassen konnte.

Arme Barbara. Er hätte sie nicht heiraten dürfen. Sie haben sich auf Cape Cod kennengelernt, und er war hingerissen von der jungen Frau mit den glänzenden kastanienbraunen Haaren, dem schönen Lächeln und der edlen Nase. Sie ging auf die Parsons School of Design, und er war entzückt von ihrem Talent, ihrer kreativen Ausstrahlung und ihrem Intellekt. Außerdem gehörte Barbara zu den oberen Zehntausend, was seine Mutter besonders schätzte. Wenn Barbara nur halb so gern Sex hätte wie er. Und er liebt sie aufrichtig. Wenn sie ihn ließe, würde er ihr mehrmals die Woche zeigen, wie sehr er sie liebt. Doch sie mag keinen Körperkontakt, wohingegen er nur dadurch seine Gefühle ausdrücken kann. Folglich leben sie in einer verfehlten Beziehung, wie zwei Sternschnuppen, die in entgegengesetzten Richtungen aneinander vorbeifliegen. Und trotzdem liebt er sie mehr als jede andere Frau in seinem Leben. Und im Augenblick gibt es keine andere. Ja, da gab es den Seitensprung mit der Cocktailkellnerin, aber das ist im Sande verlaufen. Dann waren da noch Patsy und Wendy in der Firma, aber das war jeweils nichts Ernstes. Die Frau in Tokio, Akari, hat ihm Spaß gemacht, aber nur begrenzt, da sich sein Japanisch auf drei Sätze beschränkt: *Die Produktionskosten bleiben im Rahmen, ja? Sie sind sehr nette Geschäftspartner.* Und: *Möchten Sie heute Nacht mit mir Sex haben?*

Er gibt gern zu, dass er in letzter Zeit ein wenig zerstreut war wegen Stevie. Sie zeigt an ihm keinerlei Interesse, doch er versucht weiter, bei ihr zu landen. Sie ist wie ein steiler Berg oder ein kniffliges Rätsel, eine Herausforderung, die bewältigt werden will. Darüber hinaus weiß er nicht, was er von ihr will, außer der Bestätigung, dass er mit einunddreißig noch attraktiv und begehrenswert ist.

Seine Frau spricht jetzt zur Gruppe und erzählt, dass ihr Lieblingspullover von Motten zerfressen wurde, als ob das etwas mit ihrer gemeinsamen Zukunft zu tun hätte. Er mustert ihr Gesicht in dem Wissen, dass das wahre Problem in ihrer Ehe nicht seine überbordende Libido, seine Arbeitsbesessenheit oder seine Trinkerei ist. Das wahre Problem ist sein Gehirn. Er ist überzeugt, dass da oben nicht alles in Ordnung ist. Da ist immer mächtig was los. Die Gedanken – gute und sehr viele schlechte – strömen ihm unaufhaltsam in den Kopf, bis er so vollgepackt ist, dass es sich anfühlt, als würde er jeden Moment entzweibrechen. Wenn er doch nur aufhören könnte zu denken. Ist das denn zu viel verlangt? Gibt es so etwas wie einen glücklichen Mittelweg zwischen dem Gefühl, unbesiegbar zu sein, als könnte er fliegen, und dem Gefühl, sich vom Dach stürzen zu wollen? Bei seinen Höhenflügen wird er praktisch von der Sonne versengt, und seine Abstürze enden in bodenloser Schwärze und Trübsinn. Er ist entweder unglücklich oder in Hochstimmung. Dazwischen gibt es nichts. Andere Leute werden von ihrer Psyche sicher nicht derart gequält.

Den Lärm in seinem Kopf kann er nur ausblenden, wenn er sich völlig in die Arbeit vertieft, sich so stark konzentriert, dass nichts zu ihm durchdringt. Deshalb hat er sich für Mattel so sehr ins Zeug gelegt. Für diese Puppe. Zurzeit ist Barbie seine einzige Erholung.

Fokusgruppen

Bei der Heimfahrt von ihrem monatlichen Pokerabend mit Freunden – einem der wenigen geselligen Anlässe, die Ruths forciertes Arbeitspensum überlebt haben – bringt Elliot das Thema Marktanalyse zur Sprache.

«Es wird Zeit», sagt er, als sie den Laurel Canyon zwischen den Hollywood Hills hinunterfahren. «Die wirst du für die Werbung brauchen. Wie wär's mit dem Burschen, den wir neulich getroffen haben? Du weißt schon, dieser Aaron oder Ernie.»

«Du meinst Ernest? Ernest Dichter?» Sie lacht und schnippt ihre Zigarette aus dem kleinen Dreieckfenster. «Du beschwerst dich, dass ich viel Geld ausgebe – dann lass dir sagen, dass Ernest nicht billig ist.»

Ernest Dichter ist ein Marktpsychologe. Er behauptet, entschlüsseln zu können, was im Kopf der Konsumenten vorgeht. Seine Firma, das Institut für Motivforschung, hat angeblich die Öffentlichkeit überzeugt, dass man sich intelligenter, nicht sauberer fühlt, wenn man mit Ivory-Seife gebadet hat. Dichter ist auch der Kopf hinter der Chrysler-Enthüllung, dass Männer lieber Cabrios fahren und ihre Frauen eine Limousine bevorzugen.

«Nun», sagt Elliot, «es lohnt sich, ein paar Riesen auszugeben, um herauszufinden, wie wir für Barbie werben müssen.»

Sie denkt darüber nach und erinnert sich an eine Zeit, da sie niemanden bezahlen mussten, um zu wissen, wie sie ein Spielzeug am besten vermarkten. Damals waren sie nur zu zweit und steckten die Köpfe zusammen. Das hat Spaß gemacht, war beglückend. Als sie die Uke-A-Doodle herausbrachten, blieben sie bis spät in die Nacht auf und arbeiteten an den Katalogtexten, fanden gemeinsam die passende Beschreibung: *Eine bunte Miniaturukulele mit einer eingebauten Spieluhr. Zwei Spielzeuge in einem. Drehen Sie die Kurbel, und sie spielt echte Musik ...* Sie kannten es damals nicht anders und kamen damit bestens zurecht, doch bei Barbie liegt die Messlatte zu hoch, und Elliot hat recht – sie müssen einen Profi hinzuziehen.

In der folgenden Woche kommt Ernest Dichter von New York nach Los Angeles. Er ist im mittleren Alter, hat einen kantigen, kahlen Kopf, drahtige weiße Haare und trägt eine Brille. Er hat einen Wiener Akzent, der ausgeprägter wird, wenn er ein paar Gläser getrunken hat. Ruth lässt ihn die üblichen Formulare unterschreiben, dann kommen sie zur Sache.

Nachdem er sich Barbie genau angesehen hat, zündet er sich eine Zigarette an, die in einer schwarzen Onyxspitze steckt, und sagt schlicht: «Interessant.»

«Interessant? Das ist alles? Finden Sie sie nicht einmalig?»

«Wie ich sie finde, ist unwichtig.» Er bläst eine Rauchwolke zur Decke. «Erzählen Sie mir doch, was Sie an der Puppe so einmalig finden.»

«Ist das nicht offensichtlich?», sagt Ruth. «Barbie bietet einen immensen Spielwert, ganz zu schweigen davon, dass sie die Fantasie fördert und ...»

«Lassen Sie mich an dieser Stelle unterbrechen.» Er wirkt amüsiert. «Erklären Sie nicht von hier aus», er deutet auf seine Stirn und dann auf sein Herz, «sondern von hier aus, was an der Puppe besonders ist.»

«In Ordnung», sagt Ruth, hält einen Moment inne und formuliert es mit eigenen Worten. «Ich denke, eine Puppe wie Barbie – nun, ich denke, sie kann die Fantasie kleiner Mädchen befreien. Sie können so tun, als wären sie erwachsen wie ihre Puppe. Und sie können Barbie tun lassen, was immer sie wollen. Sie kann sein, was sie wollen. Sie kann eine Karrierefrau sein, ein Laufstegmannequin, sie kann um die Welt reisen. Sie kann die Mädchen aus den vier Wänden ihrer Zimmer in die Welt mitnehmen. Ich glaube, sie stärkt ihr Selbstwertgefühl. Sicherlich mehr als herkömmliche Puppen. Sie kann jungen Mädchen den Weg ebnen, ihre Möglichkeiten zu entdecken.» Ruth sieht Dichter lächeln und nicken. «Das leistet keine andere Puppe auf dem Markt.»

Nach ihrer kleinen Rede denkt Ruth, dass ihre Tochter jetzt vielleicht größere, kühnere Träume hätte, wenn sie mit einer Barbie aufgewachsen wäre, und Interessanteres im Auge hätte als diesen Allen. Ruth blickt dagegen auf eine wie Stevie, die nicht viel älter ist als Barbara und doch so viel klüger erscheint. Stevie weiß, was sie mit ihrem Leben anfangen will, hat Pläne für sich, die sich nicht um einen Mann drehen. Ruth fragt sich, was sie bei ihrer Tochter falsch gemacht hat. Barbara ist mit Ruth und Sarah von zwei starken Frauen umgeben gewesen. Hat nichts von ihnen auf sie abgefärbt?

Dichter betrachtet noch einmal die Puppe. «Ich weiß, was wir tun werden. Wir werden Fokusgruppen befragen.»

«Was sind Fokusgruppen?», fragt Ruth.

Ernest klopft die Asche von seiner Zigarette und erklärt, dass er eine gewisse Anzahl von Mädchen und ihre Mütter interviewen möchte. «Wir zeigen ihnen die Puppe», er deutet mit der Zigarette darauf, «und nachdem wir mit ihnen gesprochen haben, werden wir aufgrund unserer Erkenntnisse die Werbestrategie festlegen.»

Ruth brennt darauf loszulegen. Denn wenn Dichter gut genug ist für Procter & Gamble und für Chevrolet, dann muss an seiner

Methode etwas dran sein. Nach zwei Wochen und der Zahlung von zwölftausend Dollar führt Ernest die Fokusgruppeninterviews durch. Er befragt insgesamt einhundertsiebenundvierzig Mädchen und deren Mütter. Er zahlt ihnen fünf Dollar für den Zeitaufwand, und alle müssen eine Verschwiegenheitsvereinbarung unterschreiben. Sie dürfen mit niemandem über die Studie reden. Sie dürfen niemandem von dem Spielzeug erzählen, das sie sehen werden.

Während der ersten Interviews sitzen Ruth, Elliot, Charlotte und Jack im angrenzenden Raum vor einem Einwegspiegel. Gespannt beobachten sie ein Dutzend Mädchen zwischen sechs und elf Jahren, die an einem langen Tisch Platz nehmen.

«Ihr habt großes Glück, junge Damen», sagt Ernest. «Ihr seid die Allerersten, die mit einer nagelneuen Puppe spielen dürfen. Seid ihr bereit, sie kennenzulernen?»

Rattenschwänze und Ponys geraten in Bewegung, Beine schwingen unter den Stühlen hin und her, die Schuhsohlen berühren kaum den Fliesenboden. Ruth zündet sich eine Zigarette an und vergisst beinahe, daran zu ziehen, weil das ihr Moment ist, die Gelegenheit, mit eigenen Augen zu sehen, wie Mädchen auf Barbie reagieren.

«Hier ist sie. Das ist Barbie!» Er hält ihnen eine blonde Barbie in einem schwarz-weißen Badeanzug hin.

Die Mädchen reißen die Augen auf, manche schlagen sich die Hand vor den Mund. Sind sie entzückt oder entsetzt? Ruth kann es nicht sagen.

Ernest präsentiert zwei Barbies, eine blonde und eine brünette, und lässt die Mädchen wählen, mit welcher sie spielen wollen. Die Puppen sind verschieden gekleidet, was ein kleines Gerangel auslöst, da zwei Mädchen das Etuikleid *Golden Girl* wollen und drei andere das *Nighty Negligee Set* möchten, zu dem ein kleiner rosa Plüschhund gehört. Sie greifen danach und gucken böse, und Ernest sorgt schließlich für Frieden, indem er verspricht, dass sie alle mit allen Kleidern spielen dürfen.

Ruth kaut an ihrem Bleistift und beobachtet die Körpersprache, die Gesichter, das Lächeln der Mädchen und wie sie Barbie in die Hand nehmen und halten und ihr die Haare bürsten. Sie fragt sich, was sie dabei denken. Und dann passiert etwas Überraschendes.

«Sehen Sie das?», fragt Jack.

«Allerdings», sagt Ruth und rückt mit dem Stuhl näher an den Spiegel.

«Was tun sie?», fragt Elliot, obwohl das recht offensichtlich ist.

Nach dem Gerangel, wer welche Kleidungsstücke bekommt, ziehen die Mädchen die Puppe aus. Sie wollen wissen, was sich darunter verbirgt. Sie kichern. Sie erröten. Ernest legt ihnen mehr Kleider auf den Tisch, und die Mädchen untersuchen die verschiedenen Kleider, Jacken, Schuhe, Hüte, Handschuhe und Handtaschen.

Die vier auf der anderen Seite des Spiegels hören Ernest täuschend simple Fragen stellen. «Findet ihr Barbie hübsch? Welche Kleidung gefällt euch am besten? Hättet ihr Barbie gern als Freundin?»

Ein Mädchen sagt, sie möchte wie Barbie aussehen, wenn sie mal groß ist. Eine andere sagt, dass Barbie ihre neue beste Freundin ist und sie zusammen nach Paris reisen. Einer Dritten gefällt die elegante Kleidung. Ein Mädchen hat Vorbehalte und beharrt darauf, dass Barbie gemein aussieht und sich benimmt wie ein Biest. Ruth notiert sich das sofort.

Fast eine Woche lang beobachten sie die Interviews mit verschiedenen Gruppen, und die Mädchen reagieren wie von Ruth erwartet. Barbie regt ihre Fantasie an, und sie malen sich aus, wer und was sie später einmal werden wollen. Ruth freut sich über das Ergebnis. Ebenso Jack und Charlotte. Sogar Elliot räumt ein, dass er unterschätzt hat, welchen Reiz Barbie auf Mädchen ausübt.

Ruth ist weniger überrascht als entzückt. Sie wusste von Anfang an, dass sie einer großen Sache auf der Spur ist. Die Mädchen haben ihre Vermutung nur bestätigt. Sie haben eindeutig Spaß an der Puppe und sind begeistert, und dabei sprechen sie für alle Mädchen überall. Ruth hat bereits gehört, was sie wissen muss, und ist halb versucht, die übrigen Fokusgruppen abzusagen. Doch in der folgenden Woche will Ernest die Mütter interviewen.

Als die eintreffen, sitzt Ruth wieder auf der anderen Seite des Spiegels mit Elliot, Charlotte und Jack. Da sind sie, denkt sie. Die alte Garde. Die Mütter befassen sich unruhig mit ihren Handtaschen, trinken ihre Limonade und bedienen sich an dem Teller mit Butterkeksen. Ruth stellt sich vor, dass sie ihren Vormittag mit Kochbüchern verbringen, Abendessen planen und sich neue Wackelpuddingrezepte ausdenken. Später werden sie sich umziehen und zum Supermarkt fahren, umsichtig den Einkaufswagen vor sich herschieben wie bei einem Autoscooter für Damen. Sie sieht es vor sich, wie sie an ihrem Bügelbrett stehen, das sie im Wohnzimmer aufgeklappt haben, damit sie die neuen Folgen von *Springfield Story* und *Jung und Leidenschaftlich* sehen können, während sie Bettwäsche bügeln, die niemand zu Gesicht bekommt. Wenn der Tisch gedeckt ist und der Hackbraten im Backofen steht, warten sie darauf, dass ihre Ehemänner und Kinder nach Hause kommen. *Genügt ihnen dieses Leben?* Ruth denkt an all die Frauen in ihrem Alter, auch an ihre Mütter und Großmütter – und an all das Potenzial, das blockiert und vergeudet wurde. Sie denkt an die ungeschriebenen Romane, die nicht komponierte Musik, die ausgebliebenen wissenschaftlichen Durchbrüche, an die Krankheiten, die inzwischen vielleicht heilbar wären, und an die politischen Absichten, die umgesetzt worden wären, wenn man diese Frauen ermutigt hätte, ihre Träume zu verwirklichen.

Als Ernest den Müttern die Barbie präsentiert, kichern sie, rollen die Augen und verschränken die Arme, und ihre Ablehnung verbreitet sich von einem Tischende zum anderen. Ruth lässt entmutigt die Schultern sinken.

«Das soll eine Puppe sein?», sagt eine Mutter. «Eine Puppe für kleine Mädchen?»

«Wie kann das eine Puppe sein?», fragt eine andere herausfordernd. «Das ist eine Frau. Und sie hat Brüste. Widerlich.»

«Sie finden Brüste also widerlich?», fragt Ernest.

Der Mutter sinkt das Kinn herab. «Das ist eine höchst unangemessene Frage. Aber da Sie nun einmal fragen, ja, Brüste sind widerlich, wenn sie an einem Spielzeug für kleine Mädchen vorkommen.»

«Und wenn das eine Puppe sein soll», fragt eine andere, «wieso trägt sie dann Lidschatten und Lippenstift?»

«Und sehen Sie sich nur die hohen Absätze an», sagt eine kopfschüttelnd.

«Nur Flittchen tragen solche Schuhe», sagt die Frau neben ihr. «Die Puppe sieht aus wie eine Prostituierte.»

Ruth lässt sich niedergeschlagen an die Rückenlehne fallen und raucht eine Zigarette nach der anderen. Sie hat mit etwas Widerstand gerechnet, aber nicht mit einem derart harschen Urteil.

Ernest verschränkt die Hände hinter dem Rücken und neigt sich ein wenig nach vorn. «Also wäre Barbie keine geeignete Puppe für Ihre Töchter, wollen Sie das damit sagen?»

Genau das wollen sie damit sagen. Die Frauen reden alle auf einmal, und sie versprühen nichts als Ablehnung: *Die Puppe ist zu sexuell. Was ist verkehrt an herkömmlichen Puppen? Wer sich das ausgedacht hat, ist pervers. Der sollte sich mal untersuchen lassen …*

Ruth zerdrückt ihre Zigarette im Aschenbecher und ballt die Fäuste. Im Beobachtungsraum ist es plötzlich stickig, und ihr Kopf schmerzt, als steckte er in einem Schraubstock. Vor ihren Augen spielt sich ihr schlimmster Albtraum ab. An den Müttern wird alles scheitern. Drei Jahre harter Arbeit sind umsonst gewesen. Von diesem Rückschlag werden sie sich nicht erholen.

«Also», Ernest unterbricht das aufgeregte Geplauder, «kann man richtigerweise sagen, dass Sie Barbie zu sexuell finden?»

Darin sind sich alle einig. Bis auf eine. «Sicher werden mich alle dafür verabscheuen, aber ich denke tatsächlich, dass man mit der Puppe Spaß haben kann.»

Ruth wird wieder munter. Ebenso Elliot, Charlotte und Jack.

«Sie ist zauberhaft», erläutert die Frau. «Ich mag ihre Kleider. Und sie wirkt sehr gepflegt und stilvoll. Wenn ich nur meine Tochter dazu bringen könnte, sich so zu kleiden.»

Darauf sagt eine andere: «Ich kann meine kaum dazu bringen, sich die Haare zu bürsten.»

«Oder sich ein sauberes Kleid anzuziehen.»

«Ich sage meiner immer wieder, dass sie keinen Ehemann bekommt, wenn sie nicht anfängt, sich wie eine junge Dame zu kleiden …»

«Dieses Gespräch habe ich mit meiner Tochter auch schon geführt.»

«Ich ermahne meine Tochter ständig wegen ihrer Hygiene. Wenn sie so weitermacht, werde ich sie nie unter die Haube bringen …»

Ruth drückt sich die Fingerspitzen an die Stirn, hinter der ein Schmerz wütet, als hätte sie einen Presslufthammer im Kopf. Es ist 1958, Herrgott noch, und diese Mütter sorgen sich nur darum, ob ihre Töchter heiraten?

Sie schließt die Augen, hört Ernests Stimme, der das Gruppeninterview zum Abschluss bringt. Elliot, Jack und Charlotte unterhalten sich leise. Sie klingen enttäuscht und entmutigt. Ruth ist übel geworden. Gerade als Elliot anfing, an Barbie zu glauben, macht Dichter ihren Erfolg zunichte. Sie hört schon, was Elliot sagen wird: *Lass uns den Schaden begrenzen, Ruthie. Lass uns die Sache beenden, bevor wir das letzte Hemd verlieren …*

Nachdem die Mütter gegangen sind, bittet Ernest seine Auftraggeber in den Befragungsraum.

«Also, das war ein Reinfall», sagt Ruth, lässt sich auf einen Stuhl fallen und schiebt den Teller, auf dem nur noch Krümel liegen, beiseite.

«Ganz und gar nicht», widerspricht Ernest. Er scheint mit dem Ergebnis zufrieden zu sein.

«Ach, kommen Sie», sagt Ruth, «Sie haben doch gehört, was die Frauen davon halten.»

«Sie finden Barbie abstoßend», sagt Elliot. «Sie werden sie ihren Töchtern nicht kaufen.»

«Da bin ich anderer Ansicht», sagt Ernest und schmunzelt dabei in einer Weise, dass Ruth ihm das Gesicht zerkratzen möchte. «Diese Frauen haben uns einen Schatz an Informationen geschenkt. Sie, Mrs Handler, haben nur gehört, was sie sagten, aber ich habe verstanden, was sie meinten.» Er beginnt auf und ab zu schreiten, seine weißen Haare stehen büschelweise fast senkrecht ab. «Die Sorge Nummer eins ist, ihre Töchter für heiratswillige Männer attraktiv zu machen. Und was die Mütter begrüßten, war Barbies Stil, ihre gepflegte Erscheinung. Wir haben gesehen, wie die Mädchen der Barbie die Haare bürsteten und was für einen Wirbel sie um die Kleider machten. Nun müssen wir ihre Mütter noch überzeugen, dass Barbie ihren Töchtern helfen wird, sich einen Ehemann zu angeln.»

Alle blicken zu Ruth, rechnen damit, dass sie in die Luft geht –

«Darum geht es bei Barbie nicht! Ganz im Gegenteil!» –, doch Ruth schweigt. Ihr dämmert etwas. Sie ist sich noch nicht sicher, was es ist, aber sie tastet sich an die Erkenntnis heran wie mit dem Schlüssel an ein Schlüsselloch.

«Sie verstehen», sagt Ernest, «Barbie wird die Töchter ermutigen, sich besser zu kleiden, mehr auf ein gepflegtes Äußeres zu achten. Das ist die Botschaft, die Ihre Werbung an die Mütter übermitteln muss.»

Der Schlüssel passt, die Tür schwingt auf. Ernest hat recht. Die ganze Zeit über hat sie geglaubt, sie müssten die Mädchen von Barbie überzeugen, doch in Wirklichkeit sind es die Mütter, die sie für sich gewinnen müssen.

Etwas Geborgtes, etwas Neues

Nach dem Fokusgruppeninterview setzen sich Ruth und Charlotte mit Stevie zusammen, um über ein neues Kleid für Barbie zu sprechen: ein Hochzeitskleid.

«Für Barbie?» Stevie ist verwirrt und blickt von einer zur andern. «Aber ich hatte immer den Eindruck, dass Barbie gar nicht ...»

«Das ist nur wegen der Marktstudie», sagt Ruth geringschätzig. «Ich würde Barbie in ein Clownskostüm stecken, wenn sie dadurch die Billigung der Mütter erlangt.» Das ist wahr, und sie ist zwar bereit, Barbie in ein Hochzeitskleid zu stecken, aber damit ist die Grenze auch schon erreicht. Es wird kein weiteres Gerede über Eheschließung geben. Barbie wird repräsentieren, was es heißt, eine moderne, unabhängige Frau zu sein.

«Das Hochzeitskleid wird die Hauptattraktion bei Barbies Markteinführung sein», sagt Charlotte.

«Es wird in der Fernsehwerbung und in der Presse gezeigt», sagt Ruth.

«Folglich muss es spektakulär sein», sagt Charlotte. «Meinen Sie, Sie können das?»

«Aber hundertprozentig», sagt Stevie. Selbstverständlich kann sie das.

Sie hat bereits ein bezauberndes Hochzeitskleid gemacht, und zurück an ihrem Arbeitsplatz, klappt sie ihren Skizzenblock auf, um ein Kleid wiedererstehen zu lassen, das sie im Schlaf zeichnen könnte. Sie kennt jede Falte, weiß, wie sie mit der Seide, dem Tüll, der Schleppe arbeiten muss. Sie weiß es, weil das ihr letztes Projekt am Chouinard gewesen ist. Sie fing damit an, sobald sie wusste, dass sie schwanger war, und Russell gesagt hatte, er werde sie heiraten. Hätte er sie nicht sitzen lassen, hätte sie in dem Kleid geheiratet, wäre am Chouinard geblieben und hätte als Klassenbeste ihren Abschluss gemacht, hätte das Kind bekommen und weitergearbeitet. Die Schwangerschaft hätte man ihr beim Abschluss vielleicht noch nicht angesehen. Niemand hätte davon erfahren. Schon bevor sie Ruth kennenlernte, wusste sie, dass es möglich ist – nicht einfach, aber sicherlich machbar –, als verheiratete Frau und Mutter erfolgreich einem Beruf nachzugehen. Doch ohne den Ehemann ging ihr Plan in die Binsen.

Sie verbannt das Wenn und Hätte in den Hinterkopf, um sich auf das Hochzeitskleid zu konzentrieren, und überlegt, wie sie es am besten auf Barbies Maßstab verkleinern kann. Sie skizziert Ideen und drapiert Seide an der Schneiderpuppe, um zu sehen, wie sich der Stoff bewegt. Er wird in ihrem Kopf lebendig, und sie ist darin vertieft, als sie Jacks Stimme hört.

«Brauchen Sie einen Kaffee oder etwas anderes?», fragt er.

«Wie bitte?»

«Kaffee? Oder vielleicht einen Schluck Bourbon?» Mit einem halben Lächeln neigt er sich über ihre Trennwand, sodass sie sein moschushaltiges Rasierwasser riecht. «Ich dachte, ich gebe moralische Unterstützung bei dem Hochzeitskleid. Ich weiß, das ist viel Druck. Und wir haben wenig Zeit.»

«Ist schon gut, ich schaffe das.» Sie blickt auf, und seine Augen halten ihren Blick fest. Sie sind blaugrün, und das ist ihr noch nie aufgefallen.

«Also gut.» Er zögert. «Sollte es noch etwas geben, das Sie

an mir abprallen lassen wollen, brauchen Sie nur ein Wort zu sagen.» Er lächelt und stolziert davon.

Stevie spürt, dass alle – Männer wie Frauen – ihm nachblicken, wie er um die Ecke verschwindet, enttäuscht, weil er nicht auch bei ihnen haltgemacht hat. Dies ist das zweite Mal in dieser Woche, dass Jack zu ihr gekommen ist. Vor zwei Tagen hat er ihr eine Modezeitschrift vorbeigebracht, die der Postbote sowieso bei ihr abgeliefert hätte. Es scheint fast so, als ob Jack nach Vorwänden sucht, um mit ihr reden zu können.

«Wann wolltest du mir das zeigen?», fragt Ruth ihre Tochter. Sie gießt sich ihren Morgenkaffee ein, und ihre Fingernägel klicken gegen die Arbeitsplatte.

«Die wurden gestern erst verteilt», sagt Barbara. «Du hast länger gearbeitet. Was hätte ich tun sollen? Deine Sekretärin anrufen und einen Termin ausmachen, damit ich es dir zeigen kann? Oder hätte ich es dir aufs Kopfkissen legen sollen?»

«Werd nicht frech.» Ruth schaut wieder auf das Zeugnis. Barbara war immer eine Einser-Schülerin, und jetzt hat sie in jedem Fach mittelmäßige Noten, von Mathematik bis Soziologie. Die Erläuterungen der Lehrer sagen alles: *Nicht zufriedenstellend. Muss sich verbessern.* «Ich möchte, dass du weniger Zeit mit Allen und mehr Zeit mit deinen Schulaufgaben verbringst.»

«Warum? Wozu denn?» Sie schüttet sich Cornflakes in eine Schale und öffnet die Milchflasche. «Ich gehe sowieso nicht aufs College.»

«Und ob du das tust.»

«Ich – gehe – nicht – aufs – College», wiederholt sie und betont jedes Wort. «Ich werde Allen heiraten.»

«Nur über meine Leiche. Du wirst nicht deine Zukunft für einen Jungen wegwerfen. Schon gar nicht für ihn.»

«Du kennst ihn nicht mal.» Sie knallt die Flasche auf den

Tisch, sodass etwas Milch herausschwappt. «Aber wenn du ab und zu mal zu Hause wärst ...»

«Fang nicht damit an, Barbara. Ich bin nicht in der Stimmung dafür, und wenn sich deine Noten nicht verbessern, werde ich dir den Kontakt mit ihm verbieten. Hast du mich verstanden?»

Barbara mault noch, als Ruth nach ihren Schlüsseln greift und zur Tür geht. Zwanzig Minuten später und mitten im Stau kocht sie vor Wut. Barbara ist erst siebzehn. Wie kann sie an Heirat auch nur denken, wenn sie noch ihr ganzes Leben vor sich hat?

Sie ist noch immer aufgebracht, als sie bei Mattel ankommt, und ihre Laune bessert sich nicht, als sie den Konferenzraum betritt, wo – ausgerechnet – das Hochzeitskleid präsentiert werden soll. Sie weiß, Barbie im Hochzeitskleid ist nur ein strategischer Schachzug, doch die Idee, dass Barbie heiratet, bringt sie auf hundertachtzig.

«Wo ist Jack?», fragt sie. «Gebt ihm Bescheid, er soll sich gefälligst hierherbewegen. Ich habe nicht den ganzen Tag Zeit.» Es ist warm und stickig. Ihre Bluse klebt an der Haut. «Und jemand soll die Rezeption anrufen und die Heizung herunterschalten lassen.»

Eine halbe Zigarette später erscheint Jack. «Das wurde aber auch Zeit», sagt sie. «Was ist los? Haben Sie sich verlaufen?»

«Ich wünsche Ihnen auch einen guten Morgen», entgegnet er und setzt sich.

Nach ein paar einleitenden Worten von Charlotte beginnt Stevie mit ihrer Präsentation. Sie hat wochenlang an dem Kleid gearbeitet und Charlottes Anregungen berücksichtigt: die Schleppe verlängern, den Schleier verzieren, mehr Spitze am Mieder. Das Modell an der Schneiderpuppe ähnelt in nichts mehr Stevies Hochzeitskleid, und das ist gut. Sie kann es nicht gebrauchen, bei der Arbeit ständig an Russell erinnert zu werden.

Ruth nimmt ihr die Schneiderpuppe aus der Hand und betrachtet das Kleid von Nahem. «Das ist alles? Mehr haben Sie nicht?»

«Was fehlt denn?», fragt Stevie und schaut zu Charlotte, die genauso ratlos zu sein scheint.

«Meine Güte, was kann es sein?», fragt Ruth sarkastisch. «Was braucht eine Braut außer einem Kleid? Vielleicht einen Brautstrauß? Ein Paar Schuhe?»

«Aber in dieser Sitzung sollte nur das Kleid besprochen werden», sagt Stevie, obwohl sie weiß, dass sie sich nicht verteidigen und Ruth nicht kritisieren sollte. Doch sie kann das nicht einfach hinnehmen. «Ich habe mit den Accessoires nicht mal angefangen.»

Ruth schnaubt empört. «Etwas Geborgtes, etwas Blaues, etwas Altes, etwas Neues – schon mal gehört?»

«Aber Ruth ...», beginnt Stevie.

Jack unterbricht sie. «Nun mal langsam, Ruth. Kommen Sie, verschonen Sie die Kleine.»

Die Kleine? Stevie sieht ihn wütend an. «Wenn Sie nichts dagegen haben, Jack, ich kann das allein ...»

«Sie hat mit dem Kleid erstklassige Arbeit geleistet, und das wissen Sie», sagt er. «Sie wird die Accessoires noch liefern. Lassen Sie sie in Ruhe.»

Ruth sagt kein Wort. Stattdessen nimmt sie ihre Zigarette und das Feuerzeug und schreitet aus dem Konferenzraum. Das tut sie von Zeit zu Zeit, verlässt abrupt eine Sitzung, wenn sie nicht nach ihrem Willen läuft. Dann stürmt sie den Gang hinunter mit einer Miene, bei der jeder den Kopf über seine Arbeit beugt und inständig hofft, ihre Aufmerksamkeit nicht auf sich zu ziehen. Es ist, als wäre ein Grizzly in der Nähe.

Nachdem die Sitzung verschoben wurde, hält Jack bei Stevies Arbeitsnische an, um zu sehen, wie es ihr geht. Sie behält ihren

Bleistift fest in der Hand und den Kopf gesenkt. «Das hätten Sie nicht zu tun brauchen», sagt sie, ohne ihn anzusehen, denn andernfalls bricht sie vielleicht in Tränen aus.

«Was denn?»

«Mich in Schutz nehmen. Ich kann sehr gut für mich selbst einstehen.»

«Oh, das glaube ich gern», sagt er. «Aber ich würde das für jeden in meinem Team tun. Ich würde dasselbe für Twist oder Frankie tun. Ich bin Ihr Chef, und Ruth war biestig.»

Das stimmt sie ein wenig milder, zumindest so weit, dass sie ihre Verwirrung zeigt. «Ich verstehe einfach nicht, was ich falsch gemacht habe. In der Sitzung sollte es gar nicht um Accessoires gehen.»

«Kommen Sie», sagt er. «Verschwinden wir hier.»

«Ich kann nicht», brummt sie. «Ich habe zu viel zu tun.»

Er greift über die Trennwand, nimmt ihr den Bleistift aus den Fingern und legt ihn auf den Schreibtisch. «Vertrauen Sie mir. Ich weiß, wann jemand von seiner Arbeit Abstand braucht.»

Stevie und Jack landen im Brown Derby, einem Restaurant altenglischen Stils, und trinken einen Gin Martini.

«Na, ist das nicht besser?», sagt er nach dem ersten Schluck.

Sie will ihn nicht merken lassen, wie dankbar sie ihm ist, dass er sie aus dem Büro losgeeist hat, und sagt: «Normalerweise fange ich nicht vor zwölf mit Trinken an, wissen Sie.»

«Keine Sorge. Ich habe auch vor, Sie satt zu machen.»

«Gut, denn ich verhungere gleich.»

«Moment mal.» Er neigt sich vor. «Ist das etwa ... Ist das möglich? Sehe ich da ein Lächeln?»

«Nur ein aufgesetztes», scherzt sie trotz allem.

Er lehnt sich zurück und verschränkt die Arme. «Sie mögen mich nicht, stimmt's?»

«Dass ich nicht wie die anderen um Sie herumstolziere, heißt noch lange nicht, dass ich Sie nicht leiden kann.» Tatsächlich findet sie ihn gar nicht übel, nicht wie zu Anfang. Und sie erkennt an, dass er sich ein paarmal große Mühe gegeben hat.

«Wir könnten Freunde sein, wissen Sie.»

«Freunde?» Sie zieht eine Braue hoch. «Von denen haben Sie reichlich, wie ich höre.»

«Sieh an, sieh an.» Er schnalzt mit der Zunge. «Sie scheinen ja sehr auf mich und die anderen Damen im Büro zu achten.» Er trinkt einen Schluck von seinem Martini. «Nur damit Sie es wissen, ich habe auch viele rein platonische Freundschaften mit Frauen. Und zufällig bin ich ein sehr guter Freund.»

«Wenn Sie meinen.»

«Tja, so wie Ruth Sie heute Morgen angegangen ist, würde ich sagen, Sie können einen Freund wie mich gebrauchen.» Er lehnt sich zurück und sieht sie aufmerksam an. «Da ist wieder das aufgesetzte Lächeln.»

Sie betrachtet sein Gesicht. Seine Augen blicken warm und freundlich, sein Teint ist hell, seine Haut glatt. «Ich glaube sogar, es war ein halbes Lächeln.»

Er tippt mit seinem Glas an ihres und hält ihren Blick fest. Das Schweigen zwischen ihnen ist alles andere als belanglos. Sein Puls beschleunigt, ihr Atem wird flacher. Er fragt sich, ob sie liiert ist, und sie fragt sich, ob er wirklich so gut küsst, wie behauptet wird. Er findet sie hinreißend und intelligent. Sie findet, dass er doch ein bisschen wie Dean Martin aussieht.

Stevie räuspert sich, blinzelt und entschuldigt sich, um zur Damentoilette zu gehen. *Was ist denn da gerade abgelaufen?* Sie spritzt sich kaltes Wasser ins Gesicht und starrt sich im Spiegel an. Ihre Wangen sind gerötet, ihr Herz hüpft noch immer wie ein Aufziehhase. *Du Idiot, er ist dein Chef. Und er hat eine Frau. Lass das, lass das bloß sein.*

Als sie an den Tisch zurückkehrt, bestellen sie Essen, Regenbogenforelle für sie, Schwertfisch für ihn. Eine halbe Stunde später schiebt sie die Bissen auf ihrem Teller hin und her und hat noch immer das Flattern im Bauch.

«Ich dachte, Sie stehen kurz vor dem Verhungern», sagt Jack mit einem schurkischen Grinsen. Er weiß, dass er sie geärgert hat.

Bei der Rückfahrt zur Firma ist Stevie still, und als sie wieder am Schreibtisch sitzt, will sie sich mit den Brautaccessoires befassen, doch ihre Gedanken springen immer wieder zu Jack.

Jonglieren

Am nächsten Tag ruft Ruth Stevie in ihr Büro, um etwas zu tun, was sie selten tut – sich entschuldigen. Sie hat eigentlich nicht auf sie losgehen wollen. Danach war sie überrascht und sogar beeindruckt, weil Stevie nicht geweint hat. Stattdessen hat sie sich gewehrt, respektvoll und sachlich. Sie hat sich professioneller benommen als Ruth.

Ein leises Klopfen an der Tür. «Ruth?», sagt Stevie. «Sie wollten mich sprechen.»

Ruth winkt sie herein und deutet auf den Sessel vor ihrem Schreibtisch. «Ich möchte mit Ihnen über die gestrige Sitzung sprechen.» Sie würde gern sofort damit herausrücken und sagen, dass es ihr leidtut, doch die Worte bleiben ihr in der Kehle stecken. Stattdessen sagt sie etwas, das sie schon oft gedacht, aber nie ausgesprochen hat. «Sie erinnern mich sehr daran, wie ich früher war.»

«Tatsächlich?»

Sie kann ihr nicht ansehen, ob sie geschmeichelt oder beleidigt ist. «Nachdem ich von Denver hierhergezogen war, bekam ich meine erste Stelle bei Paramount Pictures. Ich war dort Sekretärin.»

«Das muss aufregend gewesen sein.»

«Das war es.» Sie nimmt sich eine Zigarette und zündet sie an. «Zu Anfang war ich nicht besonders gut», sagt sie und lässt den Rauch aus einem Mundwinkel strömen. «Aber ich wurde gut, weil ich, genau wie Sie», sie deutet mit der Zigarette auf Stevie, «härter gearbeitet habe als die anderen Stenotypistinnen. Ich habe mich jeden Tag in die Arbeit gestürzt und überlegt, wie ich effizienter werden kann. Den Vorgesetzten fiel das auf, und ich wurde befördert und arbeitete für einige große Regisseure, zum Beispiel für Alexander Hall. Sie glauben, ich verlange Ihnen viel ab?» Ruth lacht. «Ich will damit sagen, dass ich in meinem Job die Beste sein wollte. Im Augenblick ist Charlotte die Beste, aber Sie werden sie eines Tages überflügeln. Dabei kommt es nur auf eines an – sofern ich Ihnen einen unverlangten Rat geben darf: Wenn Sie erfolgreich sein wollen, ganz gleich, worin, dann müssen Sie lernen, Enttäuschungen, Zurückweisungen, Fehlstarts und sogar gelegentliches Versagen wegzustecken. Sie müssen die Stärke besitzen, wieder aufzustehen und weiterzumachen. Wenn die Dinge schiefgehen, müssen Sie neu planen, vielleicht die Herangehensweise ändern, aber auf keinen Fall dürfen Sie aufgeben.»

Ruths Sekretärin meldet sich über die Sprechanlage. «Ich habe Barbara auf Leitung drei. Sie sagt, es sei dringend.»

Ruth seufzt. «Ich muss das Gespräch annehmen.» Sie zieht den Ohrclip ab und greift zum Hörer. «Ja, Barbara?»

Stevie kann verstehen, was Barbara sagt, da sie ihre Mutter anschreit. Sie möchte nicht mit dem Chauffeur fahren … lieber mit ihren Freundinnen zu Fuß zum Picknick … Stevie ist peinlich berührt, weil sie das mit anhören muss, und bietet Ruth mit einer Geste an hinauszugehen, doch Ruth schüttelt den Kopf. Stevie versucht, sich unsichtbar zu machen, indem sie durch Ruths Büro schaut, das man nur als spielerisch elegant bezeichnen kann. Der antike Schreibtisch passt erstaunlich gut zu dem modernen rosa Sofa.

«Barbara, wir haben das bereits besprochen», sagt Ruth und klopft ihre Zigarette am Aschenbecher ab.

«Niemand wird mich entführen», schreit Barbara.

«Das stimmt, weil du sicher im Auto hingebracht wirst.» Ruth räumt sogar ein, dass der Chauffeur ein bisschen übertrieben ist. Schließlich sind sie nicht die Lindberghs. Doch Elliot, der sich stets Sorgen macht, besteht darauf und sie daher auch.

«Aber ich will das nicht.»

«Barbara, ich werde das nicht länger diskutieren.»

Aus dem Lautsprecher kommt ein so lautes Kreischen, dass Ruth die Augen zukneift und den Hörer von sich weghält.

Stevie lenkt sich mit den Familienfotos auf dem Sideboard ab, auf denen die beiden Handlers mit ihren Kindern zu sehen sind, einmal vor einem Berg, auf einem anderen vor einem Wasserfall. Das dritte ist wohl eines jener professionellen Familienporträts. Sie denkt, welches Glück diese Kinder haben, dass sie in einem liebevollen Elternhaus aufwachsen und mit ihren Eltern zusammen Ferien machen dürfen. Stevie ist mit ihren Eltern lediglich zu Vertreterkonferenzen gefahren, an Orte wie Lincoln in Nebraska oder Eugene in Oregon. Mehr Familienurlaub gab es bei ihnen nicht.

Stevie bewundert, was Ruth erreicht hat. Sie hat einen liebenden Ehemann, zwei hübsche Kinder und Erfolg im Beruf. Stevies Mutter war schon von einem Kind überfordert, und irgendeine Arbeitsstelle oder Interessen, die über den Haushalt hinausgingen, standen außer Frage. Stevie fühlt sich durch Ruths Beispiel ermutigt, denn eines Tages möchte sie auch einen Mann und Kinder haben, aber nicht auf Kosten ihrer Karriere. Ruth zeigt ihr, dass es möglich ist, mit allen dreien zu jonglieren.

«Ich lege jetzt auf, Barbara. Das Gespräch ist zu Ende.»

«Aber ...»

«Bis später, Barbara.»

Als der Hörer wieder auf der Gabel liegt, sagt sie «Meine Tochter» und zuckt ungehalten die Achseln. Sie steckt sich den

Ohrclip wieder an. «Ich wollte Ihnen nur sagen, dass Sie hier meiner Ansicht nach sehr gute Leistungen erbringen werden.»

«Danke, ich gebe mir Mühe.»

«Das weiß ich.» Sie lächelt und drückt ihre Zigarette aus. «Wie geht es mit den Brautaccessoires voran?»

«Sie werden rechtzeitig zur Sitzung fertig.»

«Da habe ich keine Zweifel.»

Und eine deutlichere Entschuldigung ist von Ruth nicht zu bekommen.

Ein paar Tage später stellen Stevie und Charlotte die Accessoires vor – einen Strauß, ein blaues Strumpfband, eine Perlenkette, kurze weiße Handschuhe und weiße Pumps. Ruth wirkt ehrlich erfreut. Es ist, als hätte die vorige Sitzung nicht stattgefunden.

Nun ist es fünf Uhr, und Stevie ist müde. Sie nimmt ihre Handtasche aus der untersten Schreibtischschublade, wünscht Mia, Charlotte und Patsy rasch einen schönen Abend, winkt Twist und Frankie zu und eilt den Flur hinunter, durch das Drehkreuz und auf den Parkplatz.

Es ist sehr heiß, selbst für August, und ihre alte Mühle hat den ganzen Tag in der Sonne gestanden. Über dem Pflaster steht ein flimmernder Dunst, und der aufgeheizte Lederbezug brennt an ihren nackten Armen und Beinen. Das Lenkrad ist zu heiß zum Anfassen. Sie kurbelt das Fenster herunter, und als sie den Zündschlüssel dreht, tut sich nichts. Sie versucht es wieder und wieder und gibt dabei Gas, aber vergeblich. Das Letzte, was sie jetzt braucht, ist eine Autopanne, vor allem da sie erst kürzlich die Batterie ersetzt hat. Sie überlegt gerade, einen Abschleppwagen zu rufen, als Jack heranschlendert, und sein Anblick bringt sie zum Lächeln. Es passiert unwillkürlich und sofort. Er hat es bemerkt, und sie ärgert sich, weil er diese Wirkung auf sie hat.

«Gibt's ein Problem, Kleine?»

«Er macht keinen Mucks.» Sie schaut stur geradeaus und seufzt, um zu sagen: Nein, ich freue mich nicht, Sie zu sehen, kein bisschen. Sie schließt die Fäuste um das sengend heiße Lenkrad, als wollte sie den Gedanken um jeden Preis festhalten.

«Na, dann schauen wir mal.»

Sie steigt aus, und er wird tätig. Nachdem er versucht hat, den Motor anzulassen, entriegelt er die Motorhaube, stellt sie aufrecht und krempelt sich die Hemdsärmel bis zum Ellbogen hoch. «Jep», sagt er nickend. «Die Zündkerzen sind hinüber.» Er schaut über den Motorraum, fasst an diesen und jenen Schlauch. «Die Lichtmaschine wird sich auch bald verabschieden.»

«Scheiße.»

«Keine Sorge. Das lässt sich leicht beheben.»

«Sie wissen, wie man Autos repariert?»

«Ich bitte Sie, ich habe mal Raketen gebaut.» Er knallt die Motorhaube zu. «Ich muss Ihnen aber sagen, dass es sich nicht lohnt, den noch zu reparieren. Sie brauchen einen neuen.» Er klopft sich die Hände ab. «Kommen Sie mit.» Er deutet zu seinem schwarzen Alfa Romeo, der neben Elliots Mercedes steht.

«Wohin fahren wir? Was wird mit meinem Auto?»

«Stellen Sie nicht so viele Fragen. Entspannen Sie sich. Verlassen Sie sich auf mich.»

Halb rechnet sie damit, dass er ihr zuzwinkert, doch tatsächlich zwinkert sie ihn an, als sie sagt: «Auf Sie verlassen? So wie auf mein Auto, das nicht anspringt?»

Er fährt mit ihr zur Bozzani Volkswagenvertretung am Sunset Ecke Broadway.

«Das ist doch verrückt», sagt sie. «Ich kann mir kein neues Auto leisten, und ich bekomme keinen Kredit.» Das hat sie schon versucht und wurde weggeschickt. Es hieß, sie benötige einen männlichen Bürgen, und Stevie ist zu stolz, um ihren Vater darum zu bitten. Nachdem sie sein Geld an der Designschule in seinen Augen vergeudet hat, möchte sie ihn um nichts bitten.

Jack neigt den Kopf zur Seite und lächelt sie an. «Ich kann für Sie bürgen.»

«Das kann ich nicht annehmen. Außerdem», sie zuckt kokett die Achseln, «woher wollen Sie wissen, ob ich kreditwürdig bin? Ich könnte aufhören, die Raten zu zahlen, und Sie stünden mit der Schuld da.»

«Das Risiko gehe ich ein.»

«Sie sind ein Spieler, nicht wahr?» Sie fragt sich, warum sie ihn genauso verführerisch anlächelt wie Russell seinerzeit. «Aber im Ernst», sagt sie, nachdem sie sich gezügelt hat, «warum wollen Sie das für mich tun?»

«Das tue ich nicht für Sie, sondern für mich. Wir haben mit der Barbie noch viel Arbeit vor uns, und ich kann es mir nicht leisten, dass Sie irgendwo mit einer Panne am Straßenrand liegen bleiben und nicht zur Arbeit kommen. Also los, lassen Sie uns ein paar Probefahrten machen. Nur zum Spaß.»

Und es macht Spaß. Sie probieren mehrere Modelle aus, vom Käfer Cabrio über den geschlossenen Käfer bis zum Schiebedachmodell, rasen um Straßenecken, an den Straßenbahnschienen entlang und am Rathaus vorbei. Und nach viel Widerspruch von ihrer Seite unterschreibt Jack als Bürge ihren Kredit für ein kirschrotes Cabrio mit passender Kunstlederausstattung. Sie freut sich über den Neuwagengeruch, das Radio und die Weißwandreifen.

Als Jack ihr den Schlüssel in die Hand drückt, bemerkt sie, dass seine Finger verweilen, und spürt die Wärme seiner Haut.

«Ich werde deswegen nicht mit Ihnen schlafen», sagt sie.

«Ich erinnere mich nicht, Sie darum gebeten zu haben.»

Jetzt ist ihr das peinlich, und sie wünschte, sie wäre nicht so anmaßend gewesen. «Und damit ist es Ihnen ernst?», sagt sie, um die Peinlichkeit zu überspielen. «Das verpflichtet mich zu nichts?»

«Zu rein gar nichts.»

Legen wir sie auf Eis

Ruthie, bist du verrückt?» Elliot lässt sich in seinen Schreibtischsessel fallen. Ihm ist die Farbe aus dem Gesicht gewichen. «Du willst wie viel für die Fernsehwerbung ausgeben?»

«Nur die Ruhe, Elliot.»

«Ruhe? Deinetwegen bekomme ich einen Herzanfall.»

«Gott bewahre, toi, toi, toi», sagt sie, um das Böse zu bannen. «Wir kennen doch die Macht der Fernsehwerbung. Wir werden den Spot im Juni ausstrahlen lassen, sodass es mit dem Ferienbeginn zusammenfällt. Dadurch haben die Einzelhändler viel Zeit, ihre Bestellung bis zur Toy Fair aufzugeben und bis zu den Sommerferien alles liefern zu lassen und in die Regale zu packen.»

«Aber du sprichst von hundertfünfundzwanzigtausend Dollar. Allein für die Barbie.»

«Ich habe alles durchgerechnet. Bei konservativer Schätzung können wir die Produktion in Tokio auf zwanzigtausend Barbies pro Woche hochfahren ...»

«Oh, Ruthie, das ist furchtbar viel ...»

«... und dazu vierzigtausend Kleider nähen lassen.»

«Oh Gott, du bringst mich ins Grab. Ich schwöre bei Gott, du bringst mich ins Grab.»

«Vertrau mir, Elliot. Erinnerst du dich nicht mehr, wie das bei der Burp Gun war?»

Wie könnte er das vergessen? Das war das größte Risiko, das

er je eingegangen ist, und da hatte er gar keine andere Wahl. Die Burp Gun wurde wie alle anderen Spielzeugpistolen mit Zündplättchen geladen, aber Elliot konstruierte sie als Maschinenpistole, die eine Salve nach der anderen abgeben konnte. Bei der Toy Fair 1955 war sie eine Sensation, und sie konnten sich vor Aufträgen nicht retten. Doch als sie an die Geschäfte ausgeliefert war, verkaufte sie sich nicht. Zu der Zeit suchte Disney zufällig einen Sponsor für seine neue Fernsehsendung, die im Frühjahr anlaufen sollte. Disney wollte fünfhunderttausend Dollar für Werbespots, die zweiundfünfzig Wochen laufen sollten. Zuerst war Ruth abgeneigt. Eine Fernsehwerbung im März? Für Spielzeug warb man im Fernsehen nur in den zwei Wochen vor Weihnachten. Und wenn ihnen die Werbung nichts einbrächte, würde Mattel an den fünfhunderttausend womöglich pleitegehen. Doch andererseits stammte Ruth aus einer Familie von Spielern, und so beschloss sie trotz ihrer Magenschmerzen und Elliots Schnappatmung, das Risiko einzugehen. Sobald die Burp-Gun-Werbung während des *Mickey Mouse Club* ausgestrahlt wurde, stiegen die Verkaufszahlen. Allein in dem Jahr kamen über eine Million Bestellungen rein, und die Burp Gun ist noch immer das meistverkaufte Spielzeug.

Es sind nur noch achteinhalb Wochen bis zur Toy Fair, als Ruth und Elliot in Burbank am Drehort eintreffen. Mattels Werbeagentur Carson/Roberts wird den Barbie-Werbespot drehen.

Der Umfang der Ausrüstung und die Anzahl der benötigten Mitarbeiter ist schwindelerregend. Es gibt eine Bell-&-Howell-Kamera auf einem Stativ, einen Dolly für Kamerafahrten, einen Kran für Obersichtaufnahmen und drei riesige Tageslichtscheinwerfer. Über den Boden verläuft ein dickes Bündel von Kabeln und Schnüren, die mit Klebeband befestigt sind, damit niemand darüber stolpert. Alle Mitarbeiter der Werbeagentur sind da, auch der Regisseur, ein großer, hagerer Mann in Pennyloafern. Er hat ein Dutzend Assistenten, dazu Maskenbildner, den Requisiteur und die Handwerker, und alle müssen den ganzen Tag mit Essen versorgt werden.

Es liegen Dutzende Barbies bereit, Brünette und Blonde in verschiedenen Kleidern. Ruth steht dabei, während zwei Maskenbildnerinnen Barbie frisieren. Eine andere dämpft die Kleider und untersucht jedes Stück auf lose Fäden oder andere Makel, die später in der Aufnahme zu sehen sein könnten.

«Also gut, Leute», sagt der Regisseur und schaut in seinen Drehplan. «Drehen wir die Einführungsszene.» Nachdem am Set ein paar Korrekturen vorgenommen wurden und alle Puppen an ihrem Platz sind, schaltet ein Assistent die Scheinwerfer ein. Am Set herrscht jetzt ein grelles Licht, von dem man fast geblendet wird. Ruth und Elliot spüren die Hitze von den Scheinwerfern bis zum Rand des Raumes. Der Regisseur eilt zum Set, um bei einer Barbie die Haltung zu korrigieren, und als er wieder hinter der Kamera Platz nimmt und durch das Objektiv schaut, sehen alle, dass es ein Problem gibt. Die Barbies schmelzen. Unter der Hitze der Lampen wird das Kinn länger, die synthetischen Haare sinken zusammen und verdichten sich zu Helmen. Barbies Pony klebt an der Stirn fest.

«Aus!», ruft der Regisseur.

Die Puppen werden ausgewechselt, das Set von Neuem vorbereitet und die Scheinwerfer ein Stück zurückgezogen. Kaum hat der Regisseur «Action!» gerufen, passiert wieder das Gleiche. Beim dritten Mal versuchen sie, möglichst schnell zu filmen. Mitten in der zweiten Aufnahme blähen sich die Wangen der Braut-Barbie und bekommen Blasen. Ruth lässt kraftlos Kopf und Schultern sinken. Ihr ist, als würde sie zusammenklappen wie ein Regiestuhl.

«Das ist eine Katastrophe», sagt Elliot, nachdem auch die

nächste Aufnahme abgebrochen wurde. «Ich fahre zurück ins Büro. Ich kann mir das nicht länger ansehen.»

Ralph Carson, der Mann für die Zahlen, setzt sich mit Ruth zusammen. «Das wird auf keinen Fall ein Acht-Stunden-Dreh», sagt er. «Ich fürchte, wir werden überziehen müssen.»

«Es dauert anderthalbmal so lange, nicht wahr?», fragt Ruth und rechnet schon aus, was das für ihr Budget bedeutet.

«Fürchte ja.»

«Nun, dann habe ich eine schlechte Neuigkeit für Sie.»

«Für mich?»

«Ich übernehme die Kosten für die Überstunden nicht, die gehen auf Ihr Konto.»

Und damit ist das Gespräch zu Ende. Nun muss Carson genauso auf die Zeit achten wie sie. Nach weiteren fünfundvierzig Minuten und zwei fruchtlosen Versuchen gehen alle in die Mittagspause. Der ganze Vormittag war umsonst. Der Mülleimer ist voll von zerstörten Barbies und Kleidern, an denen geschmolzener Kunststoff klebt. Bei Barbie ist nichts glattgelaufen. Als Team waren sie jedoch beweglich, fanden immer eine Möglichkeit, sich trotz Produktionsproblemen und Pessimismus durchzubeißen. Der Dreh hätte nun der leichte Teil werden sollen. Sie kann nicht noch einen Rückschlag ertragen. Es muss doch möglich sein, diesen verdammten Werbefilm zu drehen.

Vielleicht sollten sie Ventilatoren aufstellen? Aber dabei würden Barbies Haare fliegen und die Kleider flattern. Könnte man ohne die Scheinwerfer drehen? Den Film in der Nachbearbeitung aufhellen? Sie überlegt und zerbricht sich den Kopf, doch der Regisseur, seine Crew und die Leute von der Werbeagentur stehen in der Kantine Schlange und füllen sich die Teller mit Käsemakkaroni, Brathähnchen, Limabohnen und Milchreis. *Wieso mache ich mir Gedanken, während die Leute, die ich bezahle, mehr am Mittagessen interessiert sind?*

Sie kann sich nicht überwinden, etwas zu essen. Ihr ist flau von der Aufregung und dem vielen Kaffee. Stattdessen greift sie in die Kühlbox und nimmt sich eine Flasche Coca-Cola, und als sie das Kondenswasser abwischt und einen Schluck trinkt, kommt ihr eine Idee.

Sie dreht sich zu Carson um und sagt: «Wie wär's, wenn Sie die Barbies bis zum Dreh in der Kühlbox lagern?»

«Meinen Sie das ernst?»

«Haben Sie eine bessere Idee? Legen wir die Barbies auf Eis.»

Und das tun sie. Die Maskenbildnerin wickelt jede Puppe behutsam in Plastikfolie, achtet darauf, die Frisuren und Kleider nicht zu derangieren, und legt sie in die Kühlbox. Sie arbeiten zügig und kühlen die Puppen nach jedem Take. Barbies Füße ragen aus dem Eis wie kleine Champagnerflaschen.

Liebeskummer

1959

Wieder ein Sechzehnstundentag. Ruth ist am Ende ihrer Kräfte und hält nur noch mit Zigaretten durch. Sie hat den Kopf voller Zahlen, Prognosen, Zeitpläne und denkt dabei an die Rückrufe, die sie noch erledigen muss. Sobald sie einen Punkt auf ihrer Liste abhakt, kommen zwei neue hinzu. Sie sollte froh sein, dass der Tag vorbei ist. Jetzt darf sie nach Hause fahren und sich mit ihrem Mann und den Kindern entspannen. Doch zurzeit ist ihr Zuhause ebenfalls Arbeit, wenn auch eine andere Art von Arbeit. Für sie die schwierigere.

Sie wird aufmerksam sein, sich auf die Zunge beißen müssen, wenn sie den Impuls spürt, die Barbie oder die Toy Fair zu erwähnen. Wenn Elliot ihr erzählt, wie er Marvin haushoch besiegt hat, und ihr die Einzelheiten des Tennismatches schildert, wird sie sich überwinden und zuhören oder sich den Anschein geben, als hörte sie zu. Doch sie wird ständig über die Endmischung des Werbefilms nachdenken und sich fragen, ob sie besser eine Sprecherin statt eines Sprechers genommen hätten. Wenn Ken mürrisch ist und immerzu auf dieselbe Seite in seinem Buch starrt, sollte sie zu ihm gehen und fragen, was ihn bedrückt, sich erkundigen, wie sein Tag gelaufen ist. Doch schon der Gedanke kostet sie mehr Kraft als die Arbeit, die sie im Büro geleistet hat. Und dann ist da noch Barbara, der es vermutlich lieber ist, wenn Ruth sie gar nicht erst anspricht. Als Ruth endlich zu Hause ankommt, überlegt sie, ob die drei es ihr übel nähmen, wenn sie sie nur kurz begrüßt und dann nach oben geht, um sich in der Badewanne zu entspannen.

Ken hat sich bereits in sein Zimmer verzogen, und Barbara und Allen sitzen bei Elliot im Wohnzimmer. Das Mädchen hat Liebeskummer. Sie ist erst siebzehn, wird bald achtzehn. Was weiß sie schon von Liebe? Dass Ruth selbst erst sechzehn war, als sie Elliot kennenlernte, spielt keine Rolle. Das war anders. *Ruth* war anders.

Sie hält das für einen gewöhnlichen Dienstagabend. Schließlich ist Allen immer bei ihnen. Er kommt zweimal in der Woche zum Abendessen, manchmal sogar dreimal – nicht dass Ruth mit ihnen isst, denn sie arbeitet länger. Auch an vielen Samstagnachmittagen sieht sie ihn am Pool liegen, selbst wenn Barbara keine Lust zum Schwimmen hat. Ruth findet ihn häufig auf der Couch ausgestreckt, während Barbara neben ihm sitzt und ihm zusieht, wie er sich eine Fernsehsendung ansieht, an der sie kein Interesse hat. Doch heute Abend liegt Nervosität in der Luft. Da steht etwas bevor. Sie spürt, dass die drei auf sie gewartet haben. Sie hat sich noch nicht mal einen Drink eingeschenkt, da platzt Barbara mit der Neuigkeit heraus.

«Allen und ich werden heiraten.»

Barbara strahlt übers ganze Gesicht, doch da die Sekunden verstreichen und weder Ruth noch Elliot etwas sagen – kein einziges Wort –, trübt sich ihre Freude. Obwohl Barbara ständig verkündet hat, bald zu heiraten, sind Ruth und Elliot überrumpelt. Sie haben das immer als höhnische Bemerkung aufgefasst und nicht als realistische Möglichkeit gesehen. Ruth und Elliot wechseln einen Blick: *Wie sollen wir darauf reagieren?*

«Heiraten? Meine Güte. Das ist ja eine Überraschung. Glückwunsch», sagt Elliot und steht auf, um Barbara einen Kuss zu geben und Allen die Hand zu schütteln.

«Im Ernst?», sagt Ruth, die sich nicht in der Lage sieht, bei der fröhlichen Darbietung ihres Mannes mitzuziehen. «Ihr zwei wollt heiraten?» Es klingt wie: *Ihr zwei wollt eine Bank ausrauben? Fantastisch.*

«Ja», sagt Barbara und hakt sich bei Allen unter. Die Geste wirkt sehr besitzergreifend, als wollte sie ihn mit einem Vorhängeschloss an sich ketten. «Diesen Juni. Sobald wir die Schule hinter uns haben.»

Allen hat noch kein Wort gesagt. Barbara ist die treibende Kraft, und Ruth weiß, sie sollte den Mund halten, doch gnade ihr Gott, sie kann das nicht. «Allen, wie denken deine Eltern darüber?»

«Äh.» Allen sieht sie groß an und ist sprachlos. Er fürchtet sie, und sie weiß das.

«Wir wollten es zuerst dir und Dad sagen», erklärt Barbara und hält Allens Arm noch fester an sich gedrückt.

«Ich glaube, ich habe mit Allen gesprochen», sagt Ruth und bereut ihren Ton sofort. Kein Wunder, dass ihre Tochter so wütend auf sie ist. Doch im Augenblick hat sie kein Interesse daran, Barbaras Freundin zu sein. Sie zündet sich eine Zigarette an und lässt ihr Zippo-Feuerzeug zuschnappen. «Sag mal, Allen, wie läuft es für dich in letzter Zeit in dem Sportartikelgeschäft?»

«Äh, was?»

«Ruthie ...» Elliot wirft ihr den *Sachte!*-Blick zu, aber vergeblich.

«Was zahlen sie dir pro Stunde?», fragt Ruth. «Einen Dollar fünfundzwanzig?»

«Tatsächlich einen Dollar fünfzehn. Aber ich soll bald eine Gehaltserhöhung bekommen.»

«Oh, gut. Eine Gehaltserhöhung.» Sie hält inne und bläst eine Riesenrauchwolke aus. «Hör zu, ich will nicht um den heißen Brei herumreden – ich möchte wissen, wie du nach der Hochzeit für den Unterhalt meiner Tochter sorgen wirst.»

«Mutter!»

Ruth hebt die Hand. «Willst du dir etwa eine Stelle suchen, Barbara? Denn ich bin ganz dafür.» Barbara schäumt. Ruth kann sich nicht bremsen. Sie muss etwas tun, um ihre Tochter von diesem schrecklichen Fehler abzubringen. Ihre Panik kommt als Wutschwall in ihr hoch, und da es einmal begonnen hat, lässt es sich nicht mehr unterdrücken. «Allen, du wohnst noch bei deinen Eltern, ist das richtig? Wie viel kannst du monatlich für Miete aufbringen? Wie viel für Lebensmittel? Hast du schon mal eine Stromrechnung gesehen oder gar bezahlt?»

«Mutter!» Diesmal stampft Barbara mit dem Fuß auf.

Ruth ist in Fahrt, es gibt kein Halten mehr. Das ist ihre Art zu kämpfen, und nicht mal die Nationalgarde könnte sie stoppen. «Sehen wir den Tatsachen ins Auge, Barbara. Du bist in bestimmten Verhältnissen aufgewachsen. Dieses schicke Haus mag dir nicht gefallen, du magst behaupten, dass du, ich zitiere, *wie ein normaler Mensch* leben möchtest, aber du schätzt schöne Dinge. Teure Dinge. Ich möchte nur sicherstellen, dass Allen für dich sorgen kann.»

«Natürlich kann er für mich sorgen!» Barbara stampft erneut mit dem Fuß auf.

«Und wie steht es mit einem Studium? Ist das jetzt vom Tisch? Willst du nur zu Hause hocken und den Haushalt machen?» Ruth zielt auf die empfindlichste Stelle. «Wann hast du zuletzt dein Bett selbst gemacht, junge Dame? Du weißt, Edna wird nicht da sein, um hinter dir aufzuräumen, deine Wäsche zu waschen, das Geschirr zu spülen …» Ins Schwarze. Volltreffer. Doch Ruth macht weiter, feuert einen Einwand nach dem anderen ab, bis Barbara weinend hinausstürmt und ihren Verlobten bleich und sprachlos zurücklässt.

«Das ist nicht allzu gut gelaufen, oder?», sagt Ruth später zu Elliot, als sie unter die Bettdecke kriecht.

Er zieht sie in seine Arme, hört ihren tiefen Seufzer und sagt: «Du könntest versuchen, dich zu entschuldigen, weißt du.»

«Warum? Weil ich nicht will, dass meine Tochter ihre Zukunft wegwirft?» Ruth lässt den Kopf auf seine Schulter sinken. «Sie steht kurz davor, einen schrecklichen Fehler zu begehen. Das müssen wir verhindern.»

«Aber wir müssen behutsam sein.» Damit meint er, Ruth soll ihr Temperament zügeln. «Sonst treiben wir sie nur in seine Arme.»

«Ich weiß, ich weiß. Ich … ich konnte einfach nicht anders. Sie ist noch ein Kind, Elliot. Sie ist nicht einmal annähernd reif für die Ehe. Und ausgerechnet ihn will sie?»

«Wir werden vernünftig mit ihr reden. Behutsam. Sachlich. Du bist übermüdet, und das ist nicht förderlich. Versuch, dich zu entspannen, und schlaf.»

Ruth nickt und neigt sich zu ihm, sodass er ihr einen Kuss gibt, bevor er das Licht ausschaltet. Es ist stockfinster. Sie braucht ein paar Augenblicke, bis sie Umrisse erkennen kann. Sie zündet sich eine Zigarette an. Die Glutspitze leuchtet auf. Elliot sagt nichts dazu, dass sie im Bett raucht. Ausnahmsweise will er ihr das erlauben.

Ihre Tochter ist verliebt in die Liebe, in ihre Brautrolle – und verschwendet keinen Gedanken daran, was danach kommt. Kennt sie Allen wirklich? Wie geht er mit Stress um? Wie löst er einen Streit? Ist er freundlich zu Fremden? Ist er anständig und ehrlich? Ist er beim Geldausgeben großzügig oder dreht er jeden Penny zweimal um? Trinkt er bei Partys zu viel? Lässt er seine schmutzigen Socken auf dem Boden liegen? Ist er ein Spieler? Und wie ist er zu Kindern? Wird er ein strenger Vater sein oder das Strafen ihr überlassen? Niemand rät einem, sich diesen Fragen zu stellen, wenn man sich verlobt. Doch nach einiger Zeit sind genau das die Dinge, an denen eine Ehe zerbrechen kann. Barbara handelt kurzsichtig, sieht nur das, was sich ändern wird. Allen wird eines Tages nicht mehr so gut aussehen, seine Haare werden dünner, seine Taille dicker. Er kann krank werden oder finanziell in Not geraten. Wenn alles, worin sie sich an ihm verliebt hat, verschwunden ist, was bleibt ihr dann? Und wird ihr das genügen?

Ruth kann nicht verstehen, warum Barbara es so eilig hat. Sie hat noch genug Zeit, um zu heiraten und Kinder zu bekommen. Zeit, die sie nicht mehr zurückbekommt und daher jetzt für sich nutzen muss. Ruth möchte, dass sich ihre Tochter Chancen eröffnet, dass sie mehr mit ihrem Leben anfängt, als Kinder großzuziehen und Allens Frau zu sein. Ruth an ihrer Stelle wäre damit nicht zufrieden. Aber wie kann sie zu Barbara durchdringen? Sie kann ihr nicht befehlen, was sie tun soll, wie ihren Angestellten.

In der Firma hat sie das Sagen, zu Hause nicht. Dieser Gedanke klingt in ihr nach. Es ist völlig offensichtlich, und doch wird ihr das jetzt erst klar. In dieser Sekunde versteht sie, was es mit Barbie und dem Hochzeitskleid auf sich hat, warum sie das derart ärgert. Es geht um Kontrolle. Ruth kann Barbara nicht ihren Willen aufzwingen, aber über Barbie kann sie voll und ganz bestimmen. Ruth mag Barbara nicht vom Heiraten abhalten können, doch sie kann Barbie davon abhalten. Und wie das bei verblüffenden Erkenntnissen ist, wird sie ihr immer wieder durch den Kopf gehen, bis sie sie vollends akzeptieren kann.

Sie glaubt, dass Elliot schläft, bis er sie anspricht. «Du weißt, deine Schwester dachte auch, ich wäre nicht gut genug für dich.»

«Oh, bitte, das kannst du doch nicht vergleichen.»

«Nein, natürlich nicht, aber denk darüber nach.»

Nach einem tiefen Zug an der Zigarette ruft sie sich vor Augen, wie sehr Sarah ihn anfangs ablehnte. Elliot war künstlerisch und handwerklich begabt, doch ihre Schwester sah nur einen armen, hageren Jungen mit abgenutzten Schuhen und Ölfarbe unter den Fingernägeln. Auf keinen Fall würde er für ihre kleine Schwester sorgen können. Zwischen Ruth und Sarah gab es nur ein Mal Streit, und der drehte sich um Elliot.

Ruth hat von Anfang an gewusst, dass Elliot der Richtige für sie ist. Schon mit sechzehn kannte sie ihren starken Willen. Sie wusste, sie braucht einen Mann, der selbstsicher genug ist, um sie die Regie übernehmen zu lassen. Eine Ehe mit einem anderen Typ Mann würde nicht halten. Sarah sträubte sich, als Ruth sich Geld lieh, um ihr Spielzeuggeschäft ins Rollen zu bringen, aber Ruth glaubte an Elliot, und mehr noch, sie glaubte an sich selbst. Sie wettete auf Elliot, den hungernden Studenten, und gewann.

«Und erinnere dich», sagt er jetzt, «Sarah fand dich damals auch zu jung zum Heiraten.»

Ruth kann das nicht leugnen, doch sie sieht einen großen Unterschied. Barbara ist für ihr Alter unreif, ganz im Gegensatz zu Ruth damals. Zum Glück hatte Barbara eine leichtere Kindheit als sie, doch dadurch ist ihre Tochter jetzt weich und leicht zu beeindrucken.

Ruth war von jeher das Gegenteil, hart und unveränderbar. Als sie Elliot kennenlernte, hat sie sich in sein gutes Aussehen, seine dunklen Locken und das Lächeln verguckt. Sie sah darin zunächst nur eine Schwärmerei, aber als sie sich besser kennenlernten, gelang es dem ruhigen, schüchternen, angenehmen Elliot, ihre harte Schale zu durchbrechen und ihr Herz zu berühren. Und das leuchtet ein. Man stelle sich vor, wie zwei harte Objekte aufeinanderprallen. Sie würden aneinander zerbrechen. Stattdessen hat er mit seinem warmherzigen, sanften Einfühlungsvermögen ihre harte Schale zum Schmelzen gebracht. Er fand den

Teil von ihr, den ihre Mutter ihr genommen hatte, und gab ihn ihr zurück. Sie vertraute darauf, dass Elliot Handler sie niemals verlassen, sie immer festhalten würde.

Toy Fair

Die Mattel-Delegation – Ruth, Elliot, Jack, Charlotte, Sid und ein halbes Dutzend Vertreter, darunter nur eine Frau, nämlich Gina – steht am Flugsteig und wartet auf ihre Maschine nach New York. Alle sind beschwingt und freuen sich auf die Spielzeugmesse. Es herrscht eine siegesgewisse Atmosphäre. Sie haben zusammen viel durchgestanden und rufen einander die Höhen und Tiefen der Entwicklung von Barbie ins Gedächtnis.

«Ich werde nie vergessen, wie Sie ihr die Nippel abgeschnitten haben», sagt Charlotte und drückt lachend Jacks Handgelenk.

«Oh Gott, und denkt nur an die anderen Prototypen.» Ruth schüttelt lächelnd den Kopf. «Ich dachte schon, die bekommen sie nie richtig hin.»

«Und die Telefongespräche mit KBK», wirft Elliot ein. «Die reden mit uns Japanisch, wir mit ihnen Englisch. Das war eine Horrorkomödie.»

Mitten in dem Gelächter und Gejohle beehrt Gina sie mit ihrer täglichen Allergieattacke. «Hatschi! Hatschi! Hatschi!» Und wie im Büro schallt es von allen Seiten «Gesundheit», und sie lachen nur umso heftiger.

Alle sind zuversichtlich und bereit für den nächsten Schritt. Auf jeder Toy Fair gibt es ein oder zwei sensationelle Neuerscheinungen. Diese Spielzeuge umgibt ein aufregendes Spannungsfeld, und die Einkäufer und Hersteller, neidisch wie nur was, reden über nichts anderes mehr. Die Mattel-Leute haben das untrügliche Gefühl, dass dieses Jahr Barbie die Sensation sein wird. Sie wird allen anderen die Schau stehlen.

Nach der Landung in New York fahren sie sofort zum International Toy Center an der Fifth Avenue im Flatiron District, um den Messestand aufzubauen. Zwei Tage lang arbeiten alle Seite an Seite, bestücken die Regale und Tische, hängen Schilder und Spruchbänder auf. Barbie halten sie jedoch unter Verschluss und weit weg von Louis Marx und anderen Spionen. An den Abenden laden Ruth und Elliot die wichtigen Spielzeughändler zum Essen und in Bars ein. Am Abend vor der Messeeröffnung kauft Jack Eintrittskarten, damit sie sich alle am Broadway *1000 Meilen bis Yokohama* ansehen können.

Am nächsten Morgen sind sie in Hochspannung und bereit, zur Messe zu fahren. Es ist der 9. März 1959, und da sind sie nun, zwei Stunden davon entfernt, Barbie der Öffentlichkeit zu präsentieren. Sie treffen sich frühzeitig zum Frühstück im Hotel. Am Tisch spürt man eine wunderbare Erregung, jeder strahlt innerlich vor Vorfreude.

Ruth kann es nicht erwarten, die ersten Aufträge entgegenzunehmen. Sie ist die geborene Verkäuferin und lebt auf, wenn sie jemanden überzeugen muss, dass er genau das braucht, was sie ihm anbietet. Das ist für sie ein spielerischer Zweikampf, als würde sie mit dem Kunden fechten, abwechselnd angreifen und parieren. Er will, dass sie kostenlos liefert, sie will, dass er die Bestellzahl erhöht und in seinem Geschäft mehr Regalfläche reserviert; er will, dass sein Geschäft in ihrer Werbung erwähnt wird, sie will, dass Mattel in seiner erwähnt wird.

Es ist ein schwüler Morgen und ungewöhnlich warm für diese Jahreszeit. Ruths Haare kräuseln sich durch die Luftfeuchtigkeit, und sie fühlt sich schon bei der kurzen Taxifahrt vom Hotel zur Messe überhitzt. Ihre Aufregung tut ein Übriges.

Sie betreten die Messehalle. Mattels Präsenz ist nicht zu übersehen. Sie haben eine große Fläche für ihre Standardspielzeuge gemietet, die Uke-A-Doodle, die Burp Gun und andere Spielzeugpistolen, Spieluhren und die Wasserrakete. Aber Barbie ist ihr Star und hat ihren eigenen Stand mit einem runden Tisch in der Mitte, auf dem drei verschiedene Puppen stehen, eine blonde und zwei brünette. Die blonde Barbie trägt den eng anliegenden schwarz-weiß gestreiften Badeanzug, goldene Creolen und schwarze Pantoletten mit hohem Absatz, in der Hand hält sie eine Sonnenbrille mit weißem Gestell. Eine der brünetten trägt das Modell *Gay Parisienne*, ein blaues gepunktetes Ballonkleid mit einer weißen Kaninchenfellstola. Die andere brünette Barbie ist das Herzstück der Präsentation, die Braut im *Wedding Day Set*. Dabei sind weitere Ensembles aus der 900er-Reihe zu sehen, darunter *Plantation Belle*, *Roman Holiday*, *Suburban Shopper*, *Sweater Girl* und *Enchanted Evening*.

Noch eine Zigarette, noch eine Tasse Kaffee, und die Türen öffnen sich. Einkäufer und Großhändler aus dem ganzen Land strömen in die Halle, rauschen mit ihren dunklen Anzügen und Aktentaschen herein wie ein Schwarm Krähen. Elliot und Jack führen Vertretern von FAO Schwarz die neueste Version der Thunder Burp Gun vor, Ruth und Charlotte sind nebenan am Barbie-Stand. Charlotte beschäftigt sich nervös mit den Kleidern, und Ruth hat ihr Verkaufslächeln aufgesetzt, um den ersten Kunden zu begrüßen.

«Jimmy!» Ihr Gesicht leuchtet auf, sie streckt ihm die Hand hin.

Jimmy Lowe gehört eine kleine Kette von Spielzeuggeschäften im Mittleren Westen. Er hat ein großes, rundes Gesicht, das wegen der vielen Aknenarben an einen Schwamm erinnert. Nachdem sie sich nach seiner Frau und den Töchtern erkundigt hat, stellt sie ihm Barbie vor.

«Das ist sie.» Sie zeigt auf den runden Tisch. «Das ist unsere neueste Schöpfung, die Barbiepuppe.»

Jimmy schaut die Puppe und dann Ruth an. Er kaut auf der Lippe. «Das sieht mir nicht wie eine Puppe aus.» Er kratzt sich am Kopf. «Das ist eine richtige Frau.»

«Genau!» Ruth lächelt. «Das ist das Entscheidende. Das macht ihre Schönheit aus.»

Da er nichts sagt, steigt sie tiefer in das Verkaufsgespräch ein. «Sie wird im Einzelhandel drei Dollar kosten, und sehen Sie, wir haben schon recht viele Kleider für sie.» Sie zeigt ihm *Golden Girl* und *Cruise Stripes.* «Die werden separat angeboten. Zwischen einem und fünf Dollar pro Stück.»

Sie sieht in seinen Augen, dass er das Interesse verliert. *Was ist denn mit ihm los?* Da ist kein Funken Neugier, nicht mal ein blasser Schimmer. Sie wirbt umso stärker. «Das sind echte Kleider. Keine gewöhnlichen Puppenkleider. Der Reißverschluss lässt sich auf- und zuziehen, die Knöpfe lassen sich durch die Knopflöcher schieben.» Verzweiflung schleicht sich in ihren Ton, das hört sie selbst. «Jedes Stück wurde von einer echten Modedesignerin entworfen. Und sehen Sie? Die Kleider haben ein winziges Etikett mit dem Barbie-Logo innen am Halsausschnitt. Ist das nicht erstaunlich? Ich sage Ihnen, Jimmy, Barbie ist besser gekleidet als ich.» Dabei gibt sie ein ekelerregend liebliches Kichern von sich, das ihr ungeheuer peinlich ist. «Wir werden bis Ende des Jahres zweiundzwanzig neue Kleidersets für sie herausbringen. Das ist wie bei den Rasierklingen», sagt sie jetzt und denkt, an diesem Punkt hätte sie gleich zu Beginn ansetzen sollen. «Da liegt das Geld.»

Er kaut wieder auf der Lippe.

«Jimmy, solch eine Puppe hat es noch nie gegeben. Mit ihr können sich die Mädchen ihr Leben ausmalen und spielen, sie wären erwachsen.»

«Aber ich dachte, der Sinn von Spielzeug ist, die Kinder Kinder sein zu lassen. Drängen wir sie lieber nicht, so schnell erwachsen zu werden.»

Sie sieht, in welche Richtung er denkt, und versucht einen anderen Kurs. «Aber mit Barbie lernen junge Mädchen auch, sich zurechtzumachen.» Ihr gefällt nicht, was sie da sagt. «Jimmy», sie klingt beinahe verärgert, «meinen Sie nicht, Ihre Töchter würden gern mit einer Barbiepuppe spielen?»

«Wollen Sie mich auf den Arm nehmen?» Sein Schwammgesicht zieht sich zusammen. «Meine Frau würde einen Anfall bekommen, wenn ich ihr diese Puppe ins Haus brächte.»

Nachdem er gegangen ist, sagt sich Ruth, dass nur er so denkt, dass er altmodisch ist und die Idee dahinter nicht versteht, dass er sich später noch überzeugen lassen wird. Doch Jimmys Meinung entspricht dem grundlegenden Empfinden, das sie auch von weiteren Einkäufern hört. Eine Stunde später hat sie das Gefühl, den Boden unter den Füßen zu verlieren. Gewöhnlich führt ein Verkauf zum nächsten, Dynamik baut sich auf, und jedes Verkaufsgespräch wird leichter, als hätte sie Rückenwind. Doch jetzt wird alles schwerer, und es kostet sie mehr Kraft, ihr Lächeln beizubehalten.

Bis zum frühen Nachmittag hat sie ein paar magere Aufträge zusammen. Sie verspürt ein Brennen in der Magengegend, bis endlich Lowthar Kieso den Barbie-Stand betritt. Lowthar ist der Chefeinkäufer bei Sears, Roebuck & Co.

«Na, sieh mal an, wer da kommt», sagt Ruth scherzhaft und umarmt ihn. «Wird aber auch Zeit, dass Sie sich blicken lassen.» Er wird Barbies Retter sein. Die anderen Einkäufer beobachten ihn immer und werden seinem Beispiel folgen. «Und?», sagt sie nach ihrer Präsentation. «Ist sie nicht umwerfend?»

«Äh ja. Das können Sie laut sagen.» Er rückt seine Brille

zurecht. «Als ich hörte, dass Sie eine neue Puppe rausbringen, habe ich nicht mit so etwas gerechnet.»

«Weil es eine wie Barbie noch nie gegeben hat. Sicher, es gab Anziehpuppen, aber die kann man nicht mit einer Barbie vergleichen.»

«Ich bedaure, Ruth.» Er schüttelt den Kopf. «Ich kann mir die in unseren Regalen nicht vorstellen. Das ist nichts für kleine Mädchen. Die Puppe hat die Figur einer Frau. Verzeihen Sie, wenn ich das sage, aber sie erscheint mir unanständig.»

«Ach, kommen Sie. Ich habe Sie nie für prüde gehalten.»

«Bin ich auch nicht, Ruth. Ich sage nur, die Puppe ist nichts für Kinder.»

«Wir haben viel Marktforschung betrieben, und ich versichere Ihnen, kleine Mädchen lieben die Barbie, und ihre Mütter ...»

Er hebt beide Hände. «Ich bedaure, Ruth. Ich muss auf meinen Instinkt hören. Und der sagt mir, dass das keine Puppe für Sears ist.»

Sie hört nicht, was er noch sagt, sieht nur die Bewegungen seiner Lippen. Ohne Sears, Roebuck & Co. ist ein Spielzeug chancenlos. Eine ausgewachsene Panik steigt in ihr auf. Ihr ist auf einmal feuchtkalt und schwummrig. Wie ist es möglich, dass Barbie floppt?

Nachdem sich Lowthar verabschiedet hat, steckt sie mit Elliot und dem übrigen Team die Köpfe zusammen. Die Beschwingtheit, die sie beim Frühstück empfunden haben, ist verpufft. Alle lassen die Schultern hängen. Sie sind bestürzt, wie schlecht Barbie ankommt.

«Was ist denn bloß los? Seht euch das an.» Ruth zeigt ihnen eine Handvoll Aufträge. «Was passiert hier? Wo bleiben die Bestellungen? Was hört man über den Flurfunk?»

Jack seufzt. «Ich höre immer wieder, dass Mattel eine Puppe hat, die wie eine Nutte aussieht.»

«Das hörte ich auch», meint Sid und fasst sich nervös ans Toupet.

«Es tut mir leid, Ruth», sagt Elliot. «Sie findet keinen Anklang.»

Niemand sagt noch etwas. Sie haben drei lange, harte, verrückte, aufregende Jahre an diesem Projekt gearbeitet. Keiner von ihnen weiß, was sie tun sollen, wenn das ein Reinfall wird. Besonders Charlotte. Sie wurde eigens für Barbie eingestellt. Wenn es nun keine Barbie gibt, wird sie im Unternehmen nicht mehr gebraucht. Das gilt auch für Stevie. Und Mia.

Elliot wird von einem Kunden weggerufen, und nachdem die anderen an den Hauptstand zurückgekehrt sind, bleibt Jack bei Ruth. Er ist wütend und fassungslos. Er kann diese Reaktion auf Barbie nicht verstehen.

«Sie sollten die Leute da draußen hören.» Er deutet in die Halle. «*Hey, haben Sie schon die Puppe mit den Titten gesehen?* Ich fühle mich, als hätte mir jemand gesagt, meine Kinder sind hässlich.»

«Genauso geht es mir auch.»

Sie wirft sich in einen Sessel. Er nimmt den neben ihr. Sie sehen sich an und sagen gleichzeitig: «Scheiße ...»

Ruth erträgt es schließlich nicht mehr und verlässt die Messe früher. Zurück im Hotel, klemmt sie versehentlich das Nicht-stören-Schild in der Tür ein und zerrt es so ungeduldig heraus, dass der Pappaufhänger abreißt. Sie schafft es kaum ins Zimmer, bevor die Tränen fließen. Nachdem sie sich die Pumps abgestreift hat, starrt sie aus dem Fenster hinunter auf den Großstadttrubel. Sie hasst New York. Selbst im zwölften Stock hört sie die Autos hupen. Sie sieht die endlose Taxischlange und eilige Passanten auf dem Bürgersteig. Wie kann das Leben weitergehen, als wäre nichts passiert? Wie kann sie sich so geirrt haben? Das wird ein finanzielles Desaster. Drei Jahre harter Arbeit lösen sich vor ihren Augen in nichts auf.

Sie weiß, sie muss ihre Kraftreserve anzapfen, um weiterzukämpfen, sie weiß nur nicht, wie. Sie hat sich schon so oft an dieser Quelle gestärkt und fürchtet nun, der Vorrat könnte aufgebraucht sein.

Eine Stunde später trifft Elliot sie verweint und mutlos an. «Das tut mir leid», sagt er und streicht ihr über den Rücken.

Sie dreht sich zu ihm um und blickt mit zerlaufener Wimperntusche unter den Augen zu ihm hoch. «Ich kann nicht glauben, dass sie keiner mochte.»

«Das kommt vor», sagt er. «Aber du hast alles dafür gegeben. Das kann niemand bestreiten. Vielleicht ist es nicht der richtige Zeitpunkt.» Er zuckt die Achseln. «Das liegt nun nicht mehr in unserer Hand.» Noch ein Achselzucken. «Wir werden jetzt die Verluste begrenzen und uns dem nächsten Projekt zuwenden.»

Sie schreckt davor zurück. «Immerhin verkaufen sich die Burp Gun und die Wasserrakete.»

«Ja, aber das deckt nicht unsere Verluste durch die Barbie.» Er streicht sich übers Gesicht und überlegt laut. «Ich fürchte, wir werden ein paar Leute entlassen müssen ...»

Urplötzlich wird ihr übel.

«Ich werde KBK mitteilen, dass sie die Produktion stoppen sollen. Auch die Lieferungen. Und wir rufen die Werbefirma an und blasen die Werbespots ab.»

«Nein! Wir können doch nicht ...»

«Aber wir müssen ihnen sagen, dass wir auf die Fernsehwerbung verzichten. Allein dadurch sparen wir hundertfünfundzwanzigtausend.»

Der Gedanke, die TV-Spots zu streichen, setzt jene Kraftreserve frei, von der sie gefürchtet hat, sie wäre verbraucht. Sie hat damals erlebt, was Fernsehwerbung für die Burp Gun bewirken konnte. Das war ein Risikospiel, und sie haben gewonnen – dieser Sieg machte Mattel bekannt. Sie setzt sich auf und lehnt sich gegen das Bettkopfteil. «Ich werde die Werbung nicht absagen.»

«Was? Ah, nein, Ruth, nicht. Dann wirfst du gutes Geld schlechtem hinterher.»

In solchen Momenten, den Krisen in ihrem gemeinsamen Leben, wird ihr der größte Unterschied zwischen ihnen bewusst. Er gibt zu leicht auf. Er kämpft nicht, und sie muss kämpfen, sie kann nicht anders. «Wir müssen das tun. Wir sind so weit gekommen, wir dürfen jetzt nicht aufgeben. Ich kann Barbie nicht aufgeben. Unmöglich.»

Elliot fährt sich mit beiden Händen durch das schüttere Haar und seufzt. Er kennt seine Frau. Sie ist noch nicht bereit zu kapitulieren. «Aber wenn wir das tun und es nichts bringt, dann ist Schluss. Das musst du mir versprechen – und ich meine das ernst, Ruthie. Dann sind wir mit Barbie fertig.»

«Die Werbespots sind unser letzter Versuch, Elliot. Das muss klappen. Muss es einfach.»

Der letzte Trumpf

Bei Mattel verbreitet sich die Neuigkeit von der Toy Fair wie eine pikante Klatschgeschichte. Noch bevor Elliot, Ruth und die anderen ins Flugzeug gestiegen sind, weiß jeder Mitarbeiter, dass die Markteinführung der Barbie ein Reinfall war.

Am nächsten Tag kommen die Mitglieder des Barbie-Teams zur Arbeit, zücken ihren Firmenausweis und gehen durch das Drehkreuz, als wären sie auf dem Weg zu einem Leichenschmaus. Sie benehmen sich zurückhaltend und sprechen respektvoll leise. Im Großraumbüro reißt niemand einen Witz oder spielt dem Kollegen nebenan einen Streich. Sie halten den Kopf gesenkt und sind froh, dass sie nicht zum Barbie-Team gehören. Ruth und Elliot gehen als Erstes durch die Büros und versichern jedem, dass Mattel den Sturm überstehen wird, doch in der Belegschaft hält sich das Gefühl, dass Entlassungen bevorstehen.

Charlotte hat nicht geschlafen und denkt darüber nach, was sie tun soll, obwohl Ruth sagt, sie brauche sich keine Sorgen zu machen. «Sie gehen nirgendwohin.» Sie steht bei ihr im Büro und lehnt an der geschlossenen Tür, wie um zu verhindern, dass Charlotte davonläuft. «Ich gebe noch nicht auf, und das sollten Sie auch nicht tun. Elliot hat schon Ideen für neue Puppen.» Was nicht wahr ist, und das wissen sie beide.

Charlotte ist sich noch nicht im Klaren, welche Richtung sie einschlagen soll, falls sie Mattel verlässt. Unterrichten ist für sie weder reizvoll noch lukrativ, und sie fürchtet sich davor, wie ihre jahrelange Arbeit an der Barbiepuppe in der Modedesignerbranche betrachtet wird. Sie hat viele Kontakte schleifen lassen, ihre Kunden haben sich woandershin gewandt, und sie würde wieder von vorn anfangen. Das hält sie schon seit Längerem nachts wach, doch sie will sich das im Büro keinesfalls anmerken lassen. Fürs Erste tut sie, was sie kann, um die Moral aufrechtzuerhalten.

«Ruth glaubt noch an Barbie», sagt sie zu Stevie. «Und Elliot hat schon Ideen für neue Puppen.» Charlotte trägt die Lüge weiter. «Sie werden bald mehr Arbeit haben denn je, also genießen Sie die Flaute ...»

Stevie kauft ihr das nicht ab. Jeder sagt, Barbie ist ein Flop, es ist vorbei, trotz allem, was das Management verbreitet. Sie ist tief enttäuscht, wie nach einem gebrochenen Versprechen. *Entwerfen Sie zwei Jahre lang Kleider für Barbie und Sie können sich Ihren Arbeitgeber aussuchen* – ja, von wegen!

Seit sie bei Mattel arbeitet, hatte sie keine Geldsorgen mehr. Jetzt kommen die alten Ängste aus der Versenkung. Sie war nicht besonders gut darin zu sparen, weil ihr zum ersten Mal in ihrem Leben nach Begleichung der Fixkosten noch Geld übrig blieb, das sie für sich selbst ausgeben durfte. Und anders als ihre Mutter, die jeden Posten außer Bier und Beef Jerky auf ihrer Einkaufsliste rechtfertigen muss, braucht Stevie niemandem Rechenschaft abzulegen. Was für ein aufregendes Gefühl das war, als sie zum ersten Mal in ein Kaufhaus ging und sich ein Paar Schuhe aussuchte, ohne nach dem Preis zu fragen. Sie hob den Karton auf und trug sie eine Woche lang nur in ihrer Wohnung, achtete darauf, die Sohlen nicht zu zerkratzen, und beruhigte sich damit, dass sie sie zurückgeben könnte. Das tat sie jedoch nicht. Damit fing es an, dass sie sich hier und da etwas gönnte, das bis dahin für sie unerschwinglich gewesen war. Sie hat noch das Preisschild an einem neuen Schal und einer eleganten Hose in ihrem Schrank.

Wie könnte sie das wieder aufgeben? Und wenn sie die Stelle verliert, dann auch ihre Wohnung. Sie würde wieder kellnern und womöglich sogar bei ihren Eltern einziehen müssen. Das wäre nicht einfach nur ein Schritt zurück, das wäre eine völlige Katastrophe.

Jack hat sich zum ersten Mal bei Mattel krankgemeldet. Vier Tage hintereinander. Er hat sein ganzes Können in die Barbie gesteckt. Er hat sie erschaffen. An sie geglaubt. Er wollte kleine Mädchen glücklich machen, und dafür sollte Barbie ihn reich machen. Nun ist sein Patent wertlos, da werden keine saftigen Schecks reinkommen. Darüber hinaus verschaffte Barbie ihm die Anerkennung, die ihm bei Raytheon versagt blieb. Von seiner Wortblindheit einmal abgesehen, hat er immer gewusst, dass er intelligent, sogar brillant ist. Doch bei Raytheon war er ein junger, brillanter Ingenieur unter Tausenden. Da war es unmöglich herauszustechen. Barbie hat für ihn alles geändert, besonders da Elliot anfänglich kein Interesse an dem Projekt zeigte – Jack war der leitende Ingenieur, zu dem alle aufblickten. Jetzt ist Barbie gestorben, und er wird allen egal sein.

Wie kann er jetzt vor das Team treten? Er ist ein Versager. Twist, Frankie, Huntley können nur enttäuscht sein, und Jack hat nicht die Kraft, sie aufzurichten. Er schafft es nicht mal, das Bett zu verlassen. Nachdem er voller Tatendrang war und zwei, sogar drei Tage hintereinander ohne Schlaf auskam, schläft er jetzt vierzehn, sechzehn oder gar achtzehn Stunden am Tag.

Wenn er wach ist, starrt er an die Wand oder ins Dunkle und erschrickt vor allem, was er sieht. Er ist eingehüllt in Wut. Es gibt kein Entrinnen. Er ist ausgelaugt von dem Bemühen, die schlechten Gedanken abzuwehren, und es dauert nicht lange, bis seine Lider schwer werden und er in den Schlaf sinkt. Seine Frau kann ihn nicht aufwecken. Auch Ginger nicht. Schließlich wenden sie sich an Ruth.

«Jack», sagt sie. «Ich bin auch am Boden zerstört.»

Und das ist wahr. Seit der Rückkehr von der Spielzeugmesse hat sie mit der Niederlage zu kämpfen. Niemand glaubt mehr an Barbie. Doch auch ihr wurde anfangs nichts zugetraut. Als sie damals nach L. A. kam, sagte ihr jeder, sie würde niemals eine Stelle in einem Filmstudio bekommen, und doch bekam sie eine. Jeder, einschließlich Sarah, sagte: *Heirate Elliot nicht, sonst wirst du verhungern.* Wie oft hat man ihr geraten, etwas nicht zu tun? Gründe keine Spielzeugfirma. Zieh nicht in ein größeres Gebäude. Stell nicht mehr Mitarbeiter ein. Bau kein neues Haus. Lass keinen Werbefilm fürs Fernsehen drehen. Mach keine Puppe mit Brüsten. Tu dies nicht, tu das nicht. So hieß es immer wieder. Und Gott sei Dank hat sie nicht darauf gehört. Sie ist ihrer eigenen Überzeugung gefolgt – immer, und das wird auch so bleiben.

Sie hat noch eine Trumpfkarte, und das ist die Fernsehwerbung. Es wurde schon zu viel investiert, es steht zu viel auf dem Spiel, um Barbie im Anfangsstadium scheitern zu lassen. Diesmal kann sie das nicht akzeptieren. Vor allem nicht, während sie die Hochzeit ihrer Tochter plant, obwohl deren Ehe eine noch größere Enttäuschung werden wird als Barbie.

Ruth reißt die bodenlangen Vorhänge in Jacks Schlafzimmer auf, sodass Schwärme von Staubpartikeln in Bewegung kommen und er von der Sonne geblendet wird. Stöhnend blinzelt er und stopft sich mehr Kissen unter den Kopf.

«Wir haben noch immer ein Unternehmen zu führen», sagt sie. «Wir brauchen Sie da. *Ich* brauche Sie. Mattel ist nicht Mattel, wenn Sie fehlen.» Sie setzt sich auf die Bettkante und greift nach seiner Hand. Das erscheint ihr einerseits richtig, andererseits ist das zwischen ihnen eine zu liebevolle Geste. Darum beendet sie den Moment und sagt: «Außerdem, wer wird mich zur Weißglut bringen, wenn Sie nicht da sind?»

Seine Hand erschlafft in ihrer. Er kann nicht einmal grinsen.

«Und Barbie ist noch nicht fertig», sagt sie.

Jack stöhnt ungläubig.

«Na, kommen Sie, und es wird neue Spielzeuge, neue Ideen geben, das verspreche ich Ihnen. Doch aus alldem wird nichts, wenn Sie nicht zur Arbeit erscheinen.»

«Sie verstehen das nicht – ich habe nichts mehr zu geben.» Er kann sich nicht vorstellen, je wieder eine kreative Idee zu haben. Oder je wieder so beschwingt zu sein. Er kann sich nicht vorstellen, etwas anderes zu fühlen als Schmerz. Sein Geist hat ihn in eine Folterkammer gesperrt. Daraus kann er nicht fliehen, und er ist zu feige, um sich das Leben zu nehmen. Folglich ist es das Beste, er schläft einfach weiter. «Ich bin müde», sagt er. «Ich muss schlafen.»

«Es gibt nur eins, was Sie tun müssen: Sie müssen aufhören, sich selber leidzutun, und zurück an die Arbeit gehen.»

Er schließt die Augen.

Als er auch am fünften Tag fehlt, fahren sie schweres Geschütz auf. Dr. Greene macht einen Hausbesuch. «Jack», sagt er, nachdem er sich in einen Sessel neben dem Bett gesetzt hat. «Wissen Sie, was manisch-depressiv bedeutet?»

Jack öffnet ein Auge und blickt den guten Doktor an, der seine senfgelben Cordhosen trägt, bei denen der Saum bis zur Wade hochrutscht, wenn er die Beine übereinanderschlägt, und seine weißen Socken zum Vorschein kommen. Der Mann hat einen beschissenen Kleidungsstil.

«Jack? Hören Sie mich?»

«Ja, ich weiß, was das bedeutet. Mein Onkel war manisch-depressiv.»

«Nun, dann, das erklärt es. Es kann vererbt werden.»

«Mein Onkel war ein rasender Irrer», sagt er mit Nachdruck. So viel Kraft hat er seit Tagen nicht aufgebracht. «Ich bin *nicht* manisch-depressiv.»

Und damit feuert er seinen Therapeuten. Und nur um Dr. Greene – und sich selbst – zu beweisen, dass er auf keinen Fall manisch-depressiv ist, findet er die Energie aufzustehen, sich anzuziehen und zur Arbeit zu gehen.

Aber wieso, Mommy?

«Hatschi! Hatschi! Hatschi!»

«Gesundheit», ruft einer halbherzig in Ginas Richtung.

Sie sind zur Tagesordnung übergegangen, aber ohne den alten Elan. Ohne die Inspiration und freudige Erregung. Keiner hat Lust auf eine Wasserpistolenschlacht, keiner lässt Papierflugzeuge fliegen, jeder wartet auf die nächste Hiobsbotschaft. Ruth hält sich beschäftigt, erledigt alle Arbeiten, die sie vernachlässigt hat, solange sie auf Barbie konzentriert war. Außerdem bringt sie die Planung für Barbaras Hochzeit unter Dach und Fach. Bisher war sie durchdrungen von Tatendrang und Freude. Nun ist sie spätestens um sechs Uhr abends bereit, den Griffel fallen zu lassen. Die Kinder und Elliot sind froh, dass sie wieder zum Abendessen zu Hause ist, nur würde sie dann am liebsten in ihr Bett kriechen.

Das Unternehmen schafft es durch den März. Niemand wurde entlassen. Ruth muntert Charlotte und Stevie immer wieder halbherzig auf, während die beiden in den Tag trödeln und Modemagazine lesen, Schnittmuster und Stoffmuster sortieren.

Im Mai arbeiten sie bereits an einer neuen, traditionelleren Puppe. Einer Babypuppe mit einem besonderen Pfiff. Sie ist Jacks Idee, und nach ein paar raschen Versuchen bekommt er es hin, dass diese Puppe sprechen kann. Sie heißt Chatty Cathy, und wenn man an einer Schnur zieht, sagt sie «Ich hab dich lieb» oder «Ich habe mir wehgetan» oder «Lass mich mitkommen». Ganz langsam gewinnt Jack seine Energie zurück, und schließlich meldet er ein weiteres Patent an, für den Sprechautomaten im Bauch der Puppe.

Schließlich wird es Juni, und der Tag, dem Ruth zugleich mit Freude und Grauen entgegengeblickt hat, ist gekommen. Sie geht in ihr Büro und schließt die Tür. Es ist kurz vor zwei, und der Barbie-Werbespot wird gleich zum ersten Mal ausgestrahlt. Ruth steht ganz allein damit. Alle anderen, sogar Jack, haben sich Neuem zugewandt und versuchen, den ganzen Barbie-Schlamassel zu vergessen. Sie richtet die Zimmerantenne an dem tragbaren Fernseher aus, bis der Empfang klar ist.

Während Ruth in L. A. auf die Werbung wartet, ist es in Queens fünf Uhr, und die neunjährige Chloe Martin sitzt im Wohnzimmer auf dem Fußboden und schaut ihre Lieblingssendung, den *Mickey Mouse Club.* Als ihre Mutter hereinkommt, um nach ihr zu sehen, wundert sie sich, ob ihre Tochter wohl auf einen anderen Sender geschaltet hat. Da kann etwas nicht stimmen. Doch nein, der Schalter ist auf Channel 7 eingestellt. Chloes Augen werden groß, als im Bild eine Frau erscheint. *Genau genommen eine Frauenfigur. Nein, Moment* – die Mutter ist verwirrt –, *sagten die gerade, das ist eine Puppe?*

«Kaufst du mir so eine, Mommy?» Chloe fragt schon, bevor der Werbefilm zu Ende ist.

Ihre Mutter betrachtet den Mr. Potato Head, der auf dem Flickenteppich vor ihrer Tochter liegt, und macht im Stillen eine Bestandsaufnahme von der Spielzeugkiste, die gefüllt ist mit Knetgummi, Wachsmalstiften, Malen-nach-Zahlen-Sets und Puzzles. Da sie als Kind die Weltwirtschaftskrise erlebt hat, hat sie Chloe nie eine Bitte abgeschlagen. Doch ihr ist egal, was die Puppe kostet, ihre Antwort lautet Nein. «Nein, so eine kaufe ich dir nicht.»

Während sie erklärt, warum die Puppe kein geeignetes Spielzeug ist, ist es in Chicago Viertel nach vier, und sobald die Mouseketeers ihren Stepptanz beendet haben, sieht die kleine Denise Watson zum ersten Mal eine Barbie. Sie stupst ihre Mutter an, die auf dem Sofa ein Nickerchen macht, und sagt: «Guck mal, Mommy. Sieh mal die Puppe. Kann ich bitte, bitte eine Barbiepuppe kriegen?» Ihre Mutter setzt sich auf, noch schlaftrunken, aber auch perplex.

Fünf Minuten später und tausenddreihundert Kilometer entfernt in Denver weint die elfjährige Joyce Hinton, weil ihre Mutter schon gesagt hat, dass sie diese Puppe nicht bekommt. Zur selben Zeit in San Francisco steht ein anderes kleines Mädchen in der Küche und fragt jammernd: «Aber wieso, Mommy? Wieso darf ich keine Barbiepuppe haben?»

Aber wieso, Mommy? Das ist der Weckruf, wie der Schlag einer Trommel, und er wird jedes Mal lauter, wenn die kleinen Mädchen Barbie im Fernsehen sehen.

In der nächsten Woche schaltet Ruth jeden Tag den *Mickey Mouse Club* ein, um sich den Spot anzusehen, und sieht ihren Traum mehr und mehr schwinden. Die Werbung scheint sich nicht auszuwirken. Es sind keine neuen Barbie-Bestellungen reingekommen. Es ist, als wäre die Werbung gar nicht ausgestrahlt worden. Sie wird von Mal zu Mal kraftloser. Wie eine heruntergebrannte Kerze, bei der die Flamme kleiner wird, bis schließlich ein Rauchfaden aufsteigt.

Elliot hat recht gehabt. Sie hätte den Werbevertrag stornieren sollen. Sie hat ein Warenlager voller Barbies und keinen blassen Schimmer, was sie damit machen soll. Sie hat immer wieder nachgerechnet und gesehen, wie hoch der Verlust wäre, wenn sie den Preis von drei Dollar auf zwei oder einen senken würde. Es hat keinen Sinn. Sie weiß, sie müssen den Aderlass stoppen und bald auch das Barbie-Team entlassen, einschließlich Charlotte und Stevie.

Ihr wird übel bei dem Gedanken, dass sie diejenige ist, die das tun muss. Sie kann nichts essen, sie kann nicht schlafen, sie kann keine Begeisterung aufbringen für die neue Chatty Cathy oder andere Neuheiten. Sie bringt für nichts mehr Freude auf. Auch nicht für die Hochzeit ihrer Tochter. Schon gar nicht für diese. Ruth mag sich geirrt haben, als sie glaubte, dass Barbie die Nation im Sturm erobert, aber sie irrt gewiss nicht darin, dass Barbaras Heirat ein Fehler ist.

Der achtzehnte Geburtstag kommt und geht vorbei, ihr Highschoolabschluss war letzte Woche. Beide Meilensteine wurden von der Heirat überschattet. Seit Barbara ein kleines Mädchen war, hat Ruth sich den Hochzeitstag ihrer Tochter ausgemalt. Wie stolz, wie glücklich und voller Liebe sie sein würde. Stattdessen hat sie das Gefühl, Barbara für immer zu verlieren, und das schmerzt so sehr, dass Ruth kaum atmen kann. Barbara sollte Angst haben, sollte nervös sein. Ruth hat so empfunden, als sie heiratete, und das hatte nichts mit ihrer Liebe für Elliot zu tun. Nur mit diesem enormen Schritt. Ihr kleines Mädchen glaubt, sie braucht jetzt keine Mutter mehr, während sie sie in Wahrheit mehr braucht denn je. Doch Barbara lässt sie nicht an sich heran. Ruth hat sich ihre Tochter entfremdet, im Namen der Liebe, doch das wird nicht anerkannt, und nun fürchtet Ruth, dass es zwischen ihnen nie wieder gut sein wird.

An dem Wochenende findet die Hochzeit statt. Die Feier wird im Freien abgehalten, am Meer auf einem weichen grünen Rasen. Es steht keine Wolke am Himmel, die Temperatur liegt bei idealen dreiundzwanzig Grad. Es gibt einen schönen Traubaldachin, die Chuppa, und Reihen weißer Stühle stehen zu beiden Seiten des Ganges, gesäumt von Girlanden aus rosa Rosen. Es sieht märchenhaft aus, wie kleine Mädchen sich ihre Hochzeit erträumen. Ein Affentheater, denkt Ruth und fragt sich, wie sie die nächsten Stunden durchstehen soll.

Es war hart genug, beim Probedinner gestern Abend zu Allens Familie nett zu sein, die Rolle der gut gelaunten Brautmutter zu spielen. Selbst ihren eigenen Geschwistern, die eigens von Denver und aus Nordkalifornien angereist sind, hat sie etwas vorgemacht. Morgen der Brunch im Country Club für die auswärtigen Gäste wird auch eine Herausforderung, aber das hier ist wirklich unerträglich. Als Elliot Barbara den Gang hinunterführt, als Allen auf das Glas stampft, das ebenso gut Ruths Herz sein könnte, als sie in der Begrüßungsreihe stehen, kann sich Ruth nur mühsam zusammenreißen. Immerzu lächeln, Küsschen auf Wangen hauchen, Leute umarmen, die Trinksprüche und das Tanzen – jedes eine Hölle für sich.

Als es vorbei ist, als ihre Freunde und Verwandten wieder in den Zug und ins Flugzeug gestiegen sind, bricht Ruth zusammen. Alle Glieder, jede Körperzelle ist ausgelaugt. Sonntagabend, noch bevor die Sonne untergegangen ist, schleppt sie sich ins Bett und bleibt dort bis Montagmittag. Obwohl Elliot sie drängt und bittet, aufzustehen und mit in die Firma zu fahren, bleibt sie bei geschlossenen Vorhängen liegen.

Jetzt versteht sie, warum Jack nach der Toy Fair nicht aufstehen konnte.

Ruth trauert sowohl um Barbara als auch um Barbie. Und während sie mitgenommen und niedergeschlagen ist, wird ihr etwas klar. Sie hat so fieberhaft gearbeitet, damit sie nicht sieht, was Barbie wirklich für sie bedeutete. Oder warum sie ihr so viel bedeutete. Die Puppe war mehr als nur eine Geschäftsidee. Auf ihre eigene Weise hat Ruth gehofft, Barbie würde korrigieren, was sie bei Barbara nicht korrigieren konnte. Sie hat ihre Chance bei ihrer eigenen Tochter verfehlt, aber sie wollte, dass Barbie bei all den kleinen Mädchen da draußen ankommt. Barbie sollte ihr Rollenvorbild werden und ihnen zeigen, was es heißt, weiblich *und* stark zu sein. Dass sie gern heiraten und Kinder bekommen sollen und trotzdem ein eigenes Leben haben können. Barbie sollte an die nächste Generation eine neue, frische Botschaft aussenden, damit sie in die neue Rolle hineinwächst. Doch damit ist es nun vorbei.

Schließlich zwingt sie sich aufzustehen. Als sie bei Mattel eintrifft, ist es zwei Uhr. Sie ist noch immer erschöpft und benommen. «Off We Go Into the Wild Blue Yonder» klingt aus den Lautsprechern, während sie auf ihr Büro zuhält und ihrer Sekretärin sagt, sie möchte nicht gestört werden. Sobald sie drinnen ist, lehnt sie sich an die Tür und weint, bis ihre Nase verstopft ist, ihre Augen und ihre Brust schmerzen. Die Arbeit war immer ihre Oase, doch jetzt nicht mehr. Sie ist umgeben von Barbiepuppen und Barbie-Kleidern. Entwürfe für Werbeanzeigen und Verkaufsmaterial, die sie nach der Toy Fair herausbringen wollten, stapeln sich auf dem Schreibtisch, auf dem Fensterbrett und in einer Ecke des Raumes. So wird sie ringsherum an ihre Niederlage erinnert, an den Schlamassel, den sie angerichtet hat. Sie weiß nicht, wie sie Barbie noch retten soll, und auch nicht, wie sie die Beziehung mit ihrer Tochter wieder hinbiegen kann.

Sie hat als Mutter und als Geschäftsfrau versagt. Alle lachen über sie. Wie dumm von ihr zu denken, sie könnte das durchziehen. Das ist zu viel für sie. Sie hat kein Stehvermögen mehr, keine Resilienz. Sie ist niemandem mehr nützlich, und bei dem Gedanken kehrt eine alte Angst zurück: Niemand wird sie mehr haben wollen. Die Menschen, die sie am meisten braucht, werden sich von ihr abwenden wie damals ihre Mutter. Ein abgrundtiefes Loch tut sich unter ihr auf, und sie fällt schnell.

Das Telefon klingelt. Sie ignoriert es. Sie kann jetzt mit niemandem reden. Schwerfällig geht sie zum Schreibtisch und greift nach einer Zigarette. Durch die Wand hört sie nebenan in Jacks Büro Stimmenlärm und vermutet, dass er es mit Patsy oder Ginger oder weiß Gott wem treibt. Sie presst die Fingerspitzen an die Schläfen, um es auszublenden, doch es wird lauter, mehr Stimmen kommen hinzu, es wird gelacht. Das klingt, als würde eine Party gefeiert.

Wieder klingelt das Telefon. *Herrgott noch.* Jetzt wird sie ärgerlich. Hat sie ihrer Sekretärin nicht gesagt, sie will nicht gestört werden? Sie zündet sich eine Zigarette an, ohne zu sehen, dass schon eine qualmend im Aschenbecher liegt. Erneut klingelt ihr Telefon. Sie nimmt den Hörer ab und knallt ihn auf die Gabel. Einen Moment später klopft es an der Tür.

«Gehen Sie weg. Ich bin beschäftigt.»

«Ruthie, ich bin's», sagt Elliot durch die Tür. «Warum gehst du nicht ans Telefon? Wir brauchen dich. Wir sind alle in Jacks Büro.»

Sie stützt den Kopf in die Hände. Sie kann jetzt keine Chatty-Cathy-Sitzung durchstehen, sie hat nicht die Kraft für ein Brainstorming oder für irgendetwas anderes.

«Nur ... nur einen Augenblick noch, bitte.» Sie seufzt und versucht, sich zu sammeln, holt ihren Kompaktpuder hervor, wischt die Wimperntuscheflecken weg, zieht sich die Lippen nach, wie Sarah es ihr beigebracht hat.

Einmal tief durchatmen, und sie verlässt ihr Büro und sieht sich vor einem Tumult. *Was ist denn hier los?* Sie hat noch nie so viele Leute gleichzeitig in der Mahogany Row gesehen. Da sind Stevie und Patsy, Mia und Charlotte. Sie sieht auch Sid, Twist und Frankie. Immerzu kommen Leute aus Jacks Büro auf den Flur. «Da ist sie», ruft jemand, und dann bricht ein Applaus los. Applaus und Jubelrufe und Pfiffe begleiten sie, während sie völlig verwirrt in Jacks Büro geht. Sie begreift noch immer nicht, dass das ihr gilt.

Elliot sieht sie und greift nach ihrer Hand, um sie an seine Seite zu ziehen. «Endlich. Da bist du. Die Frau der Stunde.» Er nimmt sie in die Arme, und der Jubel schwillt an.

«Was ist denn los?», fragt sie und muss die Stimme heben, damit er sie versteht.

Jack drängt sich zwischen den Kollegen mit einer Flasche Champagner zu ihr durch. «Wir haben es geschafft, Ruth.» Er gießt ihr ein Glas ein.

«Was geschafft?»

«Barbie. Du hast recht gehabt, Ruthie», sagt Elliot. «Du hast von Anfang an recht gehabt.» Er nimmt ihr Gesicht in die Hände und küsst sie, worauf alle noch lauter klatschen. Ohne sie loszulassen, sagt er: «Hast du nicht die Telefone klingeln hören? Sie sind den ganzen Tag heiß gelaufen. Ruthie, Liebling, wir können die Barbie-Bestellungen kaum noch erfüllen.»

Hat sie richtig gehört? Sie versteht noch nicht ganz, selbst als sie reihum in lächelnde Gesichter blickt, all die Freude und Feierstimmung sieht. Es dauert einen Moment, bis sie es vollends begreift, aber dann sinkt sie in Elliots Arme und kann den Tränenstrom nicht aufhalten. Es sind süße Tränen der Erleichterung.

Zweiter Teil

PERFEKTION IST DER FEIND DES GUTEN

Pfauenparade

1960

Ruth setzt den Schutzhelm ab, den der Bauunternehmer ihr aufgezwungen hat, und rückt ihre Haare zurecht, bevor sie ihr Büro betritt. Trotz der überall aufgehängten Plastikplanen liegt eine Staubschicht auf ihrem Schreibtisch, und in der Luft schweben so viele Gips- und Sägemehlpartikel, dass sie sie auf der Zunge schmeckt. Zudem ist es laut. Das Klopfen und Hämmern lässt nur nach, wenn die Bauarbeiter ihren Lunch einnehmen oder Kaffeepause machen. Der Anbau soll bis Ende Juli fertig werden – jetzt ist es Januar –, und nach dem, wie Mattel weiterwächst, fürchtet Ruth, dass sie auch dann noch zusammengepfercht sein werden wie Ölsardinen.

Da sie ihren Neujahrsvorsatz schon aufgegeben hat – nicht mal einen ganzen Tag hat sie durchgehalten –, greift sie nach einer Zigarette. Während sie den neuen Gebäudeflügel besichtigte, ist der neueste Verkaufsbericht auf ihrem Schreibtisch gelandet, und sie wappnet sich, bevor sie ihn prüft. Sie sorgt sich, dass die vergangenen sieben Monate nur ein Glückstreffer waren und der Absatz jetzt zurückgeht.

Als sie sich die Zahlen ansieht, breitet sich in ihrer Brust ein Gefühl der Erleichterung aus wie schmelzende Butter in einer heißen Pfanne. Es war kein Glückstreffer. Sie haben diesen Monat 46874 Barbies verkauft, über elftausend mehr als im Dezember, also einschließlich der Weihnachtszeit. Sie notiert sich, KBK die Produktion hochfahren zu lassen, da der Absatz bis zum Jahresende vermutlich von sechzig- auf hunderttausend Barbies pro Monat steigen wird. Jedes Mal wenn die Zahlen gestiegen sind, stellen sich ihre Pfauenfedern auf, und sie möchte auf den Gipfel des Mount Baldy steigen und rufen: *Seht uns jetzt an!* Sie hat mit Barbie die ganze Zeit über recht gehabt, und wenn sie bisher schon risikobereit war, dann wird sie es in Zukunft erst recht sein. Sie wird diesen Sieg in den kommenden Jahren als Hebel nutzen und jeden, der sie infrage stellt, daran erinnern, dass die Puppe, die auf der Toy Fair von allen abgelehnt wurde, jetzt ein Bombenerfolg ist.

Manchmal fühlt sie sich von Barbies Erfolg überwältigt, doch Elliot umso mehr, denn nachdem er sich anfangs sorgte, ob sich die Puppe überhaupt verkaufen lässt, fürchtet er jetzt, dass sie mit der Nachfrage nicht Schritt halten können. Zum ersten Mal in seinem Leben hat Elliot Schlafprobleme. Er steht um drei oder vier Uhr auf, schaut über den Swimmingpool oder läuft im Flur auf und ab. Er hat sich schon Gedanken gemacht, wo sie für die nächste Weihnachtsfeier einen Saal finden, der groß genug für die Belegschaft ist.

«Hey, Ruth.» Jack streckt den Kopf herein. «Unser Ein-Uhr-Termin ist da.»

«Komme gleich.» Sie zieht noch einmal an der Zigarette und drückt sie aus.

Um genügend Barbies auf Lager zu haben, stellt Mattel wie verrückt Mitarbeiter ein, sowohl in L. A. als auch in Tokio, wo jede Barbie in aufwendiger Handarbeit Haare und Make-up bekommt. Jeder Fingernagel und Fußnagel wird einzeln lackiert, jede Haarsträhne sorgfältig in den Kopf eingezogen. All das erfordert Hunderte von Künstlern, und hinzu kommen Hunderte von Näherinnen, die die Garderobe und Accessoires fertigen. Ruth und Jack führen Bewerbungsgespräche, um Entwicklungsingenieure, Musterschneiderinnen, Produktionsleiter, Vertriebsmitarbeiter, Modegutachter und sogar Fachleute für Kunststoffe einzustellen.

Wegen der Bauarbeiten finden die Gespräche in einem Bauwagen auf dem Parkplatz statt. Darin ist es eng. Es gibt nur einen kleinen Metalltisch mit drei Stühlen und eine Küchenzeile mit einer Kaffeemaschine und einem kleinen Kühlschrank. Nacheinander sprechen Ruth und Jack mit den Bewerbern und sieben schnell aus, wer in ihren Augen KMM ist – kein Mattel-Material. Für sie kommt nur ein bestimmter Persönlichkeitstyp infrage. Der Bewerber muss unternehmerisch denken, wettbewerbsorientiert und engagiert sein, darüber hinaus einen gewissen Kampfgeist haben und darf sich von Herausforderungen nicht abschrecken lassen.

Der heutige Kandidat, Bernard Loomis, erfüllt die Anforderungen. Er ist ein kräftiger Mann mit dichtem dunklem Haar und einem Bulldoggengesicht mit Hängebacken und hängenden Lidern. Er ist scharfsinnig und spricht mit ausgeprägtem New Yorker Akzent.

Er schüttelt ihnen die Hand. «Sagen Sie Bernie.» Er bewirbt sich um den Posten des stellvertretenden Vertriebsdirektors, und nachdem er sie mit ihrem schicken Büro aufgezogen hat, schlägt er ihnen eine Fülle von Marketingprojekten für Barbie vor. «Wie wär's mit einem Barbie-Comic? Und mit einer Barbie-Radiosendung?» Er sprudelt von Ideen, und als er anregt, einen View-Master mit Fotos von Barbie in verschiedenen Kleidern herauszubringen, sind sie überzeugt, den richtigen Mann gefunden zu haben. Er ist ein bärbeißiger Typ, aber gegen seinen geschäftlichen Verstand lässt sich nichts sagen.

Der nächste Bewerber, Steven Lewis, ist ebenfalls Mattel-Material und wird der neue leitende Spielzeugskulpteur. Für einen so großen, schlaksigen Mann ist er ziemlich dickfellig und unerschütterlich. Er hat keine Angst vor Kritik und vertritt unnachgiebig seinen Standpunkt.

Schlussendlich werden Ruth und Jack zweihundert neue Leute einstellen allein für die Arbeit an Barbie.

Dank Jacks Patent an der Konstruktion der Puppe und seines Tantiemenvertrags mit Mattel, durch den er für jede verkaufte Puppe Geld bekommt, ist er jetzt ein reicher Mann. Reicher, als er je gehofft hat. Bei seinen Einstellungsverhandlungen stimmte er einem bescheidenen Grundgehalt zu im Ausgleich für Prozente an Mattels Einnahmen an den Produkten, die er entwickelt hat. Nun erntet er den Lohn. Kürzlich hat er ein Dutzend maßgefertigte Anzüge in der Mr-Guy-Boutique gekauft. Er hat Kunst gekauft, vorzugsweise abstrakte Expressionisten wie de Kooning und Rothko. Seine Töchter besuchen eine Privatschule, und er hat drei neue Autos gekauft, darunter das königsblaue Corvette Cabrio, das er heute fährt.

«Wohin fahren wir?», fragt seine Frau.

«Das ist eine Überraschung.»

«Ich mag Überraschungen nicht», sagt sie und bindet sich ihren seidenen Vera-Schal unter dem Kinn. Es ist ein schöner in den Farben Mohnorange, Rot und Rosa, den sie selbst entworfen hat, als sie noch für Vera Neumann in New York arbeitete, bevor Jack sie aus ihrer Welt herausriss und mit ihr nach Los Angeles zog. «Ich meine es ernst. Sag mir einfach, wohin wir fahren.»

«Aber das verdirbt die Überraschung.»

«Das ist mir gleich. Ich möchte nicht überrascht werden. Besonders nicht von dir.»

Er schaltet das Radio ein und sucht einen passenden Sender.

Sie beugt sich vor und schaltet es aus. «Wie lange werden wir weg sein? Ich habe Hähnchenfleisch zum Auftauen herausgelegt. Ich möchte nicht, dass es verdirbt.»

«Ich werde dir ein neues Hähnchen kaufen.» Er lächelt und dreht schließlich den Kopf zu ihr. Sie sitzt missmutig da und weigert sich, die Fahrt in seinem neuen Cabrio zu genießen. Jede andere Frau wäre geschmeichelt. «Also gut, du willst, dass ich es dir verrate?»

«Was? Und ich deine große Überraschung verderbe?»

«Weißt du, es *ist* eine große Überraschung. Eine verdammt große sogar.» Er schaltet das Radio wieder ein. Elvis singt «It's Now or Never».

Sie schweigen, jeder hängt seinen Gedanken nach. Jack fragt sich, wann sie solch eine Langweilerin geworden ist, und Barbara sorgt sich um ihr Hähnchen.

Nach einer langen schweigsamen Fahrt kommen sie nach Bel Air, wo die Häuser nach jeder Querstraße größer werden. Jack zeigt ihr, wo Howard Hughes und Jerry Lewis und einige andere Filmstars wohnen.

Barbara murmelt «Aha ... hm-hm ... hmmm ... ah ...»

Kurz darauf biegen sie an der 688 Nimes Road ein. Die Auffahrt scheint kein Ende zu nehmen, doch dann kommt ein dreigeschossiges Haus im Tudor-Stil in Sicht.

«So», ruft er wie ein Marktschreier, «da wären wir.»

«Was ist das?» Barbara dreht sich auf dem Sitz zur Seite und betrachtet den weiten abfallenden Rasen, die Feigen- und Zitronenbäume, die gigantischen Palmen und Eichen, die schieren Ausmaße des Anwesens. «Wo sind wir?»

«Überraschung. Ich habe dir ein neues Haus gekauft.»

Ihr bleibt der Mund offen stehen.

«Willst du nichts dazu sagen?»

«Du hast ein Haus gekauft – *dieses Haus* –, ohne es mir vorher zu zeigen?»

«Na, ich zeige es dir jetzt.»

«Was willst du von mir hören, Jack?»

«Wie wär's mit: Meine Güte, danke, Schatz. Das ist fantastisch!?»

«Du hättest mir vorher davon erzählen sollen. Damit ich es mir ansehen kann.»

«Ich wollte dich überraschen, Herrgott noch.»

«Nun, ich bin überrascht. Können wir aus der Sache noch rauskommen?»

«Sag mir nicht, es gefällt dir nicht. Ich habe zweihundertfünfunddreißigtausend Dollar hingeblättert.»

Das Haus, eigentlich eine Villa, hätte er sich vor dem Barbie-Erfolg nicht leisten können. Doch mit seinen Tantiemen könnte er den halben Straßenblock kaufen.

Jack steigt aus, geht um den Wagen herum und öffnet ihr die Tür. «Komm, ich möchte dich wenigstens herumführen, bevor du mir klarmachst, wie sehr du es verabscheust.»

Stevies neue Unterkunft ist nicht so grandios wie Jacks Villa in Bel Air, aber mit der großzügigen Gehaltserhöhung, die sie für ihre Arbeit an der Barbie bekommen hat, konnte sie sich eine Wohnung im Apartmentkomplex Ogden Arms kaufen. Es ist ebenfalls ein Dingbat-Gebäude in einem hellen Lachston, aber die Wohnung ist geräumiger als die im Casa Bella.

Mit der Gehaltserhöhung entdeckte Stevie auch, dass sie es genießt, lange im heißen Badewasser zu liegen, wenn es nach teurem Badeöl duftet. Sie hat sich seidige Perkal-Bettwäsche und Badehandtücher gekauft. Zwar kauft sie noch in Geschäften wie Zodys ein, hat aber auch keine Scheu, ihr Geld für etwas Besonderes im I. Magnin oder Bullock's zu verprassen. Ihr Vater ermahnt sie, für schlechtere Zeiten zu sparen. «Denk daran, immer zuerst dich selbst zu bezahlen», pflegt er zu sagen. Doch das zusätzliche Geld ist verlockend und wirbelt ihr durch den Kopf wie frische Sahne in schwarzem Kaffee.

Vor einem Jahr, als sie glaubte, Barbie sei ein Reinfall, hielt sie es schließlich für sicher, ihren Eltern und Vivian zu zeigen, woran sie bei Mattel gearbeitet hatte.

«So sehen Puppen heutzutage aus?», fragte ihre Mutter, als sie eine Barbie in der Hand hielt.

«*So* viel Geld zahlen sie dir, damit du für *die* Kleider machst?», sagte ihr Vater. «Wissen die, dass du keine Berufsausbildung hast?»

Wenigstens Vivian begriff es. Sie war beeindruckt. «Toll», sagte sie, als sie den Reißverschluss des *Golden-Girl*-Kleids aus der 900er-Reihe zuzog. «Mein Gott, Stevie, die sind spektakulär.» Sie ging die Barbie-Kleider weiter durch. «Und das hast du auch entworfen?» Ihre Stimme kletterte eine Oktave höher.

«Ja, zusammen mit Charlotte.»

«Und sogar den Hut?» Vivian war hingerissen. «Die sind unglaublich. Weißt du, was ich den ganzen Tag bei Gernreich mache? Badeanzüge. Einteilige Badeanzüge. Das ist das Einzige seit Monaten. Es ist jeden Tag dasselbe.»

So hatte Stevie sie noch nicht reden hören. Sonst gab sie immer damit an, welche Moderedakteurinnen in die Werkstatt kommen, mit welchen neuen Stoffen sie arbeitet, an welchen Modenschauen sie teilgenommen hat, erzählte von ihren schicken Mittagessen mit Bob Mackie, Marta Krass und anderen Klassenkameraden, die Stevie nicht mehr eingeladen haben mitzukommen – und das auch jetzt nicht tun. In deren Augen ist sie keine echte Modedesignerin, und dennoch hat Stevie inzwischen mehr Stücke designt als jeder von ihnen.

Meine Barbie ist einsam

Woche für Woche beobachtet Ruth den Anstieg der Verkaufszahlen. Dieser Erfolg führt nur dazu, dass sie noch mehr begehrt, ihre Erwartungen weiter hochschraubt. Vor nicht allzu langer Zeit hätte sie Freudensprünge gemacht, wenn sie dreißigtausend Stück im Monat verkauft hätten. Nun ist sie unzufrieden, wenn sie unter fünfundsechzigtausend bleiben.

Zusammen mit Loomis besuchen sie Spielwarengeschäfte, wo manchmal lebensgroße Barbie-Pappaufsteller stehen, und es gibt Barbie-Kleider und -Zubehör, wohin man blickt. Ruth behält jede Modellnummer im Auge und weiß zum Beispiel, dass Nr. 964 ein wenig hinter Nr. 971 zurückbleibt, aber Nr. 911, 961 und 972 sich bestens verkaufen.

In Anbetracht der plötzlichen Beliebtheit der Puppe will jeder mit ihr ins Geschäft kommen. Loomis hat Dutzende lukrativer Lizenzverträge abgeschlossen, und jetzt gibt es Barbie-Lunchboxen und Thermosflaschen, Armbanduhren, Haarbürsten, Kämme und Handspiegel, Schmuckkästchen, Pyjamas und sogar Barbie-Halloween-Kostüme. Jede Woche sitzt Ruth in etlichen Verkaufsgesprächen.

Im Augenblick sitzen zwei strahlende, Fliege tragende Vertreter der Hoover Vacuum Company in ihrem Büro. Sie hoffen auf eine Kooperation mit Mattel und wollen einen Staubsauger in Barbie-Größe entwickeln.

Kaum erwähnen sie Hausarbeit, schneidet Ruth ihnen das Wort ab. «Und was soll Barbie Ihrer Ansicht nach mit einem Staubsauger anfangen?»

«Nun», antwortet der eine Fliegeträger leise lachend, «kleine Mädchen können dann spielen, dass ihre Puppe ihrer Mutter hilft, das Haus sauber zu halten.»

«Was für ein Spaß!», sagt sie und streicht mit dem Daumen über ihre makellosen roten Fingernägel. «Hört mal, Jungs, ich möchte eure Zeit nicht vergeuden, und mir wäre es lieber, wenn ihr meine nicht vergeudet.»

«Bei allem Respekt, Mrs Handler», sagt der Kollege, «das ist eine großartige Gelegenheit.»

«Bei allem Respekt», erwidert sie. «Barbie staubsaugt nicht. Sie macht keine grobe Hausarbeit. Niemals.»

Augenblicke später verlassen die Herren ihr Büro, und Jack kommt herein und hat eine Puppe bei sich, die sie für eine übergroße Bild-Lilli hält. «Es sieht so aus, als bekämen wir Konkurrenz», sagt er.

«Wovon reden Sie?» Sie legt ihren Stift auf die Schreibunterlage. «Und was ist mit dieser Bild-Lilli? Sie sieht anders aus.»

«Weil das keine Bild-Lilli ist. Louis Marx hat die Rechte an ihr gekauft. Das ist seine Billigkopie – Miss Seventeen. Und sie wird mit Barbie in direkte Konkurrenz treten.»

Der Postbote geht wieder mit einer Segeltuchtasche, auf der in grauen Buchstaben U.S. Post Office steht, zum Sekretariat. Sie ist prall gefüllt mit Briefen für Barbie, für die es mittlerweile im ganzen Land Fanklubs gibt. *Echte Fanklubs.* Ruth kann es noch immer nicht fassen, wie viele Mädchen an Barbie schreiben und sie um Rat fragen, ihr Geheimnisse anvertrauen und ihr sagen, wie toll sie sie finden. Ruth lässt die Sekretärinnen die Briefe durchgehen und beantworten, aber hin und wieder liest sie selbst gern, was die Fans schreiben.

Eines Tages liest sie einen Brief an Barbara Millicent Roberts – den Namen haben sie sich ausgedacht, ebenso die fiktive Heimatstadt Willow in Wisconsin –, der sie überrascht. Er stammt von einem jungen Mädchen in Barberton in Ohio, und sie schreibt, ihre Barbie ist einsam und *möchte sehr, sehr, sehr gern einen Freund.*

Einen Freund? Ein Freund für Barbie? Ruth denkt einen Moment lang darüber nach. Einerseits leuchtet das sofort ein, andererseits sind männliche Puppen tabu. Allerdings galt das auch einmal für Puppen mit Brüsten. Sie liest den Brief noch einmal. Könnte das funktionieren? Würden kleine Mädchen mit einer männlichen Puppe spielen? Da ihr Miss Seventeen im Nacken sitzt, hat Ruth erwogen, das Sortiment zu erweitern, und es sieht ganz so aus, als wäre ihr die Antwort gerade in den Schoß gefallen.

Sie steckt den Brief in den Umschlag zurück und geht zu Elliot. Er tüftelt an einer Idee herum, dem V-RROOM, wie er ihn nennt, einem batteriebetriebenen Gerät, das das Motorgeräusch eines Rennwagens von sich gibt und sich an ein Dreirad stecken lässt. Er prüft den Klang und fährt ihn von einem Brummen zu einem Vollgasdröhnen hoch.

Während er sich dazu etwas auf einen Block notiert, wartet Ruth geduldig und beobachtet in seinem Aquarium den Zebrafisch, die Kardinalfische, Zwergkugelfische und Guppys. Schließlich schaut Elliot auf.

«Ich habe eine Idee für eine zweite Puppe im Barbie-Sortiment.»

«Gut, prima.» Er notiert sich wieder etwas und betrachtet die Unterseite des Geräts. «Lass hören.»

«Schau mal ...» Sie reicht ihm den Brief, und während er

liest, sagt sie: «Ich denke, es ist Zeit, dass Barbie einen Freund bekommt.»

«Einen Freund? Barbie?» Er lehnt sich in seinem Sessel zurück und denkt darüber nach. Es ist riskant, aber wenn das gut ankommt, nun ... Er klopft mit dem Briefumschlag auf seine Handfläche, überlegt hin und her, und endlich drückt er lächelnd auf eine Taste der Gegensprechanlage auf dem Schreibtisch. «Jack? Haben Sie eine Minute?»

Jack hat das Büro kaum betreten, da sagt Elliot: «Ruth hat eine brillante Idee – Barbie wird einen Freund bekommen.»

«Eine männliche Puppe?» Jack kneift die Augen zusammen, als blickte er direkt in die Sonne.

«Hier.» Ruth gibt ihm den Brief.

Er schaut auf die handgeschriebenen Zeilen, und die Buchstaben verwandeln sich in Symbole und tanzen auf dem Papier. Nicht zu entziffern. Er widmet dem Brief einen weiteren durchdringenden Blick – als läse er die Zeilen – und reicht ihn zurück. «Ich verstehe nicht so recht», sagt er, was eine Untertreibung ist. «Soweit wir wissen, spielen Jungen nicht mit Puppen.»

«Das soll keine Puppe für Jungen sein», sagt Ruth, «sondern für Mädchen.»

«Was bringt Sie darauf, dass Mädchen mit einer männlichen Puppe spielen wollen?»

«Das wollen sie, wenn er Barbies Freund ist. Ach, und ich habe schon den perfekten Namen.» Sie sieht Elliot an und zwinkert. «Nennen wir ihn Ken.»

Seit sie an der Barbie arbeiten, wollten Ruth und Elliot schon ein Spielzeug entwickeln, das sie nach ihrem Sohn benennen können. Das ist nur fair, und sie spüren, dass Ken sich bei all dem Barbie-Getöse ausgeschlossen fühlt. Seine Schwester bekommt die ganze Aufmerksamkeit – nicht dass die sie wollte. Gott nein. Sie hasst es, wenn ihre Freundinnen sie damit aufziehen, und wer es wagt, sie mit Barbie anzusprechen, sollte sofort in Deckung gehen.

Ruth und Elliot sind sich einig, dass es eine fantastische Idee ist, die neue Puppe Ken zu nennen. Als sie das jedoch den Kindern eröffnen, reagiert Barbara gekränkt.

«Warum wollt ihr das tun?» Barbara lässt ihre Gabel auf den Teller fallen und zieht damit die Aufmerksamkeit auf ihren Tisch im Hillcrest Country Club. «Dann wird jeder denken, ich gehe mit meinem Bruder – das ist widerlich.»

Ruth schaut ihre Tochter an. Barbara mag ihre langen Haare abgeschnitten und ihre Sattelschuhe gegen hohe Pumps eingetauscht haben, um wie eine elegante verheiratete Frau auszusehen, doch sie klingt noch immer wie ein Kind. «Sei nicht albern», sagt Ruth und winkt Freunden zu, die an einem entfernten Tisch sitzen. «Niemand wird das denken.»

«Ja», sagt Allen. «Nur du denkst so etwas, Barbara. Sie könnten ihn auch Allen nennen. Mir wäre das egal.»

Barbara sieht ihn böse an. «Auf welcher Seite stehst du?»

«Ich will nur sagen, dass das kein Problem ist.» Allen ist selbstbewusster geworden, seit sie verheiratet sind. Während er früher still war und Barbara das Reden überließ, hat er jetzt das Bedürfnis, seine Meinung zu äußern, und die steht oft im Widerspruch zu der seiner Frau.

«Die Ken-Puppe ist nicht dein Bruder, und du bist nicht Barbie», sagt Elliot. «Das sind nur Namen.»

«Aber *unsere* Namen», faucht Barbara.

«Ken, mein Lieber?» Ruth wendet sich ihrem Sohn zu. «Würde es dich stören, wenn wir die Puppe Ken nennen?»

Er zuckt die Achseln und ist mehr beunruhigt, weil die Leute an den Nachbartischen zu ihnen herüberblicken.

Barbara kann die nonchalante Haltung ihres Bruders nicht akzeptieren. «Dir ist es wirklich egal, wenn sie eine Puppe nach dir nennen?»

«Warum denn nicht?», erwidert er. «Niemand, den ich kenne, spielt mit Puppen.»

Ihm ist es wirklich egal. Er weiß von dem Phänomen mit dieser Puppe, die so heißt wie seine Schwester, doch er findet Barbie albern und geistlos. Ihn interessieren vor allem sein Klavierspiel, der Flaum, der neuerdings auf seiner Oberlippe sprießt, und sein neues Auto. Er ist kürzlich sechzehn geworden, und Ruth und Elliot haben ihn mit einem nagelneuen Pontiac GTO überrascht. Ken hat noch nicht ganz erfasst, dass er den Wagen eigentlich Barbie verdankt.

Sie haben beschlossen, Ken im Schnellverfahren zu entwickeln und bei der nächsten Toy Fair zu präsentieren. Jack und Elliot arbeiten mit Hochdruck und hinterfragen jedes Detail: welche Haar- und Augenfarbe Ken bekommen, ob er lächeln, ob man seine Zähne sehen soll. Und dann geht es um seine Körpergröße.

«Ich wüsste nicht, warum er größer sein sollte als Barbie.» Jack lehnt sich auf seinem Stuhl zurück und wirft einen Gummiball in die Luft, um ihn wieder aufzufangen.

«Weil Freunde größer sein sollen als ihre Freundinnen», sagt Ruth. «Ich kann es nicht ändern, dass Sie kleiner sind als die Frauen, die Sie beäugen.»

«Zufällig mag ich große Frauen», sagt er und denkt an Stevie, was er in letzter Zeit viel getan hat. «Ich fühle mich von ihrer Größe nicht eingeschüchtert.» Er gönnt dem Ball eine Pause und legt ihn auf den Tisch. «Ich finde nur, dass Barbie noch immer der Star ist. Sie sollte jede andere Puppe um Haupteslänge überragen, ob Mann oder Frau.»

Sie zanken darüber, und am Ende gewinnt Ruth. Ken wird einen halben Zentimeter größer sein als Barbie. Der nächste Streit geht um Kens körperliche Merkmale. Oder deren Fehlen.

«Wo ist sein Penis?», fragt Ruth, als der Prototyp präsentiert wird.

«Er ist ein Mann», sagt Charlotte. «Sein Unterleib darf nicht genauso aussehen wie Barbies.»

Ein Konferenzraum voller Männer – erwachsener Männer –, und alle sind sichtlich verlegen. Klar, sie hatten Spaß, als sie bis zum Abwinken über Barbies Titten reden konnten, doch kaum werden Kens Genitalien angesprochen, machen sie dicht, werden sogar rot.

«Der Junge muss einen Schmekel haben», sagt Ruth.

Twist, Frankie, Lewis, sogar Elliot sitzen unruhig auf ihren Stühlen. Sie nehmen ihre Stifte und tun, als müssten sie sich etwas notieren.

Schließlich ist es Jack, der sich äußert. «Hören Sie, offensichtlich müssen wir über die Leistengegend sprechen. Aber warum können wir es nicht genauso machen wie bei Barbie und es nur andeuten?»

«Na schön», sagt Ruth. «Deuten wir an. Ich verlange keine Eier.»

«Dem stimme ich zu», sagt Charlotte. «Ken braucht keine Hoden, so wenig wie Barbie Brustwarzen braucht.»

«Aber Ken braucht einen Penis oder einen Wulst oder etwas in der Art», sagt Ruth.

Jack nimmt seinen Skizzenblock und zeichnet. «Ich bin Ihnen weit voraus», sagt er und fügt ein paar schnelle Pinselstriche hinzu. «Bitte. Schauen Sie.»

Ruth blickt auf die Skizze. «Herrje, Jack», sagt sie und lacht schallend. «Kens Schwanz darf nicht das Erste sein, was an ihm ins Auge springt.» Ihr fällt unweigerlich ein, was für große Brüste er Barbie zuerst geben wollte. Wieso überrascht es sie, dass er Ken derart gut ausstattet?

«Na gut», sagt Jack. «Ich werde ihn ein wenig kleiner machen.»

«Nicht ein wenig», sagt Ruth. «Viel kleiner. Wie sollen Charlotte und Stevie ihn denn ordentlich kleiden, wenn er eine verdammte Salami in der Hose hat?»

Originäre Schöpfungen

1961

Während sie noch letzte Details der Ken-Puppe entscheiden, bevor sie in die Produktion geht, bittet ihr Justiziar, Henry Pursell, um eine dringende Besprechung mit Elliot, Ruth und Jack. Er schließt Ruths Bürotür, knöpft sich das Jackett auf und sagt: «Wir haben soeben eine Mitteilung von Louis Marx und Co. erhalten.»

Ruth schüttelt den Kopf. «Was will der verdammte Shtoonk diesmal?»

«Sie verklagen Mattel.»

«Weswegen?»

«Nun», sagt Henry, «Louis Marx besitzt jetzt die Rechte an der Bild-Lilli, und sie verklagen uns wegen Urheberrechtsverletzung.»

«Das ist absoluter Blödsinn.» Sie nimmt sich eine Zigarette. Ruth poltert zwar, ist aber aus der Fassung gebracht. Es zieht ihr den Magen zusammen, weil ihr das Bild in den Kopf schießt, wie sie in Barbaras Zimmer auf die Puppensammlung ihrer Tochter blickte und erschrocken bemerkte, wie ähnlich sich die beiden Puppen waren. So etwas kann Barbie aus dem Markt drängen, und das hieße Mattel aus dem Markt drängen.

«Das ist totaler Quatsch», sagt auch Jack. «Die Trauben

sind ihm sauer, weil ihre Puppe gefloppt ist.» Miss Seventeen setzt in den Geschäften Staub an.

«Das mag sein, aber laut der Klageschrift», Henry schaut in das Schreiben, «geht es um das Hüftgelenk. Sie behaupten, Sie hätten deren Konstruktion für Barbie benutzt.»

«Unsinn», sagt Ruth, und dabei fällt ihr auf, dass Elliot kein Wort sagt. «Jack hat deren Patente umgangen. Er besitzt eigene Barbie-Patente.»

Henry hebt die Hand und fährt fort. «Sie behaupten, dass Barbie keine originäre Schöpfung ist, weil Sie die Idee von G & H gestohlen haben.»

«Völlig absurd», sagt Ruth.

Henry sieht sie an. «Heißt das, Sie wollen die Klage anfechten?»

«Darauf können Sie Gift nehmen.»

«In Ordnung», sagt Henry. «Können wir dafür Gründe vorweisen?»

«Und ob.» Sie schlägt mit der Faust auf den Schreibtisch. «Und wissen Sie was? Ich will eine Gegenklage einreichen.»

«Auf welcher Grundlage?»

«Louis Marx hat die Barbie kopiert.»

«Da hat sie recht», sagt Elliot. «Sie haben die Miss Seventeen gesehen. Die wurde als direkte Antwort auf Barbie herausgebracht.»

«Und Miss Seventeen ist nicht halb so gut wie sie», fügt Jack hinzu. «Wenn Mädchen sie kaufen, weil sie sie für eine Barbie halten, schadet das unserem Umsatz.»

Je länger sie darüber reden, desto überzeugter sind sie.

«Das Wichtigste ist, das aus der Presse rauszuhalten», sagt Elliot. «Schaffen wir das?»

Henry zuckt die Achseln. «Wir werden unser Bestes tun.»

«Elliot hat recht», sagt Ruth. «Wir versuchen, Barbies verführerische Ausstrahlung herunterzuspielen. Wenn sich verbreitet, dass es eine Verbindung zwischen Barbie und einer deutschen Prostituierten gibt, dann ist Barbie am Ende.»

Und so reagiert Mattel mit einer Gegenklage, worauf Louis Marx ebenfalls Gegenklage einreicht. So geht das immer weiter. Inzwischen redet sich Ruth ein, dass Barbie nichts mit der Bild-Lilli zu tun hat. Und außerdem: Beruht nicht alles auf irgendetwas anderem? Sie könnte argumentieren, dass es keine wirklich originäre Schöpfung gibt. Es gibt immer einen Vorgänger vor dem nächsten neuen, besseren Ding. Ist das nicht das Entscheidende an der Inspiration? An der Erfindungsgabe? Wo wären die Künstler ohne die Gemälde anderer? Oder Schriftsteller, wenn sie die Werke anderer nicht läsen? Die Musiker, wenn sie keine andere Musik hörten, die Filmemacher, wenn sie sich die Filme der Kollegen nicht ansähen? Wie sollte man sonst etwas Neues erschaffen? Der Funke muss von irgendwoher kommen, nicht wahr? Die Bild-Lilli mag sie inspiriert haben, doch sie haben an ihrer Puppe so viel verändert, Ruth würde beim Grab ihrer Schwester schwören, dass Barbie eine originäre Schöpfung ist.

Doch nur um sicherzugehen, als Vorsichtsmaßnahme, wird Barbie abgeändert. Sie gestalten die Brauenbögen weicher, hellen den Lidstrich auf und wechseln beim Glanzpunkt in der Pupille von Weiß zu Blau. Sie füllen die Löcher in den Fußsohlen und geben ihr einen anderen Ständer. Sie wenden sich allen Details zu, deren Änderung nicht allzu kostspielig ist und den Unterschied zwischen den Puppen vergrößert.

Ruth und Elliot sind eifrig darauf bedacht, aus Barbies Erfolg Kapital zu schlagen, und da Ken nun produziert wird, überlegen sie, wie sie die Puppenkollektion erweitern können. Sie wollen mehr Kleider, mehr Accessoires, mehr Spielideenanreize – mehr, mehr, mehr. Sie haben jeden Tag Barbie-Sitzungen, und jeden

Tag kommen mehr Mitarbeiter ins Team. Egal wie viele Entwicklungsingenieure und Musterschneiderinnen sie an Bord haben, das Kernteam unter Ruth besteht weiter nur aus Charlotte, Jack und Stevie. Wenn Stevie nicht bei Charlotte im Büro ist, dann bei Jack.

In den vergangenen zwei Wochen war Charlotte jedoch in Japan, um mit den Näherinnen an Kens Garderobe zu arbeiten: einer roten Badehose, Sandalen und einem Frotteehandtuch. Während ihrer Abwesenheit hat Stevie die Leitung übernommen und mehr Zeit mit Jack verbracht als mit anderen einschließlich Vivian, Patsy und ihren Eltern.

Einmal, als sie wieder Überstunden macht, zum dritten oder vierten Mal in jener Woche, sind wieder nur noch sie und Jack im Büro. Jack liegt ausgestreckt auf seinem Bärenfell, die Füße über Kreuz, die Finger unter dem Kopf verschränkt. Stevie sitzt drüben an seinem Zeichentisch, wo so viel Wunderbares entstanden ist. Es ist, als säße sie an Hemingways Schreibmaschine oder zupfte an Paganinis Stradivari. Jack ist ein Meister seines Fachs, seine Kreativität und Genialität scheinen grenzenlos.

Stevie dagegen fühlt sich gerade wie ausgepumpt. Sie hat mit Charlotte das Ensemble *Winter Holiday* für die 900er-Reihe fertiggestellt und ist überzeugt, nie wieder eine brauchbare Idee liefern zu können. Daher ist sie blockiert und zeichnet – kritzelt vielmehr – in der Hoffnung, Kreativität freizusetzen. Sie weiß, was sie gerade zeichnet, wird nie in Produktion gehen. Es ist ein langes schulterfreies Kleid, das unterhalb der Waden weit wird, ähnlich wie die Schwanzflossen einer Meerjungfrau. Sie ist darin vertieft und hat nicht bemerkt, dass Jack ihr über die Schulter blickt.

«Was ist das?»

Sie zuckt erschrocken zusammen und zieht den Skizzenblock an die Brust. «Gar nichts. Ich spiele nur herum.»

«Los, lassen Sie mal sehen.» Er greift nach dem Block, seine Hand streift ihre.

Die simple Berührung genügt, damit ihr ein Kribbeln durch den Leib fährt. Solche Ausbrüche von Erregung, die sie bei Jack erlebt, treffen sie jedes Mal unvorbereitet, obwohl sie nicht mehr überrascht sein sollte. Sie hat sich immer zu älteren Männern hingezogen gefühlt. Auch Russell war zwölf Jahre älter als sie. Immer wenn sie Jack so nah ist wie jetzt, erinnert sie sich, was Patsy sagte, dass sie durch ihn einen Orgasmus bekommen hat. Stevie ist neugierig auf ihn, doch er ist verheiratet und ihr Chef. Allerdings riecht er gut, und darum lässt sie den Block los.

«Sehr verführerisches Abendkleid», sagt er und rückt näher an sie heran, was ihre Erregung steigert.

«Aber nicht praktisch», sagt sie und zwingt sich, statt auf seine Lippen wieder auf die Skizze zu blicken. «Das würde nicht zu Barbie passen.»

«Darf ich?» Er streckt die Hand nach ihrem Bleistift aus, und sie gibt ihn ihm, was ein neues Kribbeln auslöst. «Man muss nur den Saum ein wenig höher ansetzen … aber behutsam, der ist ja gerade der Clou daran.» Er ändert mit ein paar Strichen. «Und weiter auffächern, etwa so …» Er fügt Details hinzu.

Sie schaut fasziniert zu, wie er ihren Entwurf umgestaltet.

«Jetzt stellen Sie sich das Kleid mit schwarzen Pailletten vor, von oben bis unten.»

Das inspiriert sie zu weiteren Ideen. «Und wie wär's mit langen schwarzen Seidenhandschuhen?»

«Gefällt mir.» Er zeichnet sie ein. «Begnügen wir uns nicht damit. Wir könnten einen Farbtupfer hinzufügen. Vielleicht eine Blüte am Kleid?»

«Oder einen Schal.»

«Einen Schal. Ja, einen langen, fließenden.» Er nickt, und seine Hände arbeiten so flink, es ist hypnotisierend, besonders als er ein letztes Detail zeichnet: ein Mikrofon an einem hohen, schlanken Ständer. «Jetzt haben wir die Sängerin mit Schmelzstimme, Nachtklubatmosphäre.»

Stevie fasst sich an die Wangen. «Unglaublich, was Sie gerade geschaffen haben.»

«*Wir* – was *wir* gerade geschaffen haben», sagt er. «Wir sind ein Wahnsinnsteam, Sie und ich.»

Ihre Blicke treffen sich. Eine anregende Energie schwingt zwischen ihnen. Sie kommt von ihm, von ihr, und zusammen haben sie gerade etwas Unglaubliches gemacht, und jetzt sieht er sie an, als wollte er sie küssen. Und als er sich zu ihr neigt, seine Lippen nur noch zwei Fingerbreit von ihren weg sind, legt sie die Hand an seine Brust. «Hey.» Sanft drückt sie ihn weg.

Sein Blick wird klar. «Scheiße, ich bitte um Verzeihung.» Er tritt zurück und fährt sich durch die Haare. «Ich wollte nur ... Das wird nicht wieder vorkommen. Versprochen.»

Stevie sagt nichts. Sie ist noch sprachlos, weil sie kurz davor gewesen sind, sich zu küssen, und sie hätten sich geküsst, wenn sie ihn nicht gestoppt hätte. Und was das angeht, keimt in ihrer Brust ein unerwartetes Gefühl. Es fühlt sich an wie Bedauern.

Es geht um die Brüste

Ruth ist auf den Beinen, bevor der Wecker klingelt. Sie steht immer früh auf und fragt sich, wieso sie sich eigentlich den Wecker stellt. Sie steht unter der Dusche, ihr Waschlappen ist voller Seifenschaum, der Brausestrahl prasselt auf ihre Duschhaube wie Regen auf ein Blechdach. Während der Dampf sich an der Glasscheibe niederschlägt, wandern ihre Gedanken voraus in den Tag: Sitzung mit dem Barbie-Team, eine mit dem Steuerberater, eine mit den Bankern und eine am späten Nachmittag mit ihrer Werbeagentur. Eine Sitzung nach der anderen. Jede Minute ist verplant, aber das eine, wofür sie keine Zeit vorgesehen hat, was sie nicht vorausgesehen hat, was ihr nicht mal in den Sinn gekommen ist, das entdeckt sie jetzt beim Duschen.

Als sie mit seifigen Händen über die Rippen fährt, streicht sie mit dem Daumen an der Unterseite der rechten Brust entlang und – *Was?* – hält inne. Sie geht mit der Hand zurück. *Das kann nicht sein.* Sie befühlt die Stelle. Er ist da. Ein Knoten. Sie streicht mit den Fingerspitzen darüber und drum herum. Tut er weh? *Nein.* Doch er war gestern und vorgestern nicht da. *Oder doch?* Trotz des heißen Wassers fühlt sich ihre Haut eiskalt an, und sie muss sich an der Wand abstützen, weil ihre Knie weich werden.

Sarah ist an Krebs gestorben. Sie war erst fünfundfünfzig. Ruth ist vierundvierzig. Sie erinnert sich, wie sie das Land nach

Ärzten durchkämmt hat, die experimentelle Behandlungen anbieten, und getan hat, was sie nur konnte, um Sarahs Leben zu retten. Und trotzdem ist Sarah der Krankheit erlegen. Ihr Körper wurde vom Krebs aufgezehrt. Es liegt in der Familie. Und nun hat sie es auch. Sie kann nur eins denken: *Nein, nicht jetzt. Ich habe keine Zeit für Krebs.*

Es ist fast eine Woche her, seit Ruth den Knoten entdeckt hat, und an diesem Samstag hat sie Barbara zu einem Einkaufsbummel eingeladen. Eigentlich besticht sie ihre Tochter damit, um mit ihr zusammen sein zu können. Seit sie verheiratet ist, sieht Ruth sie kaum noch, und ach, sie fehlt ihr. Im Haus ist es jetzt sehr still. Ruth vermisst sogar das Türenknallen, das Aufstampfen, das Gemaule, das ihre stete Begleitmusik war. Früher haben sie es geliebt, den ganzen Tag lang durch die Geschäfte zu bummeln, und sie weiß, dass Barbara sich von Allens Gehalt nichts Neues leisten kann. Daher will Ruth sie zu Giorgio mitnehmen, der kürzlich am Rodeo Drive eröffnet hat, damit sie sich etwas aussucht.

Ehe sie zu Barbara fährt, muss sie kurz ins Büro und sich um ein paar Dinge kümmern. Das wird nicht lange dauern, fünfzehn Minuten, höchstens eine Stunde. Ruth delegiert möglichst viel, die Refinanzierung des Gebäudes, die Auswahl einer neuen Spedition, die Bestellung neuer Kartons, die Entscheidung, wann der Parkplatz neu asphaltiert werden sollte – all das hat sie sich vom Hals geschafft. Doch nur sie kann für die neuen Spielzeuge die Prognosen erstellen oder eine Marketingstrategie entwickeln.

Als sie auf den Mattel-Parkplatz einbiegt, sieht sie dort Jacks Wagen und ein paar andere stehen. Das überrascht sie nicht – irgendjemand ist immer in der Firma und arbeitet. Sie wünscht dem Wochenendwachmann einen guten Morgen und schiebt sich durch das Drehkreuz. Twist, Frankie, Sid und eine Handvoll Kollegen stehen beieinander, und sie läuft Stevie über den Weg, die gerade mit zwei Bechern Kaffee aus der Teeküche kommt. Als sie Jack in der Mahogany Row sieht, fragt er, ob es ihr gut geht.

«Ja, ja. Bin nur müde, mehr nicht.»

Sie sagen jeder noch etwas, aber keiner hört richtig zu, und sie verschwinden in ihre Büros. Seine Tür schließt sich, dann ihre.

Noch ehe sie sich an den Schreibtisch setzt, angelt sie eine Zigarette aus der Schublade. Sie raucht zu viel. Das ist ihr bewusst. Aber was macht das noch, wenn sie sowieso schon Krebs hat? Und sie hat ihn, das weiß sie einfach. Bei jeder Gelegenheit fasst sie an den Knoten, und er ist noch da. Er führt ihr ihre Sterblichkeit vor Augen und den grauenvollen Weg, der vor ihr liegt. Die Erinnerungen an Sarahs Erkrankung überfallen sie wie ein Phantomschmerz. Sie hat wieder den säuerlichen Geruch der Desinfektionsmittel in der Nase, hört das stetige Piepen der Geräte, die Sarahs Vitalfunktionen überwachten. Das steht ihr nun bevor? Auch wenn sie den Knoten nicht betastet, spürt sie ihn, ein sachtes Pochen von der nervösen Energie, die sich an der Stelle sammelt.

Sie gibt sich Mühe, das zu ignorieren, hofft, diese Bürde unter der Arbeit auf ihrem Schreibtisch zu vergraben. Doch nachdem sie ein paar Augenblicke lang Unterlagen hin und her geschoben hat, wird ihr klar, dass sie sich nicht konzentrieren kann. Sie schaut auf den rosa Notizzettel, der wie ein schlagendes Herz zuckt. Darauf steht in der rundlichen Schrift ihrer Sekretärin: *Dr. Rekers. Bitte sofort zurückrufen.* Darunter zwei Telefonnummern, die der Praxis und die private. Der Zettel liegt seit Freitagnachmittag da, aber sie konnte sich nicht überwinden anzurufen, lieber zögerte sie das Unvermeidliche hinaus. Es ist das *«sofort»*, was ihr Angst macht. Wenn man Krebs hat, verheißt

Dringlichkeit nichts Gutes. Das weiß sie durch Sarah. Sie hat Elliot nicht von dem Knoten erzählt. Er hat keine Ahnung, dass sie Anfang der Woche bei Dr. Rekers zu einer Biopsie war, bei der Flüssigkeit aus dem Knoten gezogen wurde.

Als Erwachsene hat sie ihre Brüste immer für selbstverständlich genommen. Erst jetzt, da sie sie vielleicht verlieren wird, erinnert sie sich, wie sehr sie sich an der Schwelle zur Pubertät Brüste wünschte. Sie schloss sich oft im Bad ein und betrachtete sich im Spiegel, suchte sehnsüchtig nach den ersten Anzeichen erwachender Weiblichkeit. Alle beliebten Mädchen entwickelten sich bereits, und da sie so klein war, fühlte sie sich verglichen mit ihnen wie ein Kind. Sie war damals fasziniert von dem Phänomen der weiblichen Brust. Sie beobachtete ihre Klassenkameradinnen und hoffte, sie würden es nicht bemerken. Sie achtete ständig darauf, wer welche hatte und wer nicht, wie groß oder klein sie waren, wer einen BH trug und wer nicht. Bei wem sie beim Laufen wackelten, bei wem sich die Brustwarzen unter dem Pullover abzeichneten. Und wie stand es mit ihren eigenen Brüsten? Wie würden sie aussehen, und wann kämen sie endlich? Als die sehnlichst erwarteten Brüste da waren, ging Sarah mit ihr den ersten Büstenhalter kaufen, zeigte ihr, wie sie die Träger einstellen muss und «wie du sie da reinbekommst». Ruth war stolz und zugleich verlegen, weil sie den BH trug. Sie hatte gesehen, wie Jungen an den Trägern zogen und sie schnalzen ließen – ein Zeichen, dass sie das Mädchen mochten –, und sie hoffte, das würde auch bei ihr einer tun.

Bis zur Entwicklung der Barbie hatte sie vergessen, wie wichtig Brüste sind – für kleine Mädchen, für große Mädchen, für Mütter, für Männer. Sie sind das Weiblichkeitssymbol schlechthin, eine Quelle weiblicher Macht und der Ernährung Neugeborener. Wenn sie die Brust verliert, wie wird Elliot darauf reagieren? Wird er sie trotzdem noch schön finden? Wird er sie je wieder anfassen wollen? Sie lieben wollen? Wird sie lange genug leben, um das herauszufinden?

Sie darf das nicht länger aufschieben. Sie schaut auf die beiden Telefonnummern auf dem Zettel. Und weil Samstag ist, wählt sie die private Nummer und zündet sich eine Zigarette an. Ihr Herz schlägt doppelt so schnell, als Dr. Rekers' Frau ruft: «Paul, es ist Ruth Handler.» Im Hintergrund hört sie einen Hund bellen, Schranktüren klappern und ein Geräusch, das sie nicht deuten kann.

«Oh, Ruth, endlich», sagt Dr. Rekers. Er klingt außer Atem, als wäre er aus dem Garten hereingeeilt, vielleicht vom Swimmingpool. «Ich bin froh, dass Sie anrufen. Ich habe schon versucht, Sie zu erreichen.»

«Und? Sagen Sie es mir.» Ruth hält den Hörer in der einen, die Zigarette in der anderen Hand. Das Blut steigt ihr in den Kopf und rauscht, dass sie kaum die eigene Stimme hört. «Hab ich es?»

«Was? Krebs?», fragt er, als könnte es etwas anderes sein. «Nein. Sie haben keinen Krebs, Ruth. Die Probe war gutartig.»

«Wie bitte?»

«Deshalb habe ich gestern angerufen. Das war nur fibröses Gewebe. Sehr verbreitet. Besonders bei Frauen mit großen Brüsten.»

«Wirklich? Ich habe keinen Krebs? Sie brauchen mir die Brust nicht abzunehmen?»

«Die Probe war vollkommen gutartig. Aber Sie haben Krebs in Ihrer Familie, und deshalb – das rate ich Ihnen dringend, Ruth – müssen Sie mit dem Rauchen aufhören.»

Sie blickt auf die Zigarette, die sie zwischen zwei Finger geklemmt hat.

Ehe sie auflegt, verspricht sie Dr. Rekers aufzuhören. Sie muss nur noch die Markteinführung der Ken-Puppe hinter sich bringen. Und dann wird sie auch vieles andere ändern. Sie will mehr Zeit mit ihren Kindern verbringen. Sie werden alle zusammen den Hawaii-Urlaub nachholen, den sie seinerzeit abgeblasen haben. Sie will weniger arbeiten. Wieder Tennis spielen …

«Hast du mich vergessen?»

Sie schaut auf und sieht Barbara in der Tür stehen, mit verschränkten Armen und Zorn in den Augen.

«Ja, hast du, nicht wahr? Du hast unseren Einkaufsbummel vergessen.»

«Nein, natürlich nicht.» Doch, sie hatte es tatsächlich vergessen. Ihr Schuldgefühl macht sie fertig, und ihr bleibt nichts anderes übrig, als dazusitzen und die verbale Abreibung von ihrer Tochter über sich ergehen zu lassen.

«Du hast gesagt, du holst mich um elf ab. Ich habe zu Hause gesessen und auf dich gewartet. Und ich wusste es! Ich wusste, ich würde dich hier finden …»

Ruth lässt sie schimpfen, denn was soll sie anderes tun? Sie in Angst und Schrecken versetzen, indem sie ihr erzählt, dass sie mit ihrem Arzt telefoniert hat? Dass sie glaubte, sie hätte Brustkrebs? Und sterben würde wie ihre Tante Sarah? Das kann Ruth nicht tun.

«… die Arbeit kommt immer an erster Stelle. Das war immer so und wird sich auch nicht mehr ändern», sagt Barbara gerade. «Was glaubst du, wie ich mich dabei fühle? Als wäre ich etwas auf deiner Liste, was du erledigen musst und dann abhakst.»

Nebenan arbeiten Stevie und Jack in seinem Büro. Das ist das dritte Wochenende hintereinander, das sie in der Firma verbringt. Heute sind sie mit den abschließenden Details an einem Barbie-Modell befasst, das Charlotte *Busy Gal* genannt hat. Bisher hat Stevie nur einen Bleistiftrock aus rotem Leinen mit passender Jacke. Charlotte möchte dazu eine rot-weiß gestreifte

Bluse, die zum Jackenfutter passt. Jack möchte mehr Accessoires, und da Barbie ein Mannequin ist, könnte man ihr doch eine Mappe mit Skizzen geben. Stevie findet, es sollten Fotos von Barbie sein. Sie überlegen hin und her, als sie durch die Wand die Stimme von Ruths Tochter hören, die gerade einen Wutanfall hat.

Stevie kann nicht glauben, was sie hört. Barbara ist über Ruth entrüstet. Wieso weiß sie nicht zu schätzen, was ihre Mutter leistet? Mein Gott, da sitzt eine Frau, die praktisch das ganze Unternehmen führt. Stevies Mutter hatte nur einen einzigen Job. In ihrem ganzen Leben. Sie posierte in einem Autokaufhaus. Vor Buicks, genauer gesagt. So haben sich ihre Eltern kennengelernt. Stanley Klein stand etwas abseits und sah zu, wie die hübsche Brünette auf der Drehscheibe auf die Drahtspeichenräder und die verchromten Radkappen und Gepäckträger zeigte. Angeblich hat sich ihr Vater sofort in sie verguckt, und Stevie tröstet sich mit dem Gedanken, dass ihre Eltern wenigstens ein Mal zusammen glücklich waren. Das heißt, bevor sie kam und ihnen den Spaß verdarb. Sie fragt sich, was aus ihrer Mutter hätte werden können, wäre sie nicht so jung schwanger geworden.

Stevie betrachtet Jack nachdenklich, während er über seinen Zeichentisch gebeugt die feinen Details an der Modemappe ausarbeitet. Ihr ist bisher nicht aufgefallen, was für ein schönes Profil er hat – gerade Nase, kräftiger Kiefer, attraktiver Adamsapfel. Ihre Gedanken schweifen ab. Sie denkt, wie freundlich und fürsorglich er ist, erinnert sich, dass er sich die Ärmel aufkrempelte, um ihre alte Karre wieder zum Laufen zu bringen, als die Zündkerzen hinüber waren, und dass er für ihren Autokredit gebürgt hat. Einmal, als sie sich an ihrem Kaffee verschluckte und einen Hustenanfall bekam, rannte er los und holte ihr ein Glas Wasser. Und … sie ertappt sich. *Ach, Himmel, Arsch und Zwirn.* Das ist lächerlich. Seit dem einen Mal, als er sie küssen wollte, hat er keinen Annäherungsversuch mehr gemacht, und eingedenk seines Rufes fragt sie sich manchmal, warum er es nicht wieder probiert hat. Hat er aufgegeben? Findet er sie nicht attraktiv? Steckt er sie in dieselbe Schublade wie Ginger? Und wenn ja, wieso macht ihr das etwas aus? Schließlich will sie gar nicht, dass er sie küsst. Oder? Nein, ganz bestimmt nicht. Trotzdem ertappt sie sich ab und zu dabei, dass sie auf seine weichen Lippen schaut und überlegt, nur überlegt, ob ...

Stevie überlegt noch immer, als aus Ruths Büro erneut Barbaras aufgebrachte Stimme zu hören ist. «Ich schwöre bei Gott, manchmal wünschte ich, wir wären nie nach Europa gereist. Ich wünschte, du hättest die Puppe nie gesehen.»

Die Zahnbürste einer anderen

Es ist wieder spät geworden. Charlotte ist in Japan, und Stevie und Jack stehen unter Druck. Sie müssen ein neues Set für Kens 700er-Reihe vollenden. Für *Terry Togs* haben sie schon das Monogramm auf dem blauen Frottebademantel und dem Handtuch ausgearbeitet. Sie haben Latschen und sogar einen weißen Feinrippslip hinzugefügt, aber Jack will mehr Zubehör.

«Wie wär's mit, keine Ahnung», er zuckt die Achseln, «einem Stück Seife? Einem Rasierer? Ja. Ein Rasierer. Und ein Kamm. Das macht es perfekt.»

«Schon mal den Ausdruck gehört: Perfektion ist der Feind des Guten?»

«Von wem stammt das? Shakespeare?»

«Voltaire.»

«Ich dachte, von Shakespeare.»

«Der hat das vielleicht auch gesagt. Entscheidend ist, es gibt nichts Perfektes, aber man kann einen großartigen Wurf ruinieren, wenn man ihn perfektionieren will und sich nie zufriedengibt.»

«Wohl wahr», räumt er ein, doch der Ingenieur in ihm ist nie zufrieden. «Machen wir eine Pause. Wir müssen etwas essen. Wie spät ist es eigentlich?»

«Ich weiß nicht.» Sie sieht auf die Uhr und ist verblüfft, weil es schon fast neun ist.

«Wie kann es schon so spät sein? Wir müssen wirklich etwas essen. Und Pause machen.» Er geht zum Sofa und rafft die dort ausgebreiteten Blaupausen zusammen. «Ich räum die nur kurz weg.»

«Was ist das alles?» Sie setzt sich und reckt die Arme über den Kopf. «Bauen Sie etwas? Ich dachte, Sie haben sich kürzlich ein neues Haus gekauft.»

«Hab ich. Und jetzt mache ich daraus ein Schloss.» Er wirft ihr ein fesselndes Lächeln zu.

Sie sieht ihn an und erwidert es nicht. Stattdessen werden ihre Augen immer größer. Sie ist wie gebannt von seinem Lächeln. «Sie machen aus Ihrem Haus ein *Schloss*? Was für ein Schloss?»

«Eins mit allem Drum und Dran.» Jack grinst angeberisch. «Stellen Sie sich ein prächtiges Schloss vor mit Graben, Türmchen, Zugbrücke, dem ganzen Zeug. Das baue ich gerade.» Er setzt sich neben sie. Es ist eine kleine Couch, da ist Abstandhalten nicht möglich.

Bei jedem anderen wäre die Idee, ein Schloss zu bauen, absurd, aber Jacks Begeisterung ist ansteckend, und Stevie ist von der Idee bezaubert. Sie will gerade fragen, ob er auch einen Wehrturm baut, stockt aber wegen der Art, wie er sie ansieht. Die Atmosphäre verändert sich, Grenzen verschwimmen. Sie spürt plötzlich, wie warm sein Bein ist und dass es gegen ihren Oberschenkel drückt. Es wird heißer, fast als hätte er Fieber.

Er spürt es auch, denn in dem Moment neigt er sich heran, streicht ihr eine Haarsträhne aus dem Gesicht und streift dabei ihre Wange.

«Sie haben schon immer gern Schlösser gebaut, nicht wahr?» Ihre Stimme klingt hauchig.

«Hab ich?» Sein Mund ist näher gekommen.

«An dem Tag, als Sie mit Ruth und Charlotte zu mir in den Diner kamen, haben Sie eins aus Zuckerwürfeln gebaut.»

«Ah, ja.» Er lächelt. «Damals konnten Sie mich nicht leiden.»

Sie lacht. «Nein, wirklich nicht.»

«Und jetzt? Mögen Sie mich? Ein bisschen wenigstens?»

«Was glauben Sie?» Sie blickt zuerst in seine blauen Augen, dann senkt sie den Blick zu seinem Mund, und ehe sie ein Wort sagen kann, küsst er sie mit seinen vollen Lippen, die noch weicher sind, als sie sich ausgemalt hatte.

Sie versinkt in dem Kuss, und so passiert es. Es passiert einfach. In seinem Büro auf seinem Bärenfell. Jack Ryan, der weltbeste Küsser und Bürocasanova, beschert Stevie einen Wahnsinnsorgasmus. Und dann noch einen.

Stevie liegt noch neben ihm auf dem Bärenfell, beide sind still, während die Sonne aufgeht und die Schatten im Raum wandern lässt. Sie hat das nicht vorgehabt und kann sich nicht erinnern, ob sie sich am Morgen die Beine rasiert hat – also genau genommen gestern Morgen. *Was haben wir getan? Was habe* ich *getan? Ich kann doch unmöglich wieder schwanger werden, oder? Gütiger Himmel, wie sollen wir danach weiter zusammenarbeiten? Wir haben einander nackt gesehen.* Doch dann sagt sie sich, dass Jack auch noch mit Patsy zusammenarbeitet und mit Wendy von der Personalabteilung, mit der er auch eine Affäre gehabt haben soll.

Sie steht auf, ihr ist ein bisschen schwindlig, und sie hat einen Mordshunger, weil sie gestern Abend schließlich doch nichts gegessen haben. Als sie ihre verstreute Kleidung vom Boden aufsammelt, denkt sie an die vergangene Nacht und muss ein Kichern unterdrücken.

«Das war nur ein flüchtiges Abenteuer, weißt du.» Sie hakt ihren BH zu.

«Das Spaß gemacht hat», sagt er und steigt in seine Hose.

«Ja, aber eine einmalige Sache. Das wird nicht noch mal passieren.»

«Wie du meinst.» Er grinst. «Das bestimmst du ganz allein.»

Zwei Tage später passiert es wieder. Da liegen sie in der Nacht auf seiner winzigen Bürocouch, Arme und Beine umeinandergeschlungen. So viel zu einem einmaligen Abenteuer. Stevie hat nicht aufhören können, an ihn zu denken, und die Hitze zwischen ihnen hätte Glas schmelzen können.

«Ich könnte mich daran gewöhnen», sagt er, während er ihr Gesicht streichelt.

Und das Dumme ist, sie auch.

«Was hältst du davon, wenn ich dich mal einen Abend ausführe?»

Sie lächelt, und als er sie wieder küssen will, zieht sie den Kopf weg.

«Was hast du?»

Sie schiebt sich unter ihm hervor und streicht ihre Haare glatt. «Bevor wir einen Schritt weitergehen, habe ich zwei Bedingungen.»

«Nur zwei?» Er lächelt sie entwaffnend an.

«Ich meine es ernst. Erstens: Ich muss die Einzige sein.»

«Die Einzige?» Er schaut sie an, als redete sie in einer fremden Sprache.

«Du musst aufhören, dich mit anderen Frauen zu treffen. Ich will nicht das Gefühl haben, die Zahnbürste einer anderen zu benutzen.»

Er lacht und rollt die Augen. «Abgemacht.»

«Und das ist dir ernst?»

«Natürlich.» Sein Kiefer spannt sich an, doch sein Mund sieht weiter weich aus. «Gut, also was ist die zweite Bedingung?»

«Die zweite ist», sie fasst an seine Wange und zwingt ihn, ihr in die Augen zu sehen, «du musst ein Gummi überziehen. Jedes Mal.»

Jack lacht schallend. «Du machst Witze.»

«Ich meine das todernst. Ohne darfst du nicht rein.» Das Einzige, was Männer mehr verabscheuen, als ein Kondom zu benutzen, ist die Neuigkeit, dass sie jemanden geschwängert haben. Russell war der Beweis dafür.

«Verrücktes Mädchen», sagt er. «Du brauchst dir bei mir wegen Babys keine Sorgen zu machen. Ich habe einen kleinen Schnitt machen lassen.» Er macht mit den Fingern eine Scherenbewegung. «Ich habe schon zwei Kinder. Ich brauche nicht noch mehr.»

«Du hast auch keine Syphilis oder so?»

Er biegt sich vor Lachen. «Oh, das ist wahnsinnig sexy. Und nein.» Er wischt sich die Augen. «Ich bin blitzsauber.»

«Und hast du auch wirklich mit Barbara eine *Übereinkunft*?»

«Ehrenwort.»

Zwei Wochen später wacht Stevie auf und sieht Jack neben sich, wie er an ein Kissen gelehnt sitzt und sie lächelnd betrachtet. Während sie sich wach blinzelt, ist sie unsicher, ob sie in ihrem oder in seinem Bett liegt. Sie übernachten abwechselnd bei ihr und im Schloss. Sie ist sich auch unsicher, wie spät es sein könnte oder welchen Tag sie haben. Sie schlägt den schweren Quilt zurück, weil sie denkt, sie könnte zu spät zur Arbeit kommen, doch er hält sie fest.

«Hey, wo willst du hin?»

Ehe sie antworten kann, küsst und streichelt er sie, und sie erinnert sich an letzte Nacht und weiß wieder, dass es Samstag ist und sie in seinem Bett sind und dass die Uhrzeit keine Rolle spielt. Sie befinden sich in der besten Phase von etwas Neuem.

Es gibt so viel aneinander zu entdecken. Intimes wie das Muttermal über ihrem Nabel, die kitzlige Stelle in seinen Kniekehlen und dass sie ständig im Schlaf redet und er sich in allen Einzelheiten an seine Träume erinnern kann. Sie können noch stundenlang im Bett herumtrödeln und sich ihre Kindheitsgeschichten erzählen, Küsse tauschen und ihre Körper genießen.

Sie denkt daran zurück, als er sie zum ersten Mal ins Schloss mitgenommen hat. Sie fürchtete, seiner Frau in die Arme zu laufen, doch er versicherte ihr, dass das nicht passieren wird, weil Barbara und die Mädchen in einem anderen Flügel wohnen. Er wollte ihr alles zeigen und führte sie durch fünfzehnhundert Quadratmeter voller Türbögen und Gänge und ein Labyrinth von Räumen, von denen weitere Räume abgingen. In Teilen des Hauses wurde und wird noch immer gebaut, und wie in seinem Elternhaus blickt man überall auf Gerüste, farbbekleckste Planen und Leitern.

«Kannst du ein Geheimnis bewahren?», fragte er.

«Kommt drauf an.»

«Diese Wand», er klopfte daran, und es klang hohl, «ist nicht echt.»

Überrascht klopfte sie auch.

«Ich arbeite mit einem Hollywood-Bühnenbildner. Die Bögen und Türmchen, sogar die Zugbrücke sind nur Requisiten. Sie sehen echt aus, sind es aber nicht, und dadurch spare ich haufenweise Geld.»

«Sie sehen wirklich echt aus, und keine Sorge, dein Geheimnis ist bei mir sicher.»

Während sie durch den ersten Stock schlenderten, sagte er: «Ich werde in jedem Raum ein Telefon anschließen.»

«Warum?»

«Weil ich es kann.» Er biss sich auf die Unterlippe und zwinkerte. «Und sieh dir das an!» Er geleitete sie in einen dunklen

Raum und legte einen Schalter um, worauf Licht auf einen antiken Thronsessel fiel, der für einen König gemacht schien.

«Wo hast du den her?»

«Er gehörte dem Fürsten von Parma. Ich hab ihn bei einer Auktion für einen Apfel und ein Ei bekommen.»

«Wie viel?»

«Nur fünfhundertfünfundsiebzig Dollar und …»

«Oh, nur fünfhundertfünfundsiebzig Dollar», spottete sie.

«Sie wollten achtzehnhundert dafür. Ich wollte ihn im großen Badezimmer aufstellen. Über der Toilette. Verstehst du? Damit man wirklich auf den Thron gehen kann. Aber er passt nicht.»

Stevie setzte sich darauf und fasste um die geschwungenen, vergoldeten Armlehnen. «Was hält deine Frau von alldem?»

«Ach Gott, Barbara verabscheut es. Sie findet, das Haus sieht aus wie ein Verlies.»

Stevie stimmte ihr zu, als sie die dunkle Holzvertäfelung, die Kandelaber in den Ecken, den kalten Fußboden und die Buntglasfenster in den düsteren Nischen betrachtete.

Später an dem Abend, nachdem sie sich in seinem Himmelbett vergnügt hatten, ging Jack in die Küche und kam mit einem Becher Eis zurück, und als er sie mit einem Löffel fütterte, gickste sie überrascht. «Schwarzes Lakritzeis? Ich *liebe* schwarzes Lakritzeis.»

«Wir zwei müssen die Einzigen auf der Welt sein, die das tun. Sie stellen die Produktion ein.» Er gab ihr noch einen Löffel voll. «Ich glaube, du bist meine Seelenverwandte», sagte er.

«Oh mein Gott.» Sie blickte ihn staunend an. «Das dachte ich auch gerade. Ich schwöre bei Gott.»

Doch im nächsten Moment prusteten sie los, und Stevie lachte Tränen. Jack hatte solche Seelenverwandten schon zu Dutzenden gehabt. Und Stevie, die nicht mal so recht daran glaubte, war ihrem noch nicht begegnet. Beide sehen in ihrer Affäre nichts weiter als eine Affäre, doch das hält sie nicht davon ab, sich an der Gesellschaft des anderen zu erfreuen.

Jack gibt sich große Mühe, ihre Treffen zu planen, und überlegt sich, wohin er sie einlädt und was für Blumen er ihr schicken will. Er fühlt sich wie ein Verehrer der Fünfzigerjahre, und das erinnert ihn an früher, als er begann, sich mit Barbara zu treffen. Stevie fühlt sich, als wären sie ein Filmpärchen, wenn sie zusammen ein Restaurant wie das Perino's betreten und an den besten Tisch gesetzt werden. Jack bringt ihr etwas über Weine bei und zeigt ihr, wie man einen Hummer isst. Eines Abends, als sie nebeneinander auf einer schicken Sitzbank im Arsenal sitzen, unterdrückt Stevie ein Keuchen, als Jack die Finger in ihren Slip schiebt. Sobald der Parkservice Jacks Auto gebracht hat, fällt sie hungrig über ihn her.

Sie verbringen viel Zeit im Bett und unterhalten sich über die Arbeit. Einer holt sich Anregungen beim anderen, und wenn Stevie bei Kens Garderobe Hilfe braucht, geht sie Jacks Kleiderschrank durch und lässt sich inspirieren. Er hat immer einen Skizzenblock neben dem Bett liegen. Sie liebt es, ihn arbeiten zu sehen, liebt diese exklusiven Einblicke in das Genie Jack Ryan.

Sobald Jack an Stevie denkt, kann er nicht aufhören zu lächeln. Mit diesen Beinen könnte sie ihm die Luft abdrücken, bis ihn das Leben verlässt, und er würde als glücklicher Mann sterben. Unterwegs zu Mattel auf dem Sepulveda Boulevard ist er in Hochstimmung. Nichts entgeht seiner ehrfürchtigen Bewunderung. Der Himmel war noch nie so blau, die Blumen haben nie schöner geduftet. Er lauscht dem kraftvollen Schnurren des Motors, fühlt das geschmeidige Leder am Lenkrad unter seinen Fingern. Es ist, als setzte die Wirkung eines Rauschgifts ein oder des gierig hinuntergekippten zweiten Drinks. Im Augenblick ist in seiner Welt alles – wirklich alles – schlichtweg herrlich.

Sobald er sein Büro betreten hat, packt ihn das Verlangen, Stevie zu sehen. Um sich Zurückhaltung abzuringen, greift er in seine Jackentasche nach dem Diktiergerät und schaltet es ein, weil er hofft, dass schon der Handgriff eine neue Idee auslöst. Das Band läuft, das rote Lämpchen leuchtet, und er sagt nichts. Er kann an nichts anderes denken als an Stevie.

Er schaltet das Gerät aus, steckt es wieder in die Tasche, nimmt den Telefonhörer ab und ruft sie an ihrem Arbeitsplatz an. «Besprechung in meinem Büro. Sofort.»

«Bin ich in Schwierigkeiten?», neckt sie.

«Die könnten auf dich zukommen, wenn du deinen hinreißenden Hintern nicht hierherbewegst.»

Stevie legt auf und geht den Gang hinunter an den Arbeitsnischen vorbei. In manchen liegen Wasserpistolen, befüllt und schussbereit, in anderen sieht man Prototypen von Ken und Barbie in kreativen Posen. Twist lässt sie miteinander vögeln, und bei Loomis macht Barbie in Strumpfgürtel und Netzstrümpfen mit Ken die 69. In letzter Zeit ist es zu einem Wettbewerb geworden, wer sich die schockierendsten Stellungen für Puppenorgien ausdenkt.

Sobald Stevie in Jacks Büro steht, schließt er die Tür ab.

«Komm, nicht hier, Kurzer.»

Er lacht über den Spitznamen, den sie ihm bei ihrer ersten Begegnung in dem Diner am Pico Boulevard verpasst hat. Manchmal nennt sie ihn, weil er so gut bestückt ist, auch «mein kleiner Jumboshrimp».

«Das dürfen wir nicht», sagt sie, als er sie am Hals küsst.

«Warum nicht?» Er küsst sie und knöpft dabei den obersten Knopf ihrer Bluse auf, dann den nächsten, und dann fällt ihr kein Grund ein, ihn aufzuhalten.

Salz und Pfeffer

Bei der Toy Fair ist die Ken-Puppe ein größerer Erfolg als gedacht. Nach Ansicht der Einkäufer ist Barbies Freund ein Geniestreich, und Mütter finden, dass Ken die Barbiepuppe weniger anstößig macht, denn durch ihn ist sie nicht mehr die einsame Frau auf Männerfang.

Stattdessen sorgt sich Stevie, dass Jack wieder auf einen Fang aus ist, denn bei Mattel gibt es eine neue Sekretärin, eine klassische Schönheit mit braunen Haaren. Er hat keine Mühe gescheut, um die langbeinige Tippse willkommen zu heißen und ihr zu helfen, sich einzuleben. Eines Nachmittags findet Stevie ihn bei der Neuen, wo er auf der Schreibtischkante sitzt und sie mit Geschichten von seinen Japanreisen umgarnt. Stevie wird übel, als sie sieht, wie sein Blick zu den Brüsten gezogen wird.

Stevie weiß genau, dass sie die Einzige ist. Doch Monogamie hat in Jacks Welt ein Verfallsdatum, und sie sieht, dass ihre dem Ende entgegengeht. Jack liebt Frauen, er kann nicht anders. Er wird von ihnen angezogen und sie von ihm. Wo Frauen sind, da ist auch Jack.

Stevie kann das Gefühl nicht abschütteln, dass er seine nächste Eroberung schon ins Auge gefasst hat. Es dürfte nur eine Frage der Zeit sein, bis er die Frau von der Schreibmaschine weg- und in seine Arme gelockt hat. Und was macht Stevie dann? Sie will ihn nicht teilen, aber sie ist auch noch nicht bereit, ihn aufzugeben.

Das Zusammensein mit Jack ist berauschend. Er stellt sie in den Mittelpunkt einer Fantasie, die er für sie erdacht hat. Wenn sie mit ihm zusammen ist, fühlt sie sich elegant und begehrenswert, und die letzten drei Monate waren märchenhaft. Doch irgendwann wird sie sich der Tatsache stellen müssen, dass die Beziehung mit einem Schürzenjäger wie ein Ausflug mit einem sinkenden Boot ist. Man steckt den Finger in ein Loch und sieht sofort, dass sich ein weiteres aufgetan hat. Sie weiß, sie hat nicht genug Finger, um den Untergang des Bootes zu verhindern.

Nicht lange nach Kens Markteinführung kommt Ruth eines Tages nach Hause und stellt fest, dass Elliot oben bei ihrem Sohn im Zimmer ist, bei geschlossener Tür. Sie blickt auf das italienische Filmposter, das daran klebt, und klopft sanft an. «Jungs?» Sie hört leises Gemurmel durch die Tür. «Ken? Elliot?»

«Äh, Augenblick noch», sagt Elliot. «Ich ... ich komme gleich zu dir.»

«Ist alles in Ordnung?», fragt sie. «Ken, Schatz, bist du krank?»

«Nein, es geht mir gut», sagt er und klingt gar nicht gut.

Ruth hält es nicht aus, so ausgeschlossen zu werden. Sie dreht den Türknauf und tritt ins Zimmer, und bevor Ken schamvoll den Kopf wegdrehen kann, sieht sie seine Tränen.

«Ruth», schnauzt Elliot, enttäuscht, weil sie es nicht lassen konnte und unbedingt hereinplatzen musste. «Würdest du mich noch einen Moment mit ihm allein lassen, bitte?»

Gekränkt, weil ihr Sohn sie nicht dabeihaben möchte und sich lieber Elliot anvertraut, zieht sie sich zurück. Doch ihre Kinder haben eine andere Beziehung zu ihrem Vater als zu ihr, wahrscheinlich eine bessere. Sie ist dankbar, dass Elliot zu den beiden eine starke Verbindung geknüpft hat, aber sie ist auch neidisch darauf. Allerdings versteht sie das. Elliot ist geduldiger, fürsorglicher. Er steht auch mehr zur Verfügung. Sie hat ständig Sitzungen oder wichtige Telefonate und generell zu viel Arbeit auf dem Tisch.

Während sie unten auf Elliot wartet, raucht sie eine Zigarette, macht sich einen Drink und hält sich vor, eine lausige Mutter zu sein. Sie weiß, sie kann sich nicht ändern, sosehr sie es möchte. Sie hat es versucht und nimmt manchmal plötzlich und übereifrig Anteil an ihren Kindern. Dann ist sie übertrieben um sie bemüht, heuchelt Interesse an einem Musikstück oder einem ausländischen Film, den Ken sich angesehen hat, bewundert Barbaras neuen Esstisch oder den Standmixer, den sie gerade gekauft hat. Sie kommt über sie wie eine Flutwelle und ertränkt sie in Aufmerksamkeit, solange sie das aufrechterhalten kann. Und das ist das Problem – sie kann es nicht. Es ist genau wie bei ihren Versuchen, mit dem Rauchen aufzuhören. Sie hält es nicht durch.

Ruth hört oben Schritte kommen. «Was ist mit ihm los?», fragt sie Elliot, noch bevor er den Treppenabsatz erreicht hat. «Geht es ihm gut?»

«Es wird wieder.» Elliot massiert sich den verspannten Nacken und geht zu ihr, streckt die Hand nach ihrem Glas aus. Er trinkt einen Schluck und gibt es zurück, um sich auf das Sofa sinken zu lassen. «Diesmal haben wir es wirklich vergeigt, Ruth. Wir hätten die Puppe nicht nach ihm nennen dürfen.»

«Aber ich dachte, er ist mit dem Namen einverstanden.»

«Das war, bevor jeder die Puppe kannte. Barbie und Ken, das ist wie Salz und Pfeffer. Man sagt das eine nicht ohne das andere. Und jetzt wird er in der Schule damit aufgezogen. Die Kinder behaupten, er geht mit seiner Schwester. Sie nennen ihn eine Schwuchtel, haben ihn sogar verprügelt ...»

«Ist er verletzt?»

«Nur sein Stolz. So sind Kinder nun mal. Sie sagen, er hätte keinen Penis – du weißt schon, Kinderkram. Aber das tut weh. Wir hätten auf Barbara hören sollen.»

Ruth setzt sich neben ihn, ihr Gin schwappt im Glas. Sie dachte, sie täten etwas Gutes und ihre Kinder würden sich geschmeichelt fühlen, die Puppen als Anerkennung auffassen. Sie weiß, wie Barbie ihrer Tochter geschadet hat – die Neckereien von Freundinnen, die gelegentliche Bitte um ein Autogramm, was Barbara hasst. Aber Ruth hat nicht damit gerechnet, dass die Ken-Puppe überhaupt eine Auswirkung auf ihren Sohn haben könnte. «Was sollen wir denn jetzt tun? Wir können den Namen nicht ändern.»

«Hoffen wir, dass das vorbeigeht und er das ausblenden oder sie dazu bringen kann, damit aufzuhören.»

Und das schafft er. Im Herbst 1961 findet Ken eine Freundin. Er ist siebzehn, und Suzie ist das erste Mädchen, das an ihm Interesse zeigt. Ken war immer schüchtern und linkisch, und das Mädchen ist zwar nett und recht hübsch, aber Ruth spürt, dass ihren Sohn etwas quält. Er ist mürrisch und verbringt viel Zeit in seinem Zimmer. Ein Junge, der plötzlich das eine aufgegeben hat, das ihm wirklich Freude machte, in das er sich stundenlang vertiefte: sein Klavierspiel.

Ken tut alles, was allgemein von einem Freund erwartet wird. Er schickt Suzie Blumen, schenkt ihr ein Bettelarmband und eine Halskette, geht mit ihr ins Kino und zum Schulball, aber er ist nicht mit dem Herzen dabei. Es ist, als wäre er in eine Rolle geschlüpft. Ruth kann sich das nicht erklären. Vielleicht ist Suzie nicht das richtige Mädchen für ihn. Vielleicht haben sie zu wenig gemeinsam. Oder sie passen nicht zusammen, obwohl sie sich gut zu verstehen scheinen und nie streiten.

Ken kann seiner Mutter und auch Suzie nicht sagen, wo das Problem liegt. Die Wahrheit ist, er möchte keine Freundin. Überhaupt keine. Was er dagegen möchte, versetzt ihn in Schrecken und zugleich in Erregung. Er wirft verstohlene Blicke auf die anderen Jungen in seiner Klasse, bewundert ihre muskulöse Statur, ihre kräftige Kinnpartie. Wenn er nachts allein in seinem Zimmer ist, sehnt sich sein unschuldiger Körper nach etwas, das seinen Befürchtungen nach nicht normal ist. Manche würden sogar sagen, es sei widerlich. Er schimpft mit sich, lehnt sich ab und versucht, sich zu ändern. Doch das ist zwecklos. Er weiß, was er ist, und damit es niemand erfährt, verbirgt er es hinter einem erzwungenen Lächeln und einer Freundin.

Die Muse entdecken

Es ist Samstagmorgen, und Stevie sitzt in einer Nische im Norms am La Cienega Boulevard und wartet auf Jack. Er war zum Tennis verabredet und wollte sich hinterher mit ihr zum Lunch treffen. Bei der Frage, mit wem er Tennis spielt, blieb er vage. «Niemand Besonderes», sagte er nur.

Er ist seit fünfzehn Minuten überfällig, als sie Marta Krass, ihre Klassenkameradin vom Chouinard, auf sich zukommen sieht. Marta behält ihre übergroße Sonnenbrille auf und trägt mattweißen Lippenstift und große Ohrhänger. Sie ist mit Bob Mackie zum Essen verabredet und erzählt Stevie voller Eifer, dass sie für Sally Hanson bei Jax arbeitet. Stevie würde gern erzählen, dass sie mit Jack Ryan arbeitet, doch außerhalb von Mattel bedeutet das nichts.

«Ich arbeite da wahnsinnig gern», sagt Marta. «Unglaublich, wie viel ich dabei lerne. Ich kann meine Entwürfe noch nicht umsetzen, aber Sally sagt, sie wird sie sich ansehen ...»

Der Neid kommt augenblicklich. Er steigt auf wie Magensäure. Stevie kann nichts dagegen tun. Jax ist einer der aufregendsten neuen Designer in der Modeszene. Sally und ihr Mann haben eine Reihe eleganter Damenhosen entworfen, bei denen ein rückwärtiger Reißverschluss die Taille und Hüften betont. Sie sitzen in Beverly Hills und haben fast nur berühmte Kunden, von Natalie Wood bis Marilyn Monroe.

«Und was treibst du so?», fragt Marta, nimmt die Sonnenbrille ab und klopft ihre Frisur zurecht. «Wo bist du gelandet?»

Stevie fühlt sich, als würde sie ein Verbrechen gestehen. «Ich bin bei Mattel.» Sie schaut hastig weg und beobachtet die Tür, ob Jack endlich kommt.

«Mattel? Warte …» Marta verzieht ihre weißen Lippen, als versuchte sie eine Gleichung zu lösen. «Ist das nicht diese Spielzeugfirma?»

«Ich arbeite da aber als Modedesignerin.» Stevie geht sofort in die Defensive und hasst es, dass sie es notwendig findet, das rechtfertigende Aber einzufügen. «Ich arbeite an der Barbiepuppe.»

Marta lacht und sieht dann, dass das ernst gemeint war. «Wirklich? Du entwirfst Puppenkleider?»

Stevies Wangen glühen. «Charlotte arbeitet auch daran. Du kennst doch Charlotte Johnson?»

«Oh ja.» Marta fängt an, sich im Diner nach Bob umzusehen. «Ich habe so etwas gehört. Ich kann nicht glauben, dass sie ihre Karriere dafür weggeworfen hat.» Da sie merkt, dass sie Stevie gerade beleidigt hat, macht sie eine Wie-dumm-von-mir-Geste und fügt hinzu: «War nicht so gemeint. Es ist nur», sie zuckt mit einer Schulter, «warum solltet ihr beide an *dieser* Puppe arbeiten?»

Dieser Puppe? Stevie möchte fragen, was Marta damit meint, als Bob eintrifft. Er sieht so elegant und gut aus wie eh und je. Sie hat ihn immer gemocht, sich während der Ausbildung gut mit ihm verstanden, und nach einem kurzen Hallo erzählt er, dass er jetzt Ray Aghayans Assistent ist. Stevie lächelt und gratuliert ihm, obwohl ihr auch das sauer aufstößt.

«Und du?», fragt er. «Ich hörte, du arbeitest mit Charlotte zusammen bei …» Er überlegt. «Was war es noch gleich? Eine *Spielzeug*firma?»

Stevie macht die Demütigung ein zweites Mal durch, und nachdem er und Marta sich verabschiedet haben, schaut sie auf die Uhr. Jack ist fast eine halbe Stunde überfällig. Sie winkt der Kellnerin, bezahlt ihren Kaffee und geht.

Zu Hause setzt sie sich ins Wohnzimmer und betrachtet die Fingerhüte in den Schaukästen an der Wand. Die sammelte sie schon als junges Mädchen und hat jetzt Hunderte aus Messing, Silber, Nickel und handbemalte aus Porzellan.

Wenn sie von Marta ausgelacht wird, weil sie für Barbie Kleider entwirft, wird kein Designer sie mehr ernst nehmen. Es ist Zeit, den Tatsachen ins Auge zu blicken. Stevie kann sich nicht länger vormachen, dass Mattel ihr Ticket in die Modewelt ist. Ihre alten Klassenkameraden steigen in der Branche auf, und der Abstand zwischen ihr und ihnen wird immer größer.

Sie dachte, sie hätte ihren Frieden mit ihrer Arbeit bei Mattel gemacht, doch wenn es so wäre, würde sie sich jetzt nicht wie eine Versagerin fühlen. Offenbar ist Geld nicht genug. Der Traum – den sie seit der Highschool hatte – ist noch in ihr lebendig. Er mag geschlummert haben, doch die Begegnung mit Marta und Bob hat das Feuer neu entfacht. Sie kann nicht weiter leugnen, dass sie als Modedesignerin arbeiten will. *Als echte Modedesignerin.*

Das erinnert sie an das Gespräch mit Ruth, bei dem sie ihr empfahl zu lernen, Enttäuschungen und Fehlstarts wegzustecken. *Wenn die Dinge schiefgehen, müssen Sie neu planen, vielleicht die Herangehensweise ändern, aber auf keinen Fall dürfen Sie aufgeben.* Stevie muss sich diese Stärke aneignen. Aber wie?

All das geht ihr durch den Kopf, als Jack anruft und sich vielmals entschuldigt. Sie – Stevie ist zu stolz, um zu fragen, wer *sie* sind – seien nach dem Tennis noch was trinken gegangen und haben die Zeit aus den Augen verloren. Er sagt nichts davon, später noch vorbeizukommen, und ihr ist das überraschend recht. Sie ist sogar ein bisschen erleichtert. Sie braucht die Zeit, um sich darüber klar zu werden, wie sie etwas wegstecken, sich einen neuen Plan ausdenken und das zum Wendepunkt ihrer Karriere machen kann.

Sie hat das Wochenende – den Rest vom Samstag und den ganzen Sonntag – für sich und kann Mode entwerfen. Sie wird die ganze Nacht aufbleiben wie damals während der Ausbildung. Sie wird ganz neu anfangen und eine neue Bewerbungsmappe erstellen. Sie wird klassische, taillierte Kleider und Hosen und schöne Seidenblusen und Tweedmäntel entwerfen. Und aufsehenerregende Abendkleider.

Anstatt nach Feierabend an den Strand zu gehen, wird sie von jetzt an sofort nach Hause fahren und sich an die Arbeit machen. Sie wird aufhören, so viel Zeit mit Jack zu verbringen, und sich auf die Bewerbungsmappe konzentrieren. Sie wird so spektakuläre Illustrationen anfertigen, dass keiner sie mehr abweisen kann. Sie wird jene Art von Mode kreieren, mit der sie in einem wirklichen Modehaus eingestellt wird.

Mit einem Haufen Modezeitschriften, Skizzenblöcken, Bleistiften und Filzstiften kapselt sie sich in ihrer Wohnung ein. Sie kann sich kaum erinnern, wann sie zuletzt an etwas anderem als an Barbie-Kleidung gearbeitet hat. Bevor sie die Bleistiftspitze aufs Papier setzt, zensiert sie sich selbst. So sitzt sie eine Stunde lang, skizziert etwas, nur um es umgehend zu zerknüllen und auf den Boden zu werfen. Sie weiß, so etwas kann man nicht erzwingen, und doch versucht sie, es mit Willenskraft herbeizuführen, die künstlerische Leistung aus den Poren zu pressen. Sie muss einfach etwas Erstaunliches aufs Papier bringen. Doch da liegt eine Schwere und Verzweiflung in jedem Bleistiftstrich, und alles ist ein Scheißabklatsch von dem, was sie in den Hochglanzmagazinen gesehen hat.

Die Spätnachmittagssonne strömt durch das Fenster und macht sie schläfrig. Schließlich döst sie ein und wird wach, weil ihr der Skizzenblock aus den Händen rutscht. Sie steht auf und macht sich eine Tasse Tee. Ihr linker Arm ist vom kleinen Finger bis zum Ellbogen grau vom Bleistiftabrieb. Während der Tee zieht, denkt sie darüber nach, warum jeder unzufrieden nach oben und nie zufrieden nach unten blickt. Immerhin arbeitet sie in einem verwandten Bereich mit Stoffen, mit Mode und mit keiner Geringeren als Charlotte Johnson. Außerdem wird sie dafür bezahlt und verdient wahrscheinlich mehr Geld als Marta, Bob oder Vivian. Einige ihrer Klassenkameraden sind nicht mal mehr in der Branche tätig. Lucy Troy ist jetzt Zahnhygienikerin, Perry White Möbelpacker, Sandra Hinks wohnt noch bei ihren Eltern und arbeitet in einem Lebensmittelgeschäft. Es könnte so viel schlimmer sein.

Und die Ironie daran ist, dass Leute wie Vivian, Marta und Bob zwar bei Topdesignern arbeiten, aber keine eigenen Ideen umsetzen dürfen. Da ist Stevie bei Mattel schon weiter. Keiner von denen hat eigene Entwürfe fertiggestellt und in Geschäften gesehen, geschweige denn in einem Werbespot. Die drei stecken immer noch Stoffe an und fertigen Schnittmuster für die Entwürfe anderer. Stevie arbeitet nicht bloß zu, sie hat einige der besten Looks kreiert. Sie geht zu Modenschauen, trifft sich mit Stoff- und Kurzwarenlieferanten. Sie steht mit beiden Beinen im Beruf, der einzige Unterschied ist der Maßstab, in dem sie arbeitet.

Das verändert ihren Blickwinkel, sodass sie die wahre Chance erkennt, die sich ihr bietet. Und als sich diese Erkenntnis in ihr festsetzt, kommt ihr eine neue Idee für Barbie. Sie lässt ihren Tee auf dem Küchentresen stehen und eilt zum Skizzenblock. Beschwingt und souverän zaubert sie ein raffiniertes schwarz-weißes, zweireihig geknöpftes Kleid mit weitem Rock, stattet es mit einem gewagten weißen Schalkragen aus und krönt es mit einem aufsehenerregenden breitkrempigen schwarz-weißen Hut. Sie hat ein umwerfendes, tragbares Ensemble geschaffen, und das in kürzerer Zeit, als sie für den zusammengeknüllten Mist gebraucht hat, der auf dem Boden liegt. Und in dem Moment fühlt sie sich sehr leicht, sehr lebendig und stolz. Sie ist glücklich. Wirklich glücklich. Und das Beste von allem ist, dass dieses Glücksgefühl nicht von Jack oder einem anderen Mann abhängig ist. Das kann ihr niemand wieder nehmen. Es kommt aus ihr und nur aus ihr. Sie möchte dieses herrliche Gefühl am liebsten festhalten und in eine Flasche füllen.

Ihr dämmert, dass Barbie sie aus dem Diner am Pico Boulevard gerettet, sie wieder in den Schoß des Modedesigns zurückgebracht und ihr die Berechtigung verschafft hat, schöpferisch zu arbeiten. Den ganzen Tag hat sie sich angestrengt, um auf Ideen zu kommen, während ihre Muse Barbie längst an ihrer Seite war.

In der folgenden Woche auf dem Weg zum Schloss hält Stevie an einer roten Ampel auf der Rochester Avenue an und nutzt den Moment, um kurz die Augen zu schließen. Sie wäre beinahe weggenickt, wenn der Fahrer hinter ihr nicht gehupt hätte. Sie ist am gestrigen Abend lange aufgeblieben und hat ein neues Ensemble für Barbie ausgearbeitet. Ruth will, dass das Team sich mehr auf Barbies Karriere konzentriert, und nach einem Brainstorming mit Charlotte kamen sie auf Barbie, die Stewardess einer Fluggesellschaft. Loomis versucht, einen Lizenzvertrag mit American Airlines abzuschließen, damit sie das Logo verwenden dürfen.

Seit sie sich wieder ihrer Karriere und Barbie zugewandt hat, ist sie derart beschäftigt, dass sie mit Jack wenig Zeit außerhalb des Büros verbracht hat. Er hat ihr auch eigentlich nicht gefehlt. Er spürt, dass sie zu ihm auf Distanz geht, und deshalb klammert er umso mehr. Er hat das Interesse an der neuen Sekretärin längst verloren, konzentriert sich auf Stevie und tut sein Bestes, um sie wieder an sich zu binden. Als sie ihn nicht mehr zu den Abendessen bei ihren Eltern einlädt und sich lieber mit Vivian trifft, als bei ihm zu Hause am Pool zu entspannen, schmollt er und trinkt. Einmal, als sie zu müde war, um die Nacht bei ihm zu verbringen, weckte er sie mit einem Anruf und bettelte, sie solle ihn rüberkommen lassen. In letzter Zeit macht das Zusammensein mit ihm keinen Spaß mehr. Jetzt kommt es ihr wie Arbeit vor, und davon hat sie mit Barbie genug.

Als sie vor dem Schloss vorfährt, erklingt gerade Brenda Lees «Sweet Nothin's» aus dem Radio und hebt ihre Laune. Als sie aussteigt, sieht sie die Tür am Eingang des Familienflügels aufgehen. Zwei Mädchen in identischen Matrosenkleidern – die sechsjährige Ann und die vierjährige Diana – kommen auf den Gehweg. Stevie hat Jacks Töchter noch nie gesehen. Auch nicht Barbara, die jetzt hinter ihnen herauskommt, mit einem Irish Setter, der an der Leine zieht. Ein Hund? Jack hat nie erwähnt, dass sie ein Haustier haben. Die drei sehen Stevie nicht, oder wenn, dann ignorieren sie sie – *nur wieder eine von Jacks Eroberungen.* Doch Stevie starrt sie wie gebannt an. Barbara Ryan hat sanfte, freundliche Augen und füllige, dunkle Haare, die über den Schultern federn. Das kleinere Mädchen sieht ihr ähnlich, das ältere kommt nach Jack.

Obwohl es warm ist, fröstelt Stevie. Dass er ein Vater und Ehemann ist, hat sie außer bei ihrem ersten Besuch ausgeblendet. Barbara mag bereit sein wegzuschauen, aber Stevie steht die Wahrheit direkt vor Augen. Barbara verfrachtet den Hund und ihre Töchter ins Auto. Sie fahren los und verschwinden, aber der Geist der drei bleibt zurück, und das ist beklemmend.

Stevie schlüpft durch die Seitentür ins Haus und fühlt sich dabei wie ein Eindringling. Sie hört Jack am Ende des Flurs an einem der vielen Telefone mit jemandem sprechen und huscht in die Damentoilette. Sie will nicht mehr dort sein, sie will Jack nicht sehen. Der Schalter wurde umgelegt. All die köstliche Spannung, das Kribbeln, das sie früher durchströmte, wenn sie nur an ihn dachte, ist jetzt abgeschaltet. Sie weiß, sie wird ihn nie wieder küssen, nie wieder spüren, wie sich ihre Körper bei dem intensiven Tanz bewegen, bei dem er führt und den er ihr Schritt für Schritt beigebracht hat. Sie wird nie wieder mitten in der Nacht aufwachen und sein Gesicht neben sich sehen oder seinen an sie geschmiegten Körper spüren. Nichts davon wird je wieder passieren.

Nachdem Stevie an jenem Abend mit Jack Schluss gemacht hat, fährt sie nach Hause, weint sich aus und gießt sich ein Glas von einem teuren Wein ein, den er ihr geschenkt hat – hauptsächlich damit er bei ihr etwas Anständiges zu trinken vorfindet. Wie kann eine Affäre, die anfangs so unbeschwert und lustig war, so bedrückend und schuldbeladen enden? Und das hat weniger mit seiner Frau als mit Jack zu tun. Stevie hätte nie erwartet, dass er es so schwernehmen würde. Wie konnte er das nicht kommen sehen? Er war völlig durch den Wind, als sie das Schloss verließ, betrunken flehte er sie an zu bleiben. Sie ist darüber noch immer verblüfft. Als ihr Herz sich entkrampft und ruhig wird, weiß sie, sie hat das Richtige getan, und trotzdem tut es weh.

In solchen Zeiten beneidet Stevie die Mädchen, die sich in Barbies perfekte Welt flüchten können, in der immer alles glattläuft. Barbie hat nie Kopfschmerzen, bekommt keine Erkältung oder Grippe. Sie braucht sich keine Sorgen zu machen, wie sie ihr Konto ausgleichen oder ihre Rechnungen bezahlen soll. Sie leidet nicht an Schlaflosigkeit und bekommt keinen Schluckauf. Sie bricht sich nie einen Fingernagel ab und bekommt in ihren hohen Pumps keine Blasen. Sie verliebt sich nie in den falschen

Mann oder muss mit einem Schluss machen. Stevie findet, dass Erwachsene auch eine Barbie-Traumwelt brauchen, genau wie Kinder.

Neue Projekte in Planung

Ruth und Elliot haben sich kürzlich ein neues Haus in Holmby Hills gekauft, einer äußerst exklusiven Gegend, wo sie Lauren Bacall, Lloyd Bridges und anderen berühmten Nachbarn zuwinken können. Während sie das Beverlywood-Haus zum Verkauf vorbereiten, kommt Ruth eine Idee für Barbie, und sie beruft eine Sitzung ein.

Wie gewöhnlich kommt Jack als Letzter in den Konferenzraum und setzt sich auf den einzigen freien Stuhl am Tisch, der zufällig neben Stevie steht. Das ist ihre erste gemeinsame Sitzung, seit sie die Affäre vor anderthalb Wochen beendet hat. Sie haben immer nebeneinandergesessen, manchmal unter dem Tisch gefüßelt oder ein Knie gegen den Oberschenkel des anderen gedrückt. Jetzt ist diese Nähe unangenehm, für beide. Es ist, als stiege ein Dunst auf, den nur sie beide sehen können. Seit Jack hereingekommen ist, hat Stevie kein Wort von dem, was gesprochen wurde, gehört. Sie hat keine Ahnung, wie sie sich in seiner Gegenwart verhalten soll. Ohne dass sie ihn ansieht, ist ihr jede seiner Bewegungen bewusst, und sie tippt nervös mit dem Bleistift auf ihren Notizblock, hört auf und fängt wieder an.

Jack ist Stevie nach Möglichkeit aus dem Weg gegangen. All das wirkt kindisch und sieht ihm gar nicht ähnlich. Er hat immer Wert darauf gelegt, mit seinen Ex-Freundinnen und -Geliebten befreundet zu bleiben. Andernfalls könnte er keine Straße entlanggehen, ohne verprügelt zu werden. Doch diesmal ist es anders. Stevie hat mit ihm Schluss gemacht, und normalerweise ist er es, der das tut. Er kann sich nicht erinnern, wann ihn, abgesehen von Barbara, mal eine Frau zurückgewiesen hat, und er kommt noch nicht damit klar.

Er fühlt sich verunsichert und ein bisschen verzweifelt. So nah bei Stevie zu sitzen, immer wieder verstohlen zu ihren Lippen zu blicken, zu ihren blauen Augen und, oh Mann, auf ihre Beine – das ist Folter. Das ist wieder wie damals, als sie gerade bei Mattel angefangen hatte. Nur dass er jetzt weiß, was ihm entgeht, was da jetzt auf einen anderen wartet.

«Wenn Barbie wirklich eine unabhängige, moderne Frau werden soll», sagt Ruth gerade, «dann sollte sie ein eigenes Haus haben, meine ich. Sie kann nicht weiter bei ihren unsichtbaren Eltern wohnen.»

«Das gefällt mir», sagt Charlotte. «Barbie braucht ein eigenes Zuhause. Sie verdient eine todschicke Junggesellinnenbude.»

Stevie nickt und hofft, dass es aussieht, als hätte sie zugehört.

«Ach, kommen Sie», sagt Loomis und kratzt sich seine Hängebacke, «das erscheint mir ein bisschen wirklichkeitsfremd. Eine alleinstehende Frau könnte gar keinen Kredit bekommen. Barbie und ein eigenes Haus, das ist unrealistisch.»

«Ja», sagt Twist, der schon die ganze Zeit darüber lacht, «Ken müsste den Kredit mit ihr unterschreiben.»

Jack ist der einzige Mann im Raum, der das nicht lustig findet, denn er fühlt sich an den Moment erinnert, als er Stevies Autokredit unterschrieb. Sie denkt ebenfalls daran. Für eine Sekunde wagen sie es, einander anzusehen, und drehen den Kopf sofort wieder weg.

«Wenn Sie mal fertig sind mit Lachen», sagt Ruth, «möchte ich daran erinnern, dass wir Barbie durch das, was die Gesellschaft – eine von Männern beherrschte Gesellschaft – für machbar hält, nicht einschränken werden. Wenn Sie das nervös macht, Pech. Und jetzt erstellen Sie einen verdammten Laufzettel und legen Sie mit Barbies verdammtem Traumhaus los.»

Und von jetzt an nennen sie es genau so: Barbies Traumhaus – ohne die Kraftausdrücke.

Dr. Klemes, Jacks neuer Psychiater, schaut in seine Notizen, während Jack auf der Couch liegt. «Nehmen Sie noch die Obetrol?», fragt er.

«Sehen Sie das nicht?» Jack klopft sich auf den flachen Bauch. Vor einem Monat, kurz nachdem er Stevie verlor, hat er gut zwei Kilo zugenommen und sich von seinem Arzt Diätpillen verschreiben lassen. Die zügeln seinen Appetit, aber auch sein Schlafbedürfnis. «Ich könnte einen Nachschlag gebrauchen.»

«Schon?» Dr. Klemes notiert das in Jacks Akte und fährt fort. «Nun, in unserer letzten Sitzung sagten Sie, im Büro ist es unangenehm?» Er lässt es wie eine Frage klingen, weil er hofft, dass Jack das näher ausführt.

«Alles klasse. War nie besser», lügt er und begreift dabei, dass er damit den Grund negiert, warum er überhaupt zum Psychiater geht. Doch Jack hat keine Lust, sich darüber auszulassen. Die Wahrheit ist, er ist von Stevie besessen. Eifersucht flammt in ihm auf, sobald er sie mit einem der Jungs reden sieht. Plötzlich ist Jack scharf bewusst, wie viele junge, gut aussehende Männer bei Mattel arbeiten. Twist ist ein attraktiver Kerl, groß und muskulös, und Jack fragt sich, was Stevie neulich in dessen Büro gemacht hat. Dann ist da Gary im Versand mit seinem gemeißelten Kinn und Marcus im Vertrieb mit seinen dichten welligen Haaren. Wenn Jack all das auffällt, dann Stevie zweifellos auch. Und Mensch, erst heute Morgen stieg sein Blutdruck sprunghaft an, als er sie mit Loomis in der Küche plaudern sah. Wie kann er denn auf den eifersüchtig sein?

«Sie sagten beim letzten Mal, Sie fühlen sich rastlos?» Wieder hebt er am Ende des Satzes die Stimme, damit Jack vielleicht ein paar Einblicke gibt.

Der zuckt die Achseln und schweigt. Er arbeitet an dem Traumhaus-Projekt, aber es läuft nicht gut. Er steckt fest. Offen gestanden könnte er Stevies Hilfe gebrauchen. Doch er ist nicht bereit, so zu tun, als wäre zwischen ihnen alles normal. Seit sie ihn abserviert hat, haben sie kaum fünf Worte gewechselt.

Und plötzlich dämmert ihm, dass seine Rastlosigkeit, die Leere, die Stevie hinterlassen hat, sein wachsendes Interesse an Ginger erklären könnte. Sein Interesse, Ginger zu helfen. Er weiß, sie ist in ihn verliebt oder denkt, sie sei es, doch Jack hatte nie auch nur das leiseste romantische Gefühl für sie. Er fühlt sich zu schönen Frauen hingezogen, aber auch zu überdurchschnittlicher Intelligenz. Er sucht sich Frauen aus, die ihm gewachsen sind, die seinen Geist genauso stimulieren wie seine Lenden. Die sein Interesse wachhalten, sind die Kreativen, die mit Intuition und Neugier auf die Welt blicken.

Die arme Ginger besitzt von diesen Eigenschaften wenig. Sie ist freundlich und ihm gegenüber äußerst beflissen, wogegen er nichts hat. Nicht im Geringsten. Doch sie ist keine großartige Gesprächspartnerin, nicht furchtbar geistreich oder klug. Viele seiner Witze gehen über ihren Verstand, und oft muss er eigens sagen, wenn er etwas sarkastisch gemeint hat. Sie hat keine interessanten Hobbys oder Leidenschaften außer Jack, und das wird schnell langweilig, sogar ihm.

Gleich nachdem Stevie Schluss gemacht hatte, sah er Ginger an ihrem Schreibtisch schluchzen, und das berührte ihn. Vielleicht kann er niemanden leiden sehen, weil er selbst mit Dämonen zu kämpfen hat. Mit Wut ist es anders. Er kann die Wutanfälle seiner Töchter, Ruths Tiraden und sogar die Schimpfkanonaden seines Vaters verkraften. Aber wenn jemand verletzt ist und Kummer hat, möchte er das beheben. Vielleicht macht er deshalb so gern Spielzeug. Das macht Kinder glücklich, und Jack betrachtet sich deshalb als den Glücklichmacher und strengt sich ungeheuer an, um sie zum Lächeln und Lachen zu bringen. Und so kam es, dass er Ginger an dem Tag, als er sie in ihr nasses, zusammengeknülltes Taschentuch weinen sah, in sein Büro mitnahm und sie ihm in allen Einzelheiten ihr Herz ausschüttete.

«Meine jüngere Schwester heiratet in zwei Wochen. Und ich habe Angst, dass ich nicht in mein Brautjungfernkleid reinpasse.»

Na, das war leicht zu lösen. «Wenn Sie schnell Gewicht verlieren wollen, lassen Sie die Finger von den blöden Abnehmpralinen und nehmen Sie welche von denen.» Er gab ihr ein Dutzend Obetrols und versprach, ihr ein Rezept zu besorgen.

«Und ich habe keinen Freund, der mich begleiten könnte, ich gehe nicht mal mit irgendjemandem aus.» Ginger vergoss mehr Tränen. «Alle werden mich bemitleiden. Ich werde keinen zum Tanzen haben. Ich werde die unverheiratete ältere Schwester sein, die alte Jungfer.»

Sie so weinen zu sehen war zu viel. Er musste etwas tun, damit es ihr besser ging, damit sie aufhörte. «Wie wär's, wenn ich Sie zu der Hochzeit begleite?»

«Oh, Jack.» Sie blickte auf und sah ihn groß an. Ein Lächeln entstand unter dem Tränenschleier, ein Regenbogen nach dem Sturm. «Wirklich?» Sie trocknete sich die Augen, dankte ihm und umarmte ihn ein bisschen zu fest und ein bisschen zu lange.

Seitdem und mithilfe von Obetrol hat Ginger Gewicht verloren, und wie sich herausstellt, hat sie Potenzial. Noch acht bis zehn Kilo weniger, und sie wird eine gute Figur haben. Und ein paar höllische Beine. Sie hat sich auch die Haare aufgehellt, was eine Verbesserung ist. Nun braucht sie nur noch an ihrer Garderobe zu arbeiten. Nicht dass er ein Modeexperte wäre, aber er hat einen guten Geschmack und Stilempfinden. Selbst Barbara fragt ihn um Rat, wenn sie einkaufen geht. Offen gesagt kleidet sich Ginger wie eine alte Jungfer. Ehrlich, mit ein paar kleinen Korrekturen – die Haare noch heller, vielleicht die Nase begradigen – könnte er sie in eine spektakuläre ... Er stutzt und fasst sich an den Kopf.

«Etwas nicht in Ordnung, Jack?», fragt Dr. Klemes.

Jack schüttelt den Kopf und sagt sich, dass Ginger eine Frau ist, kein neues Projekt.

An einem Sonntagnachmittag, zwischen einem Kaffee mit ihrer Mutter und einem Treffen mit Vivian zur Frühvorstellung von *Fieber im Blut* mit Natalie Wood und Warren Beatty, fährt Stevie kurz zum Büro. Sie hat angefangen, an einem neuen Projekt zu arbeiten, Barbies neue beste Freundin – Madge oder Midge, der Name steht noch nicht fest. Sie sind noch in der Anfangsphase, aber wegen dieser neuen Puppe und Ken und all den Kleidern, mit denen Barbies Garderobe erweitert werden soll, möchte sie für die kommende Woche vorarbeiten.

Beim Einbiegen auf den Parkplatz sieht sie schon an den Autos, dass die üblichen Verdächtigen da sind: Ruth, Charlotte, Loomis, Lewis, Twist, Sid und natürlich Jack. Sie war immer so glücklich, ihn zu sehen, und jetzt graut ihr davor. Jetzt ist jede Begegnung unangenehm und angespannt. Es ist wie früher in der Highschool. Er geht auf dem Flur an ihr vorbei, ohne sie anzusehen oder zu grüßen. Trotzdem muss sie ihre Arbeit erledigen, also denkt sie, sie huscht rein, direkt zu ihrem Schreibtisch, und tut, was nötig ist, bevor sie sich wieder rausschleicht, um mit Vivian ins Kino zu gehen.

Das ist ihr Plan, aber als sie das Gebäude betritt, hört sie Jack mit Eddie herumalbern, der übers Wochenende Dienst hat. Sie lachen und scherzen über die Illustration von Alfred E. Neuman und John F. Kennedy auf dem *Mad*-Heft. Stevie holt tief Luft, bevor sie um die Ecke biegt. Jack sieht sie und verstummt, kneift die Lippen zu einem geraden Strich zusammen.

«Hey, Miss Stevie», sagt Eddie. «Sieht aus, als hätten wir heute ein volles Haus.»

«Hallo, Eddie», sagt sie und öffnet mechanisch ihre Handtasche zur Kontrolle. Sie sieht Jack an, der einen traurigen Hundeblick und müde Lider hat. «Hallo», sagt sie.

«Bis später, Eddie.» Jack hat ihr schon den Rücken zugewandt und geht auf das Drehkreuz zu.

«Jack. Jack? Hallo?» Stevie sieht ihn davoneilen, er rennt praktisch vor ihr weg, und jetzt reicht es ihr. Sie schiebt sich durch das Drehkreuz und läuft ihm nach. «Hey, Jack, warte doch ...»

Aber er läuft weiter. Als er seine Bürotür schließt, stürmt sie hinter ihm hinein.

«Was willst du, Stevie?»

«Ich will, dass wir das überwinden. Das ist lächerlich. Wir müssen einen Weg finden, weiter zusammenzuarbeiten. Mein Gott, du kommst doch auch mit Patsy bestens aus. Und mit Wendy. Warum nicht mit mir?»

«Weil ... weil du mir das Herz gebrochen hast», sagt er und merkt, dass das völlig melodramatisch klingt. Sie waren Geliebte, aber nicht verliebt. Selbst nachdem sie sich spontan als Seelenverwandte bezeichneten, wussten sie, dass das nicht Liebe ist.

«Oh, bitte, ich habe dir nicht das Herz gebrochen», erwidert sie. «Dein Ego hat Schaden erlitten, nicht dein Herz.»

Seine Brauen ziehen sich fest zusammen und lösen sich, als er die Augen zukneift, und seine Schultern fangen an zu beben.

Oh, oh, sie ist zu weit gegangen. Sie hat ihn zum Weinen gebracht. Das denkt sie, bis sie erkennt, dass er gar nicht weint. Er lacht.

«Du bist so ein Klugscheißer.» Er wischt sich die Tränen weg. «Gott, ich habe dich vermisst.»

Sie gluckst. «Ich habe dich auch vermisst, du Riesenblödmann.»

Und das war genau das Richtige, damit sie die Affäre hinter sich lassen können. Da stehen sie und lachen, umarmen sich sogar, gestehen, wie nervös sie in Gegenwart des anderen waren, und erzählen sich all die dummen Dinge, die in den letzten paar Wochen passiert sind und die sie einander schon die ganze Zeit erzählen wollten. Sie umarmen sich noch mal und lachen, bis sie nach Luft schnappen.

Sobald sie sich davon erholt haben, fragt sie, wie es mit dem Traumhaus läuft.

«Nicht gut», sagt er. «Ich hänge stark hinterher. Ich habe praktisch noch nichts.»

«Kann ich vielleicht helfen?» Sie zuckt mit einer Schulter. «Ich habe ein paar Ideen. Das heißt, wenn du sie hören willst?»

Mehrere Wochen später sitzen Jack und Stevie spätabends zusammen in seinem Büro wie in alten Zeiten und arbeiten an Barbies Traumhaus. Stevie trägt den einzigartigen Sinn für Mode und Stil bei, den Jack braucht, und er seinen Elan und seine Genialität. Er hat das Haus und die Möbel aus fester Pappe konstruiert, hat jede Falz durchdacht, als handelte es sich um Origami, und sieht es schon fertig montiert vor sich. Er braucht nicht mal vorher einen Plan zu zeichnen. Er hat sich vorgestellt, wie sich das ganze Puppenhaus zu einem leichten tragbaren Kasten zusammenklappen lässt. Inzwischen arbeitet Stevie mehr Farbkonzepte und schnittige Designs für die Möbel aus. Das Sofa ist an das Herman-Miller-Design angelehnt, ebenso das Bett mit seinen schmalen Kanten. Der Fußboden ist bedeckt von Farbmustern, Zeichnungen und Wohnzeitschriften.

Plötzlich ist es zehn Uhr. Sie haben nichts gegessen, weil sie zu sehr in die Arbeit vertieft waren, um ihren Hunger zu bemerken. Jack bestellt eine Pizza mit Ananas – weil Stevie die am liebsten isst und er die Stücke herunternehmen kann. Er öffnet auch eine Flasche Wein, die er in seiner Anrichte gelagert hat.

«Willst du meinen Teig?» Sie weiß, dass er den lieber mag als den Belag.

«Im Austausch für meine Ananas.»

«Abgemacht.»

Nun haben sie die Trennung hinter sich gelassen und gelernt, Freunde zu sein. Nur Freunde. Sie sind in mancher Hinsicht bessere Freunde als Liebhaber. Nachdem sie den Körper des anderen in Ekstase versetzt, einander tief verletzt haben und sich weinend um den Hals gefallen sind, gehen sie gestärkt daraus hervor, sind sogar netter und auf jeden Fall ehrlicher zueinander. Er erzählt ihr sogar von den Frauen, mit denen er sich trifft. Vielleicht tut er das, um eine Reaktion zu provozieren, doch Stevie lässt es kalt, von Sheri mit einem R und I oder von Kimberly oder Monica oder anderen zu erfahren. Jeden Samstag trifft sie sich mit ihm um zehn Uhr zum Tennis in seinem stinkvornehmen L. A. Country Club. Letzte Woche waren sie bei einer Lenny-Bruce-Vorstellung im Troubadour, und Jack schenkte ihr zwei Karten für die erste Reihe für ein Frank-Sinatra-Konzert, die er nicht nutzen konnte. Zwischen ihnen ist jetzt alles bereinigt, einfach und unbeschwert.

Nachdem sie die Pizza gegessen haben, sieht er, dass er sie viel zu lange beansprucht hat. Übermüdet liegt sie auf seiner Couch, die Schuhe abgestreift, die Beine an den Knöcheln überkreuzt, und kann kaum die Augen offen halten. Er geht mit der Weinflasche zu ihr. Sie winkt ab, und er schenkt ihr trotzdem nach. Sie hat Mühe, wach zu bleiben, Jack dagegen wird gerade erst munter. Er ist belebt.

«Na komm», sagt er. «Hoch mit dir!» Er nimmt eine Flasche Pillen vom Schreibtisch, schüttelt sich zwei in die Hand und spült eine mit einem Schluck Wein hinunter.

«Was nimmst du da?», fragt sie.

«Bloß Diätpillen. Die sind auch wahre Energiespender. Hier ...» Er reicht ihr die andere Pille.

«Heißt das, ich bin dick?»

«Das heißt, du bist müde. Die gibt dir neuen Schwung.»

«Nein danke.» Sie hat solche schon mal ausprobiert, und ihr war davon flau im Magen, und gereizt wurde sie außerdem. Sie steht auf und macht sich eine Tasse Kaffee.

Eine Dreiviertelstunde später geht Jack auf und ab. «Was hältst du von einem Kranzprofil? In Weiß? Oder vielleicht in Gold?»

Sie schüttelt den Kopf. «Zu traditionell.»

«Was ist mit Deckenbalken?»

«Zu maskulin», sagt sie. «Das ist nicht dein Schloss, weißt du?»

«Gutes Argument.» Er dreht sich auf dem Absatz um und durchschreitet erneut das Büro.

«Eine Frage», sagt sie. «Wir haben einen zweitürigen Schrank für Barbies Kleidung, wir haben eine Stereoanlage, eine Fernsehkonsole, ein Bett – sie hat alles außer einer Küche. Wer hat ein Haus ohne Küche?»

«Na, Barbie.»

«Ja, aber ...»

«Kochst du?»

«Nicht, wenn ich es vermeiden kann.»

«Tja, Barbie auch nicht.»

Baby bekommt ein Baby

1962

An einem Sonntagnachmittag, als Elliot auf dem Golfplatz ist, fährt Barbara zum Haus ihrer Eltern in Holmby Hills. Die Handtasche noch am Unterarm, steht sie in der Küche und stemmt herausfordernd die Hand in die Hüfte. Ruth fragt sich, was jetzt kommt. Das letzte Mal, als Barbara unangemeldet hereinschneite, hatte sie mit Allen einen Riesenstreit gehabt. Wegen eines Beef Stroganoff. Er hatte ihr gesagt, dass er das nicht zum Abendessen möchte, und sie hat sich darüber hinweggesetzt und es trotzdem gekocht. Das ist es – mehr braucht es nicht, um ein Loch in die dünne Membrane ihrer Ehe zu stechen.

«Ich dachte, du möchtest es vielleicht wissen», sagt Barbara noch in kampfbereiter Haltung. «Allen und ich bekommen ein Baby.»

Ruth sieht Barbara an. Sie blinzelt. Sie stößt den angehaltenen Atem aus, und dabei schießt ihr ein wunderbarer Gedanke in den Kopf: *Mein Baby bekommt ein Baby.* Draußen sind es zweiunddreißig Grad, und trotz aller Zweifel an ihrem Schwiegersohn bekommt Ruth eine Gänsehaut und feuchte Augen. Ausnahmsweise, und sie muss sich nicht einmal dazu entschließen, sagt und tut sie genau das Richtige. Sie schließt ihre Tochter in die Arme und gratuliert ihr und fragt, in welchem Monat sie ist.

«Ich dachte nicht, dass du darüber so glücklich sein würdest», sagt Barbara und klingt, als fürchtete sie eine Falle.

«Warum sollte ich nicht glücklich sein? Ein Baby ist etwas Wunderbares», sagt Ruth lächelnd. «Wie geht es dir? Macht sich die Morgenübelkeit schon bemerkbar?»

«Kein bisschen.»

Ruth hat den Eindruck, dass Barbara, selbst wenn ihr speiübel wäre, das nicht zugäbe. «Dann sei froh. Das ist unangenehm. Und ich weiß nicht, wieso man das Morgenübelkeit nennt – es kann dich morgens, mittags und nachts treffen.»

«Also, mir ging es nie besser», sagt sie.

Ruth möchte keinen Wettstreit daraus machen, also fährt sie anders fort, mit einer nostalgischen Erinnerung. «Ich weiß noch, als ich mit dir schwanger war, wie aufgeregt wir waren, dein Vater und ich. Wir konnten es nicht erwarten, dich zu sehen. Und ich wusste einfach, dass es ein Mädchen wird.»

«War es leicht mit mir?»

«Mit dir?» Ruth lacht. «Schon vor deiner Geburt hast du mir das Leben schwer gemacht», sagt sie neckend. «Und schließlich hast du uns einen Riesenschreck eingejagt.»

«Womit?»

Ruth hält inne und denkt zurück an die angstvolle Zeit. «Ich war schon ziemlich weit. Da bekam ich furchtbare Krämpfe, keine gewöhnlichen Bauchschmerzen, sondern starke, kräftezehrende Krämpfe. Und dann fing ich an zu bluten. Wir konnten nichts dagegen tun.» Sie sieht Barbaras Augen größer werden. «Mein Arzt verordnete mir strikte Bettruhe. Ich musste acht volle Wochen im Bett bleiben und konnte nur darauf warten, dass du kommst. Du siehst also», Ruth lacht, «schon damals wolltest du nicht, dass ich arbeite.»

Barbara lächelt angespannt. «Wurde dir bei Ken auch Bettruhe verordnet?»

«Nein, nein. Bei ihm war das ganz anders. Ich hätte gleich wissen sollen, wie verschieden ihr seid. Ken kam mit Verspätung. Mein Bauch reichte bis da», sie streckt die Arme vor sich aus. «Du hättest sehen sollen, wie ich gewatschelt bin, um den Bus zu kriegen ...»

«*Du* bist mit dem Bus gefahren?» Barbara klingt ungläubig.

«Damals ständig. Und du mit mir.»

Barbara wird still und nachdenklich. Sie weiß so vieles nicht über ihre Mutter. Nach ein paar Augenblicken fragt sie: «Glaubst du, ich werde eine gute Mutter sein?»

«Das fragst du ernsthaft? Du bist die geborene Mutter, Kleines.»

«Wie kannst du dir da sicher sein?»

«Ich habe dich mit Ken erlebt. Du hast dich wie verrückt auf dein Brüderchen gefreut. Du warst lieb zu ihm. Liebevoller als ich. Du wolltest ihn ständig im Arm halten, ihm das Fläschchen geben. Du wolltest ihn sogar Bäuerchen machen lassen. Nur beim Windelwechseln hast du dich nicht vorgedrängelt.»

Barbara lacht jetzt und legt geziert die Hand über den Mund. Ruth hat sie lange nicht so entspannt gesehen. Es ist, als hätte ihre Tochter vergessen, dass sie eigentlich mit ihr streiten wollte, und Ruth sieht wieder die süße, liebevolle Barbara von früher.

Schwesterlichkeit

1963

An einem Montagmorgen führt Charlotte drei junge Damen bei einer großen Besichtigungstour durch die Firma, bleibt hier und da stehen und stellt sie Kollegen vor. Stevie sieht sie und denkt: *Da sind sie, die neuen Modedesignerinnen für Barbie.*

Sie hat gewusst, dass der Tag kommen würde. Mit Barbie und der Ken-Puppe, dem Traumhaus und nun noch Midge ist das Arbeitspensum zu groß, als dass sie und Charlotte es allein bewältigen könnten. Daher bekommen sie nun Dee Pryor, Ellen Watson und Carol Spencer dazu. Sie sind jung, ungefähr in Stevies Alter. Dee ist ruhig und freundlich und hat ein kleines Engelsgesicht, das zu ihrer engelhaften Persönlichkeit passt. Sie flucht nicht, trinkt und raucht nicht. Sie wirkt zart und zerbrechlich, kaum wie jemand, der Ruth die Stirn bieten kann, und dennoch ist sie hier. Ellen scheint ganz anders zu sein. Wie Stevies ehemaliger Klassenkamerad Bob Mackie hat Ellen in der Kostümbildnerei angefangen. Sie ist stark geschminkt und ihr dicker Lidstrich kühn nach oben geschwungen. Carol ist die Jüngste und hat grandiose rotbraune Locken. Sie hat gerade erst ihren Abschluss an der Minneapolis School of Fine Arts gemacht und ist ebenso freundlich wie talentiert.

Nachdem sie Stevie vorgestellt wurden, nimmt Charlotte sie

alle in ihr Büro mit, in dem wenig Platz ist. Der Schreibtisch ist bedeckt mit Musterbüchern, Stoffmustern, Nadelkissen, Schneiderpuppen und Modezeitschriften. Es gibt nur drei Stühle, und Stevie entscheidet sich für das Fensterbrett und lässt die drei Neuen sitzen. Sie findet, wegen ihrer höheren Position ist das der richtige Platz für sie.

«Also», sagt Charlotte, die Hände auf dem Schreibtisch gespreizt, «ich will ganz unverblümt sein ...» Als könnte sie auch anders. Nur sie ist direkter als Ruth. «Wir kommen mit Barbie in eine neue Phase. Sie sind alle wunderbar begabt, aber nur die allerbesten Entwürfe kommen in die Produktion. Das heißt, Sie werden miteinander konkurrieren. Aber keine Sorge», sagt sie gutmütig lachend, «ein kleiner freundschaftlicher Wettbewerb ist ganz gesund.»

Ist er? Stevie und die anderen drei Designerinnen betrachten sich plötzlich mit anderen Augen. Jetzt sind sie keine Kolleginnen mehr, sondern Rivalinnen. Nicht die beste Atmosphäre, um Kreativität und Risikofreude zu fördern, und gerade die haben zu den aufregendsten Kleidern und Accessoires geführt. In der 900er-Serie zum Beispiel gibt es in dem Set *Suburban Shopper* den charmanten Wagenradstrohhut und eine Basteinkaufstasche. Und was ist mit dem roten Hut und der winzigen goldenen Dose mit rosa Puderquaste und einem im Deckel eingeprägten B für Barbie bei *Roman Holiday*?

«Und natürlich werden Stevie und ich hier sein und helfen, wenn Sie Fragen haben oder Rat brauchen», sagt Charlotte.

Es dauert nicht lange, bis Charlottes sogenannter freundschaftlicher Wettbewerb zum Nährboden für Eifersucht und Paranoia wird. Wenn eine von ihnen die andere in einer Besprechung mit Charlotte oder Jack oder – Gott bewahre – mit Ruth sieht, dann macht sie sich Sorgen. Dee schließt ihre Skizzenblöcke im Schreibtisch ein. Ellen versteckt ihre Schneiderpuppen vor neugierigen Blicken, und Stevie und Carol nehmen Mia und den anderen Musterschneiderinnen das Versprechen ab, ihre Ideen nicht zu verraten.

Und trotzdem kommen die vier gut miteinander aus. Nach nur wenigen Wochen bilden sie eine schwesterliche Gemeinschaft. Sie sitzen beim Lunch in der Kantine zusammen. Sie warten aufeinander bei Feierabend, sodass sie zusammen an den Strand fahren können. Sie gehen geschlossen zu Modenschauen und an den Wochenenden auf die Suche nach neuen Stoffen, unternehmen Schaufensterbummel und hoffen auf Inspiration. Als Ellen einmal von Ruth angeschnauzt wurde, umringen die anderen drei sie hinterher in der Damentoilette, während ihr Lidstrich den Tränen zum Opfer fällt. Als Dee eine nackte Barbie mit einem nackten Ken in kompromittierender Haltung auf ihrem Schreibtisch findet, stellt Stevie die Übeltäter – Twist und Frankie – zur Rede und verlangt, das gefälligst zu unterlassen. Und alle gehen mit Carol feiern, nachdem sie Charlotte und Ruth mit ihrem allerersten Entwurf begeistert hat – *Crisp 'n' Cool*, inspiriert von der First Lady Jackie Kennedy.

Nicht dass sie stolz darauf wäre, aber Stevie fühlt sich von den Neuen ein bisschen bedroht. Nach jedem Sieg, den eine der drei erlangt, findet sie wenig, womit sie ihre Stellung im Barbie-Team festigen könnte. Sie spielt die große Schwester und arbeitet sie ein, zeigt ihnen aber auch, wo ihr Platz in der Hackordnung ist. Sie sagt Ellen, warum ein Entwurf wegen Barbies Armlänge nicht funktioniert – was Stevie selbst früh gelernt hat. Sie stellt bei Dee auch sofort heraus, dass ihr Muster für Barbies Maßstab noch immer zu groß ist. Auf ihre Weise lässt Stevie die anderen spüren, dass sie zwar hilfsbereit, aber auch die Dienstältere ist.

Korrekturen und Verwandlungen

Ginger ist wegen eines nicht näher bezeichneten medizinischen Eingriffs, den Jack gesponsert hat, für zwei Wochen nicht im Büro. Die Ärmste litt an einer Nebenhöhlenvereiterung, und als bei ihr eine Nasenscheidewandverkrümmung festgestellt wurde, haben sie überlegt, nicht nur die innere, sondern auch die äußere Krümmung zu korrigieren. Solch eine nette junge Frau und so loyal und unschätzbar für ihn, und sie war ihr Leben lang unsicher wegen ihrer Nase. Er konnte es nicht ertragen, sie so unglücklich zu sehen, während ihr doch leicht zu helfen war. Also telefonierte er herum wegen eines plastischen Chirurgen. Sie selbst konnte sich solch eine Operation nicht leisten, also versprach er, sie zu bezahlen. Keine große Sache.

Doch wenn Ginger nicht da ist, ist Jack verloren, auch wenn die attraktive Kelly für sie einspringt. Und dabei fehlt Ginger erst einen Tag. Wie soll er zwei ganze Wochen ohne sie durchstehen? Er kann weder seine Post noch die Bürorundschreiben oder die Vermerke über die Ken-Krise lesen. Sie haben für die Kopfbehaarung ein neuartiges Beflockungsmaterial verwendet, und die Kunden reklamieren, weil es sich abreibt. Praktisch kümmert sich Twist um das Problem, aber Jack muss das überwachen. Er muss immer auf dem Laufenden sein. Und auch wenn Kelly alle nötigen Verschwiegenheitsformulare unterschrieben hat, sind weder Ruth noch Jack bereit, Informationen mit ihr zu teilen. Soweit sie wissen, ist sie eine von Louis Marx' Spitzeln.

Als Jack sich auf seinem Bärenfell ausstreckt und an die Decke starrt, wird ihm klar, wie sehr er in allem auf Ginger angewiesen ist, von seinem Morgenkaffee über das Vorlesen bis hin zu den Streicheleinheiten für sein geprelltes Ego, wenn er eine harte Sitzung oder eine Schlappe bei einem Projekt erlebt hat.

Ein zaghaftes Klopfen an seiner Tür, und Stevie kommt herein. «Du warst heute Morgen nicht bei der Bestandsaufnahme. Alles in Ordnung?»

«Jetzt geht's mir besser.» Er richtet sich auf und begibt sich in den Schneidersitz.

«Was ist los?», fragt sie.

Jack würde sich ihr gern anvertrauen, doch seine Scham ist zu stark. «Tu mir einen Gefallen», sagt er, wohl wissend, dass sich seine Bitte seltsam anhören wird. «Könntest du mir das vorlesen?» Er steht auf und gibt ihr den Umschlag mit dem Vermerk zu dem Ken-Problem. «Sag mir einfach, ob ich etwas tun muss. Ich habe Millionen andere Dinge im Kopf. Ich kann mich mit so trivialem Scheiß gerade nicht befassen.»

Stevie öffnet den Umschlag. «Mal sehen.» Sie blättert durch die Seiten. «Es sieht so aus, als ob alle drei Ken-Puppen, die blonde, die braune und die schwarzhaarige …», sie blättert um, «ja, anscheinend haben sie Haarprobleme.» Sie überfliegt mehr Seiten. «Ich verstehe nicht, warum ihr überhaupt dieses Material verwendet habt. Warum habt ihr keine Haare wie bei Barbie benutzt?»

«Das hätte zu lange gedauert und wäre zu teuer gewesen.»

Während sie den Vermerk weiter durchgeht, summt Jacks Telefon, und Kellys Stimme kommt aus dem Lautsprecher. «Ich habe Dr. Geoffries auf Leitung zwei für Sie.»

Jack hastet zum Schreibtisch und nimmt den Hörer ab, um

sie auf stumm zu schalten. «Sie ist aus dem OP raus», sagt Dr. Geoffries' OP-Schwester. «Der Eingriff ist gut verlaufen. Keine Komplikationen.»

Zwei Wochen später, als Ginger wieder zur Arbeit kommt, sieht sie schlimm aus. Ihre Nase ist geschient und bandagiert, und unter den Nasenlöchern klebt ein Gazebausch. Sie hat Schwellungen und violette und gelbliche Blutergüsse an den Augen. Sofort machen Gerüchte die Runde – sie hatte einen Autounfall, sie wurde überfallen, sie ist gegen eine Tür gelaufen, sie hat sich die Nase operieren lassen.

Ginger korrigiert jeden, der sie darauf anspricht. «Ich hatte eine Nasenscheidewandverkrümmung und musste operiert werden, damit ich gut Luft bekomme.»

Die Wunde verheilt recht schnell, und gegen Ende des Monats sind die Blutergüsse verschwunden. Und ebenso der Nasenhöcker.

«Von wegen Nasenscheidewandverkrümmung», sagt Frankie. «Sie hat sich den Nasenrücken begradigen lassen.»

«Sieht aber entschieden besser aus als vorher», sagt Twist.

Und Gingers Verwandlung hört damit nicht auf.

Ein paar Tage später gesellt sie sich in der Kantine zu Stevie und den anderen, und Stevie fällt auf, dass auf Gingers Tablett lediglich eine Hähnchen-Tortilla-Suppe steht.

«Mehr essen Sie nicht zu Mittag?», fragt sie.

Ginger hält mit dem Löffel über der Suppenschale inne. «Nein, ich mache Diät. Ich habe schon zehn Kilo verloren. Die Pillen, die Jack mir gegeben hat, wirken phänomenal. Er sagte vorhin, ich sehe gut aus.»

Arme Ginger. Ihr Lächeln bricht Stevie das Herz. Seit Jahren versucht Ginger, seine Aufmerksamkeit zu erregen. Arme, arme Ginger. Sie gehört zu den Frauen, die mit einer schönen Schwester gestraft sind, bei keinem Schulball einen Begleiter ergattert haben und nie gefragt wurden, ob sie beim Flaschendrehen mitspielen. Sie glaubt, wenn sie Jacks Liebe gewinnt, wird das die vielen romantischen Enttäuschungen ihres Lebens auslöschen. Jack ist ihr erster Gedanke, wenn sie morgens aufwacht, und ihr letzter, wenn sie abends einschläft. Sie wird alles tun, um von ihm beachtet und geliebt zu werden.

Erst als sie sich die Haare noch heller färbt, sich einen Pony schneiden lässt und einen hohen Pferdeschwanz trägt, dämmert es allen, einschließlich Jack, dass Ginger versucht, wie Barbie auszusehen.

Willkommen im Schloss

Ein paar Monate nach Gingers OP bittet Jack sie um Hilfe. Er will eine Einweihungsparty geben, obwohl das Schloss immer noch eine Baustelle ist und auf dem Rasen davor ein Bulldozer steht. Er stellt sich ein hawaiianisches Fest vor samt einem Schwein am Spieß mit einem Apfel im Maul und gebräunter, fettglänzender Schwarte. Er lädt Leute aus dem Büro und einige Hollywoodstars ein, darunter Burt Lancaster und seine Nachbarin Zsa Zsa Gabor. Die Party ist ein großer Erfolg, und Jack entdeckt den Gastgeber in sich. *Wer kann einsam sein, wenn er das Haus voller Leute hat?*

In der Woche darauf schmeißt er eine Grillparty und danach eine Poolparty, zu der er massenhaft Sand für ein Beachvolleyballspiel hinter dem Haus ankarren lässt. Es dauert nicht lange, da lädt er zu zwei bis drei Fressgelagen pro Woche ein. Bald spricht sich herum, dass niemand eine Party schmeißt wie Jack Ryan. Die Leute stehen Schlange, um eingelassen zu werden, und keiner beschwert sich, dass er dafür bezahlen muss. Saftige zwanzig Dollar für das Essen und Getränke und Liveunterhaltung. Die Drogen, hauptsächlich Marihuana, kosten extra und werden erst angeboten, wenn es dunkel ist.

Seine Partys haben etwas Gatsbyhaftes. Einige seiner Gäste kennt er überhaupt nicht, und wenn er sich durch die Menge schlängelt, hört er überall seinen Namen: «Ryans Familie ist im Ölgeschäft in Texas. – Ich hörte, dass er überlegt, fürs Weiße Haus zu kandidieren. – Wissen Sie, seine erste Frau war Rita Hayworth ...»

Jack hat kürzlich eine Gruppe junger Studenten von der UCLA um sich gesammelt. Eine Handvoll von denen – Surfertypen, muskulös und braun gebrannt – waren uneingeladen bei einer seiner Partys aufgekreuzt und sind seitdem geblieben. Jetzt leben sie im Schloss, und zum Ausgleich für Unterkunft und Verpflegung parken sie die Wagen der Gäste und servieren Essen und Getränke. Sie halten den Garten, den Tennisplatz und den Swimmingpool sauber und räumen nach den ewigen Partys und Bauarbeiten auf. Bei seiner letzten Zählung waren es sechs, die im Schloss wohnen, und Jack hat nichts dagegen. Dadurch ist er nie allein.

Während die Studenten aushelfen, ist die umfangreiche Planung der Partys Gingers Aufgabe. Jacks Frau nimmt an seinen Feten nie teil. Sie und die Mädchen leben abgesondert in ihrem Flügel, der einen eigenen Eingang hat, und auf einem Schild davor steht: *Privat. Betreten verboten.* Da Barbara als Gastgeberin nicht zur Verfügung steht, übernimmt Ginger liebend gern diese Rolle. Es macht ihr nichts aus, dass sie neben ihren täglichen Pflichten bei Mattel nun auch für all die Speisen sorgen muss, die von Spareribs und Hotdogs, von gigantischen Grills im Garten bis zu Filet Mignon und Hummer reichen. Ginger sorgt auch dafür, dass alle Bars gut bestückt sind mit Scotch, Wodka, Bourbon und Gin – alle von bester Qualität – sowie mit seinen bevorzugten Weinen. Ginger stolziert umher, als wäre sie die Königin des Schlosses, und tut alles, um die anderen Frauen wissen zu lassen, dass dies ihr Revier ist. Wenn eine von ihnen auch nur ein Glas aus dem Schrank nehmen will, ist Ginger da und sagt: «Ich mache das für Sie.»

Jack schmeißt so viele Partys, dass sie sich in seinen Erinnerungen vermischen. Eines Abends, als er nach der einstündigen Fahrt von Mattel nach Bel Air vor dem Schloss ankommt, ist wieder eine Party im Gange – die er völlig vergessen hatte. *Klasse!* Ihm hatte schon davor gegraut, ein stilles Haus betreten zu müssen.

Er steigt aus dem Wagen, wirft den Schlüssel einem seiner Studenten zu, damit der ihn parkt, und geht hinein, hell erfreut, als er von Trubel und lauter Musik, Rauchschwaden und betrunkenen Gästen empfangen wird. Er entdeckt Joan Fontaine und Dennis Hopper in seinem Wohnzimmer. Ginger gibt ihm ein Glas J&B, und eine schöne Rothaarige reicht einen Joint an ihn weiter. Er ist im Himmel, sein Körper beginnt zu schweben.

Jack hat schon immer viel getrunken, aber in letzter Zeit fehlt ihm das Absperrventil. In seiner Welt gibt es kein Zuviel. Die Gäste tanzen, verschütten ihre Drinks, drücken Zigaretten auf den Beistelltischen aus. Jemand hat sich in seiner bodentiefen Wanne ein Schaumbad eingelassen. Am Morgen wird Jack die Studenten aufräumen lassen und ersetzen, was immer beschädigt wurde. Das ist ein geringer Preis für ein Haus voller Freunde und Bewunderer.

Es wird immer später, und als sich die Gästeschar ausdünnt, schlendert Jack nach draußen, wo sich zu seinem Entzücken noch allerhand Gäste am Pool aufhalten. Von unten beleuchtet, schimmert das Wasser, das an die Kachelränder schwappt. Die Leute entspannen sich auf den Liegen. Ginger ist auf einer davon eingeschlafen. Die Studenten sammeln leere Gläser ein, klappen die Gartentische und Stühle zusammen.

Eine Frau mit sehr hohen, sehr schlanken Absätzen stöckelt am Pool entlang, einen Drink in der einen, eine Zigarette in der anderen Hand. Sie ruft Jack zu: «Scheint, als wäre die Party vorbei.» Sie lacht, tritt einen Schritt zurück und – *platsch!*

Jack wird nass gespritzt. Die Frau ist im Pool und rudert mit den Armen. Es platscht ein zweites, ein drittes und ein viertes Mal, und plötzlich ziehen sich Gäste bis auf die Unterwäsche oder noch weiter aus und springen ins Wasser.

Jack tritt sich die Schuhe von den Füßen und schlängelt sich aus Hemd und Hose. «Mir scheint, die Party geht erst los.»

Don't You Do What Your Big Sister Done

Ehen und Babys. Ruth hat den Kopf voll davon. Im Alter von siebenundvierzig ist sie Großmutter. Barbara hat ein kleines Mädchen, Cheryl, und während Ruth ihre Enkelin abgöttisch liebt, beneidet sie ihre Tochter nicht um das, was vor ihr liegt. Nachdem Ruth damals ihre Kinder bekommen hatte, war sie unglücklich damit, nur zu Hause zu sitzen, und konnte es nicht erwarten, wieder arbeiten zu können. Wie Sarah nahm Ruth ihre Tochter ins Büro und zu Verkaufsbesuchen mit. Als Ken geboren wurde, konnte sie sich zum Glück schon ein Kindermädchen leisten.

Barbara steht nachts vier bis fünf Mal auf, um die Kleine zu stillen, und außerdem sind Windeln zu wechseln, Fläschchen zu geben und bergeweise Wäsche zu waschen. Und Allen ist keine Hilfe. Er kann nicht begreifen, dass aus der Barbara, die er geheiratet hat, nun Barbara, die Mutter, geworden ist. Sie streiten darüber, dass der Kinderwagen im Türbereich steht und das Essen nicht fertig ist, wenn er von seiner Arbeit bei der Versicherung nach Hause kommt – die er nur angenommen hat, weil er jetzt eine Frau und ein Kind ernähren muss. Er hasst die dreckigen Windeln in dem Eimer, die Babyflaschen und Schnuller, die überall herumliegen, und dazu die nach Babykotze riechenden Decken.

Ruth sieht es in Barbaras Augen – nach vier Jahren Ehe und

angesichts ihres neuen Mutterdaseins ist sie in der Realität angekommen, die ganz anders aussieht als erwartet. Barbara wird das nie offen zugeben, doch Ruth weiß, dass sie sich ans Haus gekettet fühlt. All die Freiheit, die sie für selbstverständlich genommen hatte, ist vorbei. Sie findet es erdrückend und ist deprimiert. Ruth hat angeboten, ihr eine Haushälterin oder ein Kindermädchen zu bezahlen, doch Barbara will nicht, dass ihre Tochter aufwächst wie sie. Sie empfindet es als ihre Pflicht, alles selbst zu tun. Ruth bietet an zu helfen, ist aber nie verfügbar, wenn Barbara sie braucht. *Oh, Liebes, ich habe an dem Tag eine Konferenz. Oh, nur zu gerne, aber da bin ich auf Dienstreise. Ich werde es versuchen, aber du solltest einen Plan B haben, falls mein Termin länger dauert. Lass mich mal sehen, ob ich das terminlich deichseln kann,* was sie natürlich nie kann.

Inzwischen ist auch Ken verheiratet. Vor zwei Jahren hat er Suzie den Antrag gemacht, gleich nach seinem Highschoolabschluss, genau wie seine Schwester. Er war es leid, jeden Tag Puppenwitze und widerliche Anspielungen zu hören, er schliefe mit seiner Schwester oder habe keinen Penis. Er dachte sich, Heiraten sei die wirkungsvollste Maßnahme, allen den Mund zu stopfen.

Doch er ist erst neunzehn. Er ist ein begabter Musiker und genauso kreativ wie sein Vater. Er hat noch sein ganzes Leben vor sich, und Ruth ist fassungslos über seine Entscheidung. Sie versteht nicht, wie ausgerechnet ihre Kinder sich für diesen traditionellen Weg entscheiden konnten.

Ehen und Babys. Es dreht sich nur noch darum. Selbst im Büro. Täglich erreichen sie Unmengen Briefe von kleinen Mädchen, die fragen, wann Barbie und Ken heiraten. Obendrein wollen sie, dass Barbie ein Baby bekommt. In nicht wenigen Briefen wird Barbie egoistisch genannt, weil sie Ken nicht heiratet und ihm keine Familie schenkt.

Nachdem Ruth einen weiteren Brief in seinen Umschlag zurückgesteckt hat, wundert sie sich, wieso Ehe und Kinder das Lebensziel dieser Mädchen sind. Ihre eigene Tochter ist der Beweis, dass man mit einem Ehemann und einem Kind nicht automatisch glücklich wird. Ruth möchte, dass Barbie ihnen ein anderes Beispiel gibt. Ihnen einen anderen Lebensweg aufzeigt, einen, wo Ehe und Kinder eine Station sein können anstelle eines vorbestimmten Ausgangs und definitiv nicht das Ende ihrer Reise sein müssen.

Ruth hat schon eine neue Abteilung ins Leben gerufen, die Barbies Fanpost bearbeiten soll, und weist die Sekretärinnen an, auf jeden Brief zu antworten: *Einen Freund zu haben ist prima, aber Barbie ist noch nicht bereit, zu heiraten und eine Familie zu gründen. Sie möchte noch kein Baby bekommen, wenn sie vorher noch so viel anderes tun kann.*

Und während ihre Angestellten Briefe schreiben, gibt Ruth der Barbie mehr Berufe. Außer Barbie, der Modedesignerin, der Nachtklubsängerin und der Stewardess, wird es nun auch Barbie, die Ballerina, und Barbie, die Krankenschwester, geben – alles, nur nicht Barbie, die Ehefrau und Mutter.

«Ach, kommen Sie, Ruth», sagt Loomis, der sie bei jeder Gelegenheit herausfordert, «Barbie kann nicht ewig ledig bleiben.»

«Und warum nicht?»

«Es ist nur natürlich, dass sie Ken heiraten und ein Kind haben möchte.» Er wickelt einen Streifen Juicy Fruit aus, klappt ihn zusammen und steckt ihn in den Mund. «Es spricht viel für traditionelle Spielvorbilder. Das sehen Sie an dem Easy-Bake-Ofen von Kenner.»

«Lächerlich», sagt Jack. «Der besteht praktisch aus einer Hundert-Watt-Birne. Die bäckt die kleinen Kuchen. Das ist ihre große Idee.»

«Ja, aber der Ofen verkauft sich wie warme Semmeln – ganz im Ernst», sagt Loomis und knüllt das Kaugummipapier zu einer Kugel zusammen. «Ich denke, wir müssen für Barbie einen traditionelleren Kurs einschlagen.»

«Du lieber Himmel! Erinnert sich einer von Ihnen, warum ich Barbie überhaupt geschaffen habe?», sagt Ruth. «Sehen Sie, wie sie den Markt verändert hat. Wir haben Mattel praktisch auf Barbies Schultern aufgebaut. Sie alle haben Ihren Job durch Barbie. Wenn Sie sie in eine Hausfrau und Mutter verwandeln – wie soll es dann weitergehen?»

«Wir können die Reihe im Lauf der Zeit erweitern, indem wir ein zweites Baby einführen, dann ein drittes – und irgendwann können wir ihr sogar Zwillinge geben. Was ist daran verkehrt?»

«Erstens», sagt Ruth, «bringt uns das ins Babypuppensortiment, wo wir Barbie nie haben wollten. Obendrein wären die Babys klein wie ein Fingerhut. Wollen Sie mit einem Fingerhut spielen? Sie sagen, Sie wollen die Reihe durch mehr Babys erweitern, aber was machen Sie mit den Babys, die wir dann bereits hätten? Sie werden nie groß. Sie altern nicht. Sie können nicht immerzu neue Kinder herausbringen – sonst wird Barbie am Ende mit einem ganzen Wurf dastehen. Und dann ist da noch ihre Garderobe. Zurzeit machen wir sechsundsiebzig Prozent des Barbie-Umsatzes mit ihrer Kleidung. Sie ist eine Modepuppe, keine Mutter. Wir können sie nicht in Schürzen und Haushaltskittel stecken. Das wäre ein Rückschritt, der uns um künftige Einnahmequellen brächte. Eine unabhängige Barbie, eine ledige Barbie kann alles tun. Sie kann einen neuen Beruf ausüben, neue Mode tragen. Sie kann mit der Zeit gehen. Je nachdem, wie sich die Gesellschaft verändert. Ich will nicht, dass kleine Mädchen konventionell denken und sich nur als Ehefrau und Mutter sehen. Dafür sind Babypuppen da. Barbie nicht.»

Sie lehnt sich erschöpft zurück, beschwingt und sonderbar überrascht von ihren Worten und Barbies Bedeutung für sie. Ja, Barbie bringt viel Geld ein, aber – und Ruth verabscheut sentimentale Gedanken – sie erkennt, dass ihre Puppe auch für etwas viel Bedeutenderes steht als ihre Gehaltsschecks.

Die Männer bewegen sich unruhig auf ihren Stühlen, und nach einem unbehaglichen Schweigen ergreift Jack das Wort. «Sie hat recht, Jungs.»

«Natürlich habe ich recht. Ich habe mit Barbie von Anfang an recht gehabt. Man sollte meinen, dass Sie meinem Instinkt mittlerweile vertrauen.»

«Trotzdem müssen wir auf das Problem der Fürsorglichkeit eingehen», sagt Lewis. «Wir dürfen nicht ignorieren, dass die Leute Barbie für selbstsüchtig halten.»

«Tja», Ruth wirft ihren Stift auf den Tisch, «wir werden das nicht beheben, indem wir ihr einen Ehemann und ein Baby geben. Wir müssen eine andere Lösung finden.»

Stevie steckt in einer kreativen Flaute und liest eines Abends die neueste Flut von Fanpost, weil sie auf eine Eingebung hofft. Sie sucht nach Hinweisen, wie kleine Mädchen mit ihren Barbies spielen wollen, besonders wenn sie Ken einbeziehen.

Ruth will gerade nach Hause gehen, als sie Stevie im Konferenzraum vor einem Haufen Briefe sitzen sieht. «Etwas Interessantes entdeckt?»

«Nur dass noch mehr Mädchen wollen, dass Barbie Ken heiratet und ein Baby bekommt.» Stevie schüttelt den Kopf. «Ich kapiere das nicht.»

«Das sollte Sie nicht überraschen», sagt Ruth, zieht sich die Jacke aus und setzt sich zu ihr.

Sie nimmt sich eine Zigarette, und Stevie schließt daraus, dass sie noch eine Weile bleiben will. Das ist nicht einer ihrer hastigen Zwischenstopps. Stevie fühlt sich ein bisschen geehrt. Es kommt nicht oft vor, dass eine Designerin außerhalb einer Sitzung Zeit mit Ruth allein bekommt.

Ruth nimmt sich einen der Briefe, liest ein paar Zeilen und legt ihn zurück, schiebt ihn ein Stück weg, wie um sich davon zu distanzieren. All dieser Unsinn, Barbie sei selbstsüchtig. Sie hat keine Ahnung, wie sie diese Sichtweise ändern soll. «Ich gebe der Gesellschaft die Schuld. Sehen Sie sich nur die Zeitschriften und das Fernsehprogramm an. Es gibt Sendungen wie *Mutter ist die Allerbeste* und dann diese Lucy-Serie. Da sind die Frauen ans Haus gebunden.»

«Mir würde die Decke auf den Kopf fallen. Ich verstehe nicht, wie meine Mutter das schafft», sagt Stevie. «Sie hat keine eigenen Interessen – kein einziges Hobby. Sie tut den ganzen Tag nichts anderes als auf meinen Vater warten. Sie wartet darauf, dass er nach Hause kommt, damit sie ihn von vorne bis hinten bedienen kann. Wenn so eine Ehe aussieht, bleibe ich lieber den Rest meines Lebens ledig.»

Ruth lacht und greift nach einem Aschenbecher. «Ich versichere Ihnen, nicht alle Ehen sind so.»

«Nun, Ihre offenbar nicht.»

«Zum Glück habe ich einen sehr modernen Mann. Halten Sie weiter Ausschau. Es gibt da draußen ein paar gute.»

«Ich habe es nicht eilig.» Sie nimmt einen anderen Brief.

«Das freut mich.»

«Hören Sie sich das an.» Stevie liest aus dem Brief vor. «‹Meine Barbie kann es nicht erwarten, Ken zu heiraten und den Haushalt zu führen.› Es ist, als wollten sie es ihren Müttern nachmachen.»

«Natürlich wollen sie das», sagt Ruth. «Das tun kleine Mädchen nun mal. Sie wollen sein wie die Frauen in ihrer Familie. Sie werden beeinflusst von dem, was sie ringsherum sehen.»

«Nun, Ihre Mutter kann nicht sehr konventionell gewesen sein.»

Ruth verschluckt sich beinahe. «Das können Sie laut sagen. Aber ich komme nach meiner Schwester, nicht nach meiner Mutter. Meine große Schwester hat mich aufgezogen. Und an ihr war gar nichts Konventionelles.»

Stevie fragt sich, was Ruths Mutter zugestoßen ist, doch sie traut sich nicht zu fragen.

«Sarah war ihrer Zeit voraus», erzählt Ruth. «Sie besaß einen Drugstore, und ich habe ihr zugesehen, wie sie mit Geldeintreibern, Bankiers und Gaunern umging. Ich habe gesehen, wie sie Schläger aus ihrem Laden jagte, die sie bestehlen wollten.» Ruth schmunzelt und zieht genießerisch an ihrer Zigarette, verloren in die Erinnerung. «Sarah war sehr klug. Sie war verheiratet, aber Louie», sie schüttelt den Kopf, «war ihr keine große Hilfe. Sie hat nie erwartet, dass er für sie sorgt. Sie hat mir beigebracht, dass ich mich nicht auf einen Mann oder auf irgendjemanden verlassen darf, nur auf mich selbst.»

Stevie hat diese Seite an Ruth noch nie gesehen und saugt jedes Wort auf wie ein Schwamm. Und sie ahnt nicht, dass Ruth beim Erzählen eine neue Idee kommt, die langsam Gestalt annimmt. Seit Tagen denkt sie fieberhaft darüber nach, wie sie die Behauptungen, Barbie sei egoistisch, entkräften kann, und jetzt hat sie die perfekte Lösung: Barbie kann sein wie Sarah.

Und so wird Skipper geboren.

Börsengang

Es ist November und kalt in New York, was Ruth einen Vorwand gibt, den Pelzmantel zu tragen, den Elliot ihr vergangenes Jahr zum sechsundvierzigsten Geburtstag geschenkt hat. Sie sind zusammen mit Henry Pursell, Mattels Justiziar, geflogen. Er überwacht nicht nur den ewigen Rechtsstreit mit Louis Marx, er ist auch bei Mattels Börsengang an der New York Stock Exchange eingebunden. Er begleitet Ruth und Elliot zu einem Treffen mit einigen Emissionsbanken. Die ganze Sache ist schwindelerregend. Wer hätte damals vor all den Jahren gedacht, als Elliot und Matt aus der Garage heraus Geschäfte machten, dass sie eines Tages ein Unternehmen besitzen und damit an die Börse gehen würden? Ruth kann es noch nicht fassen, und Gott, wie sehr sie wünschte, Sarah könnte das noch erleben.

Sie treffen sich im Harrington, einem jener traditionellen, dunkel getäfelten Klubs des alten Geldadels, in denen es nach Rasierwasser, Pfeifen- und Zigarrenrauch riecht. Ruth ist durchgefroren und reibt sich die Finger in ihren Handschuhen, als sie zu dritt das Foyer betreten, wo man aus dem Billardzimmer nebenan die Kugeln klacken hört. Wohin sie schaut, sieht sie Männer im Smoking, die sie fragend anblicken, als hätte sie etwas falsch gemacht.

Und das hat sie offenbar. Ein älterer Mann, der sich ein paar lange graue Haare über die rosa Glatze gekämmt hat, kommt auf sie zugerauscht. «Äh, Verzeihung? Kann ich Ihnen helfen?»

«Wir sind von Mattel», sagt Elliot. «Wir haben eine Besprechung mit Goldman Sachs, Lehman Brothers und …»

«Oh, natürlich, natürlich. Mr Handler. Mr Pursell, nehme ich an.» Er verbeugt sich lächelnd. «Ich heiße Sie willkommen. Wir haben Sie schon erwartet.»

Ruth schaut Elliot und Henry an und zieht eine Braue hoch, wie um zu sagen: *Was bin ich? Gehackte Leber?*

«Die anderen Herren sind bereits oben.» Der Kahlkopf schnippt mit den Fingern, und ein junger Mann im Smoking erscheint neben ihm. «Bitte bringen Sie Mr Handler und Mr Pursell ins Franklin-Zimmer.» Er lächelt und weist auf eine Reihe von Aufzügen.

Als Ruth ihnen folgen will, hält der Ältere sie mit einer Hand an der Schulter auf. «Äh, Verzeihung, Miss … ich fürchte, das ist ein Klub für Gentlemen.» Er neigt den Kopf und lächelt, als wäre damit alles gesagt.

Sie erwidert das Lächeln. «Nun denn, wenn das ein Klub für Gentlemen ist, dann schlage ich vor, Sie benehmen sich wie einer und nehmen Ihre verdammten Finger weg.» Sie fegt seine Hand weg und geht weiter.

Er tritt ihr eilig in den Weg. «Ich … ich bedaure außerordentlich, Madam», stammelt er, «aber im Harrington sind Frauen nicht zugelassen.»

Elliot und Henry kommen zurück zu ihr.

«Ich bitte um Entschuldigung, Mr Pursell, Mr Handler. Aber das sind die Klubregeln.»

Sie lacht. «Nun, dann werden Sie Ihre Regeln mal außer Acht lassen, Junge. Ich muss zu einer Besprechung.»

«Die Besprechung kann ohne sie nicht stattfinden», sagt Elliot.

Der Mann wird unruhig und denkt nach. «Also gut dann», sagt er schließlich und wendet sich an seinen Lakai. «Timothy wird Sie, meine Herren, zum Franklin-Zimmer bringen, und ich werde zusehen, dass auch die junge Dame zu Ihnen stößt.»

Junge Dame? Ruth rollt die Augen und gibt Elliot einen Wink. «Geht nur. Wir treffen uns dort.»

«Wenn Sie mir folgen wollen», sagt der ältere Mann. «Ich glaube, Sie werden es angenehmer finden, diesen Weg zu nehmen.»

Ruth lacht. «Was werden Sie tun? Mich mit dem Speiseaufzug nach oben schicken?» Sein Gesicht wird so rosa wie seine Kopfhaut. «Ich scherze nur.»

«Nun, wir könnten die Treppe nehmen, aber ...»

«Es wird der Speiseaufzug.» Sie will ihm nicht den Vorteil geben und sich vor ihm gedemütigt zeigen. Sie strafft die Schultern und folgt ihm durch die Küche und einen langen, nackten Gang. Sie steigen in den Lastenaufzug, wo sie den Mann niederstarrt. Als sie das Franklin-Zimmer erreichen, bemerkt sie Schweißperlen auf seiner Stirn. *Gut.*

Elliot und Henry sitzen an einem blank polierten Konferenztisch mit Vertretern von Goldman Sachs, Lehman Brothers, der Chemical Bank und der Chase Manhattan Bank. Sobald sie den Raum betritt, ist klar, dass die Bankiers sie als Elliots Frau betrachten, die ihn nach New York begleitet hat, um einkaufen und ins Theater zu gehen. Ruth geht um den Tisch herum und schüttelt einem Anzugträger nach dem anderen die Hand, um sich dann auf den noch freien Stuhl neben Elliot zu setzen.

«Äh, Mrs Handler», sagt der Bankier von Goldman Sachs, «wir lassen Ihnen noch einen Stuhl bringen. Dieser ist für den Leiter der Finanzen von Mattel bestimmt.»

«Gut», sagt sie, «denn ich bin der Leiter der Finanzen von Mattel.»

Damit hat sie ihn durcheinandergebracht und die anderen auch. Sie sind sehr leicht aus dem Konzept zu bringen. Hätte sie es doch schon in ihren Zwanzigern und Dreißigern verstanden, mit solchen Männern umzugehen. Als sie noch jung war, trat sie vor solch einem Raum anders auf. Sie befolgte den Rat ihrer Schwester und paarte ihr toughes Auftreten mit einer femininen Erscheinung, indem sie mit einem ausgeschnittenen Kleid, hohen Absätzen, roten Lippen und parfümiert zu geschäftlichen Treffen ging. Inzwischen hat sie das anders ausbalanciert: Sie kleidet sich noch feminin, gestattet aber keinem Mann mehr einen Blick in ihre Bluse und schlägt auch nicht mehr taktisch die Beine übereinander. Sie hat sich ihren Platz am Tisch verdient – das Unternehmen, um das es hier geht, gehört verdammt noch mal ihr –, und sie kann sich behaupten, und zwar so, wie sie es für richtig hält.

Einer der Bankiers verteilt Mappen mit sorgfältig vorbereiteten Unterlagen. Zunächst wird über den Umfang des Börsengangs gesprochen – wie viele Aktien von Mattel neu ausgegeben und wie viele Anteile von Elliot und anderen Insidern verkauft werden sollen –, und dabei richten die Herren das Wort weiterhin an Elliot und Henry.

Ruth hört zu, und nachdem die Bankiers fertig sind, übernimmt sie die Gesprächsführung. «Und nun, meine Herren, habe ich ein paar Fragen an Sie.» Die stellt sie rasch hintereinander. «Wie hoch ist die Zeichnungsgebühr? Was bieten Sie für die Roadshow an? Wie sieht Ihr Zeitrahmen aus? Über wie viele Städte reden wir hier? Wann kann ich das Orderbuch sehen? Und schließlich, meine Herren, wie hoch wird die Preisspanne für die Gebote sein?»

Am Ende der Besprechung bezweifelt keiner mehr, wer das Sagen hat. Nachdem sie das Franklin-Zimmer verlassen haben, steigt Ruth kühn mit den Männern in den Aufzug. Keiner sagt ein Wort, nicht mal der Fahrstuhlführer, der aschfahl wird.

Sie betreten das Foyer, und die Stille ist beunruhigend, besonders da dort unzählige Männer mit gesenktem Kopf vor einem Fernseher stehen, einige weinen unverhohlen und sind wohl zu sehr in ihr Unglück vertieft, sodass sie die Frau in ihrer Mitte nicht bemerken.

Ruth dreht den Kopf zu Elliot und Henry. «Was ist los? Ist jemand gestorben?»

Einer der Herren hört sie und antwortet. «Ja. Der Präsident. Präsident Kennedy ist tot.»

Gelenkverbindungen

1964

Das Kennedy-Attentat wirft das Land in einen Zustand der Trauer und Verunsicherung. Eine kollektive Unschuld wurde vernichtet. Das ist nicht nur eine turbulente Zeit für die Nation, auch für Ruth ist der Start ins Jahr 1964 eine Herausforderung. Während der Börsengang alle Erwartungen übertraf, kam es in einer anderen Sache zu einem unerwarteten Rückschlag. Nach jahrelangem Hin und Her wurden sowohl die Klage gegen Louis Marx als auch die Gegenklage von Mattel abgewiesen. Der Richter hat keinen Schadenersatz zugesprochen, und beide Seiten müssen ihre Anwaltskosten selbst tragen. Ruth will in Berufung gehen, aber laut ihren Anwälten ist das nicht möglich. Es ist vorbei. Elliot meint, sie sollte erleichtert sein, denn es hätte auch ganz anders ausgehen können. Immerhin ist Barbie jetzt unter der dunklen Wolke der Bild-Lilli hervorgetreten, und niemand hat etwas bemerkt.

Doch Ruth hat nicht einmal Zeit, dafür dankbar zu sein, denn sie hat kürzlich wieder einen Knoten in der Brust bemerkt. Nachdem die Gewebeprobe sich als gutartig erwiesen hat, fleht Elliot sie an, mit dem Rauchen aufzuhören. Das hat sie bereits versucht. Meistens hält sie nur ein paar Tage durch, manchmal sogar nur Stunden. Einmal schaffte sie es dreieinhalb Wochen ohne Zigarette, aber als sie dann auf die Waage stieg und zwei Kilo zugenommen hatte, rauchte sie weiter. Nach dem jüngsten Schreck empfiehlt ihr Arzt, sich an einen Hypnotiseur zu wenden, der bei anderen Rauchern Erfolge verbuchen konnte.

Nun sitzt Ruth also im Wartezimmer von Dr. Mandrys Praxis, dem Hypnotiseur der Stars, der angeblich auch Montgomery Clift und Kim Novak behandelt. Als die Sprechstundenhilfe das Glasfenster zur Seite schiebt und sagt, dass sich die Wartezeit verlängert, ist Ruth das ganz recht. Sie ist noch nicht so ganz bereit, das Rauchen aufzugeben. Was soll sie dann mit ihrem goldenen Zigarettenetui machen, auf das ihre Initialen eingraviert sind? Ganz zu schweigen von dem dazu passenden Feuerzeug. Wenn sie nur daran denkt, was sie alles aufgeben soll, möchte sie zur Zigarette greifen.

Sie hat sich Arbeit mitgenommen und hofft, sich damit abzulenken. Als Erstes sieht sie im *Wall Street Journal* nach, wo die Mattel-Aktie steht. Der gestrige Schlusskurs lag bei einem Allzeithoch von 36,47 Dollar. Sie und Elliot haben immer gesagt, wenn die Aktie jemals auf vierzig Dollar steigt, dann kaufen sie sich jeder einen Rolls-Royce. Damals erschien ihnen das absurd, doch jetzt rückt das in den Bereich des Möglichen. Hoffentlich wird die bevorstehende Markteinführung von Skipper den Aktienkurs weiter nach oben treiben.

Ruth legt die Zeitung beiseite und wendet sich dem wöchentlichen W-Report zu, der Liste aller von Mattel verkauften Spielzeuge, in der der Produktionsstatus und die Versand- und Verkaufsdaten seit der Markteinführung des Produkts erfasst sind. Für sie das wichtigste Dokument auf ihrem Schreibtisch. Erfreut stellt sie fest, dass die neue Midge-Puppe, die sie im vergangenen Jahr herausgebracht haben, gut ankommt. Wie sie sich hätte denken können, kamen haufenweise Briefe bei der Fanpostabteilung an: *Die arme Midge, sie ist so allein, das dritte Rad am*

Wagen … Daher dachte sie sich einen Freund für Midge aus, die Allan-Puppe, absichtlich mit einem A geschrieben, um Barbara zu beschwichtigen.

«Mutter, kannst du bitte meine Familie raushalten», sagte sie, sowie Ruth ihr davon erzählte.

Barbara war aufgebracht, Allen geschmeichelt. Er freute sich darüber und hatte zum ersten Mal das Gefühl, ein akzeptiertes Mitglied des Handler-Clans zu sein.

Und die Handler-Familie wächst auf allen Seiten. Nicht nur Barbara ist wieder schwanger, sondern auch Kens Frau. Nach dem letzten Krebsverdacht möchte Ruth nichts weiter als lange genug leben, um ihre Enkel aufwachsen zu sehen, und ist nun wild entschlossen, auf das Rauchen zu verzichten.

Endlich wird Ruth aufgerufen. Sie versucht, die bevorstehende Prozedur unvoreingenommen und zuversichtlich zu betrachten. Im Behandlungszimmer gibt es einen bequemen Ruhesessel und mildes Licht, viele Anweisungen zu atmen, rückwärtszuzählen, die Augen zu schließen, sich schwarzen Rauch vorzustellen, wenn sie in Gedanken inhaliert. Der Arzt spricht gleichmäßig monoton. Damit könnte er sie schneller zum Einschlafen bringen als mit seiner Hypnose. Dennoch gibt sie sich Mühe, atmet, zählt, imaginiert … Das geht so vierzig Minuten lang, und Ruth denkt dabei ständig an die Arbeit und wie bald sie aus der Praxis raus sein wird und sich eine Zigarette anstecken kann.

«Hey, komm her.» Jack zieht Stevie in sein Büro, gerade als sie das Haus verlassen will. «Ich möchte dir etwas zeigen. Schau mal …» Er hält ihr eine männliche Dreißig-Zentimeter-Puppe hin, die muskulöse Schultern, Arme und Beine hat und in einer Militäruniform steckt.

«Hat Ken Krafttraining betrieben? Oder wurde er eingezogen?»

«Das ist nicht Ken. Das, meine Liebe, ist ein Prototyp von G.I. Joe, *America's Movable Fighting Man.*»

Stevie legt ihren Skizzenblock auf seinen Schreibtisch und hängt ihren Regenmantel über die Stuhllehne. Sie nimmt den G.I. Joe und spielt mit den Armen und Beinen.

«Schaust du dir bitte an, wie er konstruiert ist?», sagt Jack aufgeregt. «Wir haben hier neunzehn Gelenkverbindungen. Alles an dem Kerl lässt sich bewegen. Der Kopf, der Hals ...» Jack nimmt ihr die Puppe ab, um es zu demonstrieren, und dreht die verschiedenen Glieder. «Sieh dir die Schultern und Oberarme an – sogar die Fußgelenke. Das ist scheißunglaublich. So was müssen wir bei Barbie auch machen.»

Sie zieht eine Braue hoch. «Du willst Barbie Bizepse geben?»

«Ich will sie beweglicher machen, so lebendig wie den.»

«Woher stammt er eigentlich?»

«Von Hasbro.»

«Wirklich? Wie bist du an den Prototyp gekommen?»

«Ach, ich habe meine Quellen.»

«Ich frage lieber nicht, was das heißt.»

Er lacht und wackelt vielsagend mit den Brauen.

«Sei vorsichtig. Bedenke, du schläfst mit dem Feind.»

«Oh, ich würde sie nicht meinen Feind nennen.» Jack betrachtet wieder den G.I. Joe. Er greift zum Diktiergerät, drückt den Knopf und sagt: «Mehr Gelenke für Barbie. Wie bei dem Hasbro-Soldaten.»

«Na gut», sagt sie. «Verrate bloß keine Firmengeheimnisse beim Bettgeflüster.»

«Niemals.» Er lächelt und bemerkt jetzt erst, dass sie Mantel und Handtasche bei sich hat. «Wohin willst du?», fragt er.

«Zur Ferus.» Sie schlüpft in den Regenmantel und rückt den Kragen zurecht. «Da wird heute Abend eine John-Altoon-Ausstellung eröffnet.»

«Wird bestimmt schön», sagt er, und ein Rest Eifersucht kommt kribbelnd an die Oberfläche. Das passiert ab und zu, und er kann daran so wenig ändern wie am Wetter. «Mit wem gehst du hin?», fragt er möglichst beiläufig.

«Mit niemandem.»

«Wie? Du gehst allein? Nur du?» Er ist erleichtert, aber auch beeindruckt. Er könnte das nie, allein ins Museum oder in eine Kunstgalerie gehen. Nie im Leben.

In der Galerie ist es voll, und Stevie findet die Besucher genauso faszinierend wie die Kunstwerke. Da sind viele Männer mit Zottelfrisur und Frauen mit exotischem Augen-Make-up und Schmuck zu sehen, die in Grüppchen zusammenstehen und nur ihre Spezis beachten. Es ist leicht, die Künstler im Raum zu erkennen, es sind die mit der mühelos lässigen Ausstrahlung. Sie pflegen einen bestimmten Stil mit teuren Schuhen und dem richtigen Brillengestell und gehen mit Zigarette und einem Drink umher. Dann sind da die Pärchen wie das ihr gegenüber. Die beiden fühlen sich miteinander oder mit dem Ambiente nicht ganz wohl. Stevie nimmt an, dass sie zum ersten (und vermutlich auch zum letzten) Mal miteinander verabredet sind. Dagegen sind zwei andere, die sich im Hintergrund aufhalten, voneinander hingerissen. Die Frau steht vor dem Mann und neigt sich an seine Brust, als er die Arme um ihre Taille und das Kinn auf ihre Schulter legt. Beim Anblick solcher Pärchen tut Stevie das Herz weh. Dann wünscht sie sich, sie wäre auch verliebt. Ernsthaft verliebt und in den Richtigen – falls es den überhaupt gibt.

Sie wendet sich wieder der Kunst zu. Sie ist Neuling auf dem Gebiet und weiß nicht, was sie vor sich hat. Wenn man sie fragte, würde sie sagen, Altoons Werk ist kinetisch, sprüht vor Farben und extremen Pinselstrichen. Man würde vielleicht über sie lachen, sie für eine Hochstaplerin halten, doch sie gibt nicht vor, zur Kunstszene der Westküste zu gehören. Soweit sie sagen kann, ist sie die einzige Frau, die allein hier ist. Das ist ihr egal. Es achtet sowieso niemand auf sie, und sie wollte nicht auf die Vernissage eines abstrakten Expressionisten verzichten, nur weil sie weder zu einer Clique noch zu einem Mann gehört.

Ihr Mädchen steckt in Schwierigkeiten

Ruth und Elliot essen mit ihrem Finanzberater Bob Mitchell bei Musso & Frank Grill am Hollywood Boulevard zu Abend. Bob ist ein treuer Freund, sie kennen sich seit den frühen Burp-Gun-Tagen.

Bei Grenadine of Beef mit Sauce béarnaise blickt er auf die Erfolge von Mattel zurück. «Sie sind unbestritten König und Königin der Spielzeugindustrie. Ihr Umsatz hat sich in den letzten drei Jahren verdoppelt. Unglaublich.» Er wischt sich den Mund ab, legt die Serviette beiseite und schaut in seine Unterlagen. «Dank Barbie haben Sie derzeit», er leckt den Daumen an und blättert, «einen Marktanteil von über zwölf Prozent. Das ist fantastisch, aber», er macht eine Kunstpause, «wir müssen in die Zukunft blicken. Ihre Aktionäre erwarten, dass Sie dieses Wachstum beibehalten und sogar übertreffen.»

Elliot stößt nachdenklich den Atem aus. «Wie?»

«Die einfachste Methode wäre, andere Spielzeugfirmen zu übernehmen. Das würde Mattel mehr Volumen geben und die Gewinne gleichmäßig wachsen lassen.»

«Aber wir können nicht einfach andere Spielzeugfirmen kaufen und in kleine Mattels umwandeln», sagt Ruth.

Bob trinkt einen Schluck von seinem Wein. «Ich denke, Sie können. Ich möchte Sie mit jemandem bekannt machen, der auf dem Gebiet der Firmenübernahme ein Ass ist. Seymour Rosenberg. Er war früher Patentanwalt. Hat für Howard Hughes gearbeitet, bevor er zu Litton Industries kam. Er sucht gerade nach einer neuen Aufgabe, und ich denke, das könnte Mattel sein. Es heißt, Rosenberg ist ein wahrer Virtuose.» Er bittet mit einem Wink um die Rechnung. «Ich denke, er ist genau der Richtige, um Sie ganz nach oben zu bringen.»

In der folgenden Woche lernen sie Seymour Rosenberg kennen. Er tritt bei Mattel mit der ganzen Wall-Street-Großspurigkeit auf, die Ruth erwartet hat. Er ist klein und untersetzt und trägt einen teuren Maßanzug mit seidenem Schlips und eine klotzige Rolex. Während sie ihn durch das Haus führen, macht er Bemerkungen über jede attraktive Frau, die bei ihnen arbeitet. Sie stellen ihn Jack und Charlotte und den Abteilungsleitern vor. Niemand weiß genau, warum er da ist.

Am Abend beim Dinner im Dresden klappt Rosenberg seine Speisekarte zu, schüttelt einen Cartier-Manschettenknopf aus dem Jackenärmel und sagt: «Ich möchte hier kein Blatt vor den Mund nehmen – Ihr Mädchen steckt in Schwierigkeiten.»

«Wie bitte?», sagen Ruth und Elliot wie aus einem Mund.

«Ich sage es wirklich nicht gern, aber ich fürchte, Barbie stehen harte Zeiten bevor.» Er erzählt, dass die Frauenbewegung ihre Krallen ausgefahren hat und über Barbie herfällt. «Die wollen sie niedermachen.»

Ruth kann das nicht so ganz glauben. Trotz aller Schwarzmaler – die Barbie seit ihrer Anfangszeit umkreisen – besitzt die durchschnittliche Zehnjährige vier Barbies, und Mattel bringt jedes Quartal mehr Zubehör heraus. Barbie war schon in der *Dean Martin Show*, meine Güte. Und außerdem werden sie in Kürze zwei neue aufregende Barbies auf den Markt bringen.

Anfang des Monats stürmte Jack mit dem Prototyp einer neuen, von ihm entwickelten Puppe in Ruths Büro. «Ich möchte mal sehen, wenn G.I. Joe das versucht.» Er demonstrierte seine neueste Innovation, die *Twist-'n'-Turn*-Barbie. Und das kurz nachdem er eine Barbie mit biegbaren Beinen entwickelt hatte. Dank Jack kann Barbie jetzt die Beine übereinanderschlagen und verschiedene Haltungen einnehmen. Das sind die ersten umwälzenden Veränderungen seit Jahren. Beides teure Innovationen, da neue Gießformen angefertigt und anderer Kunststoff verwendet werden musste, aber sie sind sich sicher, dass diese Puppen mehr Geld einbringen, als die Entwicklung gekostet hat.

«Wenn Sie sich an mich halten», sagt Rosenberg jetzt und schweigt einen Moment, während er seinen Wein schwenkt, «dann verspreche ich Ihnen, ich lotse Sie durch alle Untiefen, die auf Barbie zukommen mögen. Und noch wichtiger», er trinkt einen Schluck, «ich kann Mattel zu ganz neuem Erfolg verhelfen.»

Ruth und Elliot stehen am Scheideweg. Sie glauben, Seymour Rosenberg wird ein Gewinn für das Unternehmen sein, und ja, es gibt beträchtlichen Druck vonseiten des Vorstands und der Aktionäre zu wachsen, worauf Seymour sich versteht. Doch das ist nicht deren Unternehmen. Ruth und Elliot haben es aus dem Nichts aufgebaut, und Rosenberg ins Boot zu holen wird nichts ändern. Höchstens zum Besseren – sie werden alle reicher, aber ist das alles, was zählt?

«Was sollen wir tun?», fragt Ruth. Sie und Elliot sitzen auf dem Sofa im Wohnzimmer. Alle Lampen sind aus bis auf eine, die einen seltsamen Schatten wirft, als ob ein Ghul sie beobachtete.

Elliot gibt einen Laut von sich, der halb Lachen, halb Seufzer ist, und dabei vertiefen sich die Falten an seiner Stirn und in den Winkeln seiner weichen braunen Augen. «Ich hatte gehofft, du würdest das wissen.» Er greift nach ihren Füßen und legt sie auf seinen Schoß, um zuerst den einen, dann den anderen sanft zu massieren.

Sie versinkt in seine Berührung, wie sein Daumen den Fußballen bearbeitet, seine Finger über das Fußgewölbe streichen und ungeahnte Schmerzen beseitigen. «Ich möchte dich etwas fragen, Elliot. Wofür soll man sich später mal an dich erinnern? Also abgesehen davon, dass du ein guter Ehemann, Vater und Großvater warst. Ich meine, an dich als Mensch.»

«Mir scheint das ziemlich ausreichend. Wir haben zwei erwachsene Kinder und nun auch Enkel. Ist das nicht genug?»

Sie wird still und denkt darüber nach. Barbara und Ken haben ihr eigenes Leben, eine eigene Familie. Was bleibt ihr? Seymour sagt, Barbie steckt in Schwierigkeiten, und was hätten sie ohne Barbie noch? Wenn sie nicht jemanden wie Rosenberg hinzuholen, könnte Mattel noch wachsen, aber nicht so, dass es den Vorstand und die Aktionäre zufriedenstellt. Der Wert des Unternehmens wird sinken, worauf Entlassungsrunden folgen. Sie werden gezwungen sein, eine Fabrik nach der anderen zu schließen. Sie werden mehrere Spielzeuge einstellen müssen, und bald wird Mattel eine von vielen Firmen sein, die vielversprechend aussehen und dann untergehen.

Und was, wenn sie jung stirbt wie Sarah? Ruth möchte der Welt für etwas in Erinnerung bleiben. Sie möchte etwas hinterlassen. Wenn sie Rosenberg einstellen, könnten sie ein Vermächtnis aufbauen. Ihre Spielzeuge, ihre Namen könnten weiter bestehen, noch lange nachdem sie und Elliot tot sind. Warum jetzt aufhören, auf halber Höhe der Leiter stehen bleiben? Warum nicht ganz hinaufsteigen?

«Überleg mal», sagt sie. «Du und ich – wir sind der amerikanische Traum. Vom Tellerwäscher zum Millionär. Das ist die Gelegenheit für uns, einen Platz in der Geschichte einzunehmen.

Wir könnten ganz oben stehen neben General Motors, IBM und AT&T.»

Elliot drückt sanft ihre Zehen und lacht. «Jetzt träumst du.»

«Aber das haben wir immer getan, nicht wahr? Wir träumen. Das könnte unsere Chance sein. Wir könnten Mattel zu einem der größten Unternehmen machen, die es je gab.»

Diese Unterhaltung und ihre Vision entscheiden darüber. Sie stellen Seymour Rosenberg als Vizepräsidenten und Finanzberater ein. Um ihm den Deal zu versüßen, geben sie ihm sogar einen Sitz im Vorstand. Elliot wird der Vorstandschef und Ruth Mattels Präsidentin.

Dritter Teil

ANSCHNALLEN

Anatomische Unmöglichkeit

1968

1965 schickte Mattel Barbie zum Mond und überholte somit die Sowjetunion und die USA. Mit der Astronautin stiegen die Umsatzzahlen in die Stratosphäre. In allen möglichen Ländern umkreisten kleine Mädchen den Planeten und ließen sich von ihrer Fantasie in die entferntesten Galaxien mitnehmen. Unterdessen gleicht das Leben unten auf der Erde einem Hexenkessel. Die Haare der jungen Männer werden immer länger, die Röcke der jungen Mädchen immer kürzer. Hunderttausende versammeln sich zu Protesten gegen den Vietnamkrieg. Junge Männer verbrennen ihre Einberufungen, während die Bürgerrechtsbewegung und die Frauenbewegung stetig aufrühren und an Kraft gewinnen wie ein Hurrikan, der auf das Festland zuhält.

Zu dieser Zeit geht Stevie mit Vivian zum ersten Mal zu einem bewusstseinsbildenden Treffen. Sie hat keine Ahnung, was sie erwartet. Vivian hat ihr nur gesagt, dass das eine Frauengruppe ist, bei der über alles Mögliche geredet wird, um die Frauen in die Lage zu versetzen, ihr Leben selbst in die Hand zu nehmen. Sie kommen bei einem Bungalow in Silver Lake an. An der Tür werden sie von Patschuli-Duft empfangen. Es sind fünfzehn Frauen da, die meisten in Stevies und Vivians Alter. Das Wohnzimmer ist klein. Alle Sitzplätze sind vergeben, Frauen sitzen eng zusammen auf der Couch, andere hocken auf den Seitenlehnen, einige auf großen Kissen auf dem Boden. Stevie und Vivian setzen sich auf den Teppich.

Alle sind freundlich und wohlwollend. Es herrscht eine geschützte, offene Atmosphäre, in der sie reihum die intimsten Aspekte ihres Lebens teilen, und ehe der Abend vorüber ist, wird Stevie über diese fremden Frauen mehr wissen als über ihre besten Freundinnen, die sie schon seit der Schule kennt. Einige gestehen, dass sie abgetrieben haben, andere weinen um Freundinnen, die dabei gestorben sind. Eine Frau erzählt, wie sie vergewaltigt wurde und dass die Polizisten sagten, sie habe sich zu aufreizend gekleidet. Eine neunundzwanzigjährige Ärztin sagt, sie bekäme keine Anstellung, weil die Chirurgen sagen, sie sei zu emotional und könne nicht operieren, wenn sie ihre Periode habe. Eine junge Mutter weint, weil sie sich wie eine Sklavin ihres Mannes und ihrer Kinder fühlt. Sie hat einen Master in Journalismus. Sie versteht nicht, was mit ihrem Leben passiert ist. Eine ledige Mutter beklagt, dass es keine Kinderbetreuung gibt. Wie soll sie arbeiten gehen und ihre Familie ernähren, wenn sie niemanden hat, der tagsüber auf ihre Kinder aufpasst? Wie Stevie lehnen viele den Status quo der Müttergeneration ab, worauf Stevie prompt von ihrer Mutter erzählt. Sie ist selbst überrascht, als sie erwähnt, dass sie Angst hat, genauso zu enden, und dass sie beinahe denselben Fehler gemacht hätte wie sie.

Im Lauf des Abends weinen und lachen sie und versichern einander: Nein, es geht nicht nur uns so. Sie wollen eigene Kreditkarten beantragen können, sie sind es leid, außen vor gelassen, unterschätzt und vor allen Dingen sexualisiert zu werden. Sie sind mehr als Titten und Arsch. Sie sind schlau und auf ihre Weise stark. Sie ermutigen einander und verlangen eine Revolution. Ein Gefühl von Zusammenhalt erfasst sie.

Stevie fühlt sich diesen Frauen verbunden. Zumindest bis der

Abend eine Wendung nimmt. Sie erinnert sich nicht mal, wer das Thema Barbie aufgebracht hat, aber im Nu hauen die anderen in dieselbe Kerbe.

«Diese verdammte Puppe verkörpert alles, wogegen wir kämpfen», sagt eine Frau.

«Ich persönlich», sagt die Gastgeberin, «würde ihr gern das Lächeln aus dem Gesicht wischen.»

«Ihr Körper ist entstellt», sagt eine andere. «Eine anatomische Unmöglichkeit.»

«Und dann dieses Diätbuch. Habt ihr das schon mitgekriegt?»

Stevie wird unruhig und hält den Blick gesenkt. Außer Vivian weiß hier niemand, dass sie bei Mattel arbeitet und an Barbies Diätbuch beteiligt war. Es gehört zum *Slumber-Party*-Set in der 1600er-Reihe, das aus einem süßen rosa Seidenpyjama, einem passenden Morgenrock und Pantoffeln besteht. Das Problem ist, dazu gehört auch eine Waage, deren Zeiger auf 110 Pfund steht, und ein Diätbuch. Seinerzeit fand Stevie es witzig, vorne *Abnehmen leicht gemacht* und hinten *Nichts essen* aufzudrucken. *Ist das nicht süß? Ist das nicht lustig?* Sie bekamen mehr Wutschreiben als je zuvor.

Stevie wollte schreien: *Wir haben das nicht ernst gemeint!* Dennoch macht sie sich Vorwürfe. Sie hätte es besser wissen müssen. Denn sie sieht, was mit Ginger los ist. Da versucht eine erwachsene Frau, sich in eine Barbiepuppe zu verwandeln. Und warum? Nur um die Aufmerksamkeit eines Mannes zu erlangen! Barbie soll ehrgeizig wirken und jungen Mädchen vor Augen führen, dass sie viele Möglichkeiten haben, sie soll sie nicht dazu verleiten, ihren eigenen Körper abzulehnen.

Die anderen lassen sich weiter über Barbie aus, und Stevie bekommt das Bedürfnis, sich zu verteidigen. Da wird nicht nur ihre Puppe angegriffen, sondern auch Ruth und Charlotte. Und

Jack. Sie möchte ihnen den Kopf zurechtrücken, erklären, warum Barbies Taille so schmal und ihre Füße so klein sein müssen.

Gerade fällt wieder eine in den Chor mit ein. «Barbie ist ein gefährliches Vorbild für junge Mädchen. Sie zerstört ihre Unschuld. Bringt sie durcheinander. Wie Barbie sollte keine Frau aussehen.»

«Herrgott noch mal», platzt es aus Stevie heraus. «Barbie ist eine Puppe, ein Plastikspielzeug. Keiner verlangt, dass wir aussehen wie sie.» Alle starren sie an. «Wisst ihr», sie kann sich nicht mehr zurückhalten, «ich war heute Abend bei allem eurer Meinung, bis ihr mit Barbie angefangen habt. Nicht Barbie ist das Problem. Ihr macht Barbie verantwortlich, weil das einfacher ist, als sich die wahren Schuldigen vorzuknöpfen – die Gesellschaft, die Regierung, die Männer in unserem Leben.»

Das bringt sie von Barbie weg, und während der nächsten Stunde setzen sie sich mit den Chauvinisten auseinander.

Der Glücklichmacher ist wieder da

Goldman Sachs veranstaltet eine Analysekonferenz, zu der führende Vertreter der Spielzeugindustrie eingeladen sind, um Trends und neue Produkte vorzustellen. Ruth und Elliot wurden gebeten, daran teilzunehmen, und sie waren sich einig, dass es sinnvoll wäre, auch Jack mitzunehmen, um ihren Teil des Programms abzurunden. Sie wollen vor allem, dass Jack einen Vortrag über seine jüngste Entwicklung hält, die sprechende Barbie, die im Lauf des Jahres auf den Markt kommen soll.

Jack ist zwei Tage früher angereist, damit er Zeit mit Sheila verbringen kann, einer alten Freundin, die am Vassar College studierte, als er an der Yale war. Er sitzt in der Bar im St. Regis Hotel und wartet auf sie. Sie haben sich seit Jahren nicht gesehen, und als sie die King Cole Bar betritt, hätte Jack sie beinahe nicht erkannt. Und nicht nur weil sie die Haare jetzt kurz und Ponyfransen trägt, sondern auch weil sie einen Mann bei sich hat. Sheila ist die Chefsekretärin des Herausgebers der *New York Times*, und der Mann ist ein Reporter, der Jack interviewen will.

Jack fühlt sich geschmeichelt, als der Reporter sagt: «Sheila hat mir erzählt, wie genial Sie sind. Sie meint, Sie sind Mattels Geheimwaffe – der Mann, der die Barbie erfand.»

«Also, so weit würde ich nicht gehen», sagt Jack und klingt überraschend bescheiden, nicht nur für seine Ohren. «Ruth, das heißt Ruth Handler, die Miteigentümerin des Unternehmens, also wir haben zusammen an Barbie gearbeitet und hatten ein ganzes Team an unserer Seite. Die Handlers, also Ruth und Elliot, haben eine großartige Organisation. Wir haben da viele Spitzentalente …» Während er von Mattel schwärmt, empfindet er so etwas wie väterlichen Stolz. Abgesehen von Rosenberg, mit dem er von Anfang an aneinandergeraten ist, liebt Jack die Firma. Er isst, schläft und atmet für Mattel, und er würde seinen Job für nichts in der Welt eintauschen.

Bei einer weiteren Runde Drinks und einer Platte Austern unterhalten sie sich weiter.

Der Reporter schlürft einen Blue Point und blättert durch sein Notizbuch bis zu einer freien Seite. «Sprechen wir darüber, was Mattel gerade vorhat.»

Jack nutzt die Gelegenheit, um für ihre neueste Puppe zu werben, die Christie. Christie ist Mattels zweiter Versuch zu zeigen, dass sie die Bürgerrechtsbewegung unterstützen. Der erste war die Francie-Puppe, eine neue Freundin Barbies, mit der sich schwarze Mädchen identifizieren sollten. Gute Absicht, aber schlecht geplant. Anstatt die Puppe als Ganzes neu zu gestalten, kürzten sie das Verfahren ab, indem sie auf die bestehenden Gießformen für die weiße Puppe zurückgriffen und lediglich einen dunkleren Kunststoff verwendeten. Sowie der Prototyp ankam, hatte man selbst bei Mattel Bedenken, und trotzdem wurde die Puppe auf den Markt gebracht und damit zahllose Kundinnen beleidigt. Mattel bekam so viele wütende Briefe, dass die Puppe vom Markt genommen und eine neue entwickelt wurde. Diesmal gingen sie es richtig an und gaben Christie ein eigenes Gesicht und eine eigene Frisur.

Erst vor zwei Wochen wurden die neuen Puppen in die Geschäfte geliefert, und die Werbung dafür startet am kommenden Montag. Jack weiß also, dass Ruth und Elliot hocherfreut sein werden, denn durch ihn bekommt Mattel gute Presse und dazu noch kostenlose Werbung für Christie.

Ruth und Elliot nehmen einen späten Flug und kommen einen Tag vor der Konferenz an. So können sie Ken und Suzie besuchen, die nach der Geburt ihres Kindes nach New York gezogen sind. Am Morgen hat Ruth das Frühstück aufs Zimmer bestellt und entspannt sich, genießt ihren Kaffee und liest die *New York Times.* Sie sieht, dass Robert Kennedy seine Präsidentschaftskandidatur angekündigt hat ... Martin Luther King Jr. will in der kommenden Woche einen Protestmarsch in Memphis anführen ... Weitere blutige Berichte aus Vietnam ...

Als sie den Wirtschaftsteil aufschlägt, liest sie verblüfft die Schlagzeile: DER KOPF HINTER BARBIE und ist umso mehr verblüfft, daneben ein Foto von Jack zu sehen, das für die Firmenbroschüre gemacht wurde. Verwirrt liest sie über den brillanten, erstaunlichen, charismatischen Jack Ryan – der Artikel strotzt von schmeichlerischen Adjektiven –, den Wunderknaben, der in Yale studiert, bei Raytheon gearbeitet und Mattels erfolgreichstes Spielzeug geschaffen hat, die Barbiepuppe, benannt nach seiner Frau. *Wie bitte?*

Ruth lässt die Zeitung auf den Schoß fallen. Sie weiß nicht, was sie von dem Artikel halten soll. Das sieht Jack nicht ähnlich. Er hat immer Anerkennung gezollt, wo sie gerechtfertigt war. Er hat ein großes Ego, aber er ist fair. Das Problem ist, Ruth hat auch ein großes Ego, und dass sie diese Puppe kreieren und ihren Namen daran heften konnte, gibt ihr Legitimität als Spielzeugmacherin, und das hat Jack ihr nun genommen. Ihr ist egal, dass die Konferenzteilnehmer beeindruckt sein werden oder dass der Artikel zum perfekten Zeitpunkt erscheint; sie fühlt sich ignoriert. Ausgegrenzt und abgeschoben wie damals, als ihre Mutter sie nicht haben wollte. Auch wenn Ruth die Wahrheit kennt, nämlich dass Barbie genauso sehr ihre Schöpfung ist wie Jacks, wenn nicht sogar mehr als Jacks. Die Frage der Urheberschaft ist ihr noch nie gekommen. Ja, ihr gehört Mattel, aber wem gehört Barbie?

Sie hört, dass die Dusche aufgedreht wird, und ruft Elliot zu: «Ich bin gleich wieder da.» Mit der *Times* in der Hand läuft sie zu Jacks Zimmer. Sie klopft zweimal, dreimal, und er ruft: «Gehen Sie weg. Ich schlafe.»

«Jack, ich bin's. Machen Sie auf.»

Er öffnet ihr in einem schwarzen Samtmorgenmantel mit Monogramm und einer Schlafmaske auf der Stirn. «Ich hoffe, es ist wichtig.» Er winkt sie herein.

Sehr erleichtert stellt sie fest, dass er keine Frau in seinem Bett hat – an diese Möglichkeit hat sie im ersten Moment nicht gedacht. Sie hält die *New York Times* hoch. «Seit wann haben Sie Barbie erschaffen? Sie war meine Idee. Sie ist nach meiner Tochter benannt. Nicht nach Ihrer Frau.»

«Wovon reden Sie? Ich habe das nicht behauptet.»

«Da steht es. Sehen Sie selbst.» Sie drückt ihm die Zeitung in die Hand.

Selbst wenn er richtig wach wäre, würde er sie nicht lesen können. Jack hat noch nie in seinem Leben eine Zeitung gelesen. Er zieht sich die Schlafmaske vom Kopf und wirft sie aufs Bett, versucht sich zu erinnern, was er zu dem Reporter gesagt hat, und würde jetzt liebend gern wissen, was da gedruckt steht. «Es tut mir leid, Ruth. Da wird mir was in den Mund gelegt. Wir haben über die Christie-Puppe gesprochen. Ich schwöre, ich habe Barbie nicht mal erwähnt.»

«Nun, irgendwas müssen Sie gesagt haben.»

«Ach, kommen Sie. Warum sollte ich so etwas behaupten?»

«Ich weiß es nicht, Jack. Sagen Sie es mir.» Sie wirft die Zeitung aufs Bett und stürmt hinaus.

Jack lässt die Schultern sinken, nicht nur weil Ruth denkt, er hätte sie ungerecht behandelt, sondern auch weil er nicht lesen kann, was man über ihn geschrieben hat. Er überlegt, wie schnell Ginger sich eine Ausgabe beschaffen könnte. Er versucht, sie im Büro zu erreichen, dann fällt ihm ein, dass er ihr freigegeben hat, solange er verreist ist. Er bekommt sie auch zu Hause nicht an die Strippe. Er ist auf sich allein gestellt. Die Wörter tanzen auf der Zeitungsseite, ein paar vertraute springen ihm entgegen: *Mattel, Jack Ryan. Yale. Raytheon. Rakete. Barbie … Wieso kannst du nicht lesen wie ein normaler Mensch?* Seine Wortblindheit ist ein Fluch. Das treibt ihn in den Selbsthass, macht ihn wieder zu dem dummen, kleinen Jungen in der Grundschule. Er will doch nur der Welt zeigen, dass er gut genug ist – besser als gut genug. Er will als großartiger Ingenieur, als gefeierter Erfinder gesehen werden. Stattdessen starrt er auf einen Haufen Wörter, die ihm das Gefühl geben, dumm zu sein. Und wenn er eins nicht ertragen kann, dann das.

Den Nachmittag über verbringt er übel gelaunt in seinem Zimmer und lehnt die Zimmerreinigung zweimal ab. Schließlich schleppt er sich unter die Dusche. Vor der Konferenz, die bald beginnen soll, gibt es einen Cocktailempfang, doch er will Ruth und Elliot nicht begegnen. Eigentlich niemandem. Nur zwei Dinge können ihm jetzt das Gefühl zurückgeben, akzeptabel zu sein, kein Versager zu sein, und das sind ein starker Drink und die Aufmerksamkeit einer schönen Frau.

Er begibt sich nach unten und betritt die Hotellounge, wo er eine hübsche junge Frau allein am Ende der Bar sitzen sieht. Der Satinträger ihres dunkelblauen Kleides ist von der Schulter gerutscht, und sie macht sich nicht die Mühe, ihn wieder hochzuziehen. Ihre blonden Haare sind professionell frisiert, hochgesteckt zu akkurat gedrehten, komplizierten Flechten. Er setzt sich auf den freien Hocker neben ihr und fängt an zu plaudern.

Das ist mal eine redselige. Er spendiert ihr einen Drink, und sie öffnet sich in einer Weise, wie es nur Fremde in einer Bar tun, die schon zwei Gläser intus haben. Sie heißt Shelley. Sie ist sechsundzwanzig, aus New Rochelle und wegen der Hochzeit einer Freundin in der Stadt, die in dem Hotel stattfindet.

«Ich habe mich rausgeschlichen, bevor die Feier losging», sagt sie. «Mein Ex-Freund ist mit seiner Neuen da.»

«Ah, das ist hart», sagt Jack mitfühlend.

«Niemand hat mir gesagt, dass er jemanden mitbringt. Ich wusste nicht mal, dass er eine neue Freundin hat.»

«Und da dachte ich, ich hätte einen miesen Tag.» Ihr Unglück verdrängt nun seins. Er hat den Drang, ihre Laune zu heben. Und das kann er.

Shelley redet weiter. «Ich komme mir so dumm vor. Ich dachte, er kommt allein. Ich dachte, wir würden heute Nacht wieder zueinanderfinden.» In ihren Augen sammeln sich Tränen, doch sie blinzelt sie weg. «Ich habe so viel Geld für dieses dumme Kleid ausgegeben. Ich habe mir die Haare machen lassen, die Nägel ... Ich bin ein Riesenidiot ...»

«Also, falls Sie das tröstet», sagt Jack. «Ich finde, Sie sehen atemberaubend aus.»

«Wirklich?»

«Ja. Sie sind mir sofort aufgefallen, als ich hereinkam.»

Sie trinken aus, er lädt sie zum Essen ein, und als er sie auf sein Zimmer einlädt, denkt er nicht mehr an den Zeitungsartikel. Er ist mit den Gedanken ganz bei Shelley. Er ist zärtlich, als er ihr das Kleid auszieht, das sie wegen des Ex-Freunds gekauft hat. Er zieht die Nadeln aus ihren üppigen Haaren, die steif sind von zu viel Haarspray. Er macht es langsam und lässt sich Zeit. Er denkt nicht an seine eigene Befriedigung. Heute Abend geht es nur um sie, um Shelley.

Und während er ihre Lust steigert und sieht, wie sie den Rücken durchbiegt und das Laken in die Fäuste rafft, die ganze Intensität auskostet, fühlt er seine Macht zurückkommen. Jack Ryan, der brillante Ingenieur, der erstklassige Spielzeugmacher, der Glücklichmacher, ist wieder da. *Fantastisch, Mann, fantastisch.*

Der Unterschied zwischen Männern und Jungs

1969

Die UCLA-Jungs haben den ganzen Tag geschuftet, um das Esszimmer im Schloss in ein mittelalterliches Verlies für eine seiner Partys umzuwandeln, die inspiriert sind von seinem Lieblingsfilm *Tom Jones*. Der Streifen ist vor Jahren herausgekommen, aber Jack schafft es immer, ein Kino zu finden, das ihn noch zeigt. Er hat den Film wenigstens ein Dutzend Mal gesehen.

Während also die muskulösen braun gebrannten Jungs den Fürst-Parma-Thron, der mindestens hundertfünfzig Kilo wiegt, am Kopf der langen Tafel aufstellen, bereitet Jacks Koch Lammkoteletts und einen Brunnenkressesalat, grüne Bohnen und Maiskolben zu. Um halb sieben trifft der Cembalist ein, der den Abend musikalisch begleiten wird. Die eins zwanzig hohen Kerzen sind angezündet, die Weinkelche stehen auf dem Tisch, und Jack ist bereit für die Dinnergäste.

Er hat Stevie und Patsy vom Büro eingeladen, auch einen Kunsthändler und seine langbeinige Frau. Ein Hollywood-Produzent kommt mit einem jungen blonden Filmsternchen, von der noch keiner gehört hat, und Zsa Zsa Gabor in Begleitung ihres Yorkshire Terriers und eines Journalisten von der *Life*, denn wo immer Zsa Zsa hingeht, die Presse folgt ihr. Der Journalist trägt ein spitzes Kinnbärtchen – das vielleicht oder auch nicht

Teil seiner Kostümierung ist – und hat sich eine Nikon-Kamera um seine Halskrause gehängt.

Jack hat darum gebeten, dass alle kostümiert erscheinen, und Stevie gefragt, ob sie ihm einen grünen Samtkapuzenumhang macht. Er besteht darauf, ein echtes Schwert zu tragen, und vollführt damit immer wieder Lufthiebe. Nachdem er allerhand getrunken hat, überzeugen ihn Stevie und Patsy, das Schwert wegzulegen, damit er niemanden enthauptet.

Jack platziert Zsa Zsa an den Kopf der Tafel auf den Thron und setzt ihr eine diamantenbesetzte Krone auf ihre platinblonde Hochfrisur. Wie vieles im Schloss ist die Krone nicht echt, und die Diamanten sind nur Strass. Zsa Zsa ist entzückt, der Mittelpunkt des Abends zu sein. Stevie ist weniger erfreut. Sie ist kein Fan von Zsa Zsa und findet sie langweilig und von sich eingenommen. Bevor der erste Gang auf den Tisch kommt, wird deutlich, dass das Filmsternchen mit dem bäuerlichen Miederkleid und den hochgeschnürten Brüsten Jacks Aufmerksamkeit erregt hat.

Als die Studenten das Essen servieren, schauen sich die Gäste suchend nach Besteck um. Es gibt keins. Und sie werden auch keins bekommen.

«Das ist eine Tom-Jones-Party», sagt Jack lachend. «Ihr müsst mit den Fingern essen.»

Und das tun sie. Das Lammfleisch ist fettig und glitschig. Man kann es nicht würdevoll essen, und nach mehreren Cocktails und einigen Flaschen Wein scheint das egal zu sein. Die vormals sehr korrekte Frau des Kunsthändlers nagt an einem Knochen. Zsa Zsas Hund hat die Pfoten auf dem Tisch und leckt ihr die Fingerspitzen ab. Patsy kann anscheinend ihren Maiskolben nicht festhalten. Dem Starlet tropft Fleischsaft vom Kinn auf ihren sehr üppigen Busen. Als Stevie sieht, dass Jack sich Wein nachschenkt, schiebt sie sein Wasserglas näher zu ihm, und er ignoriert es.

Nach dem Dinner geleiten die Studenten die Damen – und den Kunsthändler, der zu betrunken ist, um geradeaus zu gehen – aus dem Schloss und setzen sie in Jacks neueste Errungenschaft, einen Feuerwehrwagen von 1935 mit einer Leiter, Zusatztank und Schlauchhaspel. Die einst leuchtend rote Karosserie ist von den Jahren in der heißen kalifornischen Sonne ausgebleicht.

Nachdem alle Gäste eingestiegen sind, wirft Jack den Motor an und verkündet lachend: «Ihr wisst ja: Der Unterschied zwischen Männern und Jungs liegt im Preis ihrer Spielsachen.»

Und unter dem Gebimmel der Glocke rasen sie den Sunset Boulevard entlang, und Jack parkt den Feuerwehrwagen vor dem Nachtklub Pandora's Box. Dort tanzen und trinken sie und tanzen weiter. Der Reporter macht sich dabei eifrig Notizen und fängt mit der Nikon die Höhepunkte des Abends ein.

Es wird spät, und die Gäste verabschieden sich allmählich und fahren nach Hause, auch Stevie und Patsy. Am Ende sind nur noch Jack, Zsa Zsa und der Reporter übrig.

Während sie in dem Feuerwehrwagen nach Bel Air zurückfahren, sagt der Reporter zu Jack: «Also ist es wahr, Mann? Sie sind der Typ, der die Barbiepuppe erfunden hat?»

Der Aktienklub

Drei Monate später sitzen Ruth und Elliot mit zwei anderen Paaren beim Pokerspiel. Wie immer spielen sie Pfennigpoker, der Mindesteinsatz ist ein Dime, der Höchsteinsatz ein Vierteldollar. Diese Abende sind das letzte Überbleibsel ihres gesellschaftlichen Lebens. Das ist immer mehr zurückgegangen, weil Ruth sich nie früh genug von der Arbeit losreißen kann, um zu Dinnerpartys, Klub-Turnieren oder auch nur zu einem sonntäglichen Grillnachmittag zu gehen. Doch der Pokerabend ist etwas anderes, dafür nimmt sie sich Zeit.

Diese drei Paare sind miteinander befreundet, solange Ruth und Elliot zurückdenken können. Zusammen mit einem weiteren Paar gründeten sie vor Jahren einen Aktienklub, als sie noch alle am Anfang standen. Jedes Paar zahlte fünfhundert Dollar ein und übernahm abwechselnd die Aufgaben von Präsident, Sekretär und Schatzmeister. Sie nannten den Klub E&P Investments, was für Executives und Pishers steht, weil zwei der Männer sich beruflich damit auskannten und die zwei anderen eher nicht. Sobald Mattel 1963 an die Börse ging, investierten sie alle, zunächst in bescheidenem Umfang. Doch als sie sahen, wie gut sich das Unternehmen entwickelte, stockten sie auf.

Heute Abend sind ihre Freunde Natalie und Doug Grossinger die Gastgeber. Natalie hält sich für eine Innenarchitektin, und Ruth und sie hätten sich einmal fast wegen eines Beistelltisches in ihrem Haus in Holmby Hills zerstritten. Ruth kann Natalies Geschmack nicht viel abgewinnen und findet ihre Ansichten so hervorragend wie die Knochen an ihren mageren Schultern. Sie ist eine selbst ernannte Expertin, eine Besserwisserin, sagt sie oft zu Elliot. Aber nur wenn sie trinkt, lautet seine Entschuldigung für Natalie. Elliot mag sie. Sie macht ihm Spaß, obwohl sie keinen Alkohol verträgt. An dem Abend serviert Natalie Gin Tonic und Kartoffelchips mit französischem Zwiebeldip. Doug ist Zahnarzt und erzählt gern von den Filmstars, deren Zähne er überkront.

«Ganz im Ernst», sagt Doug, der von Rita Hayworth erzählt. «Seht euch ihre Zähne in *Zirkuswelt* an und dann in *Rendezvous in Madrid.*»

«Ist ein Zahnarzt nicht zu Verschwiegenheit verpflichtet?», fragt Elliot. Dieselbe Frage hat er ihm schon gestellt, als Doug von John Wayne erzählte, er habe einen seiner Schneidezähne verschluckt, nachdem er in einen Karamellapfel gebissen hatte.

«Ach, komm, ich bin Zahnarzt, kein Seelenklempner. Und außerdem, warum sollte man die Ethik einer tollen Geschichte in die Quere kommen lassen?»

Das andere Paar an dem Abend sind Trudy und Marvin Silver. Marvin gehörte bis vor zehn, zwölf Jahren eine Bowlingbahn, dann hat er in ein neumodisches Restaurant-Franchise-Unternehmen namens McDonald's investiert. Trudy und Ruth haben früher im Klub Tennis gespielt, aber weil Ruth so viel arbeitet, ist es Jahre her, seit sie einen Schläger in die Hand genommen hat.

Doug mischt die Karten und will gerade austeilen, als Natalie von einem Artikel anfängt, den sie in der *Life* gesehen hat.

Ruth wappnet sich.

«... und du wirst es nicht erraten», sagt Natalie. «Darin ging es nur um Jack Ryan. *Euren* Jack Ryan.»

«Haben alle ihren Einsatz geleistet?», fragt Elliot.

«Was für ein Typ», sagt Natalie und zeigt mit ihrem fast leeren Glas auf Ruth. «Du lieber Himmel.» Sie schüttelt den Kopf. «Es ging nur um die verrückten Partys, die er schmeißt. Wusstest du davon, Ruth? Da soll es ziemlich wild zugehen. Ist das wahr? Weißt du darüber Bescheid?»

«Wir waren seit Jahren nicht bei solchen Partys», sagt Ruth.

«Das kommt daher, dass du zu viel arbeitest», sagt Marvin und droht mit dem Finger.

«Soviel ich weiß, sind das ganz verrückte Partys», sagt Natalie. «Mit viel Alkohol und Drogen. Und Sex. Ich rede von wirklich verrückten Sachen.»

Ruth zündet sich eine Zigarette an und bläst den Rauch zur Decke.

«Spielen wir jetzt Poker oder was?», fragt Elliot. Er sieht, dass Ruth verärgert ist, und will nicht, dass ihnen der Abend verdorben wird.

«Ja», sagt Marvin, «teil aus, Doug.»

Natalie drückt den Rest aus ihrem Zitronenstück in ihr Glas und kippt einen Schluck Gin dazu. «Wer braucht Nachschub?»

«Ich nehme noch einen», sagt Elliot und trinkt seinen Rest aus.

«Was diese Jack-Ryan-Partys angeht ...» Natalie mixt Elliots Gin Tonic und lässt dabei eine Handvoll Eiswürfel auf den Boden fallen. «Stimmt es, dass er einen Wasserfall und ein Baumhaus hat?»

«Keine Ahnung», sagt Elliot. «Wir gehen nicht zu seinen Partys. Wir sind zu alt. Das sind junge Leute. Nicht unsere Szene.»

«Gib.» Marvin klopft auf den Tisch.

Doug mischt noch einmal und teilt aus.

Natalie schiebt Elliot sein gefülltes Glas zu. «In dem Artikel steht auch, dass Jack Ryan eure Barbiepuppe erfunden hat.»

«Hat er?», fragt Trudy. «Aber Ruthie, ich dachte, du hast sie erfunden.»

«Hab ich auch», sagt Ruth und legt ihre Zigarette in den Aschenbecher, um ihr Blatt aufzunehmen. Die Sache macht sie fertig, genau wie an dem Morgen, als sie in ihrer *Life* blätterte. Sie hätte fast ihren Kaffee verschüttet, als sie das Foto von Jack sah, auf dem er sich aus dem alten Feuerwehrwagen beugt, und daneben die Schlagzeile: SO IST JACK RYAN, DER ERFINDER DER BARBIEPUPPE.

Natalie reitet weiter darauf herum. «Aber da stand, Jack Ryan hat die Puppe erfunden.»

«Jeder weiß, dass Ruthie die Schöpferin der Barbie ist», sagt Elliot.

Ruth stellt ihren Drink hin und nimmt ihre Zigarette. «Wer hat gegeben – Doug?» Sie wendet sich zu Trudy zu seiner Linken. «Komm, Trudy, was soll es sein? Setzt du oder passt du?»

«Aber Ruth», sagt Natalie, die inzwischen lallt, «warum schreiben die das dann?»

Doug dreht sich zu seiner Frau. «Natalie, hast du heute zu Mittag gegessen? Iss etwas, ja?» Er langt nach der Schale mit den Kartoffelchips.

Natalie schlägt seine Hand weg, sodass ein paar Chips auf den Tisch fallen. «Aber wir reden hier immerhin von der *Life*. Millionen Leute lesen die. Und jetzt werden alle glauben, Jack Ryan hat die Puppe gemacht und nicht du.»

«Du solltest die Sache richtigstellen», sagt Marvin.

«Das habe ich nicht nötig», erwidert Ruth. Oder vielleicht doch? Sie drückt ihre Zigarette aus und spürt, dass ihr Blutdruck steigt und ihre Wangen heiß werden. Das ist das zweite Mal, dass Jack ihr das antut. Letztes Jahr, als die *New York Times* schrieb, Jack habe die Barbie geschaffen, entschuldigte er sich bei ihr und schwor Stein und Bein, das sei nicht seine Absicht gewesen und der Reporter habe ihm das in den Mund gelegt. Zuerst war sie wütend, beruhigte sich aber und entschied mangels Beweisen zu seinen Gunsten. Diesmal wird ihr das schwererfallen, besonders da Jacks Verteidigung schwach ausfiel. Er sagte nur: «Ich kann nichts dafür, was die über mich schreiben.» Sie weiß nicht, ob er sie mit Absicht verärgert – was eigentlich nicht seine Art ist – oder ob er so viel trinkt, dass er nicht mehr weiß, was er sagt.

So oder so kann sie ihm nicht lange böse sein, auch weil er so verdammt begabt ist. Als sie dachten, er würde seine Barbie mit den biegbaren Beinen nicht übertreffen können, schuf er die *Twist-'n'-Turn*-Barbie und die *Talking*-Barbie. Und nun gehen sie dank Jack bereits mit einer neuen *Living*-Barbie in die Produktion, die sich nicht nur an den Knien, sondern auch an den Fußgelenken, Ellbogen und der Taille biegen lässt. Außerdem werden sie eine weitere Erfindung von Jack auf den Markt bringen, ein Spielzeugauto namens Hot Wheels. Theoretisch hat er es mit Elliot zusammen entwickelt, aber Jack hat entscheidend dazu beigetragen. Also ja, er kann eine Nervensäge sein, und ja, er trinkt zu viel und reißt bei der Presse die Klappe auf, aber ohne ihn wäre Mattel nicht, was es heute ist.

«Apropos Barbie», sagt Marvin. «Habt ihr gesehen, wo eure Aktie heute steht? Bei achtundvierzig fünfzig.»

«Ich weiß noch, wie es war, als ihr nur die kleine Plastik-Ukulele hattet», sagt Trudy.

«So lange kennen wir uns schon», sagt Marvin. «Auf Ruthie und Elliot.» Er hebt sein Glas.

«Und auf Mattel», sagt Doug.

«Möge die Aktie auf fünfzig steigen», sagt Marvin, und darauf stoßen sie an.

What's My Line?

Jack ist Feuer und Flamme. Der Mann ist nicht aufzuhalten, er übertrifft sich immer wieder selbst. Was er anfasst, wird zu Gold. Tatsächlich hat er mehr zum Wachstum des Unternehmens beigetragen als Seymour Rosenberg mit seinen prahlerisch angekündigten Übernahmen und seinen Warnungen, dass Barbie in Schwierigkeiten steckt. Damit lag er völlig daneben.

Barbie verkauft sich besser denn je, und nun wird Jack auch noch im Fernsehen auftreten. Er ist ein Kandidat in der beliebten Show *What's My Line?*, wo ein Team aus Schauspielern und Entertainern ihm Fragen stellen wird, um seinen Beruf zu erraten. Ruth und Elliot sind hocherfreut über die zusätzliche Werbung für Mattel und haben darauf bestanden, ihm den Flug nach New York und die Suite im Plaza Hotel zu bezahlen.

Die Show wird am Sonntagabend um halb elf live ausgestrahlt, und als Jack eine Stunde vorher im Studio 50 erscheint, steht das Publikum an der 53. Straße bereits Schlange und wartet auf Einlass. Jack wird von den Produzenten begrüßt und schüttelt dem Moderator John Daly rasch die Hand, dann wird er in die Maske gebracht. Da in Farbe gesendet wird, trägt Jack ein doppelreihiges gelb-blau kariertes Jackett, einen blauen Rollkragenpullover und eine goldene Kette, an der ein Peace-Zeichen hängt.

Einer der Produzenten, ein Mann mit buschigen Brauen und

Klemmbrett, kommt zu ihm an den Schminktisch. «Ich möchte nur ein paar Dinge mit Ihnen durchgehen.» Er erklärt ihm noch mal die Spielregeln und vergewissert sich, ob sie seinen Namen richtig aussprechen. «Und bestätigen Sie uns, dass wir die korrekte Berufsbezeichnung haben.» Er schaut auf sein Klemmbrett. «Wir haben Sie hier als Spielzeugmacher bei Mattel.»

Jack wirft einen Blick in den Spiegel. Eingerahmt von den Glühbirnen sieht er aus wie ein Filmstar. Wer hätte gedacht, dass er – Jack Ryan, der unglückliche, einsame Junge aus Riverdale – einmal im Fernsehen auftreten würde? Und noch dazu bei *What's My Line?*. Er betrachtet sich noch einmal. Er ist nicht einfach ein Spielzeugmacher, er ist ein Star. Er ist auch Mr Impul-si-vi-tät und hat keine Zeit für Konsequenzen. «Wissen Sie was?», sagt er zu dem Produzenten. «Ändern wir das ein klein wenig ab.»

Nachdem er geschminkt und mit Haarspray besprüht wurde, wird er in den Greenroom gebracht, wo er den anderen Kandidaten begegnet – einem Waltrainer und Lyndon Johnsons Redenschreiber sowie dem geheimen Gast, Raquel Welch, die von Jack ziemlich angetan ist. Die berühmten Podiumsgäste – Arlene Francis, Dorothy Kilgallen, Tony Randall und Steve Allen – warten in einem anderen Greenroom, weit weg von den Kandidaten, damit keiner mogeln kann. Und natürlich werden sie sich die Augen verbinden, bevor sie Raquel Welch befragen dürfen. Er überlegt, sie hinterher zum Essen einzuladen. Warum nicht? Er ist ein berühmter Erfinder und schwer im Kommen. Sie ist durchaus keine Nummer zu groß für ihn.

Der Sendebeginn rückt näher, und sie hören, wie das Publikum mit Applausrunden und Verhaltensanweisungen vorbereitet wird. Jacks Herz klopft wie wild, als der Mann mit dem Klemmbrett ihn aufruft. «Sie sind der Erste», sagt er und führt ihn hinter der Bühne entlang. Dort eilen Mitarbeiter umher, richten Scheinwerfer aus und stellen Mikrofone ein, bereiten Stichwortkarten und den Teleprompter vor. Aus den Kulissen hört Jack die Leute klatschen und sieht Arlene Francis ihren Platz am Podium einnehmen. Als das übrige Rateteam vorgestellt wird, gibt der Mann mit dem Klemmbrett ein letztes Mal Anweisung, wo Jack zu stehen und wohin er zu blicken hat. Jacks Adrenalinspiegel steigt. Er kann es nicht erwarten, da rauszugehen und vor den Fans und der ganzen Nation seinen Platz im Scheinwerferlicht einzunehmen.

Inzwischen ist es in Los Angeles halb acht, und die Mattel-Mitarbeiter sitzen wie alle anderen im Land vor dem Fernseher. Die Ingenieure sind bei Twist, Stevie ist mit Patsy und den anderen Designerinnen bei Dee, Charlotte hat ihren Fernseher eingeschaltet, ebenso die Aktionäre, und natürlich sehen sich Ruth und Elliot die Sendung mit Barbara, Allen und deren Kindern an.

Der erste Kandidat wird angekündigt, und Jack stolziert breit lächelnd und verwegen in seinem auffälligen Sportsakko auf die Bühne. Nachdem er seinen Namen an die Tafel geschrieben hat, heißt ihn John Daly willkommen, fragt ihn, woher er stammt, und bittet ihn, gegenüber dem Rateteam Platz zu nehmen.

«Ehe wir beginnen», sagt der Moderator, «zeigen wir unserem Studiopublikum und den Zuschauern zu Hause, womit Sie Ihr Geld verdienen.»

Das ist der Moment, in dem der *Spielzeugmacher bei Mattel* Millionen Zuschauern vorgestellt wird. Ruth neigt sich zum Fernseher, ihre Aufregung steigt. Die Publicity ist unbezahlbar. Sie gebietet ihren Kindern, still zu sein, und drückt Elliots Hand. Doch als die Zeile auf dem Bildschirm eingeblendet wird, lesen sie – und jeder andere Zuschauer auch: *Schöpfer der Barbiepuppe.*

Ruth mag Jack zweimal verziehen haben, aber dass er landesweit im Fernsehen behauptet, der Schöpfer der Barbie zu sein, ist zu viel. Sie wird es ihm nicht durchgehen lassen, dass er ihren Beitrag verschweigt, nicht nachdem sie so viel geopfert, so viel riskiert hat, um Barbie auf den Markt zu bringen. Sie hat sich den Arsch aufgerissen und wird nicht auf ihr Recht, mit Barbie anzugeben, verzichten.

Sowie Jack wieder ins Büro kommt, knöpft sie ihn sich vor. «*Sie* haben Barbie erschaffen? *Sie* haben sie erschaffen? Wie können Sie es wagen!»

«Herrje, Ruth, kann ich wenigstens einen Kaffee trinken, bevor Sie ...»

«Halten Sie die Klappe. Halten Sie die Klappe, sonst reiße ich Ihnen Ihre verdammten Eier ab.»

«Wa...» Jack weicht zurück an die Wand der Mahogany Row. «Warum sind Sie so aufgebracht? Es ist ja nicht so, als hätte ich gelogen. Ich bin einer der Schöpfer der Barbie.»

Ruth kneift die Augen zusammen und schürzt die Lippen zu einer festen runden Knospe.

«Ach, kommen Sie», sagt er. «Das war großartige Publicity für Barbie. Und für Mattel.»

«Halten Sie verdammt noch mal die Klappe und gehen Sie mir aus den Augen.»

«Das ist doch übertrieben. Ich habe nichts ...»

«Ich meine es ernst, Jack. Halten Sie die Klappe und halten Sie sich gefälligst von mir fern.»

Und so bildet Jacks Auftritt bei *What's My Line?* den Wendepunkt in ihrer Beziehung. Diesmal gibt es kein Verzeihen. Kein Vergessen. Die beiden sind offen feindselig. Sie sagen weder Guten Morgen, noch sehen sie einander an, wenn sie sich auf dem Flur begegnen. Sie reden nur miteinander, wenn es sich absolut nicht vermeiden lässt.

Elliot bleibt wie immer angenehm und diplomatisch und ist, gemessen an den Umständen, um eine kollegiale Atmosphäre bemüht. Sie waren mal eine große, glückliche Familie, und dieser Konflikt nagt an ihm. Er ist sich sicher, dass die übrige Belegschaft die Spannungen spürt, und er sorgt sich um die Arbeitsmoral. Er spielt nachmittags weiter seine Marschmusik, aber das ist nur Geräuschkulisse, gibt niemandem Schwung. Am wenigsten ihm selbst.

Jack versucht zwar, gelassen zu tun, und behauptet, Ruths Groll mache ihm nichts aus, doch es geht ihm nicht gut. Stevie macht sich seinetwegen Sorgen. Eines Morgens fragt er, warum sie am Abend zuvor nicht zu seiner Party gekommen ist.

«Ich war da. Himmel, Jack, du musst dich beim Alkohol mal zurückhalten.» Sie könnte schwören, dass er eine Fahne hat, und es ist nicht mal neun Uhr. «Ist die Cocktailstunde heute vorverlegt worden, oder bist du noch betrunken von gestern Nacht?»

«Ich kann mich an die Nacht nicht mal mehr erinnern», sagt er. «Ich bin mit zwei Frauen in meinem Bett aufgewacht.» Er schüttelt den Kopf und lacht. «Offenbar hatte ich einen Wahnsinnsspaß. Zu schade, dass ich nichts mehr weiß.» Er lacht wieder und diesmal heftiger, seine Schultern beben, bis sein Lachen in Schluchzen übergeht. «Oh, Stevie.» Er streckt die Arme aus wie ein Kind nach seiner Mutter. Sie geht zu ihm, um ihn zu trösten. «Verliere ich meinen Sexappeal?»

«Du hattest gestern Nacht mit zwei Frauen Sex, was glaubst du?», sagt sie aufmunternd.

Er schnieft jämmerlich. «Findest du mich noch sexy?»

Sie möchte ihn nicht verletzen. Er sieht schrecklich aus – ausgelaugt und aufgedunsen. Und seit Kurzem färbt er sich die Haare schwarz, um das erste Grau an den Schläfen zu kaschieren. Es ist schlimm, ihn so zu sehen, schwer zu glauben, dass sie ihn früher mal unwiderstehlich fand.

Sieh dir das an

Ruth hat tatsächlich mit dem Rauchen aufgehört. Heute sind es dreieinhalb Monate seit ihrer letzten Zigarette. Nachdem Elliot sie angefleht hatte, es noch mal mit Hypnose zu versuchen, ging sie wieder zu Dr. Mandry, und nun nach mehreren Wochen Behandlung hat seine Methode nachhaltig gewirkt. Das ist ihre längste rauchfreie Zeit, und obendrein hat sie kein Gramm zugenommen.

Wann immer sie an eine Zigarette denkt, schließt sie die Augen und zählt von zehn rückwärts. Sie ermahnt sich: *Rauchen ist eine Entscheidung. Ich habe einen freien Willen. Ich habe die Kontrolle darüber. Ich will keine Zigarette.* Und der Drang verschwindet einfach. Sie kann es kaum glauben. Sie hat seit ihrem siebzehnten Lebensjahr geraucht, und jetzt ist sie davon kuriert.

Sie trifft im Büro ein und macht es sich mit einer Tasse Kaffee bequem, um in den wöchentlichen W-Report zu schauen. Erfreut sieht sie, dass die Verkäufe von Barbies *Black Magic Ensemble* aus der 1600er-Reihe – inspiriert von einem ihrer eigenen Cocktailkleider – anziehen.

Um neun Uhr ruft ihre Sekretärin durch und informiert sie, dass der Reporter der *Look* da ist. Die Zeitschrift will eine große Reportage über Mattel bringen, und der Reporter hat bereits mit Elliot, Rosenberg und Jack gesprochen. Nun ist sie an der Reihe. Im Gegensatz zu Jack spricht sie nicht gern mit der Presse. Einerseits ist ihr klar, dass es für die Öffentlichkeitsarbeit notwendig ist, andererseits betrachtet sie das als große Ablenkung.

Der Reporter ist ein junger Mann mit Pomade in den Haaren und einem rötlich braunen Fleck Toilettenpapier am Kinn, dem Überbleibsel einer Rasierschnittwunde am Morgen. Er setzt sich Ruth gegenüber und stellt eifrig die üblichen Fragen: *Was ist Ihrer Ansicht nach Mattels Erfolgsgeheimnis? Überrascht es Sie, dass Barbie anhaltend populär ist? Wie hat Barbies Erfolg das Unternehmen verändert?* Komisch, dass die Reporter nie fragen, wie es für eine Frau ist, ein Unternehmen dieser Größe zu führen. Sie ist eine Anomalie, doch das interessiert keinen.

Der Reporter blättert durch seine Notizen und sagt: «Oh, da war noch etwas, das ich Sie fragen wollte ...» Er überfliegt die Seite, bis er findet, wonach er gesucht hat. «Könnten Sie etwas klarstellen, das Jack über seine Tantiemenzahlungen gesagt hat ...»

«Wie bitte?» Sie blickt ihn auf eine Weise an, die einen Schnellzug zum Halten bringen würde. «Jack hat über seine Tantiemen gesprochen?»

«Nun, ja ...»

Herrgott noch, sie will Jacks Vergütung nicht in der Presse sehen. «Sie werden sicher verstehen, dass die finanziellen Vereinbarungen mit unseren Angestellten vertraulich sind.» Sie wahrt einen gemessenen Ton und versucht, das Thema zu umgehen, während sie schon überlegt, wie sich die Story noch verhindern ließe.

Der Reporter fragt weiter: *Welche neuen Spielzeuge werden derzeit entwickelt? Was ist Ihrer Ansicht nach zurzeit das aufregendste Spielzeug auf dem Markt? Wo sehen Sie Barbie in der Zukunft? ...* Sie antwortet, aber es ist ein innerer Kampf, das Interview bis zu Ende durchzuhalten. Ihre Wut gärt, und sie könnte töten für eine Zigarette.

Als es vorbei ist, sitzt Ruth an ihrem Schreibtisch und macht tiefe Atemzüge, da sie gerade nicht fähig ist, das Rückwärtszählen zu praktizieren. Sie kann nicht glauben, dass Jack so dumm ist, mit einem Reporter über seine Tantiemen zu sprechen. Sie erinnert sich an ihre Gehaltsverhandlung mit Jack, nachdem sie ihm die Stelle angeboten hatten. Er besaß die Frechheit, ein Einstiegsgehalt von fünfundzwanzigtausend Dollar zu verlangen.

«Kommen Sie, Jack», sagte Elliot. «Wir sind eine kleine Firma. Vielleicht können wir Ihnen in ein paar Jahren so viel zahlen, aber jetzt ...» Er schüttelte den Kopf. «Keinesfalls.»

Jack nickte und strich sich übers Gesicht. «Ich sag Ihnen was – ich mag Sie beide. Ich denke, wir könnten gut zusammenarbeiten. Geben Sie mir ein bescheidenes Einstiegsgehalt – Sie entscheiden, was Sie sich leisten können, und dazu geben Sie mir einen Anteil an den Einnahmen aus den Produkten, die ich mitentwickelt habe. Sagen wir fünf Prozent.»

Ruth lachte. «Sagen wir ein Prozent.»

Schließlich einigten sie sich bei anderthalb Prozent. Seitdem ist sein Gehalt kaum erhöht worden, aber dank Barbies Erfolg geht es ihm finanziell gut.

Sie wendet sich ein paar Marktberichten zu, doch Jacks Tantiemen beschäftigen sie im Hinterkopf. Als sie es nicht abschütteln kann, sucht sie seinen Vertrag heraus. Er datiert vom dritten Februar 1955 und ist inzwischen an den Rändern vergilbt. Bisher nahm sie an, dass er nur auf seine patentierten Produkte Tantiemen erhält, doch laut dem Vertrag hat er Anrecht auf Gewinnbeteiligung an allen von ihm entwickelten Produkten. *Ob mit oder ohne Patent? Du lieber Himmel* – das könnte auf fast jedes ihrer Spielzeuge zutreffen. Ihr schießen Zahlen durch den Kopf, bei denen sich ihr Magen zusammenzieht. Sie schaut in die Bankauszüge und auf die Summen der ausgestellten Schecks seit Barbies Markteinführung und davor. Ihr Telefon klingelt, aber sie geht nicht ran. Sie ist zu sehr vertieft. Sie tippt Zahlen in die Rechenmaschine, so energisch, dass ihr fast die Fingernägel brechen.

Eine Stunde später schaut sie auf die Gesamtsumme. Jetzt will sie eine Zigarette. Sie will so dringend eine, dass ihr die Finger zucken. Atmen, denkt sie. Von zehn rückwärtszählen. *Rauchen ist eine Entscheidung. Ich habe die Kontrolle darüber …* Sie wendet alle Tricks an, die sie bei dem Hypnotiseur gelernt hat. Sie sagt sich, dass das Verlangen wieder aufhört. Das sei immer so. Doch heute klappt das nicht.

Sie nimmt Handtasche und Autoschlüssel und läuft zu ihrem Rolls-Royce, der neben Elliots steht. Sie schaut auf den geschlossenen Aschenbecher und fragt sich, ob darin eine halb gerauchte Zigarette liegen könnte. Leider nein. Sie setzt aus der Parkbucht, wütend auf sich selbst, weil sie sich über die Zahlungen an Jack nicht auf dem Laufenden gehalten hat. Früher hat sie die Gehaltsabrechnungen selbst gemacht, obwohl sie damals als Frau noch keine Gehaltsschecks unterschreiben durfte. Darauf stand immer Elliots Unterschrift. Aber sie sind zu groß geworden. Jetzt gibt es eine Lohnabteilung, die sich um alles kümmert. Ruth hat gar nicht mehr die Zeit, sich die Abrechnungen anzusehen.

Am Jefferson Boulevard bremst sie plötzlich ab, sodass der Fahrer hinter ihr hupt, und parkt den Wagen. Trotz der warnenden Stimmen in ihr geht sie forsch in einen Laden und kauft eine Packung Zigaretten. Sie reißt das Zellophan schon auf dem Weg zum Auto ab, drückt den Zigarettenanzünder in die Vertiefung und wartet begierig darauf, dass er zurückschnellt. Die rot glühende Metallspirale ist ein willkommener Anblick, als sie die Zigarette daranhält und tief inhaliert. Gott, wie kann etwas, das für sie schrecklich ungesund ist, solches Wohlgefühl auslösen? Es ist nur die eine, sagt sie sich. Eine Zigarette bedeutet nicht, dass sie wieder mit Rauchen anfängt.

Zwei Zigaretten und zwanzig Minuten später kehrt sie zu

Mattel zurück und findet Elliot in ihrem Büro vor. «Wo bist du gewesen?», fragt er.

Sie wagt nicht zu antworten und greift stattdessen nach der Papierschlange, die sie zuvor am Ausgabeschlitz der Rechenmaschine abgerissen hat. «Sieh dir das an – wir müssen die *Look*-Story verhindern. Jack hat bei dem Reporter über seine Tantiemen geschwatzt.»

«Was? Das würde Jack doch nicht ...»

«Oh doch, er würde. Und sieh dir nur an, wie viel wir ihm in den letzten fünf Jahren gezahlt haben.»

Elliot wirft einen Blick auf den Zahlenstreifen. Er blinzelt und sieht noch mal hin. «Das kann nicht stimmen. Bist du dir sicher?»

«Und ob.»

«Du lieber Himmel.» Er schlägt sich die Hand vor den Mund. «Das ist verdammt viel Geld.»

«Wie konnten wir so dumm sein?»

«Wir waren nicht dumm, Ruthie. Das schien damals das Richtige zu sein. Als wir Jack einstellten, war diese Vereinbarung sinnvoll. Wie hätten wir vorhersehen sollen, dass wir derart erfolgreich werden?»

«Wir zahlen ihm über eine Million pro Jahr an Tantiemen, und du weißt verdammt gut, dass es nur mehr werden. Wir dürfen ihm nicht so viel zahlen. Das dürfen wir einfach nicht.»

Er steht auf, lockert seine Krawatte und lässt sich auf das rosa Sofa sinken. Das ist tatsächlich eine Menge Geld, aber sie haben mit Jack einen Vertrag geschlossen. Den dürfen sie nicht brechen. Sonst verlässt er die Firma. Schlimmer noch, er könnte sie verklagen, und Elliot hat nicht die Nerven für einen weiteren Prozess, erst recht keinen gegen Jack. Elliot und Ruth machen mehr Geld, als sie für möglich gehalten hätten. Sie besitzen ein schönes Haus, jeder einen Rolls-Royce und haben gerade ein

Angebot für ein Strandhaus in Malibu abgegeben. Es fehlt ihnen an nichts. Wie Elliot die Sache sieht, ist Jack jeden Penny wert, den sie ihm zahlen. Also warum soll er nicht sein Geld bekommen, und sie beide bekommen ihres? Und außerdem erhält er immer nur einen Bruchteil von dem, was sie verdienen.

Doch Ruth sieht das anders. Für sie geht es nicht nur um das Geld. Es geht ums Prinzip. Es geht darum, Jack auf seinen Platz zu verweisen. Seit seinem Auftritt bei *What's My Line?* tut er so, als wäre er eine Berühmtheit. Er hat es sogar geschafft, sich in die *Merv Griffin Show* zu bringen, wo er wieder mit Barbie prahlte und über seine widerlichen Sexpartys quatschte. Ruth ist überzeugt, dass Jack Barbies Ruf ruinieren wird – mehr noch als die Frauenbewegung. «Wir müssen etwas dagegen unternehmen, Elliot.»

«Zum Beispiel?»

«Ich weiß es nicht. Hol Rosenberg her.»

Als Rosenberg da ist, erklärt Ruth, was sie gerade entdeckt hat. «Sie sind jetzt Leiter der Finanzen. Sie sollten uns von dem Schlamassel befreien. Es muss etwas geben, was Sie tun können.»

«Keine Sorge», versichert Rosenberg. «Das lässt sich beheben.»

«Aber wie?», fragt Ruth. «Es gibt einen Vertrag. Was können wir da machen?»

Rosenberg lächelt. «Wir ziehen ihn schrittweise aus dem Verkehr.»

«Was?» Ruth bemerkt überrascht, welche Panik das in ihr auslöst.

«Wir brauchen Jack», erwidert Elliot mit Nachdruck.

«Ich korrigiere: Sie brauchten Jack», sagt Rosenberg. «Er hat Ihnen gut gedient. Hat Sie von A nach B gebracht. Nun machen Sie ohne ihn weiter.»

«Aber Jack loszuwerden, löst nicht das Problem», sagt Elliot. «Laut Vertrag hätte er dann trotzdem noch Anspruch auf Tantiemen.»

«Nicht wenn wir einen Weg finden, seine Patente zu umgehen», sagt Rosenberg zwinkernd. «Glauben Sie, Jack Ryan ist der einzige Ingenieur da draußen, der eine Puppe konstruieren kann? Eine Spielzeugpistole? Ich bitte Sie.» Er lacht. «Wir werden jemand anderen finden, der die Puppen neu entwickelt, sodass Sie Jack nicht weiter bezahlen müssen.»

«Ist das anständig?», fragt Elliot.

«Das ist gängige Praxis. Es ist nicht nett, aber üblich. Glauben Sie mir.»

Nachdem Rosenberg gegangen ist, sagt Elliot: «Sind wir uns damit sicher? Ich möchte Jack zurechtstutzen, nicht loswerden.»

«Aber ich denke nicht, dass beides zusammengeht.» Ruth steht vom Schreibtisch auf und setzt sich zu ihm aufs Sofa. «Ich weiß, es ist hart, aber wir müssen das Emotionale außen vor lassen. Das ist eine Geschäftsentscheidung.»

Elliot sieht sie an, zieht die Brauen zusammen und schaut alarmiert.

«Was ist?», fragt sie. «Was ist los?»

«Hast du – Herrgott, Ruthie, rauchst du wieder?»

Die zwei Jacks

Seit Rosenberg zu Mattel kam, erkennt Jack die Firma kaum wieder. Stevie geht es genauso. Es wurden sehr viele neue Leute eingestellt, darunter auch ein junger Jurist, der aussieht wie ein Filmstar. Stevie hat ihn noch nicht kennengelernt, aber schon alles über ihn gehört. Seit der Anfangszeit von Jack Ryan hat keiner mehr den Kolleginnen so den Kopf verdreht wie Simon Richards.

Was Rosenberg betrifft, so hat Jack von Anfang an mit ihm Probleme gehabt, seit der Hurensohn ihre wöchentliche Mitarbeiterbesprechung übernommen hat, die Jack bis dahin leitete. Außerdem findet Jack, dass Rosenberg die Kreativität erstickt, indem er mehrmals am Tag durch die Büros geht, die Leute kontrolliert und dafür sorgt, dass sie ihre Arbeit machen. Wer ihn kommen sieht, beendet hastig sein Telefonat, unterbricht seine Unterhaltung, legt bei den Wasserpistolen und anderem Unfug einen Waffenstillstand ein.

«Bei Rosenberg bekomme ich eine Gänsehaut», sagt Stevie zu Jack. Sie sind beide in Jacks Büro und begutachten die Kleider für eine Twiggy-Barbie, die kurze blonde Haare, übergroße blaue Augen und lange Wimpern hat und in begrenzter Stückzahl erscheinen soll. «Ich habe das Gefühl, dass er immer auf meine Brüste starrt.»

«Tut er wahrscheinlich.»

Stevie liegt auf der Couch und hat sich die hohen Pumps abgestreift. Jack liegt auf dem Bärenfell und dehnt stöhnend den Rücken.

«Darf ich fragen, wie du dir den Rücken verrenkt hast?»

«Das willst du nicht wissen.» Er stöhnt wieder und diesmal lauter.

«Himmel, Jack, das klingt ja, als hättest du Sex.»

«Honey, du weißt besser als jeder andere, dass ich so nicht klinge, wenn mich die Leidenschaft gepackt hat.»

Sie lacht und tritt ihn scherzhaft mit der Fußspitze.

Am nächsten Tag kommt Rosenberg mit einem Mann zu Jack ins Büro, den er noch nie gesehen hat. Der Kerl ist groß, größer als Rosenberg und fünfzehn Zentimeter größer als Jack. Er wirkt kantig, hat eine altmodische Frisur und trägt ein langweiliges weißes Oberhemd mit einer schmalen dunklen Krawatte.

«Jack Ryan», Rosenberg macht eine Armbewegung wie ein Fernsehmoderator, «begrüßen Sie Mattels zweiten Jack, Jack Barcus.»

Nachdem sich die beiden die Hand geschüttelt haben, versucht Rosenberg bei beiden einen Arm auf die Schultern zu legen, kann aber bei Barcus nicht so weit hochreichen, ohne dass es albern aussähe, und fasst ihm deshalb um die Taille. «Meine zwei Jacks», sagt er verkrampft lächelnd. «Die Zukunft von Mattels Forschung und Entwicklung liegt in Ihren Händen.»

«Verzeihung?» Jack sieht zuerst Rosenberg und dann Barcus an, der ihn scharf beäugt.

«Wir richten eine zweite Entwicklergruppe ein», sagt Rosenberg. «Wir werden jetzt also zwei Teams haben, die Ryan-Gruppe und die Barcus-Gruppe.»

Aus dem langweiligen Mr Kantig wird plötzlich ein Herausforderer. Das wird ein echter Wettbewerb.

«Barcus?» Jack geht Ruth und Elliot direkt an, als er sie in Elliots Büro findet. «Wer zum Teufel ist dieser Barcus?»

«Kommen Sie rein, Jack.» Elliot steht mit entschuldigender Miene vom Schreibtisch auf. «Ich fürchte, Rosenberg war voreilig.»

«Wir wollten es Ihnen eigentlich persönlich mitteilen», sagt Ruth.

«Mir was mitteilen? Dass Sie ein neues Entwicklerteam in die Firma holen?»

«Das müssen wir», sagt Elliot. Er macht ein fassungsloses Gesicht, als hätte er keine andere Wahl gehabt. «Das Unternehmen wächst. Sehen Sie das als etwas Gutes.»

«Wie kann das etwas Gutes sein? Was für eine Botschaft sendet das an mein Team?»

«Ihre Abteilung ist nicht die einzige, die umstrukturiert wird», sagt Ruth. Sie bringt es nicht über sich, ihn anzusehen, und blickt stattdessen auf Elliots Lavalampe. «Wir brauchen mehr Arbeitskräfte», fügt sie hinzu und verfolgt die aufsteigenden roten Kugeln.

«Und Sie fanden nicht, das wäre zuerst ein Gespräch mit mir wert? Ruth, ich weiß, es lief in letzter Zeit nicht gerade gut zwischen uns, aber ich dachte, wir würden am selben Strang ziehen. Ich habe geholfen, dieses Unternehmen groß zu machen, und das ist der Dank dafür?» Er spürt einen wachsenden Druck hinter seinen Augen, und – *du lieber Himmel* – ihm ist tatsächlich zum Heulen zumute. Nein, Scheiße, nein, das geht nicht. Er wird ihnen nicht die Genugtuung verschaffen, vor ihnen zusammenzubrechen. Er muss schleunigst raus. Kopfschüttelnd geht er und knallt die Tür hinter sich zu.

Ruth blickt zu Elliot hoch, der nach den Maalox in seiner obersten Schublade greift, die Kappe abschraubt und sich welche in den Mund kippt. «Wieso ist Rosenberg vorgeprescht und hat Jack mit Barcus bekannt gemacht?», fragt er. «Das haben wir anders abgemacht. Er hat die ganze Sache verpatzt. Ich kann Jack nicht übel nehmen, dass er aufgebracht ist.»

Ruth fühlt einen dumpfen Kopfschmerz kommen und denkt nur: *Was haben wir da angestoßen?*

Wer zieht die Fäden?

Trotz ihrer Absicht, Jack hinauszudrängen, kann Ruth und selbst Rosenberg nicht leugnen, dass der Mann ein überragender Ingenieur ist. Kurz hintereinander sind Jack für die Hüft- und Fußgelenke der *Living*-Barbie, die bewegliche Taille der *Twist-'n'-Turn*-Barbie und natürlich für den Sprechapparat der *Talking*-Barbie Patente genehmigt worden. Und dagegen können sie nicht das Geringste tun.

Jacks Erfolgsserie hat Barcus aufgerüttelt. Eines Tages steht er mit Schweißperlen auf der Stirn in der Tür von Ruths Büro. «Haben Sie eine Minute, Ruth?»

«Was gibt es?» Sie ist konzentriert, sieht die beispiellosen Bestellzahlen der *Living*-Barbie durch.

«Sagen Sie mir, was Sie davon halten?» Mit ein paar technischen Zeichnungen in der Hand tritt er zögernd näher.

Sie setzt den Zeigefinger auf die Sears-Zeile, bei der sie gerade ist, und Barcus zeigt ihr seine *Blinking*-Barbie. «Sehen Sie, man neigt ihren Kopf so und so, und sie blinzelt.»

«Das gibt es schon», sagt Ruth.

«Aber ...»

«Erinnert mich an Babypuppen.»

In der folgenden Woche geht er wieder zu ihr mit der *Flexing*-Barbie. «Sehen Sie, ihre Zehen bewegen sich rauf und runter.»

«Und welchen Spielwert soll das haben?»

Barcus' Verzweiflung wächst nach jeder Ablehnung, und in demselben Maße wächst Jacks Ego. Er schreitet durchs Büro, schaltet seinen Charme ein und macht sich bei Barcus' Team beliebt. Er sieht sich ihre Entwürfe an, schlägt Verbesserungen vor, lädt sie zu den nächsten Partys ein.

Eines Nachmittags entdeckt Barcus, dass Jack sein gesamtes Team zum Lunch eingeladen hat. Und zwar in ein Bistro in Beverly Hills, in dem sich keiner von ihnen das Essen leisten könnte. Er ist wütend. Er läuft schäumend im Flur auf und ab, schaut abwechselnd auf die Uhr und zu den leeren Arbeitsnischen.

Um halb drei kann er seine Wut nicht mehr bezähmen und platzt in Ruths Büro. «Sie sind alle weg.» Seine Wut entwickelt sich zu einer ausgewachsenen Panik. «Mein ganzes Team ist außer Haus und tut weiß Gott was mit Jack Ryan.»

Als das Barcus-Team zurückkommt, ist es kurz vor vier, und keiner von denen ist noch arbeitsfähig. Nur Jack können die zahllosen Martinis scheinbar nichts anhaben. Barcus' bester Ingenieur erbricht sich bereits in seinen Papierkorb, ein anderer steht kurz davor, am Zeichentisch einzuschlafen.

«Das wird ein echtes Problem mit den beiden», sagt Ruth am nächsten Tag zu Rosenberg. «Jacks kleines Mittagessen hat uns einen Tag an Produktivität gekostet. Außerdem dreht Barcus seinetwegen durch. Und», sie reicht Rosenberg eine Liste, «haben Sie die Novemberbestellungen für die *Living*-Barbie gesehen? Der Umsatz ist exorbitant.»

Rosenberg schaut auf die Gesamtsumme, und Ruth sieht ihm an, dass sie höher ist, als er erwartet hat.

«Das Ziel war, ihm weniger zu zahlen, nicht mehr», sagt sie. «Sie sollten mich von den Tantiemen befreien, nicht Jack mehr zahlen und ihn obendrein zum Helden machen.»

Früher genoss Jack seine Schlaflosigkeitsphasen. Inzwischen nicht mehr. Trotz seiner Siege gegen Barcus und seines Erfolgs mit der *Living*-Barbie liegt er nachts wach und fühlt sich durch den wachsenden Druck bei der Arbeit entwaffnet. Was zwischen ihm und Ruth passiert, dass sie ihn nicht mal mehr ansehen will, setzt ihm sehr zu. Und dafür gibt er Rosenberg die Schuld. Der hat sie gegen ihn aufgestachelt.

Dr. Klemes hat ihm an diesem Punkt widersprochen, ihn erinnert, dass er mehrmals die Lorbeeren für die Puppe für sich beansprucht hat, noch dazu im Fernsehen, zuerst in der Rateshow und dann in der Merv Griffin Show. Doch Jack sieht das anders. Er denkt, Ruths Ärger und Misstrauen wurden allein von Rosenberg gesät, und das versetzt Jack in Aufregung und Angst. Und trotz Pillen und Alkohol kann er nicht schlafen.

Die schlimmsten Stunden sind die ab zwei Uhr morgens, wenn die Partys abflauen und die vernünftigen Leute ins Bett gehen. Dann kommen seine inneren Dämonen hervor. Wenn es ringsherum dunkel ist, erschreckt ihn alles. Dann ist sein Körper im Zustand von Verfall und Verwesung. Er fürchtet, dass der Kratzer an seinem Arm zu langsam heilt und Krebs sein könnte. Er fürchtet, dass Ruth oder Rosenberg seinen Kaffee vergiften. Er nimmt sich vor, seine Bremsen prüfen zu lassen, weil sie vielleicht manipuliert wurden. Er weiß, all das ist absurd, doch er bekommt seine Gedanken nicht in den Griff. Die Gefahr steigt sprunghaft an, und um drei oder vier Uhr in der Früh, wenn er die Einsamkeit nicht mehr erträgt, weckt er seine neuen UCLA-Jungs. Auf dem Campus hat sich das herumgesprochen, und wenn eine Gruppe ihren Abschluss gemacht hat, zieht eine neue ins Schloss ein. Die neuen Jungs – sieben bei der letzten Zählung – sind zu allem bereit. Sie gesellen sich mitten in der Nacht zu Jack an den Pool, um mit ihm zu schwimmen, oder setzen sich in den Aussichtspavillon und rauchen Gras, bis die Sonne aufgeht und er sich wieder in die Arbeit flüchten kann.

Eines Morgens nach drei schlaflosen Nächten wird Jack in Elliots Büro gerufen und stellt fest, dass er in einen Hinterhalt geraten ist. Ruth ist da, ebenso Rosenberg, der seinen Kaffee schlürft, und Barcus sitzt auf dem Fensterbrett wie eine Taube.

«Ich wusste nicht, dass das eine Party wird», sagt Jack. Er tut gelassen und versucht, die Fassung zu wahren.

«Ich fürchte, wir haben ein Problem», sagt Elliot händeringend. «Ich habe soeben mit Sears telefoniert. Es gibt Kundenbeschwerden über die *Talking*-Barbie.»

«Beschwerden? Weswegen?»

«Anscheinend wird der Sprechapparat zu heiß», sagt Elliot. «Dadurch schmilzt der Kunststoff ringsherum.»

Jack schüttelt den Kopf. «Das ist Blödsinn.»

«Möchten Sie das Sears verklickern?», fragt Rosenberg und trinkt noch einen Schluck Kaffee.

«Es liegt an dem neuen Kunststoff, den Sie genommen haben», erklärt Barcus schadenfroh. «Die Arme und Beine schmelzen auch.»

«Das wird beträchtliche Auswirkungen haben.» Rosenberg wird aufgeregter, macht ausholende Armbewegungen und schüttelt ständig den Kopf. «Das ist ein Desaster. Und der Zeitpunkt ist scheiße. In zwei Monaten ist die Jahreshauptversammlung, und da wird das nicht gut ankommen. Überhaupt nicht.»

Jack verspürt einen Ruck wie zuletzt bei dem 68er-Erdbeben, das ihn aus dem Bett warf. Er hat das Gefühl, seine Welt bricht zusammen, und lässt sich auf einen Stuhl fallen. Ja, er hat kürzlich den Kunststoff gewechselt, um Kosten zu sparen, aber er hat ihn getestet. Erst jetzt fragt er sich, ob er ihn ausreichend getestet hat. Doch er ist Jack Ryan – ihm unterlaufen solche Fehler nicht. Er ist verlegen, beschämt, aber in erster Linie ist er stocksauer, weil Ruth und Elliot nicht diskret zu ihm gekommen sind. Warum stellen sie ihn bloß, machen daraus eine öffentliche Demütigung?

Da Ruth es nicht leiden kann, wenn Jack mit der Presse redet, und er das weiß, rächt er sich, indem er ein Interview mit dem *Esquire* arrangiert. Zwei Journalisten – ein Reporter und ein Fotograf – kommen zum Schloss, um etwas über den berühmten Spielzeugmacher und Partylöwen zu erfahren.

John Riley, der Schreiber, konzentriert sich auf Jacks gesellschaftliches Leben, seine Kolonne schöner Frauen und seine extravaganten Partys, doch Jack kommt es darauf an, Ruth den Wölfen zum Fraß vorzuwerfen. Und mit ihr muss leider auch Elliot dran glauben. Rosenberg, nun, der ist für Jack schon gestorben. Und Barcus ist nichts weiter als eine lästige Zecke, nicht erwähnenswert.

Der Reporter schreibt in sein Notizbuch, fragt Jack, warum er so viele Telefone hat, ob er wirklich an die zwanzig Partys im Monat gibt, ob die Gerüchte wahr sind, dass Studenten bei ihm leben. Er stellt viele Fragen, während der Fotograf mit seinem Stativ von Raum zu Raum geht und Jack in verschiedenen Settings posieren lässt.

Jack nimmt sie mit nach draußen zum Baumhaus. Als kleiner Junge hat er sich immer eins gewünscht, aber seine Mutter erlaubte keins, weil es den Eindruck des Hauses ruinieren würde.

«Das würde ich kaum als Baumhaus bezeichnen», sagt der Reporter.

«Ist aber eins», erwidert Jack. «Das da ist ein Baum», er zeigt auf die mächtige Eiche, «und das ist ein Haus. Ist das nicht klasse?» Er führt sie die Wendeltreppe hoch, die sich um den dicken Stamm windet und zu einem großen, eleganten Raum führt. «Voilà!»

«Das ist eher ein Apartment, das sich zufällig in einer Baumkrone befindet», sagt der Fotograf und knipst den Kronleuchter über dem Esstisch.

«Den habe ich in Florenz machen lassen», sagt Jack.

Der Reporter notiert sich das.

Schließlich sind sie im Inneren angelangt, in der Bibliothek, die auch nur eine von Jacks Requisiten ist. Er hat sie sorgfältig in Szene gesetzt, um seine Wortblindheit zu kompensieren. Die Bücher geben Jack als gebildeten Mann aus, der sich in einem Ledersessel mit einem Romanklassiker auf dem Schoß und einem Glas Wein in der Hand vor einem lodernden Kaminfeuer entspannt. Die Bücher, die mal einem echten Bibliophilen gehörten, stammen aus einem Immobilienverkauf und sind abgegriffen und angegilbt.

Während die Journalisten in der Bibliothek verweilen, wartet Jack darauf, dass das Interview sich dem Thema Mattel zuwendet, doch das passiert nicht. Als der Reporter die Kappe auf seinen Füller schraubt und sein Notizbuch zuklappt, lässt Jack eine einstudierte Tirade los, in der er Ruth und Elliot nur «das Paar» nennt.

«Es ist hart, mit dem Paar zu arbeiten», sagt er. «Vor allem mit ihr. Ich will mich nicht damit brüsten oder allzu überheblich sein, aber Mattel wäre ohne mich nicht so weit gekommen. Ich habe die Barbie erfunden, wissen Sie. Ja, so ist es. Sie wurde nach meiner Frau benannt, Barbara ...»

Eine Planänderung

Es ist Anfang Dezember. Morgen werden Ruth, Elliot, Rosenberg und eine Handvoll anderer Mitarbeiter nach New York zur Jahreshauptversammlung fliegen. Ruth ist mürrisch. Heute früh hat sie erfahren, dass sich Barbara scheiden lässt, was nicht überraschend kommt und sie trotzdem erschüttert. Wenigstens ist eine Scheidung nicht mehr so stigmatisierend wie früher, etwa als Charlotte geschieden wurde. Die Zeiten haben sich geändert, und Barbara wird auf lange Sicht besser dran sein. Doch fürs Erste ist sie niedergeschlagen, und Ruth fühlt sich in ihrer Entscheidung, die Allan-Puppe einzustellen, bestätigt. Das ist drei Jahre her. Schon damals war ihr klar, dass die Ehe nicht halten würde.

Ruth ist heute sehr früh im Büro, um ihrer Rede vor der Jahreshauptversammlung den letzten Schliff zu geben. Sie hat sich entschieden, das *Talking*-Barbie-Desaster unter den Teppich zu kehren und das Wachstum des Unternehmens hochzuspielen: *Wir haben jetzt in mehr als sechzig Ländern einen Umsatz von über einhundert Millionen Dollar erzielt … die Dominanz in einer zwei Milliarden Dollar schweren Spielzeugindustrie erlangt … neue Werke in Taiwan und Großbritannien eröffnet …*

Sie feilt noch daran, als Rosenberg den Kopf hereinsteckt und fragt, ob Ruth mit ihm zum Lunch gehen möchte. Elliot sei auch dabei. Sie nimmt an, er will sich vor der Abreise mit ihnen absprechen, doch nein. Bei einem überteuerten Chefsalat überfährt Rosenberg sie mit einer Planänderung.

«Ich komme gleich auf den Punkt», sagt er. «Ruth, Sie werden nicht nach New York fliegen.»

«Wie bitte?»

«Sie werden nicht den Jahresrückblick halten.»

«Was? Was reden Sie da? Ich tue das jedes Jahr. Ich habe meine Rede schon geschrieben.»

«Ich auch», sagt Rosenberg und legt die Hand aufs Herz.

«Soll das ein Scherz sein?», fragt Elliot. «*Sie* wollen die Rede halten?»

«So ist es. Ich habe das schon mit dem Vorstand besprochen.»

Rosenberg spricht mit dem Vorstand? Ohne Elliot? Er tut das hinter unserem Rücken? Für Ruth ist das wie ein Stich ins Herz. Für Elliot auch.

Rosenberg wischt sich den Mund mit der Serviette ab. «Es gibt keine angenehme Art, das zu sagen. Und Ruth, Gott weiß, jeder ist dankbar für alles, was Sie getan haben, aber wir müssen an die Zukunft denken, und deshalb», er schüttelt den Kopf, «können Sie nicht das Gesicht von Mattel sein.»

«Was? Haben Sie den Verstand verloren? Ich habe Mattel aufgebaut. Mattel ist nichts ohne mich.»

«Glauben Sie mir, Ruth», Rosenberg zuckt halbherzig die Achseln, «die Wall Street frisst Sie bei lebendigem Leib.»

Sie lacht bitter. «Wenn Sie das glauben, dann kennen Sie mich nicht besonders gut.»

«Na schön», sagt Rosenberg. «Dann nehme ich jetzt kein Blatt mehr vor den Mund. Sie sind nicht die richtige Person, um Mattel in die Zukunft zu führen.»

«Warum denn nicht?», fragt Elliot.

«Nennen Sie mir einen guten Grund», sagt Ruth.

«Ich nenne Ihnen drei.» Rosenberg zählt sie an seinen kurzen dicken Fingern ab. «Erstens: Sie sind eine Frau. Zweitens: Sie sind Jüdin ...»

«Verzeihung», unterbricht sie aufbrausend, «Sie sind auch Jude.»

«Drittens», sagt er, ohne auf ihr Argument einzugehen, «haben Sie nicht das richtige Auftreten. Sie reden wie ein betrunkener Matrose. Sie sind zu ungeschliffen. Niemand weiß, wie er mit Ihnen umgehen soll. Da haben sie lieber mit einem Mann zu tun, der sich an der Wall Street auskennt, selbst wenn der ein Jude ist.»

«Sie Hurensohn.» Sie wirft ihre Serviette auf den Tisch und springt auf. «Ficken Sie sich doch ins Knie.»

Elliot eilt hinter ihr her und lässt Rosenberg am Tisch zurück.

Ehe sie ins Auto steigen, sagt Ruth: «Ich werde dieses Stück Scheiße feuern. Ich schwöre bei Gott, das werde ich.»

Elliot informiert sie ruhig und leise, dass sie das nicht kann.

«Was soll das heißen, ich kann nicht? Ich bin die Präsidentin. Ich kann tun, was immer ich will.»

«Ruthie, denk nach. Du kannst Rosenberg nicht feuern. Die Wall Street liebt ihn – ob richtig oder falsch, sie lieben ihn. Du hast gesehen, wie unsere Aktien gestiegen sind, seit er an Bord ist. Wenn wir ihn jetzt rauswerfen, werden die Leute das Vertrauen in unser Unternehmen verlieren. Wir stehen dann da wie Dilettanten.»

«Aber du hast gehört, was er zu mir gesagt hat. Der Schwanzlutscher soll sich bei mir entschuldigen.»

Elliot nickt. «Und ich werde darüber mit ihm reden. Ich werde ihn dazu bringen. Aber Ruthie, ich fürchte, das ändert nichts am Ergebnis. Er hat das bereits mit dem Vorstand abgesprochen, und der fällt jetzt die Entscheidungen, nicht wir.»

Nachdem Ruth und Elliot in die Firma zurückgekehrt sind,

geht Ruth durch das Erdgeschoss. Sie haben kürzlich in einen über dreitausend Quadratmeter großen Anbau investiert. Sie haben Abteilungen umgebaut und Schreibtische und Arbeitsnischen zusammengerückt, um die neuen Mitarbeiter unterzubringen, von denen sie einige noch nicht einmal kennt, weil Rosenberg sie eingestellt hat. Sie haben neue Ingenieure, neue Forschungsgruppen. Sie haben einen neuen Justiziar, der ihre Rechtsabteilung aufgestockt hat. Ruth hat gehört, dass die Frauen diesen Simon Sowieso schon umschwärmen.

Ruth fühlt sich empfindlich getroffen, ihr ist aber auch nostalgisch zumute. Sie denkt an die gute alte Zeit zurück, als sie noch jeden Mitarbeiter mit Namen kannte, auch den des Ehepartners und der Kinder. Sie erinnert sich, wie gern Barbara und Ken zu ihr ins Büro kamen und mit den neuen Spielzeugen spielten. Jetzt steht Ruth mitten in der einstigen Modellbauerabteilung, wo inzwischen der Kundendienst ist oder vielleicht auch die Personalabteilung – sie weiß es nicht so genau. Sie fühlt sich desorientiert. Wo ist Charlotte? Wo sind die Designerinnen? Nichts und niemand ist, wo er sein sollte. Ihr wird eng in der Brust. Sie schwitzt, und ihr ist übel. Einen Moment lang fragt sie sich besorgt, ob sie einen Herzinfarkt hat. Doch sie weiß, es liegt nur daran, dass sie die Kontrolle über ihr Unternehmen verliert. Sie hat Mattel an die Wall Street verkauft.

Vierter Teil

DIE DOMINOSTEINE FALLEN

Im-pul-si-vi-tät schlägt wieder zu

1970

Das neue Jahrzehnt fängt für Jack belastend an. Am Weihnachtstag 69 ist sein Vater gestorben. Jack trauert, fühlt sich aber auch befreit und hat deswegen ein schlechtes Gewissen. Da sein Vater nicht mehr da ist, kann er die Scheidung in die Wege leiten, obwohl seine Mutter darauf herumreitet, dass das Eheversprechen heilig ist. Nicht dass die Meinung seiner Mutter nichts zählt, aber sie hat nicht das Gewicht wie zuvor die Erwartungen seines Vaters. Jack kann damit leben, seine Mutter zu enttäuschen. Schließlich tut er das schon sein Leben lang. Und so ziehen Barbara und die Mädchen am Tag nach der Beerdigung aus dem Schloss aus.

Durch den Tod seines Vaters, das Genörgel seiner Mutter und die Scheidung hat Jack ganz vergessen, dass er dem *Esquire* vor Monaten ein Interview gegeben hat. Jetzt liegt die Zeitschrift an den Kiosken aus. Natürlich kann er sie nicht selbst lesen, doch er hat die Bilder gesehen. Völlig lächerliche Fotos. *Wie konnte ich das für eine gute Idee halten?* Darunter auch ein absurdes Foto, wo er in einer Hausjacke – *einer Hausjacke* – unter einer Pelzdecke – *einer Pelzdecke* – in seinem Bett liegt – *in meinem gottverdammten Bett* – und telefoniert. Zwei Universitätsflaggen – Yale und Harvard – hängen über ihm. Er sieht aus wie ein pompöser Narr. Eine Karikatur seiner selbst.

Trotz der Fotos würde er zu gern wissen, ob der Artikel Ruth fertiggemacht hat. Er ruft Ginger in sein Büro und gibt ihr die Zeitschrift.

Sie schlägt die Seite dreiundachtzig auf. «Oh, sehen Sie nur. Das ist ja aufregend.»

Er macht eine kreisende Legen-Sie-los-Geste. «Fangen Sie einfach an zu lesen, ja?»

Sie räuspert sich und beginnt. *«‹Klasse in unserer Zeit.›* Und unter dem Foto steht», sie spricht mit hellerer Stimme, *«‹Das ist Jack Ryan an einem seiner einhundertvierzig Telefone. Kommen Sie auf ein paar Maiskolben vorbei.›»*

«Ah, verdammt!» Er schlägt sich an den Kopf. «Maiskolben?» Er wechselt von der Couch auf das Bärenfell und windet sich vor Verlegenheit, während Ginger alle neun Seiten über Jack Ryan vorliest, über den Playboy, den verrückten Wissenschaftler, den Mann, der in seinem Schloss in Bel Air Orgien feiert. Barbie und «das Paar» werden kaum erwähnt. Sein Plan, Ruth zu sabotieren, ist spektakulär nach hinten losgegangen. Er ist eine Lachnummer. Er ist völlig durcheinander und möchte am liebsten in ein Loch kriechen und sterben. Diese Ausgabe ist nun in der Welt, an jedem Zeitungsstand, in jedem Drugstore, im Briefkasten der Leute. Jeder wird das lesen, und er ist gedemütigt.

«Warum sind Sie so aufgebracht?», fragt Ginger. «Man hat Ihnen einen langen Artikel in einer wichtigen Zeitschrift gewidmet. Sie sind berühmt.»

«Oder berüchtigt.»

«Ach, nein, sagen Sie das nicht. So ist es nicht. Sie sind eine Stimmungskanone, und sie haben erfasst, wie brillant und kreativ Sie sind. Und», sie lächelt vielsagend, «Sie sind Hollywoods begehrtester Junggeselle.»

«Abgesehen von der Tatsache, dass ich praktisch noch verheiratet bin.»

«Na, Sie sind fast wieder unverheiratet, und apropos, Ihr Anwalt hat ein paar Unterlagen vorbeigebracht, die Sie unterschreiben müssen.»

Noch mehr Schriftkram. Noch mehr Wörter. Er steht auf, reibt sich die Augen und den Nacken. Sein Körper ist verkrampft, und er hat das Gefühl, dass sein Blut nicht mehr fließt, als wäre es dick geworden. Ginger steht bereits hinter ihm, massiert ihm die Schultern und säuselt ihm ins Ohr, er solle atmen und sich entspannen. Er spürt ihre Brüste an seinem Rücken und riecht das Parfüm, das er ihr geschenkt hat – L'Air du Temps, eins von Barbaras liebsten. Früher hat es ihn verrückt gemacht. Er schließt tatsächlich die Augen und überlässt sich gerade Gingers Händen, als er herausgerissen wird.

«Störe ich bei etwas?» Ruth steht in der Tür, in der Hand die *Esquire*-Ausgabe. «Ginger, ich muss mit Jack sprechen. Unter vier Augen.»

Ginger zieht sich in die Damentoilette zurück, wo sie einen Bausch Papierhandtücher aus dem Spender reißt und hineinschluchzt. *Wieso musste Ruth unbedingt hereinplatzen und den Moment ruinieren? Wieso macht Jack nicht endlich den ersten Schritt? Wie oft kann ich mich ihm noch an den Hals werfen?*

Sie betrachtet sich im Spiegel und fragt sich, was an ihr verkehrt ist. Er hat es selbst gesagt: Eine lebendige Barbie wäre die perfekte Frau. Ginger gibt sich die größte Mühe. Die Leute sagen, dass sie aussieht wie Barbie, aber Jack sagt nur, sie wird allmählich zu dünn. Dabei weiß sie genau, dass Jack dünne Frauen mag, und wenn sie die fünfundfünfzig durchbrechen könnte – die magischen einhundertzehn Pfund auf Barbies Waage –, dann würde er sie so ansehen wie andere Frauen, wie Patsy zum Beispiel oder Stevie. So sieht er viele andere Frauen an, nur sie nicht.

Unterdessen ist Ruth bei Jack im Büro und fährt ihn an. «Ich hoffe, Sie sind zufrieden.» Sie schüttelt die Zeitschrift vor seiner Nase. «Sie haben mein Unternehmen und Barbie zum Gespött gemacht. Wie können Sie es wagen, Barbies Namen in Ihren abstoßenden, perversen Lebensstil reinzuziehen? Wenn Sie dem Umsatz schaden, ich schwöre bei Gott, dann verklage ich Sie dafür.»

«Herrje, Ruth, niemand wird dem Umsatz schaden.»

Doch sie wissen beide, dass Barbie unter Beschuss steht. Stevie berichtet von ihren bewusstseinsbildenden Treffen und Selbsthilfegruppen, zu denen sie geht, um die Barbie-Kritik im Auge zu behalten, aber auch um ihrem eigenen Unmut Luft zu machen. Die National Organization for Women nimmt jede Kleinigkeit zum Anlass, um Barbie für alles die Schuld zu geben, von der Ungleichheit der Geschlechter bis zu mangelnder Selbstachtung von Frauen. NOW hat sogar schon Mattel angegriffen, weil sie für Jungen *intelligentes Spielzeug* und für Mädchen *herausgeputzte Barbies* anbieten.

Ruth ist in Rage, und erst einmal ist all das Jacks Schuld. «Ich will nicht, dass Barbies Image unter Ihren widerlichen Drogen- und Sexpartys leidet.»

«Sexpartys?» Er ringt sich ein Lachen ab. «So würde ich sie nicht gerade nennen.»

«Ihr Ruf ist Ihnen offenbar egal, aber ich lege Wert auf Barbies Ruf. Und auf meinen. In dem Artikel stehen Sie da wie ein gottverdammter Schwachkopf.» Sie schüttelt die Zeitschrift wie einen Pompon. «Sie sind ein Clown. Ein Idiot ...»

Jedes Mal wenn Ruth den Mund aufmacht und eine weitere Beleidigung herauskommt, schrumpft Jack weiter in sich zusammen. Er hält sich die Ohren zu und fühlt sich wieder wie der Zwölfjährige von damals. Er ist gerade zum Direktor gerufen worden, wo seine Mutter steht und ihn ausschimpft, weil er während des Englischunterrichts einen Detektorempfänger entworfen hat. Wie Ruth nannte Lily Ryan ihren Sohn einen Clown, einen Idioten.

Als Ruth sein Büro verlässt, ist von ihm wenig übrig. Wenn er den Artikel zurücknehmen könnte, würde er es tun. Doch der ist nun in der Welt, und Jack muss mit den Konsequenzen leben, wieder ein Resultat seiner Im-pul-si-vi-tät. Er greift in seine Schreibtischschublade und schüttelt sich eine Valium in die Hand, die Dr. Klemes ihm neuerdings verschreibt, und obwohl es nicht mal Mittag ist, spült er sie mit einem Glas Scotch hinunter.

Sie haben alles

Ruth drückt ihre Zigarette aus, schiebt ihre Haare unter die Duschhaube und hält die Hand in den Wasserstrahl, um die Temperatur zu prüfen. Sie duscht gern am Abend vor dem Zubettgehen, weil sie dabei den Stress loswird, der nie nachlässt.

Abgesehen von den Spannungen mit Rosenberg und Jack, gab es in den letzten sechs Monaten ein Ärgernis nach dem anderen. Letzten Dezember brach ein Feuer in ihrem Werk in Mexicali aus, bei dem einer ihrer Fließbandarbeiter ums Leben kam. In Anbetracht der Zerstörung konnten sie von Glück reden, dass es nicht mehr Todesopfer gab. In dieser Fabrik kamen alle Teile zusammen – die Arme und Beine der Chatty Cathy, die Klangstäbe der Xylofone, die Räder der Hot Wheels, Bugs Bunnys Sprechapparat und anderes. Das Gebäude ist bis auf die Grundmauern abgebrannt. Zerstört wurde die gesamte Ware, die fürs Weihnachtsgeschäft ausgeliefert werden sollte. Jetzt ist Juni, und Ruth ist noch mit den Nachwirkungen beschäftigt. Der Wiederaufbau geht langsam vonstatten und verschlingt Geld. Ihre Versicherung deckt nur einen Teil des Verlustes ab. Sie mussten einen signifikanten Verlust im Weihnachtsgeschäft hinnehmen, und ihre Gewinne im ersten Quartal waren mau. Im zweiten Quartal sieht es nicht viel besser aus. Selbst der Verkauf der Hot Wheels ist zurückgegangen. Wenigstens ist Barbaras Scheidung abgeschlossen. Das ist bisher das einzig Gute in diesem Jahr.

Das dampfende Wasser prasselt auf ihren Rücken und die verspannten Schultern. Ruths seifige Finger gleiten über die Haut, in die Achselhöhle und über die linke Brust und stoppen. Sie drückt, reibt, spült sich die Seife ab, drückt erneut. Ihr Atem wird flacher. Sie fasst sich an die rechte Brust, die vernarbt ist von den Biopsien. Sie streicht über die linke Brust. Er ist da. Wieder ein Knoten. Doch der fühlt sich anders an als die vorigen. Plötzlich ist ihr glühend heiß. Sie dreht das Wasser ab und greift nach einem Handtuch.

Tropfnass betrachtet sie ihre Brüste im Spiegel, hebt die Arme über den Kopf, dreht sich nach beiden Seiten. Sie kann den Knoten nicht sehen, aber ertasten. Sie klappt den Toilettendeckel herunter und setzt sich. Sie kann nicht glauben, dass das wieder passiert. Sie war nie frei von dieser Angst, und es gibt keinen guten Zeitpunkt für Krebs, aber sie ist nicht darauf vorbereitet. Nicht jetzt. Und gnade ihr Gott, sie will eine Zigarette.

Sie steht auf, schlüpft in ihren Bademantel und bindet den Gürtel zu. In dem Sessel in der Schlafzimmerecke raucht sie eine und betrachtet Elliot. Er ist schon eingeschlafen, und sie will ihn deswegen nicht wecken. Sie will sich dem nicht stellen. Sie will, dass es weggeht, und sagt sich, dass es wahrscheinlich wieder eine Zyste ist, vielleicht Narbengewebe von einer Biopsie. Hauptsache, sie gerät jetzt nicht in Panik. Sicher werden sie gar nichts finden, sagt sie sich. Und dennoch hat sie Angst. Noch mit der Zigarette in der Hand gelobt sie, mit dem Rauchen aufzuhören. Sie nimmt sich vor, wieder zu dem Hypnotiseur zu gehen. Das sagt sie sich, und diesmal meint sie es ernst, denn Ruth weiß genau, dass sich dieser Knoten anders anfühlt.

Es geht ganz schnell. Den einen Tag sind Ruth und Elliot in der Arztpraxis, und am nächsten wird bei ihr eine chirurgische Exploration durchgeführt. Hinterher heißt es, sie hätte Glück.

«Wir haben alles», sagt der Chirurg. Alles einschließlich der Brust. Und ihrer Lymphknoten. Sie wird sich nicht erinnern, was der Arzt über die Nerven- und Muskelschäden sagt, weil Ruth mit den Gedanken noch bei der Tatsache steckt, dass die Operation nur der Untersuchung dienen sollte. Sie hätten noch gar nichts wegschneiden sollen.

Eine Woche später verlässt sie das Krankenhaus und erholt sich in ihrem Strandhaus in Malibu. Anfangs kommen Krankenschwestern und wechseln den Verband und prüfen die Wunddrainage. Jeden Tag braucht es ein bisschen weniger Verbandmull, und dabei wird sie mit dem Albtraum konfrontiert, was von ihr noch übrig ist. Sie kann jetzt die Stiche sehen und die zornrote, höckrige Haut und wie stark sie entstellt ist.

Ken und Suzie sind für eine Woche aus New York gekommen und haben ihre drei Kinder mitgebracht. Barbara lebt in der Nähe und ist jeden Tag mit Cheryl und Todd bei ihr. Alle verhalten sich, als wäre das ein Familientreffen. An den Nachmittagen sitzt Ruth auf der hinteren Veranda und schaut ihren Enkeln zu, wie sie Sandburgen bauen und ins Meer springen. An den Abenden werden große Mahlzeiten zubereitet. Einmal holt Elliot seinen Projektor und Dias hervor und danach Filmaufnahmen von der Familie, am nächsten Abend sein erstes Spielzeug, die Uke-A-Doodle, und sie singen zusammen, während Ken sie am Klavier begleitet. Sie lachen, tauschen Erinnerungen aus, und kein einziges Mal fällt das Wort Krebs. Es ist, als hätte Ruth eine Hernien- oder Blinddarmoperation hinter sich.

Ken ist der Einzige, der anspricht, was passiert ist. Eines Abends entschuldigt sie sich und verlässt den Tisch. Sie ist erschöpft und muss sich hinlegen. Ihr Arm ruht auf einem Haufen Kissen, sie findet aber keine bequeme Lage. Das Pochen, das vom Brustkorb zu den Achselhöhlen reicht, hört nie auf, und ihre gesamte linke Seite kribbelt, als wäre die Blutzufuhr unterbrochen.

Kurz darauf klopft ihr Sohn an. «Darf ich reinkommen?» Er setzt sich auf die Bettkante und sagt: «Du wirst wieder gesund. Sie haben alles.»

Da ist es wieder. *Sie haben alles.* Sie lächelt zwar, denkt aber: *Was, wenn sie doch ein winziges Körnchen übersehen haben? Dann kommt er zurück. Er könnte jetzt schon in mir weiterwachsen.* Sie hat Angst, dass der Krebs noch nicht mit ihr fertig ist. Schon der Gedanke ist wie ein heißer Ofen, dem sie nicht zu nahe kommen will. Also weicht sie zurück und wechselt das Thema.

«Ihr seid jetzt so weit weg. Meinst du, ihr zieht je wieder hierher zurück?»

Er schüttelt den Kopf. «Ich bin in New York glücklicher.» Er erzählt ihr von dem Drehbuch, das er gerade schreibt, und von dem Regisseur, der mit ihm arbeiten will, ein Roland Sowieso. *Roland hat eine tolle Idee für die Hauptrolle. Roland will, dass ich noch mal über den Schluss nachdenke und ihn vielleicht ändere. Roland hat mich in sein Haus in den Hamptons eingeladen.* Ken redet noch über Roland, als Ruth – sie spürt, dass es zwischen Ken und Roland nicht nur um das Drehbuch geht – erneut das Thema wechselt. «Bevor ich es vergesse, dein Vater hat ein paar neue Barbies für die Mädchen mitgebracht. Du kannst ...»

«Ah, Mom.» Ken schüttelt den Kopf. «Die Mädchen spielen nicht mehr mit Barbies.»

«Was heißt, sie spielen nicht mehr mit Barbies?»

Ken deutet mit einer Geste an, dass der Grund doch offensichtlich ist. «Stacey ist zu alt dafür, und Sam ...»

«Ach, Unsinn», erwidert sie. «Deine Schwester hat ihr Leben lang Puppen gesammelt. Manche Leute denken sogar, dass diese Barbies eines Tages wertvoll sind. Und Samantha ist ganz sicher nicht zu alt für Barbies.»

«Nein, aber Suzie und ich … Tja, wir wollen, dass die Mädchen verstehen, dass es mehr im Leben gibt als modische Kleidung und rosa Autos.»

Sie weiß, dass er Barbie schon immer dumm fand, aber dies hört sich doch anders an. Jetzt fühlt sie sich von ihrem Sohn verurteilt. Möglicherweise sogar bestraft. «Du bist nicht noch verärgert wegen der Ken-Puppe, oder?»

«Darum geht es nicht», sagt er, doch wenn er zurückdenkt, hat Barbies entmannter Freund ihm nichts Gutes gebracht. Und auch seinen Kindern nicht, deren Freunde wissen, dass ihr Vater *der* Ken ist, was gemischte Reaktionen hervorrief.

Während Ken näher darauf eingeht, fallen Ruth die Augen zu. Sie kommt nicht dagegen an und schläft ein.

Elliot weckt sie ein paar Stunden später. Die Sonne ist untergegangen, und er schaltet die Lampe auf ihrem Nachttisch ein. «Machen wir dich doch bettfertig», sagt er und hilft ihr, sich aufzusetzen. Er beginnt ihr die Bluse aufzuknöpfen, aber sie hindert ihn daran und schließt die Augen.

«Ruthie», sagt er sanft. «Ich werde es früher oder später sehen müssen.»

Doch man kann ihn auf den Anblick nicht vorbereiten. «Nein, nein, ich kann mich selbst ausziehen.» Aber sie kann es nicht. Sobald sie den Arm bewegt, löst das einen sengenden Schmerz aus, bei dem ihr sofort schlecht wird. Sie gibt auf und schläft in dieser Nacht voll bekleidet.

Am nächsten Tag ermuntert Barbara sie zu einem Strandspaziergang. Außer dem Arzt und der Krankenschwester ist Barbara der einzige Mensch, dem Ruth sich nackt zeigt, und das auch nur, weil sie so schwach ist und Hilfe beim Baden und Anziehen braucht. «Es tut mir leid, dass du das tun musst», sagt sie später, als Barbara ihr aus der Wanne hilft. Ruth badet, weil ihr die Duschbrause wehtut.

«Wie oft hast du mich gebadet, als ich klein war, hm? Jetzt läuft es eben umgekehrt.» Sie trocknet sie behutsam ab und öffnet die Puderdose. «Damit wirst du dich besser fühlen», sagt sie und verstreicht den blumig duftenden Puder auf Ruths Rücken und Schultern. «Du warst immer so hart», sagt Barbara. «Und versteh mich nicht falsch – ich bin nicht froh, dass du das durchmachen musst –, aber ich mag diese verletzliche Seite an dir. Ich habe nie erlebt, dass du die mal irgendwem gezeigt hast. Ich wusste nie, wie ich dir nahe sein kann, weil du mich nie brauchtest. Und jetzt, ob es dir gefällt oder nicht, brauchst du mich.»

Es gefällt mir, möchte Ruth sagen, aber der Kloß in ihrer Kehle verhindert es. Sie hebt den gesunden Arm und drückt Barbaras Hand. «Ich weiß, ich war euch keine großartige Mutter, aber ich habe mein Bestes gegeben. Ich habe für dich und Ken dasselbe getan wie Tante Sarah für mich. Ich wusste es nicht besser. Aber jetzt sehe ich dich mit Cheryl und Todd», ihre Stimme schwankt, «nun, ich sehe jetzt, was ich versäumt habe. Du bist wunderbar zu deinen Kindern. So freundlich und geduldig, so liebevoll. Du bist viel besser darin als ich. Ich weiß nicht, wie du eine so gute Mutter werden konntest, denn von mir hast du das sicher nicht.» Und damit, obwohl das einen stechenden Schmerz auslöst, schafft sie es, Barbara einen Kuss auf die Hand zu drücken.

Eine weitere Woche vergeht. Ken und seine Familie sind wieder in New York. Barbara ist mit den Kindern beschäftigt, da nun Sommerferien sind. Elliot geht wieder arbeiten, und Ruth weiß nicht, wie sie ihre Tage ausfüllen soll. Sie will nicht, dass bei Mattel jemand von ihrem Brustkrebs erfährt, daher sagt Elliot jedem, der fragt, sie habe eine Lungenentzündung zu überwinden. Brustkrebs ist ein Tabu. Damit ist ein Stigma verbunden.

Auch in der Arztpraxis im Wartezimmer schweigen die Frauen, obwohl die anderen auch Brustkrebs haben und sie voneinander profitieren könnten, einander trösten und Hoffnung geben könnten. Die Frauen behalten alles für sich, blicken kaum von den Zeitschriften auf, in denen sie blättern. Doch die Angst und Traurigkeit ist mit Händen zu greifen. Ebenso die Schuldgefühle und die Scham, als wären sie an der Krankheit selbst schuld.

Ruth jedenfalls macht sich Vorwürfe. All die Jahre, die sie geraucht hat. Sie hat sich das angetan, eine selbst verschuldete Wunde. Und wie kann es sein, dass sie nach dem Verlust einer Brust noch immer ein mörderisches Verlangen nach einer Zigarette hat? Es überkommt sie mit schmerzhafter Intensität. Zweimal pro Woche kommt ihr Hypnotiseur zu ihr nach Hause zu einer Sitzung. Sie isst Staudensellerie, Möhrenstücke und Apfelscheiben und kaut Kaugummi, was ihr zuwider ist. Elliot hat alle Aschenbecher geleert und alle Zigaretten, die er finden konnte, aus dem Haus geschafft. Er hat sie sogar gezwungen, ihre geheimen Verstecke zu verraten, das in der untersten Badschublade und das im Zedernschrank. Das ist gut, denn sie ist emotional fragil und könnte sich nicht beherrschen, solange Zigaretten in Reichweite sind.

Die Zeit verstreicht. Außer während ihrer Schwangerschaften war sie tagsüber immer im Büro und umgeben vom Geschäftsbetrieb, hörte Telefone klingeln, Schreibmaschinen rattern, Leute vorbeigehen. Dieses Nichts, in dem sich ihre Tage um die Frage drehen, was sie zu Mittag essen wird, ist sterbenslangweilig. Sie bittet Elliot, ihr Unterlagen aus dem Büro mitzubringen, doch ihre Aufmerksamkeitsspanne reicht nicht aus, um den W-Report oder anderes zu lesen. Daher verbringt sie die Nachmittage vor dem Fernseher und sieht sich *All My Children* und *General Hospital* an und versucht, sich in die fiktiven Gegenden von Pine Valley und Port Charles zu flüchten. Nach fünf solchen Wochen steht sie kurz vor dem Durchdrehen. Nachdem sie ihren Arzt immer wieder angefleht hat, ist er bereit zu erwägen, sie in ein oder zwei Monaten wieder arbeiten zu lassen.

Da die Rückkehr in die Firma näher rückt, stellt sich die große Frage, was sie anziehen wird. Sie steht vor ihrem Schrank voller gut geschnittener Kleider und Kostüme. Für ihre Garderobe hat sie ein Vermögen ausgegeben und Designer wie Pierre Cardin, Givenchy, Yves Saint Laurent bevorzugt. Es sind geschmeidige, eng anliegende Sachen, die sie jetzt nicht mehr tragen kann. Sie da hängen zu sehen, so höhnisch, ist zu viel. Sie sinkt neben das Bett und weint.

So findet sie Barbara, zusammengesunken im Nachthemd, die Hände vor dem Gesicht. Als Ruth ihre missliche Lage erklärt, schlägt Barbara vor, zusammen einkaufen zu gehen. «Wir gehen zu Bullock's. Die haben eine tolle Wäscheabteilung. Sicher gibt es da auch spezielle BHs.»

Ruth wehrt sich dagegen. Sie hat sich noch nicht unter Leute gewagt, außer wenn sie am Strand spazieren ging. Doch Barbara insistiert mit einer Kraft, die es mit Ruths Entschlossenheit aufnehmen kann.

«Ich kann nicht glauben, dass das alles ist, was sie haben», sagt Ruth mit der beigen, tropfenförmigen Brustprothese in der Hand. Die sieht überhaupt nicht wie eine Brust aus. Sie fühlt sich nicht wie eine an. «Die sind furchtbar», sagt sie, während sie sich durch einen Kasten voll steifer Tropfen in sechs verschiedenen Größen wühlt. «Selbst ich könnte eine bessere Brust formen als diese.» *Und das würde ich tun, wenn ich die Kraft hätte*, denkt sie. Doch sie ist ausgelaugt. Sie kommt gerade so durch den Tag.

Sie geht mit Barbara in die Umkleide und fühlt sich an damals erinnert, als Sarah mit ihr den ersten BH kaufen ging. Das trifft sie wie ein Hammerschlag, und sie kann die beiden Verluste, den ihrer Schwester und den ihrer Brust, gerade nicht bewältigen. Wenn sie diese Sache durchstehen will, muss sie nach vorn blicken.

«Wer hat denn diese Monstrosität erfunden?», fragt Ruth und hofft auf bessere Laune. Sie hält einen dicken weißen orthopädischen BH mit innen liegenden Taschen für die Tropfen hoch. «Frederick's of Hollywood kann dem Designer nicht das Wasser reichen.»

Barbara kichert. «Probier den mal an.» Sie gibt Ruth eine andere Größe, aber die sitzt nicht besser.

«Jetzt sieht es aus, als hätte ich mir eine Socke in den BH gestopft.»

«Du bist ein bisschen schief», stimmt Barbara lachend zu.

«Ein bisschen?» Ruth zieht eine Braue hoch, sodass Barbara umso heftiger lacht. «Das sieht völlig unnatürlich aus. Mensch, selbst Barbies Brüste wirken natürlicher als die.» Sie fängt auch an zu lachen. «Ich sollte wieder ins Tittengeschäft wechseln.»

Barbara setzt noch eins drauf. «Die sind nicht zum Stützen, die sind zum Heulen.»

Das gibt ihnen den Rest.

«Oh Gott», sagt Barbara, «ich glaube, ich habe mich bepisst.»

Ruth biegt sich vor Lachen, sie johlt geradezu und hält sich die Seiten. «Oh, stopp, hör auf», fleht sie. «Bring mich nicht zum Lachen. Das tut weh.» Aber es tut auch gut.

Der Kaffeeklatsch

Eines Morgens in der Teeküche lernt Stevie endlich den selten in Erscheinung tretenden Simon Richards kennen. Vor knapp einem Jahr wurde er in der Rechtsabteilung eingestellt, aber sie haben noch nie ein Wort miteinander gewechselt. Sie ist im Flur mal an ihm vorbeigelaufen, hat aber noch nie mit ihm zusammengestanden, und jetzt versteht sie, warum ihre Kolleginnen so von ihm angetan sind. Oder es liegt an der Macht der Suggestion, denkt sie. Doch nein, Simon Richards ist ein attraktiver Mann mit einem wahnsinnig gut geschnittenen Gesicht, dichten dunklen Haaren und weißen ebenmäßigen Zähnen.

Er versucht sich gerade an der Kaffeemaschine. Er mag zwar ein Ass bei Verträgen und Verhandlungen sein, doch wie dieses Gerät zu bedienen ist, bleibt ihm ein Rätsel. Sie ist beeindruckt, dass er es überhaupt versucht. Die meisten Kollegen rufen einfach der nächstbesten Kollegin zu: «Kaffeekanne ist leer.»

«Lassen Sie nur», sagt Stevie und nimmt ihm die Aufgabe ab. «Das ist ein bisschen knifflig.» Als sie nach dem Korbfilter greift, streift sie seine Hand, und das beschert ihr ein unerwartetes Flattern im Bauch. Das hat sie schon so lange nicht mehr erlebt, dass sie fast vergessen hat, wie sich dieser erste Funke der Anziehung anfühlt. Plötzlich wird sie mädchenhaft, was sonst gar nicht ihre Art ist, aber sie muss zugeben, es macht Spaß und ist elektrisierend.

Simon fragt sie, wie lange sie schon bei Mattel arbeitet und was genau sie macht. Sie schöpft Kaffeepulver in den Filter, während sie antwortet, und blickt nach jedem Löffel in seine hellbraunen Augen, um die goldenen Sprenkel zu studieren. Er ist sehr verwirrend, und sie vergisst ihre Zählung.

«Haben Sie eine Ahnung, ob das jetzt sechs oder acht Löffel sind?»

Er lacht. «Ehrlich gesagt habe ich nicht auf den Kaffee geachtet.»

Flirtet er mit ihr? Sie wird rot, und als sie das Pulver in die Kaffeedose zurückkippt, um von vorne anzufangen, kommt Jack herein.

«Was haben wir hier? Einen kleinen Kaffeeklatsch?» Er lehnt sich an die Schrankzeile und schätzt die Lage ein.

Die Anziehung zwischen Stevie und Simon – oder was es auch ist – flaut ab.

«Hey, Simon», sagt Jack. «Ich wollte Sie schon länger auf einen Lizenzvertrag ansprechen ...» Jack redet, bis er sicher ist, dass sich jene Atmosphäre zwischen Stevie und Simon verflüchtigt hat.

Elliot und Ruth setzten sich früher in der Cafeteria mal zu diesen, mal zu jenen Mitarbeitern an den Tisch. Damals als sie noch alle mit Namen kannten, aßen sie abwechselnd mit den verschiedenen Gruppen: den einen Tag mit den Ingenieuren, den anderen mit den Designern, danach mit den Vertrieblern. Nun ist Mattel zu groß, und Ruth ist noch krank zu Hause, und daher hält Elliot nach einem Tisch mit vertrauten Gesichtern Ausschau, um sich dazuzusetzen.

Weit hinten sieht er Jack zusammen mit Stevie, Patsy und Ginger. Wegen Ruth herrscht auch zwischen ihm und Jack eine angespannte Atmosphäre. Doch Elliot möchte nach wie vor den

Schaden reparieren, die Dinge wieder so hinbiegen, wie sie mal waren, und deshalb geht er mit seinem Tablett zu ihnen. Als er sich setzt, reden sie gerade über die bestürzende Nachricht, dass Janis Joplin an einer Überdosis Heroin gestorben ist.

«Zuerst Jimi Hendrix und jetzt sie. Diese Rockstars fallen um wie die Fliegen», sagt Elliot.

«Sie war erst siebenundzwanzig», sagt Ginger. Sie hat ihre Suppe kaum angerührt, gestattet sich aber einen Maisfladen, weil der weniger Kalorien hat als die Suppe.

«Man muss mit seinen Drogen umgehen können», sagt Jack.

Schreib dir das hinter die Ohren, möchte Stevie sagen. Zu all den Medikamenten, die sein Arzt ihm verschreibt, und seinem immensen Alkoholkonsum hat Jack kürzlich Kokain für sich entdeckt. Das ist eine gefährliche Kombination, und sie hat ihn ermahnt, vorsichtig zu sein.

Stevie wechselt das Thema, indem sie Elliot auf Ruth anspricht. «Wir vermissen sie hier», sagt sie.

«Sie wird sich freuen, das zu hören. Sie kommt bald zurück. Sie möchte nur, nun ja», er senkt den Blick auf seinen unberührten Burrito, «sie möchte hundertprozentig über den Berg sein, ehe sie wieder arbeitet.» Da er ein schlechter Lügner ist, bringt er das Gespräch rasch von Ruths Gesundheit weg und erzählt, er habe ihr Barbies *Lemon Kick* aus der 1400er-Reihe gezeigt. «Sie war entzückt von dem gelben Chiffon und den Palazzohosen ...»

Währenddessen kommt Stevie ein starkes, aber nicht ganz unangenehmes Gefühl. Es ist schwer zu beschreiben – als würde ihr unter den Füßen heiß werden. Sie spürt, dass sie beobachtet wird. Sie schaut auf und begegnet Simons Blick. Er sitzt an einem langen Tisch mit anderen Juristen zusammen. Sie lächelt, und als sie sich abwendet, wird sie von Jack angestarrt. Er kennt diesen Blick. Es gab mal eine Zeit, als sie ihn genauso anschaute.

«Wie lange dauert es, bis man von einer Lungenentzündung genesen ist?», fragt Stevie ihn später.

Sie brauchten eine kreative Atempause, wie Jack es nennt, einen Vorwand, um das Büro zu verlassen und ihre Fantasie zu befreien. Sie sind unten am Strand. Sie haben ihre Schuhe auf dem Steg gelassen, und Jack hat sich die maßgeschneiderten Hosenbeine über die Waden hochgekrempelt. Sie schlendern am Wasser entlang, das ihnen immer wieder über die Füße spült.

«Was glaubst du, wann Ruth zurückkommt?», fragt sie.

«Keine Ahnung. Ist mir egal.»

«Sag das doch nicht.»

«Na ja, ich für mein Teil vermisse das Miststück nicht.»

«Hey, hör auf, sie so runterzumachen.»

«Ich weiß, ich weiß, du liebst sie.» Halbherzig beschwichtigend hebt er die Hände.

«Das tue ich. Und ich mache mir Sorgen um sie. Sie ist mir wichtig. Und ich finde es furchtbar, dass ihr nicht mehr miteinander auskommt.»

«Das ist ihre Schuld. Sie hat Haare auf den Zähnen.»

«Weil es gar nicht anders geht.» Stevie bleibt stehen und tritt ihm entgegen. «Hast du eine Ahnung, was Frauen in der Arbeitswelt alles aushalten müssen?»

«Oh mein Gott. Schon wieder dieser Frauenbefreiungsquatsch. Ich konnte dich besser leiden, bevor du zu diesen Treffen gegangen bist.»

«Du klingst wie ein Chauvinist. Du weißt, ein Mann kann sich aufspielen, wie er will, und keiner stellt ihn infrage, aber wenn eine Frau auch nur ein bisschen forscher auftritt, ist sie ein Mannweib. Also ich bewundere Ruth.»

«Das tat ich früher auch. Bevor ich anfing, sie zu hassen.»

«Es reicht, Jack. Ich meine es ernst.»

«Schon gut, ich sag nichts mehr gegen sie.»

«Danke.»

Sie gehen weiter. Es weht ein leichter Wind, und das Sonnenlicht funkelt auf dem Wasser wie ein Meer von Diamanten.

«Übrigens», sagt sie und versucht, möglichst locker zu klingen. «Was hältst du denn von Simon?»

«Richards? Du meinst den Schönling?»

«Er ist nicht schön, er ist attraktiv.»

«Oh, das findest du, ja?»

«Und was, wenn ja?»

«Oh Gott, Stevie», er bleibt stehen, «bitte sag nicht, du stehst auf ihn.»

«Ich sage gar nichts.»

«Ich verliere dich, stimmt's?»

«Du wirst mich nie verlieren, Jack.»

«Doch, sicher.» Er legt einen Arm um ihre Taille. «Verlass mich nicht jetzt schon. Ich brauche dich noch, Kleine.»

Vorbei mit Ruthless

1971

Helen Reddy steht an der Spitze der Charts. «I am woman, hear me roar …», singt sie jedes Mal, wenn Ruth das Radio einschaltet. *Ich habe früher auch gebrüllt*, denkt sie. *Mann, ich habe schon gebrüllt, als Helen Reddy noch nicht auf der Welt war. Was ist nur aus mir geworden?*

Ruth geht seit sechs Monaten wieder arbeiten, aber sie ist nicht mehr die Alte. Sie sieht auch nicht mehr so aus. Sie ist vierundfünfzig und fühlt sich wie vierundneunzig. Sie hat sieben Kilo zugenommen, und bei ihrer Körpergröße wirkt das, als wären es zwanzig. Sie hält Diät, aber ohne Erfolg. Ihre Haare sind praktisch über Nacht grau geworden. Sie hat nicht die Geduld, um sich in einen Kosmetiksalon zu setzen, also lässt sie es.

Bei May Company hatte sie mit Barbara zusammen eine Brustprothese gefunden. Aber die war schwer und steif und drückte, sodass sich ihre Nervenschmerzen verschlimmerten und sie wieder aufhörte, das Ding zu tragen. Jetzt sieht ihre Brust auf einer Seite eingefallen aus, und das lässt sich nicht kaschieren, auch nicht wenn sie die Blusen eine Nummer größer wählt und bis zum Kinn zuknöpft.

Sie fürchtet, dass jeder sie anstarrt, auf das, was von ihr noch übrig ist. Auch jetzt fühlt sie ihre Blicke, als sie zu ihrer monatlichen Planungsbesprechung den Sitzungsraum des Vorstands betritt. Fast jeder hat sich eine Zigarette angezündet. Sie kann ihnen nicht verbieten zu rauchen. Alle denken, sie hatte eine Lungenentzündung und sei jetzt wieder gesund. Für sie ist es, als stiege ihr der Duft ihres Lieblingsessens in die Nase.

Sie und Charlotte sind die einzigen Frauen in der Runde, und mit einigen der Männer kommt Ruth nicht gut aus. Rosenberg nimmt sich einen Donut von dem Teller in der Mitte. Er hat einen Knopf an seinem Hemd ausgelassen, und das wirft am Bauch Falten. Seine Nachlässigkeit, seine mangelnde Aufmerksamkeit für Details, sogar bei sich selbst, macht sie verrückt.

Sobald er die Sitzung eröffnet hat, lehnt sie sich zurück und hört sich an, was er zu den Neuanschaffungen zu sagen hat. Jack blickt kaum auf. Zurzeit ist er ebenso Außenseiter wie sie. Rosenberg war auf Einkaufstour und hat Unternehmen aufgekauft, einen Tierfutterhersteller, eine Tonbandfirma, und jetzt hat er den Zirkus der Ringling Brothers ins Visier genommen. *Der ganze Laden verwandelt sich in einen Zirkus*, denkt sie. Bei der Sitzung geht es drunter und drüber. Sie wechseln zwischen den Themen hin und her, ohne etwas zu beschließen. Als sie noch das Sagen hatte, hielten sie sich streng an die Tagesordnung, aber in ihrer Abwesenheit hat Rosenberg seine eigene Vorgehensweise eingeführt.

Elliot versuchte einzugreifen, doch er war immer mehr auf der kreativen Seite des Geschäfts tätig und hat die Logistik Ruth überlassen. In diesen Dingen ist er zugegebenermaßen überfordert, außerdem war er zu sehr um Ruths Gesundheit besorgt, als dass er sich mit Rosenberg anlegen wollte. Sie ist seit der OP nicht mehr sie selbst, und er weiß nicht, wie er ihr da durchhelfen kann. Sie lässt sich von ihm nicht mehr anfassen, und er kann ihr nicht begreiflich machen, dass er sie noch immer schön findet. Er liebt sie nicht weniger, sondern sogar mehr als vorher.

Nachdem sie wieder da ist, gefällt ihr nicht, was unter Rosenbergs Führung passiert. Nach all ihren Erfolgen scheint es jetzt bergab zu gehen. Sie hatten sich noch kaum von dem Brand in Mexicali erholt, da traf sie die nächste Krise. Im Juli letzten Jahres, als sie noch zu Hause war, beschloss die International Longshore and Warehouse Union einen Streik. Alle Mitglieder legten die Arbeit nieder. Die Häfen an der Westküste sind seitdem verlassen, und Mattels Warenbestände liegen in den Lagern. Wenn der Streik noch länger dauert, besteht die Gefahr, dass eine weitere Weihnachtssaison verpatzt wird.

Ruth kann nicht länger schweigen und fragt Rosenberg nach den Branchenprognosen.

«Die brauchen wir nicht», sagt er.

«Woher sollen wir sonst wissen, ob unsere Planungen richtig sind? Was ist mit den Werbeausgaben? Verzögerungen bei den Produktionsplänen? Wie sollen wir ...»

«Ruth», er fällt ihr ins Wort und lacht herablassend, «entspannen Sie sich. Ich habe das unter Kontrolle.»

«Nein, das denke ich nicht.» Sie war ziemlich sanftmütig, seit sie wieder in der Firma ist. Allein durch den Tag zu kommen ist physisch und emotional anstrengend. Auch jetzt ist ihre Stimme schwach, und sie schwitzt im Nacken und unter den Armen. Früher hat sie sich von einem Herausforderer nicht aus der Fassung bringen lassen, sondern hat mit ihm den Boden aufgewischt. Und jetzt schwitzt sie. «Seymour», sagt sie, «das klingt nach einer drohenden Katastrophe. Ich will ...»

Rosenberg schlägt mit beiden Händen auf den Tisch, dass alle zusammenzucken. Einschließlich ihr. «Ich leite diese Sitzung, Ruth. Nicht Sie. Wenn Ihnen nicht passt, was ich zu sagen habe, dann schlage ich vor, Sie gehen.»

Und das tut sie. Ruth schafft es kaum bis zu ihrem Büro, bevor sie zu weinen anfängt. Sie wirft sich auf ihr rosa Sofa und dämpft ihr Schluchzen mit einem Kissen. Und nicht zum ersten Mal. Seit ihrer Operation ist sie überemotional. Sie möchte eine Zigarette rauchen, traut sich aber nicht. Elliot würde sie schneller umbringen als das Nikotin.

Sie ist wütend auf Rosenberg. Und auf sich selbst. Sie ist wütend, weil sie so stark zugenommen hat, weil sie die Nervenschmerzen nicht abstellen kann, weil sie sich nicht einmal kämmen kann, ohne vor Schmerzen zusammenzuzucken, weil jemand die Spielzeuge in den Vitrinen im Foyer umgeräumt hat, weil sie eine Zigarette will und ihr auch die weggenommen wurden.

Sie macht ihre Atemübung und die anderen Tricks des Hypnotiseurs. Sie hätten Rosenberg niemals einstellen sollen. Sie erkennt ihr Unternehmen nicht wieder. Auch sich selbst nicht. Wer ist sie jetzt, dass sie in Sitzungen die Hände in den Schoß legt und jemand anderem die Leitung überlässt? Sie hat ihren Biss verloren, zusammen mit der Brust. Früher hätte sie vor dem Vorstand nicht gekniffen. Inzwischen wird wohl keiner mehr auf die Idee kommen, sie Ruthless zu nennen. Sie muss etwas unternehmen, um den verlorenen Boden zurückzugewinnen, den Boden, den man ihr unter den Füßen weggezogen hat. Sie muss etwas tun, ihre Macht zurückfordern und alle – ganz besonders Rosenberg – wissen lassen, dass sie noch das Sagen hat.

Ein paar Tage später entdeckt Ruth beinahe durch Zufall ihren nächsten Spielzug. Sie ist mit den Verträgen befasst, der einen langweiligen Aufgabe, die Rosenberg ihr noch nicht weggenommen hat. Dabei sieht sie, dass Jacks Vertrag verlängert werden müsste.

Vor Jahren, als ihnen auffiel, wie großzügig seine Tantiemen ausfallen, konnten sie nichts dagegen unternehmen, weil sie an den Vertrag gebunden waren. Sie hat darüber nie ein Wort zu ihm gesagt, so gern sie das getan hätte. Nun läuft sein Vertrag ab, und das ist die Gelegenheit für sie. Rosenberg konnte das Problem bei all seiner Wall-Street-Erfahrung und trotz der genialen Idee, Barcus einzustellen, nicht lösen. Aber sie kann es.

Sie legt ihr Vorhaben der Rechtsabteilung vor, und dort wird ihr versichert, dass sie Jacks Vertrag umgestalten kann, allerdings sei zu bezweifeln, dass Jack das mitmacht, und darauf müsse sie vorbereitet sein. Bei den weiteren Ausführungen hört sie nicht mehr richtig hin, weil sie auf Jack fokussiert ist – sie will an ihm ein Exempel statuieren. Sie möchte allen zeigen, dass sie das Heft wieder in der Hand hat.

Sie ist wie ein rollender Schneeball, der immer schneller und größer wird. Im Laufe des Tages überarbeitet sie Jacks Vertrag. Von nun an wird er Tantiemen nur auf die Produkte erhalten, für die er ein Patent besitzt. Das ist eine drastische Änderung. Sie wird sein Einkommen fast um ein Drittel verringern. Und trotzdem wird er noch Millionen machen. Hoffentlich kann Barcus die Patente irgendwann umgehen, dann brauchen sie Jack gar keine Tantiemen mehr zu zahlen.

Als sie damit fertig ist, setzt sie sich mit Elliot und Rosenberg in ihrem Büro zusammen. «Seht mal, was zur Verlängerung ansteht.» Sie wedelt mit dem Dokument.

«Ist das Jacks Vertrag?», fragt Elliot.

Sie nickt. «Ich möchte ihn abändern.»

«Wie?», fragt Rosenberg.

Sie erklärt, was sie vorhat, und Elliot fühlt sich damit unwohl. «Ruthie», warnt er, «das ist extrem.»

Rosenberg konnte Jack sowieso nie leiden und ist sofort dafür.

«Aber wenn wir es mit Jack zu weit treiben, wird er gehen», sagt Elliot.

«Ist es nicht genau das, was wir wollen?», fragt Rosenberg.

«Ich weiß nicht, wollen wir?» Elliot gibt Kontra. «Das war mal der Plan vor langer Zeit, aber ist Barcus auch nur annähernd so gut wie Jack? Nein. Denken Sie an die *Twist 'n' Turn*, die biegbaren Beine, Hot Wheels – soll ich noch mehr aufzählen? Jack hat entscheidend zur *Malibu*-Barbie beigetragen, während Barcus mit einer Gesichtsbehaarung für Ken herumalbert.»

«Ich weiß, ich weiß», sagt Rosenberg. «Aber die eigentliche Frage ist die: Wird irgendein Produkt oder künftiges Produkt, das Jack entwirft, das viele Geld wert sein, das Sie ihm zahlen? Ich glaube nicht. Und wenn Barcus seine Aufgaben nicht erfüllen kann, stellen wir einen anderen Ingenieur ein – wir könnten sogar ein ganz neues Team von Ingenieuren einstellen, und zwar für einen Bruchteil von dem, was Jack jetzt bekommt.»

Elliot sieht die beiden entsetzt an. Er hatte im Lauf der Jahre seine eigenen Differenzen mit Jack, doch er will, dass die beiden jetzt mal halblang machen. Er möchte, dass sie einen kühlen Kopf bewahren, doch er hat nicht die Kraft, sich gegen sie durchzusetzen.

«Wir müssen das tun, Elliot. Es ist Zeit», sagt Rosenberg.

«Ich werde das in die Hand nehmen», sagt Ruth. «Ich rede mit Jack.» Sie ist so kalt. Sie ist so emotionslos dabei. Aber so muss sie sein. Wenn ihre alte Schwäche für ihn wieder durchbricht, wird sie das nicht durchziehen können.

Jack kuriert seinen Kater aus. Er hat einen übersäuerten Magen und hämmernde Kopfschmerzen. Ginger kommt, um ihn mit Aspirin, Selterswasser und einer Flasche Visine zu retten. Als er in den Spiegel hinter seiner Tür schaut, sieht er, wie blutunterlaufen seine Augen sind. Die Tropfen helfen wenig gegen das Brennen oder die Rötung.

«Ruth hat gerade angerufen», sagt Ginger. «Sie will Sie in ihrem Büro sprechen.»

Er stöhnt. Es hat ihm wirklich nicht gefehlt, für Ruth springen zu müssen, solange sie sich von der Lungenentzündung oder Beulenpest oder was auch immer erholte. «Sagen Sie ihr, ich bin krank.»

«Habe ich schon. Sie sagte, und ich zitiere: Er soll seinen Arsch hierherbewegen. Sofort. Zitat Ende.»

«Nett.» Ehe er sich umdreht, sieht er Ginger im Spiegel. Ihm fällt auf, wie hager ihr Gesicht, wie knochig ihre Arme sind. «Nehmen Sie noch die Diätpillen?»

«Natürlich.» Sie lächelt. «Nur noch ein Kilo weniger.»

«Nein, hören Sie auf damit. Nehmen Sie nicht weiter ab», sagt er. «Sie werden zu dünn. Sie sollten eher zulegen.»

«Aber Jack ...»

«Ich sage Ihnen, hören Sie damit auf.» Er nimmt das Aspirin mit einem Schluck Selters und setzt sich auf die Couch, wo er in kleinen Schlucken trinkt, bis die Flasche leer ist. Und erst dann ist er bereit und schleicht hinüber zu Ruths Büro.

«Sie sehen beschissen aus», sagt Ruth.

«Dasselbe könnte ich zu Ihnen sagen.»

«Na, das fängt ja gut an. Aber da wir schon so ehrlich miteinander sind, ich möchte mit Ihnen über etwas reden. Nehmen Sie Platz.»

Er erwägt, aus Prinzip stehen zu bleiben, doch das erscheint ihm kindisch. Außerdem tut ihm der Rücken weh. Also lenkt er ein und nimmt Platz.

«Ihr Vertrag steht zur Verlängerung an, und wir haben entschieden, ihn zu ändern.» Sie schiebt ihm eine Kopie über den Schreibtisch zu.

Jack nimmt sie, und während die Wörter keinen Sinn ergeben und auf dem Papier kreisen, springen ihm verschiedene Zahlen ins Auge. Er tut, als ob er läse, und Ruth redet weiter.

«Wie Sie sehen, wird in der neuen Vereinbarung festgelegt,

dass Sie nur auf die Produkte Tantiemen erhalten, zu denen Sie Patente besitzen.»

Er fährt hoch. «Was für ein Schwachsinn ist das denn? Was ist mit den unpatentierten Produkten?»

«Ja, was wohl? Sie werden darauf keine Tantiemen mehr erhalten. Offen gestanden hätten Sie für die nie welche bekommen sollen.»

«Und Sie erwarten von mir, dass ich diese Kürzung akzeptiere?»

«So steht es in dem neuen Vertrag. Entscheiden Sie, wie Sie wollen.» Sie hält ihm ihren Füller hin, damit er unterschreibt.

«Hey, Moment mal. Ganz langsam.»

«Das hat sich seit Langem abgezeichnet. Tun Sie nicht so überrascht. Das ist nichts Persönliches, sondern rein geschäftlich.»

«Von wegen nichts Persönliches. Wir waren mal im selben Team, Sie und ich. Wann wurden wir zu Feinden?» Er steht auf und nimmt den Vertrag mit. «Ich muss darüber nachdenken», sagt er. Doch was er wirklich braucht, ist Ginger, damit sie ihm den Text vorliest.

Er geht hinaus und bedeutet Ginger, ihm in sein Büro zu folgen. Nachdem er die Tür hinter ihnen geschlossen hat, gibt er ihr den Vertrag. «Von Anfang an. Jedes Wort. Lassen Sie nicht mal einen Punkt aus.»

Sie setzt sich neben ihn, und während sie liest, addiert und subtrahiert Jack die Zahlen. An einer Stelle fasst er sich an den Kopf und springt auf. Ruth verlangt, dass er auf fast zwei Millionen Dollar verzichtet. Und das ist nur die Summe für diesen Zeitraum. «Scheiße. Verdammte Scheiße. Herrgott noch.» Er schreitet durch den Raum, während Ginger weiter vorliest, und unterbricht sie ab und zu mit einem «Diese Drecksau, ich glaub's nicht. Dieses Miststück ...».

Was soll er jetzt tun? Die Firma verlassen? Aber Mattel ist sein Leben. Was wird er tun, wenn er gekündigt hat? Das Schloss umbauen? Wieder mal? Professioneller Partyschmeißer werden? Das reicht ihm nicht. Er ist nicht bereit zu gehen. Er hat noch Ideen. Er hat das Gefühl, gerade erst loszulegen. Außerdem weiß er, dass Ruth ihn loswerden will, und er hat nicht die Absicht, ihr das leicht zu machen.

«Geben Sie mir einen Füller», sagt er. Aus Trotz und Sturheit unterschreibt er den Vertrag. Seine Unterschrift ist groß und verschnörkelt, das J und das R übertrieben gerundet. So hat er sie geübt, sie soll beeindrucken und wettmachen, dass er nicht lesen kann, worunter er seinen Namen setzt. Er gibt ihn Ginger und sagt: «Bringen Sie ihr den Vertrag. Jetzt gleich. Damit wir das hinter uns haben.»

Doch sowie Ginger zur Tür hinaus ist, will er sie zurückholen und den Vertrag zerreißen. Aber es ist geschehen, und die Wände kommen ihm entgegen. Ihm ist feuchtkalt und schwindlig, er schnauft bei jedem Atemzug. Herrje, hat er einen Herzinfarkt? Er ruft Stevie an. Sie ist nicht an ihrem Schreibtisch. Er nimmt zwei Valium – das ist eindeutig ein Zwei-Valium-Vorfall –, und weil das Selters leer ist, schluckt er sie mit Bourbon hinunter.

Fünfzehn Minuten später klopft Ginger sanft an seine Tür. «Geht es Ihnen gut?»

«Oh Gott, Ginger», sagt er. Er fühlt sich schon betrunken, der Schnaps auf leeren Magen wirkt heftig. Er war in seinem ganzen Leben nicht so froh, jemanden zu sehen. Er kann mit seinen Gedanken jetzt nicht allein sein. Das wäre zu gefährlich. Er schwankt zwischen der Überzeugung, dass ihm unrecht getan wurde, und dem Gefühl, ein schrecklicher Mensch zu sein, der das verdient hat. Er braucht jetzt jemanden, der ihm das Gefühl gibt, normal zu sein, der ihn unterstützt, und dafür gibt es keinen Besseren als Ginger.

«Oh Gott, Ginger», sagt er wieder. «Was habe ich getan?»

«Sie haben gar nichts getan», versichert sie. «Sie sind brillant. Sie sind ein Zauberer. Sie sind alles, Jack. Wissen Sie das nicht?»

Er schaut auf, und da ist sie, ganz nah. Zu nah. Er kann ihr Parfüm riechen, riecht die Pfefferminzpastillen und ihre letzte Zigarette. Ob in dem Moment das Parfüm oder der Schnaps und die Pillen wirken, wer weiß? Aber in dem Moment, als er ihr in die Augen sieht und ihren abgemagerten Körper betrachtet, könnte er schwören, dass keine so schön ist wie sie. Er staunt, wie sehr sie sich verändert hat. Und es ist nicht nur ihre Nase und die Haarfarbe – sie ist völlig verwandelt. Aus dem hässlichen Entlein ist ein schöner, herrlicher Schwan geworden. Seine Bewunderung wirbelt ihm durch den Kopf und ergreift ihn, und ehe er sich davon abbringen kann, küsst er sie.

Ruth ist noch in ihrem Büro und schaut verblüfft auf Jacks Unterschrift. Sie wollte verlorenen Boden gutmachen und insbesondere Rosenberg zeigen, dass sie wieder die Macht hat. Allerdings fühlt sie sich nicht mächtig. Im Gegenteil. Sie nahm an, Jack würde kündigen. Sie hat geglaubt, er wäre schon dabei, sein Zeug zusammenzupacken. Stattdessen bleibt er, und überraschenderweise fühlt sie sich schuldig, empfindet Reue. Ja, sie ist es leid, dass er sie und das Unternehmen übervorteilt, aber seine Vertragskürzungen sind krass.

In dem Moment hört sie durch die Wand aus Jacks Büro schreckliche Laute. Ist es möglich? Weint er etwa? *Ah, Scheiße.* Da sie nun weiter zusammenarbeiten müssen, sollte sie vielleicht ein bisschen Schönwetter machen, noch mal ausdrücklich sagen, dass das eine rein geschäftliche Entscheidung war, nichts Persönliches? Tatsächlich aber ist es persönlich.

Sie steht vom Schreibtisch auf und geht zu ihm hinüber. Sie

will gerade anklopfen, als sich die Laute verändern. Es klingt mehr und mehr wie Stöhnen, und sie lauscht ungläubig. *Dieser Hurenbock.* Er weint nicht. Er bumst seine Sekretärin. Und auf Kosten der Firma.

Wütend stürmt sie den Flur hinunter und entdeckt einen Mann auf allen vieren unter dem Schreibtisch einer Sekretärin, die ahnungslos auf ihrer Schreibmaschine tippt. Ruth weiß, es ist Rosenberg. Sie erkennt seine Gucci-Loafer. *Du lieber Gott, zuerst Jack, jetzt Rosenberg. Was für ordinäre Kerle.* Wie oft hat sie in einer Sitzung schon beobachtet, wie Rosenberg seinen Füller oder Notizblock fallen ließ, damit er sich bücken und einer Frau unter den Rock schielen konnte?

Ihr kommt die Galle hoch, und sie tritt ihm in den Hintern – kräftiger als gedacht. Er kippt vornüber und stößt sich den Kopf am Schreibtisch. Ruth würde es nicht überraschen, wenn er Sterne sieht.

Die Sekretärin blickt erschrocken auf.

«Mensch, Scheiße! Was ... was zum ...» Rosenberg reibt sich den Kopf.

«Stehen Sie auf», sagt Ruth. «Die Show ist vorbei.»

Der Dreier

Kein Mann hat Stevie derart rätseln lassen wie Simon Richards. Sie wird nicht schlau aus ihm. Seit Monaten lächelt er sie an, grüßt sie, fragt gelegentlich, wie ihr Wochenende war. Aber das ist es auch schon. Ab und zu scheint er kurz davor zu stehen, sie um eine Verabredung zu bitten, aber das ist noch nicht passiert. Er ist sehr attraktiv, aber genauso reserviert. Er ist auch der erste Mann seit Jack, an dem sie interessiert ist, doch sie hat die Hoffnung aufgegeben, dass Simon mit ihr ausgeht.

Daher ist sie ein wenig spröde, als sie sich eines Nachmittags allein in der Teeküche begegnen. Und natürlich, sobald sie beschlossen hat, sich den Mann aus dem Kopf zu schlagen, fragt er sie umstandslos, ob sie gern mal mit ihm einen richtigen Kaffee trinken gehen möchte.

Der richtige Kaffee entwickelt sich am nächsten Tag zu einer Vier-Stunden-Unterhaltung.

«Also, damit ich das richtig verstehe», sagt sie. «Du hast die ganze Zeit gezögert, mit mir auszugehen, weil wir zusammen arbeiten?»

«Schon mal den Ausdruck gehört: Nicht scheißen, wo man isst?»

«Aber das ist Mattel, da scheißen alle, wo sie essen.»

«Ja.» Er lacht. «Das stelle ich allmählich auch fest. Wusstest du das mit Frankie und Gina? Und Wendy und Twist?»

«Das ist eine sehr emsige Belegschaft», sagt sie lachend.

«Was soll ich sagen», er zuckt hinreißend die Achseln, «ich habe vorher in einer stockkonservativen Kanzlei gearbeitet.»

Sie sieht ihm lächelnd in die Augen. Sie sind warm, und für einen Mann hat er ungewöhnlich lange Wimpern. Seine Augen sind das Beste. Oder vielleicht auch sein Mund und die schönen Zähne. Sie kann sich nicht entscheiden. «Und», fragt sie und zwingt sich, woandershin zu sehen, «wie gefällt es dir, in einem Spielzeugunternehmen zu arbeiten?»

«Das macht viel mehr Spaß als in einer Kanzlei. Aber was hat es mit der Marschmusik auf sich?»

Sie gluckst. «Du gewöhnst dich noch daran. Ich nehme sie schon gar nicht mehr wahr. Aber anfangs – oh Gott –, da habe ich *Stars and Stripes* noch im Schlaf gehört.»

Sie werden still und schauen einander in die Augen. Die Anziehung ist stark, und sie wächst, wenn sie ihn nur ansieht. Ihr Herz schlägt schneller, ein Wärmeschwall flutet ihren Körper.

Seufzend sagt sie: «Ich bin froh, dass wir das endlich tun.» Er lächelt, an seinen schönen Augen kräuselt sich die Haut.

Als sie keinen Schluck Kaffee mehr runterbekommen, aber merken, dass sie sich noch viel zu sagen haben, unternehmen sie einen Spaziergang durch Santa Monica. Jedes Mal, wenn sich ihre Arme versehentlich streifen, ist es aufregend.

Am Wochenende gehen sie ins Kino und sehen sich *Billy Jack* an, und anschließend essen sie im Sea Lion in Malibu. Sie bekommen einen Tisch am Fenster, wo sie beobachten können, wie die Wellen ans Ufer schlagen und die Gischt an die Scheiben spritzt. Sie essen Meeresfrüchtesalat und trinken ein Glas Chablis.

Während des Essens ist er still, und als sie fragt, ob alles in Ordnung ist, trommelt er mit den Fingern auf dem Tisch und sagt: «Tja, ich wollte dich schon die ganze Zeit etwas fragen.»

«Klingt ernst.»

«Nein. Ist es eigentlich nicht. Zumindest hoffe ich das. Es geht um Jack Ryan. Um ihn und dich. Seid ihr beide ...» Er stockt, sucht nach den richtigen Worten. «Was genau seid ihr eigentlich?»

Sie trinkt einen Schluck Wein. «Wir sind Freunde, aber ...» Sie trinkt einen zweiten Schluck. «Es gab mal eine Zeit, da waren wir mehr als das.»

«Du und der kleine Kerl?» Er neigt den Kopf zur Seite. Er ist überrascht.

«Aber jetzt sind wir nur Freunde.»

«Einfach nur Freunde?»

«Nur Freunde. Aber», fügt sie eilig hinzu, «Jack ist mir wichtig.»

Simon denkt darüber nach und nickt. «Das ist in Ordnung. Er ist dein Freund. Hab verstanden.»

Stevie lädt ihn an dem Abend zu sich nach Hause ein, und sie bleiben lange auf und reden. Das Gespräch reißt nie ab. Sie erzählen einander von ihrer Kindheit. Er ist in New York aufgewachsen und wegen Mattel nach L. A. gezogen. Er muss sich erst noch daran gewöhnen, dass er für alles ein Auto braucht. Er wundert sich auch, wie die Leute bei dem Smog überhaupt Luft kriegen, und sie verspricht, ihm eine Gasmaske zu besorgen. Sie sprechen über ihre vergangenen Beziehungen. Er hat seit der Uni keine feste Freundin mehr gehabt, und wie sie war er mehr auf seine Karriere konzentriert als auf sein Privatleben. Sie verlieren die Zeit aus den Augen, und schließlich ändert sich das Licht in ihrem Wohnzimmer, und mit der Dämmerung werden die Schatten schwächer. Sie bringt ihn zu seinem Wagen, um ein paar Minuten mehr mit ihm zu haben, und als die Sonne über den Horizont steigt, da endlich, *endlich* neigt er sich zu ihr und küsst sie.

Stevie ist jetzt seit drei Monaten mit Simon zusammen. Eines Abends beim Essen greift er lächelnd über den Tisch nach ihrer Hand. «Es hat mich schlimm erwischt, Stevie Klein. Das weißt du, oder?»

«Mich auch», sagt sie und sieht ihm in die Augen.

Danach bleibt er zum ersten Mal über Nacht, und in Simon findet sie einen Geliebten, der zärtlich, sanft, leidenschaftlich und aufrichtig ist, fähig, ganz bei ihr zu sein. Es gibt keine Einwände gegen ein Kondom. Tatsächlich hätte er auch ohne Aufforderung eines benutzt. Es gibt niemanden, den er noch loswerden muss, und keine wartet darauf, bald Stevies Platz einzunehmen. Es gibt nur sie beide, und nichts hat sich je so richtig angefühlt.

Einige Wochen später liegen Stevie und Simon morgens in ihrem Bett, und ein leichter Wind bläst durch das offene Fenster. Sie mag seinen Geruch auf ihrem Kopfkissen und Laken. Es gefällt ihr, dass sich in ihrer Wohnung Dinge von ihm ansammeln: seine Badehose, ein Paar Turnschuhe, ein Oberhemd und ein Schlips. Eine zweite Zahnbürste, Rasiercreme und ein Rasierer im Bad. Sie sieht seine schmutzigen Socken, T-Shirts und Unterwäsche in ihrem Wäschekorb, was heißt, dass diese nun auch bei ihr bleiben. Sie begrüßt die neue Enge in ihrem Kleiderschrank, in der Schublade, die sie für ihn frei gemacht hat.

Mit Simon zusammen zu sein kommt ihr ganz natürlich vor. Und leicht. Sie braucht sich nicht zu überwinden, um ihren Abend für ihn freizumachen und damit die Zeit für Mattel zu beschneiden. Wenn sie später von der Arbeit kommt, wärmt er das Essen für sie auf. Wenn sie einen miesen Tag hatte, es mit Lewis oder Twist ein Problem gab, hört er ihr zu, bis sie alles losgeworden ist. Wenn sie an einem Wochenende arbeiten muss, hat er dafür Verständnis. Manchmal gehen sie samstags beide ins Büro und treffen sich später, wenn sie beide nicht mehr mit den

Gedanken bei der Arbeit sind. Bei Simon braucht sie sich nicht zwischen Karriere und Beziehung zu entscheiden, sie kann beides haben. Sie ist rundherum glücklich. Glücklicher, als sie es je für möglich gehalten hätte.

«Ich muss Jack von uns erzählen», sagt sie zu Simon an dem Morgen. «Er soll es von mir erfahren und nicht erst von jemand anderem. Er ist zurzeit nicht gerade stabil. Und manchmal wird er komisch. Wir sind zwar nur Freunde, aber er ... er reagiert noch eifersüchtig. Auf die besitzergreifende Art, wenn du verstehst? Ich will nicht, dass er dir im Büro das Leben schwer macht.»

Er lacht. «Ich habe keine Angst vor Jack Ryan.» Er stützt sich auf einen Ellbogen und schiebt ihr eine Locke hinters Ohr. «Er hat keine Macht über mich. Eigentlich hat er bei Mattel kaum noch etwas zu sagen.»

Später fährt Stevie zum Schloss, um es Jack persönlich zu sagen. Die beiden sitzen draußen am Pool, Jack in weißen Tennisklamotten, ein Handtuch um den Nacken gelegt, um sich nach seinem Match mit einem der neuen UCLA-Rekruten abzukühlen. Sie ist im Badeanzug, eine Strandtasche voller Zeitschriften und Sonnenöl neben ihrer Liege. Auf dem Rasen bewegt sich der Sprenger zischend hin und her. Einer der Studenten bringt ihr ein Glas spritzigen Weißwein. Verstohlen bewundert er Stevies schlanken, gebräunten Körper, hütet sich aber, zu lange oder zu aufdringlich hinzugucken, um Jacks Eifersucht nicht zu entfachen. Alle UCLA-Jungs wissen, dass nur einer mit Stevie flirten darf, und das ist Jack.

Jack erzählt ihr von einer wilden Party, bei der er gestern Nacht mit Zsa Zsa war. Hinterher sind sie den Sunset Strip in seinem Feuerwehrwagen hinuntergefahren, um vom Hullabaloo zum Whisky a Go Go zu gelangen.

«Das war fantastisch.»

Sie schiebt die Sonnenbrille auf den Kopf und mustert ihn. Seine Augen sind blutunterlaufen, darunter dunkle Ringe, an den Wangen aufgeplatzte Äderchen. «An dich gerichtet ist das sicher eine dumme Frage, aber was siehst du in ihr?»

«Zsa Zsa? Soll das ein Witz sein? Sie ist eine ungarische Schönheit.»

«Wie gesagt, dumme Frage.» Sie lacht.

«Außerdem ist sie elegant und hat Köpfchen. Und sie ist weltgewandt.»

«Und eine Goldgräberin.»

«Tja, sie kann bei mir graben, so viel sie will», sagt er. «Dank Ruth bin ich pleite.»

«Du bist nicht pleite. Du bist weit davon entfernt, pleite zu sein.»

«Ich denke noch immer darüber nach, das Miststück zu verklagen. Meine Anwälte halten das für aussichtsreich.»

Sie hält sich scherzhaft die Ohren zu. «Ich kann es nicht mehr hören.»

In dem Moment kommt eine rotblonde Schönheit in einem winzigen Kleid und sehr hohen Sandaletten durch die Glasschiebetür und erscheint an Jacks Seite.

«Stevie, das ist Marlene.» Er greift nach ihrer Hand und zieht sie auf seinen Liegestuhl. «Marlene, meine Privatsekretärin.»

Stevie lächelt verblüfft. *Seit wann hast du eine Privatsekretärin?* «Sehr erfreut, Sie kennenzulernen.»

«Ganz meinerseits», sagt Marlene mit einem französischen Akzent und zieht sich lachend das Kleid glatt. Während sie ihre Finger aus Jacks Griff befreit, sagt sie: «Du lässt mich los – ich muss gleich die schwedischen Fleischbällchen annehmen.»

«Geh, geh», sagt er. «Nimm deine Fleischbällchen in Empfang.»

Nachdem sie durch die Schiebetür ins Haus geschlüpft ist, setzt sich Stevie auf und schüttelt den Kopf. «Privatsekretärin?»

«Ich brauche Hilfe, und», er zuckt die Achseln, «was soll ich sagen, ich bin ein sehr privater Kerl.»

«Oh, na klar.»

Jacks Partys sind inzwischen legendär. Er gibt vier bis fünf pro Woche. Die *Time* hat sie mit denen von Hugh Hefner in der Playboy-Villa verglichen. Marlene wurde eingestellt, damit sie ihn unterhält und ihm hilft, alles zu organisieren.

«Sie ist hübsch», sagt Stevie.

«Und intelligent. Sie ist ein listiges Mädchen. Und dieser Akzent. Oooh, là, là. Der macht mich verrückt.»

«Weiß Ginger von ihr?»

«Ginger?» Jack zuckt zusammen und begreift, dass er ertappt wurde. «Gott, das ist ein Schlamassel.»

«Ja, und wann wolltest du mir von dem *Schlamassel* erzählen?»

«Woher weißt du davon?»

«Das fragst du ernsthaft?» Stevie lacht traurig. «Ginger hat mir alles darüber erzählt. Sie denkt, du bist jetzt ihr neuer Freund.»

«Du lieber Himmel.»

«Hey, ich habe eine Idee. Warum macht ihr nicht eine Ménage-à-trois, du, Ginger und Marlene? Das ist sehr französisch.»

«Gar keine schlechte Idee.»

«Das war nur ein Witz. Mein Gott, du bist so ein Chauvinist.»

«Wieso bin ich deshalb ein Chauvinist?»

«Weil du Frauen zum Objekt machst.»

«Ich liebe Frauen.»

«Wir drehen uns im Kreis.» Sie lachen, dann wechselt Stevie den Ton. «Übrigens wollte ich dir etwas erzählen.»

«Oh, das klingt ernst.»

«Tja, ist es tatsächlich.»

Jack setzt sich auf. «Was ist es? Du bist nicht krank, oder?»

«Nein, nein, nichts dergleichen.» Sie rückt ihre Sonnenbrille zurecht und schaut auf den Pool und dann zu Jack. «Es ist, na ja, ich bin mit jemandem zusammen.»

Er lacht. «Ach das. Du meinst dich und Simon?»

Sie ist überrascht. «Du weißt davon?»

«Ich habe es vermutet.» Er verzieht den Mund, aber es wird kein richtiges Lächeln. «Und jetzt hast du es bestätigt.»

«Und?» Sie zögert, wartet ab, ob er sie nur täuscht. «Und du kommst damit klar? Das wird unsere Freundschaft nicht stören?»

Er lächelt noch. «Ich wusste, der Tag würde irgendwann kommen. Aber hey, Simon scheint mir ein anständiger Kerl zu sein. Und er ist furchtbar hübsch.»

Sie knufft ihn zum Scherz.

Er beugt sich hinüber und fasst ihr unters Kinn. «Macht er dich glücklich, Kleine?»

Sie nickt und rechnet noch immer damit, dass er einen Anfall kriegt.

Und den kriegt er gewissermaßen.

Jack steht von seiner Liege auf und springt in seinen Tennisklamotten in den Pool. Er bleibt so lange unter Wasser, dass sie Angst bekommt, er könnte sich ertränken wollen. Sie geht an den Beckenrand und auf die Knie und ruft nach ihm. Sie will schon hinterherspringen, da schnellt er aus dem Wasser, streicht sich die Haare aus dem Gesicht und lacht wie ein Irrer.

Eine Woche später wartet Ginger darauf, dass Jack von einem Termin zurückkommt. Was den anging, hüllte er sich aus irgendeinem Grund in Schweigen. Obwohl Jack ihre Beziehung gerade beendet hat, will sie nicht glauben, dass es vorbei ist. Sie denkt, wenn sie nur dieses letzte Kilo verliert, bekommt sie ihn zurück. Sie muss ihn zurückbekommen. Sie muss einfach ... und deshalb nimmt sie eine weitere Diätpille.

Sie schaut auf die Uhr an ihrem Schreibtisch. Es ist fast vier. Wo bleibt er denn? Er ist vor über drei Stunden gegangen, ohne zu sagen, wohin. Da stimmt etwas nicht. Wenn nun einer seiner Töchter etwas zugestoßen ist? Oder er plötzlich krank geworden ist? Was, wenn er einen schrecklichen Unfall hatte? So quält sie sich, bis ihr der Gedanke kommt, dass er vielleicht längst wieder da ist. Vielleicht ist er zurückgekommen, als sie in der Damentoilette war oder sich Kaffee geholt hat oder unten im Kopierraum war. Schließlich hat sie nicht die ganze Zeit am Schreibtisch geklebt. Er könnte auch ins Haus gekommen und sofort in eine Sitzung gegangen sein. Kurz ist sie erleichtert und greift nach dem Spiegel in der obersten Schublade, um ihr Make-up zu prüfen.

Sie betrachtet sich, sieht aber nicht die eingefallenen Wangen, die dunklen Schatten unter den Augen. Ginger sieht noch immer ein dickes, unscheinbares Mädchen mit Hakennase. Vielleicht liegt es an der Haarfarbe? Aber sie ist bereits platinblond. Heller geht es nicht. Und ihre Friseuse hat sie gewarnt, dass ihre Haare schon geschädigt sind und Spliss haben. Sie zieht sich die Lippen nach nur für den Fall, dass Jack wieder da ist. Sie lächelt, um zu prüfen, dass nichts zwischen den Zähnen sitzt, obwohl sie seit gestern nichts gegessen hat, und tupft sich Parfüm hinters Ohr.

Sie sieht zum dritten oder vierten Mal in Jacks Kalender nach und vergewissert sich, dass sie nichts übersehen hat. Er hat diesen Nachmittag keine Sitzung, und ihre Hoffnung ist damit zunichte. Eine neue Angst beschleicht sie. Irgendetwas sagt ihr, dass er gerade, wo auch immer, nicht allein ist. Er ist mit jemandem zusammen, und sie ahnt auch, mit wem. Sie steht vom Schreibtisch auf und geht nachsehen, schaut in den großen Konferenzraum, in den kleineren Sitzungsraum. Sie geht ins Archiv, in den Modellbauraum, die Teeküche, die Cafeteria und schließlich in die Designabteilung. Sie wusste es. Stevie ist nicht an ihrem Platz.

Jack und Stevie haben gerade auf Dr. Klemes' Empfehlung ein Sanatorium besucht. Stevie hatte Jack angefleht, es sich anzusehen. Es ist halb sieben, als sie zu Mattel zurückkehren. Der Parkplatz hat sich weitgehend geleert, nur Ruths und Elliots Rolls-Royces und eine Handvoll anderer Wagen stehen noch da. Jack ist still, ernst, sogar ein wenig beunruhigt. Die ganze Rückfahrt über hat er Stevie erklärt, dass er sich nicht in Behandlung begeben müsse. Er könne das selbst bewältigen. Sie übertreibe nur.

«Ich bin nicht Neely O'Hara, weißt du. Das ist nicht das Tal der Puppen.»

«Es wäre doch nur für eine Weile, Jack.»

«Nun, es wird nicht passieren, also vergiss es.»

Sobald sie das Drehkreuz hinter sich haben, begibt sich Jack zu seinem Büro in der Mahogany Row und Stevie in die Damentoilette, wo sie die weinende Ginger antrifft. Kaum sieht Ginger sie, weint sie noch heftiger und sinkt auf den Fliesenboden, als könnten ihre dünnen Beine sie nicht mehr tragen.

«Was haben Sie?», fragt Stevie. «Sie sehen furchtbar blass aus.» Sie feuchtet ein Papierhandtuch an, kniet sich neben sie und betupft ihr damit die Stirn. Ginger stützt den Kopf in ihre knochigen Hände, und ihre Schultern beben.

Das geht so eine ganze Weile, und Stevie tun vom Hocken die Oberschenkel weh. Schließlich gibt sie auf und setzt sich neben Ginger auf den Boden. Eine neue Runde Tränen, und Stevie schaut auf die Uhr. Es ist jetzt fast sieben. Sie hat noch einen Berg Arbeit zu erledigen.

«Kommen Sie», sagt sie. «Es wird immer später, und ...»

«Gehen Sie nur. Lassen Sie mich.»

«Sie können nicht die ganze Nacht hier sitzen.»

Und darauf heult Ginger auf. Ein Speichelfaden löst sich. «Warum will er mich nicht? Ich würde alles für ihn tun, aber er will mich trotzdem nicht.»

«Sie wissen doch, wie Jack ist», sagt Stevie. «Er hat tausend verschiedene Frauen.»

Ginger schluchzt, und nichts bringt sie zu der Erkenntnis, dass es nicht Jack ist, was sie braucht, und dass weder plastische Chirurgie noch Haarefärben oder Diäten beheben können, was sie quält. Es gibt Stellen, an die kein Skalpell herankommt, Leiden, die keine Pillen lindern können.

«Oh, Ginger, nun kommen Sie. Reißen Sie sich zusammen.»

Die Tür geht auf, und herein kommt Ruth, was immer ein bisschen peinlich ist. Sollte sie nicht ihre eigene Toilette haben? Niemand möchte in der Kabine neben Ruth Handler pinkeln. Ruths Anwesenheit genügt, damit Ginger sich zusammenreißt.

Ruth schaut von Stevie zu Ginger und wieder zu Stevie. «Was tun Sie beide noch hier? Es ist spät. Ist ihr schlecht?», fragt Ruth und hilft ihr, Ginger auf die Beine zu bringen.

«Das wird wieder», sagt Stevie. «Sie ist nur – nur ein bisschen durcheinander, das ist alles.»

«Hat das etwas mit Jack zu tun?», fragt Ruth.

«Nein, nein», sagt Stevie, obwohl Ginger sofort wieder zu weinen anfängt.

Wer ist schuld?

Die Atmosphäre im Konferenzraum ist angespannt. Zunächst sagt niemand etwas, weil alle die Neuigkeit verarbeiten. Ruth hält ihre Kaffeetasse, als wollte sie sie zerbrechen. Elliot verzieht in einem fort das Gesicht. Rosenbergs Blässe hat einen Graustich bekommen. All das sind Reaktionen auf den von Patsy präsentierten Finanzbericht von ihrer Wirtschaftsprüfungsfirma Arthur Andersen.

Wegen der geplanten großen Anpassungen hat Rosenberg den Quartalsabschluss, der an die externen Wirtschaftsprüfer gegangen ist, selbst erstellt. Also wusste er lange vor dieser Sitzung, was auf ihn zukommt. Er wusste, dass der Abschluss einen Verlust von dreißig Millionen Dollar nach Steuern ausweist.

«Tja, das ist beklagenswert», sagt Ethan Clark, der neue Leiter der Abteilung für Finanzkommunikation.

Ruth ist mulmig. Sie hat mit einem Verlust gerechnet, aber nicht in der Höhe. Seit ihrem Börsengang haben sie und Elliot sich nur bescheidene Gehälter ausgezahlt, in dem Wissen, dass die Hauptmasse ihres Vermögens in dem Wert ihrer Aktien besteht. Aber ein so massiver Verlust ändert alles. Ihnen gehört ein Teil dieses Dreißig-Millionen-Dollar-Schlags, und ironischerweise macht Jack jetzt mehr Geld als sie beide, weil seine Einkünfte aus den Einnahmen, nicht aus dem Gewinn errechnet werden.

«Wir werden das auf den Hafenarbeiterstreik schieben», sagt Rosenberg achselzuckend, als würde sie das von der Verantwortung befreien.

«Ich darf doch bitten», sagt Ethan und erteilt Rosenberg eine milde Abfuhr, «ich bin weniger daran interessiert, jemanden zu finden, dem wir die Schuld geben können, als vielmehr daran, unsere Investoren zu beruhigen.» Ethan Clark ist ein eloquenter Mann, aufmerksam und fair. «Da ein Ende des Streiks nicht in Sicht ist, müssen wir uns auf ein weiteres enttäuschendes Weihnachtsgeschäft gefasst machen.» Das ist das Sahnehäubchen auf der zusammengefallenen Torte.

Als die Sitzung vertagt wird, ist Ruth ausgelaugt und glaubt, dass dieser Albtraum zum Teil ihre Schuld ist. Der Lagerhausbrand, der Arbeiterstreik – das sind Umstände, auf die sie keinen Einfluss hat, und das ist ihr klar, aber sie fühlt sich dennoch verantwortlich. Wäre sie nicht an Krebs erkrankt, hätte sie den Überblick behalten. Dann hätte sie ihre Arbeit nicht an Rosenberg delegiert. Nicht dass das am Ergebnis unbedingt etwas geändert hätte.

All das geht ihr durch den Kopf, als sie den Konferenzraum verlässt, und sofort spürt sie, dass etwas im Argen liegt. Sie braucht einen Moment, um zu begreifen, woran es liegt. Es ist still. Keine Marschmusik. Jemand muss sie ausgeschaltet haben. Sie schaut den Flur hinunter. Da stehen Mitarbeiter in Grüppchen zusammen und reden leise, manche weinen. *Etwa wegen des Gewinneinbruchs? Aber wie können sie davon wissen?*

Ihre Sekretärin eilt auf sie zu. Ihre Augen sind gerötet. Sie hat auch geweint.

«Was ist los?», fragt Ruth. «Ist etwas passiert?»

«Es ist Ginger», sagt die Sekretärin. «Sie ist heute nicht zur Arbeit erschienen und hat sich auch nicht krankgemeldet. Wir haben den ganzen Vormittag versucht, sie zu erreichen, aber sie ging nicht ans Telefon. Schließlich ist Jack hingefahren, um nach dem Rechten zu sehen, und», neue Tränen laufen ihr über die Wangen, «er hat sie gefunden. In ihrem Bett. Es heißt, sie hatte einen Herzinfarkt. Mein Gott, sie war erst sechsunddreißig. Ein Herzinfarkt mit sechsunddreißig. Sie ist tot. Ginger ist tot.»

Das Begräbnis bietet eine schreckliche, tief bewegende Szene. Der Himmel ist angemessen wolkenverhangen und droht mit einem Regenguss. An Gingers Grab hat sich eine Menschenmenge versammelt. Ihre Familie steht eng beisammen, die Mutter kann sich ohne die Hilfe ihrer beiden Söhne kaum auf den Beinen halten. Der Vater, von dem sich Ginger nie geliebt fühlte, sieht den Sarg seiner Tochter nur durch einen Tränenschleier.

Ruth und Elliot sind zusammen mit der Belegschaft dort. Das Unternehmen lässt die Arbeit für einen Tag ruhen. Zum ersten Mal seit Langem haben alle ihre Differenzen beiseitegeschoben. Ruth und Jack umarmen sich sogar und schluchzen einer an der Schulter des anderen. Ginger war sechzehn Jahre lang bei ihnen, seit 1955, als Jack eingestellt wurde. Vielen kommt der flüchtige Gedanke, dass Gingers Hinscheiden die beiden wieder zusammenbringen könnte. Doch nach der Trauerfeier geht jeder seiner Wege, und der alte Groll tritt wieder in den Vordergrund.

«Jack hat die arme Frau auf dem Gewissen», sagt Ruth, als sie und Elliot in seinem Rolls-Royce zurück zu Mattel fahren. Das Haus ist zwar geschlossen, sie können es sich aber nicht leisten, den Tag freizumachen, nicht bei den aktuellen Entwicklungen.

«Das ist unfair, Ruthie. Du darfst Jack dafür nicht die Schuld geben.»

«Ach nein? Wer hat ihr die Diätpillen gegeben? Er hat gesehen, wie dünn sie wurde. Hat er etwas getan, um sie davon abzubringen? Um ihr zu helfen?» Das sprudelt aus ihr hervor, und gleichzeitig überlegt sie, ob sie ebenfalls schuld ist – vielleicht ein bisschen –, weil sie Barbie erschaffen hat. Was, wenn noch mehr Frauen wie Ginger sich zu Tode hungern, weil sie sich mit einer Plastikpuppe vergleichen?

Währenddessen sind Stevie und Jack unterwegs zum Schloss in Bel Air. Sie fährt Jacks Mercedes und hört zu, wie er sich über Ruth und Rosenberg auslässt. Er ist zu wütend, um Auto zu fahren, und außerdem hat er auch zu viele Valium geschluckt.

Es war Simon, der ihr riet, ihn nach Hause zu bringen. «Er braucht dich jetzt. Geh und kümmere dich um ihn.» Simon bringt für ihre Beziehung zu Jack Verständnis auf, so gut er kann. Er weiß, es gibt keinen Grund zur Eifersucht, der Kerl ist ein Wrack. Aber Stevie ist Jack gegenüber loyal, und manchmal fürchtet Simon, dass sie glaubt, sie könne Jack ändern, ihn beschützen, ihn vor sich selbst retten.

«Ich wette, Ruth rechnet gerade aus, wie viel es sie kostet, dass heute keiner arbeitet», sagt Jack. «Ihr ist nur Geld wichtig. Sie ist ein gieriges Miststück.»

«Und du bist ein gieriger Mistkerl.»

«Mattel hat mir mein Geld genommen.»

«Du bist immer noch mächtig reich», sagt Stevie.

«Meine Anwälte meinen, ich sollte die verklagen.»

«Oh Gott, Jack, fang nicht wieder damit an.»

Er lacht halb, und halb weint er. «Ich werde selbst ein Unternehmen gründen. Ich kann Barcus' Ingenieure überreden ...»

Sie kann es nicht mehr hören und schaltet das Radio ein.

«Und hast du gesehen», er schaltet es aus, «wie Rosenberg tat, als wollte er die Frauen trösten, nur um sie unauffällig betatschen zu können ...» Jack fängt wieder an zu schluchzen. «Die arme Ginger. Ich habe ihr gesagt, sie soll die Pillen absetzen. Ich habe ihr gesagt, dass sie zu dünn geworden ist. Stimmt's nicht? Hab ich ihr das nicht gesagt?»

Als sie im Schloss sind, gießt er sich einen Drink ein, obwohl der das Letzte ist, was er braucht. Er hat seit Tagen ununterbrochen getrunken, um seinen Schmerz zu betäuben, aber das hat nichts genützt. Er weint wieder und will, dass sie ihn in den Arm nimmt, und das tut sie. Und was als Tröstungsversuch anfängt, wird zu etwas ganz anderem. Er küsst sie, zuerst am Hals und dann auf den Mund.

«Jack, nein.» Sie rückt von ihm weg.

«Doch.» Er beugt sich zu ihr, um sie wieder zu küssen. Er will etwas anderes fühlen als Schmerz. Er will sich in ihrem Körper verlieren.

«Nein. Ich meine es ernst. Lass das.» Sie drückt ihn weg und steht auf.

Er bricht in Schluchzen aus und murmelt dabei etwas Unverständliches.

Sie sieht ihn an, seine tränennassen Augen, seinen flehenden Blick, und nimmt ein erschreckendes Gefühl in sich wahr. Sie hat Angst. Nicht um sich, sondern um ihn. Er schaukelt hin und her und reißt sich an den Haaren. In den Mundwinkeln sammelt sich Speichel. Sie erkennt ihn kaum wieder. Da steckt mehr dahinter als der Schnaps und die Tabletten. Er hat noch ein anderes ernsthaftes Problem. Und deshalb ruft sie die UCLA-Jungs.

Es braucht fast eine Stunde, um ihn zu beruhigen – oder genauer gesagt, bis er restlos erschöpft ist und sie ihn ins Bett bringen können. Stevie möchte am liebsten davonrennen. Sie möchte den Anblick aus ihrem Kopf löschen, aber sie kann sich nicht abwenden. Und so bleibt sie bei ihrem Freund, bis er endlich Gott sei Dank eingeschlafen ist.

Kopflastig und plattfüßig

1972

Nach Gingers Tod nahm sich Jack Urlaub. Er war kaum noch funktionsfähig. Er hat zwei wichtige Frauen in seinem Leben verloren. Zuerst seine Ehefrau, dann Ginger. Und bald vielleicht auch Stevie. Nach der Beerdigung hatte er Angst, sie könnte ihn ebenfalls verlassen. Ihm war, als fielen seine Körperglieder ab, als trockneten lebenswichtige Organe langsam aus. Er hatte lange Zeit geschmollt, sich in Schnaps und Parfüm ertränkt und war jeden Morgen mit einer anderen Frau in seinem Bett aufgewacht, ohne dass er sich erinnern konnte, wie sie hieß oder wo er sie kennengelernt hatte. Die Gedächtnislücken störten ihn, aber wenigstens unterbrachen sie seinen Gedankenstrom und verschafften ihm eine Verschnaufpause.

Wer weiß, ob er das weiter hätte treiben können, wenn seine UCLA-Jungs nicht gewesen wären. Sie fanden ihn eines Nachts bewusstlos in seiner Badewanne und konnten ihn nicht aufwecken. Später im Krankenhaus, nachdem man ihm den Magen ausgepumpt hatte, wurde er auf die psychiatrische Station überstellt.

Dort wurde er ausgenüchtert und bekam neue Medikamente, und nun erscheint Jack wieder zur Arbeit. Aber alles hat sich verändert. In seiner Abwesenheit hat Barcus die Leitung verschiedener Projekte übernommen und einige katastrophale Entscheidungen getroffen. Jack kann nicht glauben, dass Ruth sie befürwortet, und fragt sich, ob sie den Willen verloren hat, sich gegen diese Kerle durchzusetzen. Jack hätte sofort sein Veto eingelegt.

Paradebeispiel: Barbies neue Brüste. Es wurde entschieden, sie zu vergrößern, und obwohl Jack ein eingeschworener Fan weiblicher Brüste ist, wäre er niemals in diese Richtung gegangen. Warum sollte man gerade das Problem verstärken, gegen das man vom ersten Tag an zu kämpfen hat? Er weiß noch, wie Ruth damals sagte: *Kleiner, Jack. Sie müssen die Titten kleiner machen.* Doch als er von seiner Auszeit zurückkehrt, sind Barbies neue Brüste schon zu weit in der Entwicklung. Und apropos entwickelt: Durch ihre Größe machen sie die Puppe kopflastig, sodass sie leicht aufs Gesicht fällt.

Zum ersten Mal seit ihrer «Geburt» 1959 liegt der Verkauf am Boden. Frauen hassen sie jetzt mehr denn je. Bei der diesjährigen Toy Fair erschienen die Feministinnen mit einem starken Aufgebot und demonstrierten auf der Fifth Avenue. NOW verteilte Flugblätter, die Barbie verurteilten, ihren Körper, ihr Bubblegum-Gehirn und ihre materialistische Welt.

Ruth gerät in Panik, und wenn Ruth in Panik gerät, dann auch Elliot und ebenso Charlotte und Jack. Das sickert durch, und schließlich ist das ganze Team in Angst. Sie halten eine Sitzung nach der anderen ab, zerbrechen sich die Köpfe, was sie tun könnten, damit Barbie relevant bleibt, damit sie die Frauenbewegung beschwichtigen können, ohne die Antifeministen zu verprellen.

«Wie wär's mit einer Verbrennt-eure-BHs-Barbie?», schlägt Barcus vor.

«Oh ja, das ist scheißbrillant», sagt Jack. «Und wie wollen Sie das umsetzen? Eine Schachtel Streichhölzer in das Barbie-

Set packen? Viel Spaß bei dem Versuch, sie den Müttern zu verkaufen.»

«Oder wir machen eine Protest-Barbie», schlägt Loomis vor. «Wir lassen sie mit den Emanzen marschieren.»

«Mit den hohen Absätzen?», sagt Charlotte.

«Dann machen wir sie mit flachen Sohlen», sagt Barcus. «Das ist kein Problem.»

Stevie, die sich das alles angehört hat, kann nicht länger schweigen. «So einfach ist die Sache nicht. Das Problem kann man nicht in diesem Sitzungsraum lösen oder mit einem neuen Produktdesign. Das Problem sind nicht Barbies Füße. Nicht Barbie ist das Problem, sondern die Gesellschaft.» Niemand sagt etwas, sie rücken nur mit den Stühlen, seufzen, brummen oder stöhnen sogar. «Ob es euch passt oder nicht, die Frauen haben die Nase voll. Sie schlagen zurück, weil sie es kotzleid sind ...»

«Was sind sie leid?», fragt Lewis.

«Wo soll ich anfangen?», sagt Stevie. «Bei der ungleichen Bezahlung? Bei der Verhütung? Unserem Recht auf Abtreibung ...»

«Halt mal», sagt Loomis und streckt die Arme zu den Kontrahenten aus wie ein Schiedsrichter. «Ich denke, wir schweifen zu weit ab. Wir werden hier nicht die Beschwerden der Frauenbewegung aus der Welt schaffen. Wir werden die Gesellschaft nicht verbessern. Was wir dagegen verbessern können, ist Barbie.»

Und daher versuchen sie, das zu tun. Barbie bekommt flache Schuhe, und der Verkauf flacht ebenfalls ab.

«Sie sind heute sehr schweigsam», sagt Dr. Klemes zu Jack, der auf dem Ledersofa liegt, die Hände unter dem Kopf verschränkt.

«Es gibt nicht viel zu sagen», behauptet Jack. In Wirklichkeit raucht ihm der Kopf von Dingen, die er mit seinem Arzt besprechen sollte.

«Sind Sie sicher?», fragt Dr. Klemes. «Nichts beschäftigt Sie?»

«Genau. So ist es.» Sein Kopf ist voll unsinniger Gedanken. Er reagiert auf alles gereizt. Er hat neulich bei Ann die Nerven verloren und ihr eine Ohrfeige gegeben. Nur ein Mal, als sie klein war, hat er sie verhauen, seitdem hatte er die Hand nicht mehr gegen sie erhoben. Sein Wagen macht wieder das seltsame Rattern. Er muss unbedingt daran denken, eine Fristverlängerung für seine Einkommensteuererklärung zu beantragen. Er muss seinen Anzug vom Schneider abholen. Er mag seine neue Sekretärin nicht, die nachhakt, warum sie ihm alles vorlesen muss. Er sorgt sich, dass er durch die Tränensäcke und Schatten unter den Augen älter aussieht. Seine Haare sind am ganzen Kopf von Grau durchzogen, nicht mehr nur an den Schläfen. Er fühlt sich alt und kaputt. Und so geht es immer weiter. Er macht sich selbst verrückt. Er würde alles geben, wenn er um Gottes willen mal aufhören könnte zu denken, den Lärm in seinem Kopf einfach mal abschalten könnte.

«Gut, dann», sagt Dr. Klemes bei einem Blick in seine Notizen, «erzählen Sie mir doch, wie es bei der Arbeit läuft.»

«Gut. Klasse.» Er schiebt sich auf der Couch etwas höher, wodurch sich ein peinliches Geräusch ergibt. In einer so großen Firma wie Mattel kann man Wochen und Monate sein, ohne jemandem zu begegnen, also wie kommt es dann, dass er jeden verdammten Tag diesem Simon über den Weg läuft? Stevie ist in den Kerl verliebt, und Jack freut sich für sie, aber er ist deswegen auch traurig. Er schaut auf die Uhr und wünschte, die Zeit wäre schon um.

Dr. Klemes schreibt etwas und wechselt das Thema. «Ich

möchte Ihre medikamentöse Behandlung anpassen», sagt er und schreibt weiter. «Wie steht's mit Ihrem Appetit?»

«Ich kann nichts essen», sagt Jack.

«Hm-hm.» Noch mehr Notizen. «Und wie schlafen Sie?»

Jack schüttelt den Kopf.

«Ich möchte es mit Phenobarbital versuchen. Mal sehen, wie die anschlagen. Vielleicht helfen die, Ihre Schlafprobleme zu beheben.»

Jack gibt ein trauriges Lachen von sich. Wenn das doch nur mit irgendeiner Pille zu lösen wäre. Entweder schläft er tagelang, oder er ist tagelang wach und kann nicht abschalten. Es gab noch nie etwas dazwischen, nichts, das dem Normalen ähnelte. Es ist kein Ende, keine Erleichterung abzusehen. Das war's. So wird es den Rest seines Lebens bleiben. Er drückt sich die Fäuste in seine tränennassen Augen. «Ich will so nicht mehr leben. Ich kann nicht mehr. Das ist zu schwer. Ich hasse mich. Ich hasse mein Leben. Ich bin am Ende …»

Die Feder kratzt übers Papier. Nachdem sich Jack zusammengenommen und versprochen hat, dass er nicht wirklich überlegt, sich umzubringen, lässt Dr. Klemes seinen Füller ruhen und sagt: «Zusätzlich zu dem Phenobarbital werde ich Ihnen etwas Neues verschreiben. Es hat sich bei Patienten, die an Launenhaftigkeit leiden, als vielversprechend erwiesen.»

Jack ist dem guten Doktor dankbar, dass er daran gedacht hat, nicht von manischer Depression zu sprechen. Denn er ist nicht verrückt. Ist er nicht.

Lithium. Jack hasst das Zeug. Dadurch fühlt er sich noch erschöpfter als vorher. Seine Hände zittern, und er nimmt davon zu. Er darf keinen Alkohol trinken, solange er damit behandelt wird, und trinkt trotzdem. Vor allem aber macht es sein Leben langweilig, farblos, stumpft ihn gegen alles ab, was vorher stilvoll, unverwechselbar und lebendig war. Er liegt flach, hat keinen Elan mehr, keine Ausstrahlung. Alles Interessante ist verschwunden. Und Sex – er wacht nicht mehr mit einem Ständer auf, und wenn er doch mal erregt ist, ist es nicht von Dauer. Wie soll er in diesem betäubten Zustand funktionieren, etwas kreieren?

Die Leute fragen, was mit ihm los ist. Ob er bald wieder eine Party gibt. Sie mögen den ruhiggestellten Jack nicht. Der ist langweilig. Eine Trantüte. Mit dem kann man keinen Spaß haben. Jack ist sich nicht sicher, ob er überhaupt noch weiß, was Spaß ist.

Einen Monat und zwei Kilo später hat er genug davon. Ein paar kleine Stimmungsschwankungen sind sicher besser, als gar nichts zu fühlen. Das Lithium wirft er ins Klo und wird wieder die Stimmungskanone.

Ein kleiner Gefallen

Stevie freut sich auf die Sonntage, weil sie sonntags wirklich nur selten ins Büro muss. Es ist der einzige Tag, an dem ihr Wecker nicht klingelt. Der einzige Tag, an dem sie und Simon so lange im Bett bleiben können, wie sie wollen. Dort trinken sie Kaffee, tauschen die Zeitungsseiten aus und machen Pläne für den Tag, zu denen gewöhnlich auch ein Abendessen bei ihren Eltern gehört. Russell konnten sie nicht leiden und fanden, er sei zu alt für ihre Tochter. Dasselbe galt für Jack, den sie einmal kurz in Stevies Wohnung angetroffen haben. Doch an Simon haben sie einen Narren gefressen. Besonders ihr Vater.

Stanley Klein sorgt dafür, dass mehr Bier im Kühlschrank steht, damit sie beide zusammen Football- und Basketball-Spiele gucken können. Sie reden über den Aktienmarkt, Nixons Wiederwahl und Bobby Fischer – Männerthemen, bei denen ihm nicht einfallen würde, sie mit seiner Tochter zu diskutieren. Er kramt sogar ein Schachbrett hervor. Weiß er nicht, dass Stevie auch Schach spielt? Ihr Vater lacht, er unterhält sich, er umarmt Stevie, wenn sie zur Tür hereinkommt. All das führt zu einer Erleuchtung. Sie musste erst Simon nach Hause mitbringen, einen anderen Mann in die Familie bringen, um zu begreifen, dass sich ihr Vater, ob richtig oder falsch, umgeben von Frauen wie das fünfte Rad am Wagen gefühlt hat. Er hat sich immer nach männlicher Gesellschaft gesehnt.

An einem bestimmten Sonntag wird ihr Vormittagsritual durch zwei aufeinanderfolgende Anrufe gestört. Der erste Anrufer ist Stevies Vater, der Simon sprechen und fragen will, ob sie später vorbeikommen und ihm helfen, ein neues Bücherregal für seine Enzyklopädie aufzubauen. Der andere ist Stevies ehemalige Kommilitonin Marta Krass, die ein bisschen verzweifelt klingt, als sie fragt, ob sie sich nachher zum Lunch treffen können.

Zwei Stunden später sitzt Stevie unter einem Sonnenschirm auf einer Terrasse in Venice Beach. Hippies in Jesuslatschen, Batik-T-Shirts und Love Beads sitzen auf der Strandpromenade, verteilen Blumen und sagen: «Make love, not war.» Der Strand ist voller Leute, die sich sonnen, und das Meer ist gesprenkelt mit Surfern.

«Danke, dass du dich so kurzfristig mit mir triffst», sagt Marta, faltet ihre Serviette auseinander und breitet sie über ihren Schoß.

«Nun, du hast gesagt, es sei wichtig. Ist alles in Ordnung?»

Marta seufzt und kaut auf der Unterlippe. «Na ja, wie man's nimmt.» Sie nickt. «Sally Jax», sie seufzt wieder und zieht erneut die Unterlippe zwischen die Zähne, «Sally hat mich gehen lassen. Sie hat mich gefeuert.»

«Das tut mir leid.»

«Ja, tja, offenbar wollen sie bei Jax eine neue Richtung einschlagen, und Sally sieht mich nicht als», sie deutet mit den Fingern Anführungsstriche an, «*Teil der Gleichung.* Sie sagte, ich bin *nicht geschaffen für eine Zukunft bei Jax.*»

«Autsch. Das ist hart. Na ja», sagt Stevie, «das ist eine harte Branche, aber ich bin sicher, du findest etwas Neues. Es gibt so viele andere Designer, andere Modehäuser, zu denen du gehen kannst.»

«Aber das ist es ja. Ich habe mich umgesehen. Schon eine

ganze Weile. Ich bin überall gewesen. Ich habe mich sogar als Bobs Assistentin beworben. Wenn dein eigener Freund dich nicht einstellen will, weißt du, du steckst in Schwierigkeiten.» Sie seufzt wieder, versucht zu lachen. «Du erinnerst dich sicher, als du nach einer Stelle gesucht hast – du weißt, wie schwer das in dem Geschäft ist.»

Stevie nickt. «Aber du musst bedenken, ich hatte null Erfahrung und keinen Abschluss.»

«Ja, aber schau, wo du jetzt stehst.» Martas Augen werden größer. «Meine Nichte spielt mit Barbies. Die ganze Zeit.» Sie rollt verächtlich die Augen. «Aber die Kleider für diese Puppe sind einfach fantastisch.»

«Ja, nicht wahr?», sagt Stevie. Marta geht nicht weiter darauf ein. Stevie merkt ihr an, dass sie auf etwas anderes hinauswill.

«Es ist so, dass ich … Ich gerate allmählich in Panik. Meine Miete ist fällig, und ich bin fast pleite.

«Dann bezahle ich unser Essen, keine Sorge.» Aber wie Marta sie ansieht, sagt ihr, dass sie kein kostenloses Mittagessen im Sinn hatte. Stevie betrachtet sich als ihre Freundin, aber nicht als eine, die man um Geld anhaut. Und dennoch ist sie in der komfortablen Lage, helfen zu können, und deshalb zuckt sie die Achseln und sagt: «Ich kann dir auch etwas leihen.»

«Eigentlich», Marta schaut über den Strand, dann wieder zu Stevie, «hatte ich gehofft, du könntest mir einen kleinen Gefallen tun. Ich dachte, du könntest mir da eine Stelle verschaffen.»

«Wo?»

«Bei Mattel.»

«*Du* willst für die Barbie arbeiten?»

Bei ihrer letzten Begegnung war es Stevie noch peinlich zu erzählen, dass sie für Barbie Kleider entwarf. So empfindet sie definitiv nicht mehr. Es hat etwas für sich, seinen Wert zu kennen, und Stevie hat schätzen gelernt, dass sie an einem begehrten

Platz in der Designerwelt gelandet ist. Mattel ist gut zu ihr gewesen. Sie ist zur leitenden Designerin befördert und ihr Gehalt ist stetig erhöht worden. Sie hat auch einige ansehnliche Sonderzahlungen bekommen. Sie verdient mehr Geld, als sie sich je erträumt hat. Dass Marta sie gerade nach einem Job fragt, beweist nur, dass Stevie jetzt unter Kollegen als echte Modedesignerin betrachtet wird.

Marta mag die Erste, wird aber nicht die Letzte sein, die auf eine Stelle im Barbie-Team hofft und sich deshalb an Stevie wendet. Und es werden nicht nur Studenten und aufstrebende Modedesigner für Mattel arbeiten wollen. Bald werden es die größten Namen der Branche sein, wie Óscar de la Renta, Christian Dior, und sogar ihr einstiger Kommilitone Bob Mackie wird Barbie einkleiden wollen.

Bill-and-Hold-Strategie

Es ist Ende Februar, und Ruth hat einen weichen, hellblauen Kaschmirpulli hervorgeholt. Zum ersten Mal seit ihrer Brustamputation kann sie wieder etwas eng Anliegendes tragen. Endlich nach dreijähriger Suche hatte sie jemanden gefunden, der ihr eine maßgefertigte Brustprothese anfertigen konnte.

Peyton Massey hat eine Werkstatt in Santa Monica und ist bekannt für seine Fuß-, Arm- und Beinprothesen, die er in erster Linie für Vietnamveteranen anfertigt. Sie dachte sich, eine Brustprothese könne nicht so viel schwerer herzustellen sein, und überredete Massey zu einem Versuch. Ihre Peyton-Massey-Brust sitzt bequemer, aber noch lange nicht perfekt. Sie wiegt ein halbes Kilo, und der Nippel ist zu groß. Wenn sie abends ihren BH auszieht, hat sie an der Schulter eine tiefe Rille vom Träger, der sich in die Haut gedrückt hat. Wenn sie die Brust zu lange trägt, verschlimmert sie den Nervenschaden, und wenn sie schwitzt, dünstet der Kunststoff einen chemischen Geruch aus, den sie nur mit zu viel Parfüm überdecken kann.

Mit ihrer künstlichen Brust unter dem Kaschmirpulli geht sie durch das Drehkreuz und in ihr Büro. Sie sieht eine Presseerklärung auf dem Schreibtisch liegen. ZUR SOFORTIGEN VERÖFFENTLICHUNG. MATTEL GIBT ERGEBNISSE FÜR DAS VIERTE QUARTAL UND DAS GESAMTE JAHR BEKANNT … Die Erklärung ist längst raus, daher weiß sie nicht, warum man ihr das Exemplar überhaupt hingelegt hat.

Beim Lesen stellt sie überrascht fest, dass die Zahlen viel besser sind als erwartet. Mattel hat in den letzten zwei Jahren verheerende Verluste eingefahren. Zuerst der Werkbrand in Mexiko, dann der Streik der Arbeiter, gefolgt von dem Dreißig-Millionen-Dollar-Verlust – und das war vor der Markteinführung der plattfüßigen Barbie und dem BBB, Barbies Big-Boob-Desaster, wie sie es nennen. Ruth überlegt, ob sie Einsicht in den Finanzbericht verlangen soll, erinnert sich aber, dass die *Malibu*-Barbie und Hot Wheels Verkaufsschlager waren. Die Zahlen sind ermutigend und kommen zum richtigen Zeitpunkt, denn die Toy Fair steht vor der Tür.

Oh, Toy Fair. Der bloße Gedanke lässt sie verzweifeln. Wenn sie könnte, würde sie die Spielzeugmesse auslassen. Jack fliegt dieses Jahr nicht hin, zum ersten Mal. Es wurde entschieden, an seiner Stelle Barcus hinzuschicken. Sie freut sich nicht auf das viele Händeschütteln und die bestürzten Blicke, wenn die Leute sehen, wie sehr sie sich verändert hat. Sie ist grauer geworden und hat mehr Polster angesetzt, sodass sie seit dem letzten Jahr wieder eine Nummer größer tragen muss. Nicht dass das noch eine Rolle spielte. Ihre Figur ist im Eimer. Mittlerweile hasst sie es, Kleidung zu kaufen, weil alles entweder zu tief ausgeschnitten oder an den Hüften zu eng sitzt. Sie wird nie wieder solche Stücke tragen können wie früher. Auch nicht mit der Prothese. Dabei weiß sie durchaus, wie man sie verbessern könnte – ein paar kleine Änderungen wären schon ein großer Fortschritt –, aber sie ist zu erschöpft, um das bei Peyton überhaupt anzuschneiden.

Der einzige Lichtblick an der New-York-Reise ist, dass sie Ken, Suzie und ihre Enkel sehen wird. Doch am Abend vor dem Flug kreuzen Ethan Clark, Leiter der Finanzkommunikation, David Larsen, ihr neuer Justiziar, und Simon Richards vor ihrer Tür auf.

Was zum Henker ist so dringend, dass sie zu uns nach Hause kommen? Es ist spät. Ruth hat die Prothese abgelegt, ist im Bademantel und hat sich abgeschminkt. Sie fühlt sich praktisch nackt. Auf dem Sofatisch steht ein Becher Eis mit zwei Löffeln und schmilzt vor sich hin. Elliot ist im Pyjama. Alle gehen höflich über diesen intimen Einblick in das Privatleben der Handlers hinweg.

«Was ist denn los?», fragt Ruth und hält sich den Bademantel unter dem Kinn zu.

«Wir sind auf etwas sehr Nachteiliges aufmerksam gemacht worden.» Ethan stockt und drückt sich eine Faust an den Mund. «Ich weiß, Sie kennen beide die Presseerklärung, die vor zwei Wochen veröffentlicht wurde. Darin war von einer großen Trendwende bei den Bruttogewinnen die Rede, und die Einnahmen im ersten Quartal wurden recht rosig dargestellt. Da Sie die Pressemitteilung gebilligt haben, Elliot, möchten wir Sie fragen, woher Sie Ihre Informationen bezogen haben.»

«Woher schon – von Rosenberg», sagt Elliot. «Seymour erstellt jetzt die Prognosen.»

«Und wissen Sie noch, wie er Ihnen die Informationen gegeben hat?», fragt David.

«Was meinen Sie mit wie?» Ruth bekommt den Eindruck, dass Elliot ins Kreuzverhör genommen wird. «Das stand in Rosenbergs Presseerklärung», sagt sie.

«Nun, der Finanzbericht war nicht ganz korrekt. Die Pressemitteilung wimmelt von falschen Prognosen», sagt David.

Ruth und Elliot ahnen nichts Gutes, verstehen aber noch nicht ganz, was David damit sagen will.

«Wessen Idee war es, diese Bill-and-Hold-Strategie einzuführen?», fragt Simon.

«Das war Seymours», sagt Elliot und erinnert sich an den Tag, als Rosenberg eine Dringlichkeitssitzung einberief, weil er sich wegen der Verkaufszahlen Sorgen machte. Rosenberg sagte, sie bräuchten Aufträge.

«Mehr als Geld auf der Bank brauchen wir volle Auftragsbücher», sagte er. «Wir können es uns nicht leisten, unsere Aktionäre zu enttäuschen. Deshalb werden wir eine Bill-and-Hold-Strategie fahren. Wir nehmen die Bestellungen entgegen, und anstatt die Ware sofort zu liefern, bleibt sie in unserem Lager, aber wir stellen bereits die Rechnung. Das verschafft uns Zeit. Das ist eine Notlösung, aber glauben Sie mir, ich weiß, was ich tue.»

«Bill and Hold ist eine vollkommen koschere Praxis», sagt Elliot entschieden. Die hat Rosenberg nicht erfunden. Ruth nutzt sie schon ewig.

«Ja, das ist wahr.» David nickt bekräftigend und holt ein paar Unterlagen aus seiner Aktentasche. «Aber Stornierungen der Bill-and-Hold-Aufträge anzubieten und sie trotzdem weiter in den Büchern zu lassen, ist nicht nur nicht koscher, sondern ungesetzlich.»

«Moment mal», sagt Ruth. «Was soll das heißen?»

«Jemand hat die Verkaufsabteilung angewiesen, den Kunden anzubieten, die Bill-and-Hold-Aufträge zu reduzieren oder sogar zu stornieren», sagt Simon. «Und trotzdem stehen die Bestellungen noch als Umsatz in den Büchern.»

Ruth und Elliot versuchen diesen Ansturm von Beschuldigungen zu begreifen.

«Sehen Sie hier.» Ethan zeigt auf einen Posten in einem Finanzbericht. «Am achten Juni 1971 gab Sears eine Hot-Wheels-Bestellung über sechshunderttausend Dollar auf. Haben Sie eine Ahnung, wie hoch der tatsächliche Betrag dieser Bestellung war?»

Ruth und Elliot zucken die Achseln. Sie wissen es nicht.

«Die endgültige Bestellung von Sears belief sich auf fünfundsechzigtausend Dollar. Aber hier», er zeigt auf ein anderes Dokument, «weisen wir sechshunderttausend Dollar als Einnahme aus.»

«Vielleicht ist das ein Versehen», meint Elliot.

Ethan wendet sich wieder dem Finanzbericht zu. «Hier haben wir FAO Schwarz. Achtzehnter April 1971. Bill-and-Hold-Bestellung für hundertzwanzigtausend Dollar, endgültige Bestellung für fünfunddreißigtausend Dollar, aber», er schaut in den zweiten Bericht, «wir haben einhundertzwanzigtausend Dollar an Umsatz verzeichnet. Hier eine weitere Bestellung vom einundzwanzigsten März, storniert am fünften August. Bestellung am dritten Mai, storniert am neunten Juli.»

«Das ist ein Muster», sagt Simon.

«Und insgesamt behaupten wir, über vierzehn Millionen Dollar Umsatz durch Bill-and-Hold-Aufträge gemacht zu haben, von denen die Mehrheit entweder reduziert oder storniert wurde. Mattel hat nicht mal einen Bruchteil davon erfüllt. Im Gegensatz zu den Angaben in der Pressemitteilung und dem Artikel, den das *Wall Street Journal* und andere veröffentlicht haben, werden wir also im ersten Quartal nicht nur keinen Umsatzanstieg zu verzeichnen haben, sondern sogar einen weiteren beträchtlichen Verlust ausweisen.»

Ruth schlägt sich die Hand vor den Mund und hat das Gefühl, sich gleich zu übergeben.

«Wir müssen die Sache unter Kontrolle bringen», sagt David. «Wir müssen eine Berichtigung veröffentlichen. Sofort.»

Ruth wusste, dass an der Pressemitteilung etwas nicht stimmt, und sie verflucht sich dafür, dass sie keine Einsicht in den Finanzbericht verlangt hat. Aber was hätte das genützt? Die Pressemitteilung war bereits verschickt.

«Holen Sie Rosenberg ans Telefon», sagt sie zu Simon. «Ich will mit ihm sprechen.»

Sie versuchen mehrmals, ihn zu erreichen, sowohl im Büro als auch zu Hause, aber vergeblich.

Daraufhin ruft sie ihre Sekretärin an und weckt sie auf. «Rufen Sie einen Schlüsseldienst an», sagt sie. «Die sollen gleich morgen früh an Rosenbergs Büro das Schloss auswechseln. Und wenn der Hurensohn morgen am Einlass erscheint, lassen Sie ihn von unseren Sicherheitsleuten vom Gelände führen.»

Die Informantin

Ruth und Elliot haben zusammen mit Ethan und David ein halbes Dutzend Pressemitteilungen entworfen, bevor sie sich auf die richtige Formulierung einigen konnten, die dann deutlich realistischer und düsterer ausfällt als in der von vor zweieinhalb Wochen.

Die Mitteilung geht raus, und der erste Dominostein fällt. Der Kurs der Mattel-Aktie stürzt ab. Einige Aktionäre fühlen sich getäuscht. Ruth überblickt nicht mehr, wie viele Leute mit Klagen drohen oder bereits Klage eingereicht haben. Der Vorstand leitet eine interne Untersuchung ein, um herauszufinden, was wirklich passiert ist und wer dafür verantwortlich ist. Die Rechtsabteilung ist überfordert. David besorgt Verstärkung, indem er eine externe Anwaltskanzlei engagiert, und trotzdem arbeitet Simon noch rund um die Uhr. Er hat in den vergangenen paar Wochen kaum Zeit mit Stevie verbracht.

Eines Abends, als Simon Überstunden macht, klopft Patsy an seine Tür. «Haben Sie eine Minute?», fragt sie.

«Sicher.» Er klappt die Akte zu und schaut rasch über die anderen Unterlagen, ob auch da nichts zu sehen ist, was sie nicht sehen soll. Er sitzt in einem Lehnsessel an einem imposanten Schreibtisch, umgeben von Regalen mit ledergebundenen Büchern. Das ist ein scharfer Kontrast zu der heiteren, verspielten Einrichtung der anderen Büros.

Patsy erklärt, sie müsse mit ihm sprechen, weil David schon nach Hause gefahren sei. «Und wenn ich jetzt nichts sage, bringe ich später vielleicht den Mut nicht mehr auf.» Sie raucht eine Zigarette und teilt dann mit Simon einen Schatz an Informationen. «Soweit ich sagen kann, begannen die Probleme vor zwei Jahren. Im Januar 71. Ich weiß noch, dass Rosenberg besorgt war über den Zusammenschluss mit Ringling Brothers. Ich weiß genau, dass sie die Finanzberichte geschönt haben. Und dass, wenn der Zirkus das herausgefunden hätte, das Geschäft geplatzt wäre. Sie wussten, dass sie verklagt werden würden.»

«Wer ist *sie*?»

«Auf jeden Fall Rosenberg. Möglicherweise auch Loomis. Aber Rosenberg ganz sicher. Er ließ uns Rechnungen manipulieren. Wir hatten tonnenweise Rechnungen, die in diesen Nichtversenden-Ordnern landeten.»

Simon, der sich Notizen macht, blickt auf und zieht die Brauen hoch.

«Ja, so war es», sagt sie. «Ach, und die Bücher sind ein absoluter Witz. Es gibt jeweils zwei, wissen Sie. Einmal die echte Buchhaltung und einmal eine fiktive.»

«Hmmm. Das ist …» Simon schüttelt den Kopf. Sein Pokerface verschwindet. Er schreibt so schnell, wie sie spricht, und füllt in seinem Notizblock ein Blatt nach dem andern.

«Und ich weiß von einem Fall, in dem sie die Unterschrift eines Kunden auf einer Bill-and-Hold-Bestellung gefälscht haben.»

Simon lehnt sich zurück und reibt sich die Augen. «Wussten Elliot und Ruth davon?»

«Ich bin mir sicher, dass Elliot keine Ahnung hatte.» Patsy schaut auf ihre Hände und sieht ihn dann an. «Was Ruth angeht, weiß ich es nicht. Und da bin ich auch nicht gerade objektiv.» Patsy nimmt Jack noch immer in Schutz und wird Ruth nie verzeihen, wie sie ihn behandelt hat. Sie hat ihn auch ermutigt, gegen Mattel zu klagen wegen der entgangenen Tantiemen, und hat argumentiert, dass Mattel zurzeit sowieso am Ende ist, also wen kümmert es, wenn sie ihn feuern. «Aber wissen Sie, Ruth hat ihre Finger überall im Spiel. Wie soll sie nicht davon gewusst haben?»

«Aber sie hat nie ... Ruth hat nie verlangt, dass Sie Dokumente fälschen?»

Patsy schüttelt den Kopf. «Nein. Das kam von Rosenberg.» Sie schweigt einen Moment lang, dann fragt sie: «Habe ich das Falsche getan? Bekomme ich jetzt Schwierigkeiten?»

Er legt seinen Füller hin. Er möchte ihr keine Angst machen, aber ja, theoretisch ist sie gefährdet. Theoretisch könnte das für sie Konsequenzen haben, doch er weiß auch, dass für Wirtschaftsverbrechen in der Regel nur die Unternehmensleitung zur Verantwortung gezogen wird. Er sagt darauf: «Es war richtig von Ihnen, das zu melden.»

Nachdem Patsy sein Büro verlassen hat, sieht Simon auf die Uhr. Es ist spät. Fast elf. Aber das kann nicht bis morgen warten. Er ruft David zu Hause an. «Sie werden es nicht glauben.»

In der folgenden Woche tritt der Vorstand zu einer Sondersitzung zusammen, und vorab treffen sich Ethan, David und Simon mit Ruth und Elliot.

«Wir wollen nicht, dass Sie dadrinnen überrumpelt werden.»

«Überrumpelt wovon?», fragt Elliot.

«Uns sind ein paar neue, offen gestanden beunruhigende Informationen zugetragen worden», sagt David.

«Was für Informationen?», will Ruth wissen.

David und Simon drehen den Kopf zu Ethan, der daraufhin antwortet. «Wie sich herausstellt, muss sich Mattel nicht nur für die Stornierung und Reduzierung von Bill-and-Hold-Bestellungen verantworten, sondern es gibt auch Fehler in den Vertriebsunterlagen. Und Diskrepanzen bei der Rechnungsstellung.»

«Es ist offensichtlich», sagt David, «dass jemand die Zahlen frisiert hat.»

«Vielleicht war es Rosenberg», fügt Simon achselzuckend hinzu.

«Vielleicht war es Rosenberg zusammen mit anderen, aber wie es sich auch verhält», sagt David, «Sie sollten wissen, dass der Vorstand sich das angesehen hat, und ich weiß, Sie möchten das nicht hören, aber wir haben uns mit den Vorständen getroffen und ...»

«Sie haben mit dem Vorstand gesprochen?», fragt Ruth. «Ohne uns?»

David hebt die Hände, als wäre ein Schrotgewehr auf ihn gerichtet. «Das war unserer Ansicht nach im Interesse aller Beteiligten.»

«Ich kann nicht glauben, dass Sie hinter unserem Rücken agiert haben.»

«Ruth, das geht nicht gegen Sie persönlich», sagt Ethan. «Das sind ernsthafte Anschuldigungen. Wir versuchen, das Unternehmen zu schützen. Und deshalb hielt der Vorstand es auch für nötig, eine interne Untersuchung anzustellen.»

«Davon wissen wir gar nichts», sagt Elliot. «Arthur Andersen hat kein Wort gesagt.»

«Der Vorstand hat eine andere Firma herangezogen», sagt Simon. «Sie haben sich an Price Waterhouse gewandt.»

«Warum? Warum nicht an unsere eigenen Wirtschaftsprüfer?»

«Tja», sagt David, «offen gestanden misstrauen sie denen. Überlegen Sie mal», er zuckt die Achseln, «wie können die all diese Fehler übersehen haben? Price Waterhouse hat Mattels Bücher von 1971 an, als sie zum ersten Mal einen Verlust auswiesen, unter die Lupe genommen.»

«Und nun?», fragt Ruth. «Was passiert als Nächstes?»

Die Männer wechseln einen Blick und fragen sich stumm: *Wer soll es ihnen sagen?*

Schließlich übernimmt David die Aufgabe. «Wir mussten die Börsenaufsicht informieren.»

«Die SEC?», fragt Elliot ungläubig.

Ruth erschlafft auf ihrem Stuhl, und ihr Blick trübt sich. Sie hört kaum, was David darauf antwortet: «Ich fürchte, es wird noch schlimmer, bevor es besser wird.»

Die anschließende Vorstandssitzung ist ein Albtraum. Ruth und Elliot kennen einige der Männer gar nicht, die in *ihrem* Konferenzraum sitzen. Nachdem sie ihnen unter steifem Händeschütteln vorgestellt wurden, erfahren sie zum ersten Mal, dass Besprechungen mit ihren Banken, einigen wichtigen Führungskräften von Mattel und sogar mit der SEC stattgefunden haben.

«Die SEC hat darauf bestanden, dass wir frisches Blut in den Vorstand bringen», sagt Irwin Brash, der ihnen erst vor zehn Minuten vorgestellt wurde. Er ist groß, schlaksig und hat eine eisige Ausstrahlung. «Wir wurden von der SEC handverlesen, wenn man so will, um Mattel als Vorstandsmitglieder zu dienen. Und nun», er zuckt die Achseln, «müssen wir einige Änderungen vornehmen. Ruth, Sie müssen zurücktreten.»

«Wie bitte?» Sie sieht ihn böse an.

«Wir brauchen einen neuen Präsidenten. Wir haben das diskutiert und halten angesichts der Umstände Art Spear für die beste Wahl.»

«Auf keinen Fall.» Ruth schüttelt den Kopf. «Kommt nicht infrage.»

Art ergreift das Wort. «Bei allem gebührenden Respekt, Ruth …»

«Art», unterbricht sie, «Sie sind für das operative Geschäft verantwortlich. Sie sind sehr gut darin, aber Sie wissen nicht im Geringsten, wie dieses Unternehmen zu führen ist. Sie haben keinen blassen Schimmer von Marketing. Sie haben noch nie mit unserer Werbeagentur zusammengearbeitet, Sie waren noch nicht mal bei der Toy Fair.»

«Das ist der einzige Weg», sagt Irwin. «Die Banken haben schon gesagt, dass sie dem Unternehmen ohne einen Wechsel in der Führung keine weiteren Kredite gewähren. Sie werden alle Kredite fällig stellen. Das wäre eine Katastrophe. Sie sehen also», er besitzt die Frechheit zu lächeln, «wir haben keine andere Wahl.»

Und obwohl Ruth eine halbe Stunde lang argumentiert und um ihre Berufstätigkeit kämpft, ist offensichtlich, dass sie auf verlorenem Posten steht.

Als sie die Sitzung verlassen, ist die Abstimmung gelaufen. Die neuen Vorstandsmitglieder haben gesprochen und Art Spear zum neuen Präsidenten und Vorstandsvorsitzenden ernannt. Ruth wurde zur Co-Vorsitzenden degradiert, ein Titel, den sie mit Elliot teilt.

Sie fühlt sich wie ein Roboter, als sie den Flur der Mahogany Row entlanggeht. Elliot hat noch kein Wort gesagt. Sie setzen sich in sein Büro und sehen einander an. Elliot war immer ihr Fels in der Brandung, war für sie da, als Sarah starb, als sie ihre OP hinter sich hatte, als es bei der Arbeit schlecht lief. Doch so stark er ist, er kann nichts tun oder sagen, um die Katastrophe abzumildern. Ihr ist feuchtkalt und schwindlig. Es ist, als ob jemand ein Streichholz an ihrer Magenschleimhaut anrisse.

Schließlich geht sie in ihr eigenes Büro, zieht die oberste Schreibtischschublade hervor und fischt zwei Vierteldollar heraus. Ohne ein Wort zu irgendwem und ohne dass sie sich auf etwas anderes konzentrieren kann, als sich aufrecht zu halten, geht sie den langen Weg zur Cafeteria. Sie wirft die beiden Münzen in den Schlitz des Zigarettenautomaten, wählt die Winstons und zieht an dem Knopf.

Gnadenhof

Ruth kann noch immer nicht fassen, dass ihre Welt auseinanderfällt. Wegen Rosenberg, diesem Scheißkerl, steht sie mitten in einer Ermittlung der SEC und unter Verdacht. Ihr ist übel. Sie kann nicht essen und hat Gewicht verloren, ist jetzt dünner als vor der Brust-OP. Die Prothese von Massey passt nicht mehr richtig. Sie verrutscht ständig und reibt die Haut wund. Sie muss wieder zu ihm und sich eine andere anpassen lassen, aber sie ist zu sehr damit beschäftigt, ihr Unternehmen unter Kontrolle zu halten.

Eines Morgens fährt sie zum Büro, um mit Art Spear über eine Marketingfrage zu sprechen. Seine Sekretärin sagt, er sei in einer Sitzung. Als Nächstes geht sie zu Loomis und bekommt die gleiche Antwort. Anscheinend nimmt jede Führungskraft an dieser Sitzung teil. Jede außer ihr. Die sehen sie jetzt alle als nutzlos an – als alte Mähre auf dem Weg zum Gnadenhof. Die Botschaft ist laut und deutlich: *Du bist nicht mehr willkommen.* Da ist sie wieder mit ihrer Mutter konfrontiert, nur dass es diesmal keine Sarah gibt, an die sie weitergereicht werden kann. Aber sie hat das Unternehmen aufgebaut, jahrelang geführt. Mattel war ihr Leben, und jetzt nehmen sie ihr einen Großteil dessen, was ihre Person ausmacht. Ohne ihre Arbeit ist sie verloren.

Sie kehrt in ihr Büro zurück und sucht nach etwas, womit sie sich beschäftigen kann. Man hat ihr alle Aufgaben entzogen. Sie sieht die Zeiger der Uhr vorrücken, fünf Minuten, zehn, fünfzehn ... Als sie es nicht mehr aushält, geht sie zu David ins Büro.

«Das ist Scheiße», sagt sie. «Art meidet mich. Loomis auch. Sie halten Sitzungen ohne mich ab. Sie entscheiden über Dinge, in die ich nicht eingeweiht werde. Ich halte das nicht aus. Ich kündige. Ich reiche meinen Rücktritt ein.»

«Das können Sie nicht», erwidert er. «Nicht solange die Ermittlung läuft. Vielmehr müssen Sie so normal wie möglich auftreten. Ich will, dass Sie weiter jeden Tag herkommen und sich beschäftigt halten. Oder den Eindruck erwecken, Sie wären beschäftigt. Lächeln Sie, halten Sie den Kopf oben. Niemand darf merken, wie fertig Sie sind. Sie können es sich nicht leisten, schuldig zu wirken.»

«Ich bin auch nicht schuldig», blafft sie.

David nickt, deutet aber durch nichts an, dass er ihr glaubt. Er sagt nur: «Vertrauen Sie mir. Zu Ihrem eigenen Besten und zum Besten des Unternehmens müssen Sie sich so verhalten.»

Also steht Ruth jeden Morgen auf, fährt mit ihrem Rolls-Royce zur Arbeit und geht durch das Drehkreuz. Außer dem Wachmann nehmen nur wenige Leute mit ihr Blickkontakt auf. Das macht den Weg zu ihrem Büro sehr lang. Ihre Sekretärin bringt ihr Kaffee, weil Ruth sich nicht überwinden kann, selbst in die Teeküche zu gehen, wo sie sich Mitarbeitern stellen müsste. Bei geschlossener Tür sitzt sie da und überlegt, was sie mit sich anfangen soll. Sie sieht sich Verkaufsprognosen an und liest haufenweise Briefe, in denen Leute ihre Wut über Barbiepuppen auslassen. Das einzig Gute ist, dass die SEC auch gegen Rosenberg ermittelt, wie sie kürzlich erfahren hat.

Gewöhnlich hat sie ab zehn Uhr nichts mehr zu tun. An manchen Tagen verlässt sie das Haus unter dem Vorwand eines geschäftlichen Treffens, während sie in Wirklichkeit zu ihrem Country Club fährt und dort mit Freunden Bridge oder Canasta spielt. Das findet sie genauso langweilig, wie untätig im Büro zu sitzen. Um die Tage herumzubringen, geht sie außerdem auswärts zum Lunch. Bisher hat sie immer in der Cafeteria oder am Schreibtisch gegessen, außer wenn ein Geschäftsessen anstand. Nun trifft sie sich jeden Dienstagmittag mit Barbara. Die Putzhilfe ihrer Tochter kommt an dem Tag, und Barbara braucht eine Entschuldigung, um mal rauszugehen.

Doch heute steht nichts in Ruths Kalender, und daher liest sie in Zeitschriften. Als sie durch *Town & Country* blättert, stößt sie wieder auf ihn: *Jack Ryan, Hollywoods beliebtester Gastgeber.* Sie stöhnt und fragt sich, was er diesmal wieder von sich gegeben hat. Offenbar ist er neuerdings mit Zsa Zsa Gabor per Du. Ruth schaudert und blättert durch die Seiten, auf denen die beiden mehrfach zusammen abgebildet sind.

Es klopft an der Tür. «Haben Sie eine Minute?», fragt David.

«Zeit ist alles, was ich noch habe», sagt sie und wirft die Zeitschrift beiseite. Sie sieht, wie er sich ein Lächeln abringt, und das zieht ihr den Magen zusammen. «Was gibt es? Was ist jetzt wieder los?»

«Ich habe gerade von Jack Ryans Anwälten gehört.»

«Ach, Herrgott noch.» Sie stützt den Kopf in die Hand.

«Sie ahnen sicher, was kommt. Das dürfte keine große Überraschung sein – er verklagt Mattel.»

«Das soll wohl ein Witz sein. Was für eine Frechheit – er sitzt direkt nebenan und verklagt mich?»

David nickt und gibt ihr einen Moment Zeit, um das zu verkraften. «Er will fünfundzwanzig Millionen Dollar an entgangenen Tantiemen einklagen.»

Das Weitere hört sie nicht mehr, weil sie innerlich schäumt. Der Puls hämmert an ihr Trommelfell und übertönt alles andere. Diese Klage erhöht die Last noch um einiges, und nachdem

David gegangen ist, kann sie nicht mehr. Bestärkt durch das Verlangen, jemanden zu treten, verwandelt sich ihre Wut und Frustration der vergangenen Monate – sogar Jahre – in ein explosives Geschoss, und sie zielt damit auf Jack.

«Hey, hey, hey», sagt Jack, als sie in sein Büro stürmt und die Tür hinter sich zuknallt. «Was bringt Sie her?» Das ist das erste Mal seit Monaten, dass sie den Fuß da reinsetzt.

«Sie wissen verdammt gut, weshalb ich hier bin, Sie selbstgefälliges Stück Scheiße.»

«Ah, Sie haben wohl von meinen Anwälten gehört.»

«Sie haben ja Nerven. Was fällt Ihnen ein, solch eine Nummer abzuziehen?»

«Was dachten Sie denn, was ich tue? Dass ich das achselzuckend hinnehme? Sie haben mir Millionen weggenommen.»

«Kommen Sie mir nicht mit solchem Quatsch. Wir haben Ihnen jahrelang zu viel gezahlt. Sie hätten nur auf Ihre patentierten Produkte Tantiemen bekommen sollen, nicht auf alle.»

«So stand es in meinem Vertrag.» Er schlägt mit der Faust auf den Schreibtisch.

«Verschonen Sie mich, Jack. Sie wurden für Spielzeuge entlohnt, mit denen Sie nichts zu tun hatten, außer dass Sie das endgültige Design genehmigt haben.»

«Ich habe Anrecht auf anderthalb Prozent von allem, an dem ich beteiligt war», widerspricht er.

«Sie haben uns jahrelang übervorteilt. Ich habe nichts weiter getan, als das zu berichtigen.»

Sie reden beide übereinander hinweg. Er schreit sie an, sie schreit ihn an.

«Sie werden nicht gewinnen. Sie kriegen keinen Cent von mir. Und ich sage Ihnen noch etwas: Zum letzten Mal, Sie haben Barbie nicht erfunden – das war ich.»

«*Sie* haben Barbie erfunden.» Er lacht. «Verraten Sie mir,

wie Sie das gemacht haben. Sind Sie Ingenieurin? Sind Sie Designerin?»

Das trifft sie, berührt sie an der empfindlichsten Stelle ihrer Unsicherheit, der Angst, dass man sie übergeht und dass ihr Beitrag zur Barbie abgetan und vergessen wird.

Jack lacht sie weiter aus. «Das Einzige, was Sie können, ist andere unglücklich machen – darin sind Sie ziemlich gut. Wissen Sie, was Sie sind?» Er schlägt weiter auf sie ein. «Sie sind eine gierige Krämerseele – oh ja, und eine Verbrecherin. Der Vertrag ist immer noch bindend. Sie schulden mir immer noch meine Tantiemen. Die SEC ist nicht Ihre einzige Front. Sie wollen einen Kampf? Den kann ich Ihnen liefern.»

Dass er sie eine Verbrecherin nennt und die SEC ins Feld führt, bringt das Fass zum Überlaufen. Sie stürzt auf das Telefon auf seinem Schreibtisch zu.

«Oh, was jetzt? Rufen Sie Elliot her?»

«Nein, den Sicherheitsdienst. Sie werden hier verschwinden. Ein für alle Mal.» Sie hält den Hörer ans Ohr. «Ich brauche Sie in Jacks Büro. Sofort.»

«Oh, das ist toll», sagt Jack. «Was glauben Sie, wer ich bin? Rosenberg? Ich dachte schon, ich wäre verrückt – aber Sie, Sie haben völlig den Verstand verloren.»

«Und Sie Ihren Job.»

Inzwischen steht der Wachmann in der Tür.

«Nehmen Sie ihm den Dienstausweis ab», sagt sie zu ihm. «Seine Schlüssel ebenfalls, und schaffen Sie ihn aus dem Gebäude.»

«Jetzt mal halblang.» Jack sieht den Wachmann an, dem er ohne jeden Anlass kistenweise Zigarren und Scotch geschenkt hat. Und er hat ihn in den letzten achtzehn Jahren zu Weihnachten großzügig geschmiert.

Der Mann schaut ratlos, unsicher, wem er gehorchen soll.

«Sie haben mich gehört», sagt Ruth. «Nehmen Sie ihm die Sachen ab und bringen Sie ihn vom Firmengelände.»

«Sparen Sie sich die Mühe», sagt Jack. Er reißt sich das Schild vom Hemd, langt in seine Tasche und wirft die Schlüssel auf den Schreibtisch. «Ich finde selbst raus.»

Dreh meinen Arm

Es spricht sich schnell herum. Jack ist weg. Unglaublich. Das Ende einer Ära. Niemand kann sich Mattel ohne ihn vorstellen. Sie können nicht glauben, dass Ruth ihn gefeuert hat. Nein, nein, behaupten einige, es war umgekehrt, Jack hat gekündigt. Niemand weiß es mit Sicherheit. Selbst Ruth ist sich nicht ganz sicher, wie es passiert ist. Das ganze Gespräch wurde so hitzig und ging so schnell den Bach runter. Sie kann sich nicht erinnern, wer was gesagt hat, jedenfalls aber hat sie den Wachmann gerufen. Ihre Mitarbeiter wissen nichts von Jacks Klage, und Ruth muss zugeben, dass sie nichts dagegen hat, wenn die Leute glauben, sie hätte ihn rausgeworfen. Sollen sie ruhig annehmen, sie hätte noch Autorität.

Und während das Leben bei Mattel ohne ihn weitergeht, hat sich Jack mit seinen Anwälten zusammengesetzt und einen Racheplan ersonnen. Er ist gerade von einer Besprechung ins Schloss zurückgekehrt. Audrey, seine neue Freundin, hat auf ihn gewartet. Sie ist da, um ihm Gesellschaft zu leisten, während er an einem neuen Projekt arbeitet. Er zerlegt eins seiner vielen Autos, und zwar seinen Mercedes, weil er überzeugt ist, ihn so umbauen zu können, dass er hundertneunzig Stundenkilometer aus ihm rausholt.

Das gehört zu den Dingen, die er immer schon mal tun wollte, zu denen er aber nie Zeit hatte. Doch jetzt hat er nichts als

Zeit. Er kann den ganzen Tag herumbasteln. Auf seinem Rasen liegen Kolben, Zündkerzen, Zahnriemen, Zylinderköpfe, Kurbelwelle, Kardanwelle. Die Sonne steht dicht über dem Horizont, doch er arbeitet weiter, auch im Dunkeln. Einmal wischt er sich die Hände an einem Handtuch ab und bittet Audrey, ihm einen Drink zu bringen, während er sich ein paar Lines legt.

Dr. Klemes würde das definitiv als manische Phase einstufen. Bei ihrer letzten Sitzung sprach er davon, Jacks Medikamentendosis zu erhöhen und ihn vielleicht in eine Klinik einzuliefern. Nur zur Beobachtung. Jack hat daraufhin die folgenden Termine abgesagt.

Stevie sorgt sich um ihn. «Als ich das letzte Mal bei ihm war, sah er schlimm aus», sagt sie zu Simon an einem Freitagabend in ihrer Küche, wo sie sich zusammen um das Abendessen kümmern. Eigentlich kocht er – Kiewer Kotelett –, und sie darf nur den Salat zubereiten.

Das ist einer jener seltenen Abende, an dem er keine Überstunden macht. Sie hat eine Flasche Wein geöffnet, und Tom Waits' *Closing Time* läuft in der Stereoanlage. Mit hochgekrempelten Ärmeln hackt Simon Knoblauch und Petersilie. Sie wäscht einen Kopf Eisbergsalat und eine Tomate.

«Meinst du, ich sollte nach dem Essen mal hinfahren und nach ihm sehen?», fragt sie.

«Nein.»

«Nein?»

«Nein.» Er hält inne.

«Wirklich?»

Er seufzt und wischt sich die Hände an einem Geschirrtuch ab. «Offenbar willst du es, also fahr einfach.»

«Hey, Simon ...»

«Wie oft müssen wir dieses Gespräch noch führen?»

Sie dreht den Hahn zu und lehnt sich gegen die Spüle. «Aber Jack hört auf mich.»

«Nein, tut er nicht. Das ist der Punkt.» Er wirft das Handtuch auf den Küchentresen. «Jack hört auf niemanden. Nicht mal auf seinen Seelenklempner. Ich weiß ehrlich nicht, was du glaubst, für ihn tun zu können.»

Das weiß sie auch nicht, aber sie möchte ihn von seinen Dämonen befreien. Sie möchte, dass er wieder so wird wie früher, als ihn jeder respektierte, ihn praktisch verehrte. «Ich kann ihn nicht aufgeben. Du kanntest ihn nicht, als er ...»

«Als er was? Als er noch mit dir schlief?» Stevie bekommt plötzlich einen harten Gesichtsausdruck und einen kalten Blick, und Simon wünscht sich, er könnte das zurücknehmen. «Es tut mir leid. Ich hätte das nicht sagen sollen. Ich habe nur Angst, dass du denkst, du könntest ihn wieder hinbiegen. Er ist krank, Stevie. Der Kerl braucht Hilfe. Professionelle Hilfe. Er muss irgendwohin zum Ausnüchtern.»

«Ich kann ihn nicht einfach aufgeben», sagt sie wieder und in einem weicheren Ton. «Es tut mir leid, aber ich kann nicht.»

Bei Mattel ist die Moral auf dem Tiefstand. Alle vermissen Jack. Sie vermissen auch Elliots blöde Marschmusik. Es gibt keine Unbeschwertheit, keine Spontaneität mehr. Niemand inszeniert mehr Barbie-Orgien auf seinem Schreibtisch. Es finden auch keine Volleyballspiele und Lagerfeuer mehr am Strand statt.

Gerüchte über Ruth schwirren durchs Haus wie ein Bienenschwarm. Keiner weiß, wie er sich ihr gegenüber verhalten soll. Ist es in Ordnung zu grüßen? Ihr das Marketingbudget vorzulegen? Ihre Meinung zu einem Verpackungsdesign einzuholen? Für manche, wie Patsy, ist bereits klar, dass Ruth hinter allem steckte, auch wenn keiner weiß, worin dieses Alles besteht. Andere wie

Stevie und Charlotte halten zu Ruth, solange ihre Schuld nicht bewiesen ist.

Niemand versteht, warum sie ausgerechnet Art Spear zum Präsidenten und Vorstandsvorsitzenden gemacht haben, und keiner kann die neue Führung leiden. Es wurden Praktiken eingeführt, die man nur als Beschäftigungstherapie bezeichnen kann. Plötzlich soll jeder einen Stundenzettel führen, und Urlaub muss schriftlich beantragt werden, und das mindestens neun Monate im Voraus. Wer plant so weit voraus?, murren sie.

Und dann das Problem mit Barbie. Die Ärmste. Die Frauenbewegung greift sie ständig als schlecht und geistlos an. Sie machen sie für den Anstieg bei den Brustimplantaten und Krebserkrankungen verantwortlich – was Ruth besonders übel nimmt. Barbie ist schuld an Essstörungen und den Modediäten in den Frauenzeitschriften. Barbie ist die Übeltäterin, verantwortlich für jede Herabsetzung, jede Benachteiligung, die Frauen zugemutet wird. Es ist, als stünde sie auf der Seite der Chauvinisten. Und das Neueste ist ein Haufen Avantgardekünstler, die Barbie auf einen Spieß stecken und mit Rasierklingen aufschlitzen, sie sogar verbrennen. Und bei alldem behält Barbie ihr Lächeln.

Doch nicht Ruth. Ruth möchte schreien: *Sie ist nur eine Puppe, nur eine Plastikfigur.* Niemand zerstört die Easy-Bake Öfen, die Liddle Kiddles, Mrs Beasley oder Raggedy Ann. Das sind nur Spielzeuge, mit denen gespielt werden darf, die auf dem Boden herumliegen, sodass man auf sie tritt. Die werden nicht zu einem Symbol gemacht, sie bleiben, was sie sind, Gegenstände. Sie rufen weder Liebe noch Hass hervor. Bei Barbie ist das anders. Barbie ist Freundin und Feindin.

Da Jack nicht mehr da ist, überwacht nun Lewis die Gestaltung der Puppen. Er und Barcus rufen eines Nachmittags Charlotte und ihr Team zu einer Besprechung, um ihnen eine neue Puppe vorzustellen, an der sie heimlich gearbeitet haben. Der Raum riecht nach Rasierwasser und Zigarettenrauch.

Sie bitten Elliot hinzu, aber als er vorschlägt, auch Ruth teilnehmen zu lassen, sagt Lewis: «Nichts für ungut, Elliot, aber warum?»

«Sie wollen mich auf den Arm nehmen, ja?» Elliot lacht und verschränkt die Hände auf dem Tisch. «Vergessen wir nicht, dass wir nur dank Ruth alle hier sitzen. Sie hat mit Barbie von Anfang an recht gehabt, als noch jeder – einschließlich mir – an der Puppe gezweifelt hat.»

Charlotte pflichtet ihm bei. «Wenn wir über eine neue Puppe für die Barbie-Reihe reden, dann müssen Sie Ruth einbeziehen.»

Lewis und Barcus geben nach, und Ruth nimmt an der Besprechung teil. Stevie ist fassungslos, wie dünn sie aussieht und noch kleiner als früher. Sie wirkt müde und abgekämpft. Die Falten sind tiefer geworden, ihre Augen zusammengekniffen und verschattet.

«Wir haben eine neue Skipper», gibt Lewis bekannt. Er steht am Kopf des Konferenztisches und hält die Hände hinter dem Rücken. Nach einer langen Vorrede zur Geschichte dieser Puppe zeigt er einen Prototyp, der aussieht wie jede andere Skipper auch.

«Wenn Sie gestatten.» Barcus nimmt ihm die Puppe ab. «Diese Skipper ist ganz besonders. Zwei Puppen in einer. Geben Sie acht. Sehen Sie, was passiert, wenn ich ihren Arm anhebe und senke.»

Barcus demonstriert es, und Skipper wächst plötzlich und bekommt Brüste. Es sind kleine Brüste. Nur junge sprießende Knospen. Nicht wie die ihrer großen Schwester, aber auch nicht zu übersehen. Barcus senkt den Arm wieder, und die Brüste verschwinden.

«Und? Das ist stark, was?», sagt Lewis.

Elliot fasst sich an die Stirn. Charlotte und die Designerinnen wechseln entsetzte Blicke. *Soll das ein Scherz sein?* Niemand sagt ein Wort. Lewis missdeutet das als sprachloses Staunen. «Sie wird zwei verschiedene Kleiderkollektionen brauchen», sagt er. «Eine für die kleine Skipper, Sie wissen schon, die braven Kniestrümpfe und Schuluniformen und so weiter. Die andere Kollektion braucht sie, wenn ihre Brüste draußen sind …»

Stevie räuspert sich und verschluckt sich halb.

Lewis schießt ihr einen Blick zu, fährt aber fort. «Wie ich gerade sagen wollte, wenn ihre Brüste draußen sind, müssen wir sie betonen und …»

«Wollen Sie mich verarschen?», sagt Ruth. «Wir werden diese Puppe nicht auf den Markt bringen.»

«Wo liegt das Problem?», fragt Barcus, der keine Angst mehr hat, offen gegen sie aufzutreten. «Das ist ein brillantes Konzept. Wie gesagt, zwei Puppen in einer.»

«Doppelter Spielspaß», fügt Lewis hinzu.

«Wenn ich Ihnen erklären muss, wo das Problem liegt», sagt Ruth, «dann haben Sie in der Puppenabteilung nichts verloren.»

«Sie hat recht», sagt Elliot. «Diese Puppe …» Er schüttelt den Kopf. Ihm fehlen die Worte.

«Tja, tut mir leid, Elliot», sagt Lewis, «aber wir bitten nicht um Ihre Zustimmung. Oder um Ruths. Die Puppe wird bereits produziert. Und wir haben auch schon einen Namen für sie – Growing Up Skipper. Sie wird nächstes Jahr rauskommen. Wir finden sie genial.»

«Ach ja?», sagt Ruth. «Nun, ich finde sie beleidigend. Wie würde es Ihnen gefallen, wenn ich Ihren Arm drehe, damit Ihr Schwanz größer wird?»

Ungehorsam

1975

Stevie liegt neben Simon im Bett. Es ist spät, und sie fürchtet, ihn aufzuwecken, weil sie sich ständig hin und her wälzt. Schließlich geht sie in die Küche, um sich eine Tasse Tee zu machen. An die Wand gelehnt, starrt sie in die Gasflamme, die am Wasserkessel leckt. Auf der Schrankzeile liegen Tüten mit Chips und Salzbrezeln, im Kühlschrank Pepsi und 7 Up, alle für das Treffen der Frauengruppe, das morgen Abend bei ihr stattfinden wird. Inzwischen ist es Stevie den Frauen gegenüber ein bisschen peinlich, dass sie im Barbie-Team arbeitet.

Da Ruth nicht mehr am Ruder steht, haben Barbie und ihre Freundinnen den Kurs verloren. Jetzt führt ein Haufen Männer den Laden, und die sind nicht mit der Zeit gegangen. Viel von dem, wofür Barbie zurzeit steht, kann Stevie nicht mittragen. Wie vorhergesagt geriet die Growing Up Skipper unter Beschuss, kaum dass sie auf dem Markt war, und Stevie hat Angst, mit der Puppe in Verbindung gebracht zu werden.

An dem Tag nachdem Lewis und Barcus sie dem Team vorstellten, ging Stevie zu Lewis ins Büro und schloss die Tür hinter sich. Er saß in seinem Ohrensessel, die Füße auf dem Schreibtisch überkreuzt. Teure Loafer. Drei Leitungen an seinem Telefon leuchteten rot. Er war ein Arschlochchef wie aus dem Bilderbuch.

«Ich kann für die Growing Up Skipper keine Kleider machen.»

«Warum nicht? Sind Sie überlastet?»

«Nein, aber die Puppe ist entwürdigend. Sie ist demütigend. Einfach daneben.»

Er lächelte unfreundlich. «Wollen Sie wissen, was *einfach daneben* ist? Ungehorsam am Arbeitsplatz.» Er drohte ihr mit dem Finger. «Ihr Frauen, ihr nehmt alles so verdammt persönlich. Bei jeder Kleinigkeit brecht ihr in Tränen aus.»

«Ich weine nicht», stellte sie klar.

«Jeder will euch was, nicht wahr?» Er griff nach seinem Hefter, nahm ihn in die Faust und drückte ihn in raschem Tempo zusammen, sodass das Ding Heftklammern ausspuckte. «Die ganze Welt ist gegen euch, buhuhu. Ihr armen Kleinen. Ich bin es leid, dass sich alle Frauen beklagen, wie unfair die Welt ist.» Er verschoss eine neue Salve Heftklammern.

«Solch eine Puppe richtet die ganze Produktreihe zugrunde.»

«Ich erinnere mich nicht, Sie nach Ihrer Meinung gefragt zu haben, junge Dame. Halten Sie sich bloß nicht für unersetzlich. Denken Sie daran: Jack kann Sie nicht mehr beschützen. Und damit wir uns richtig verstehen», er drohte wieder mit dem Finger, «Sie arbeiten für die Puppe, der die Titten wachsen. Und wenn Sie für eine Puppe, der Titten wachsen, nicht arbeiten wollen, dann gehen Sie. Da ist die Tür.» Er zeigte darauf.

Stevie wollte auf der Stelle kündigen, verlor aber den Mut, weil sie sich sorgte, wie sie dann ihre Miete und die Rechnungen bezahlen würde. Mit gesenktem Kopf schlich sie in ihr Büro zurück und arbeitete weiter, aber sie fühlte sich eher wie ein Roboter, nicht wie eine Designerin.

Inzwischen hat Carol Spencer Glück und zieht vorübergehend in die Abteilung für Jungenspielzeug, wo sie an dem neuen

Big Jim mitarbeiten soll. Doch ihre Kolleginnen gehen regelmäßig außerhalb der Firma zusammen Kaffee trinken, manchmal auch etwas Stärkeres, und stecken die Köpfe zusammen, weit weg von Lauschern, sodass sie sich offen über die Männer beklagen können, die jetzt das Barbie-Team führen. Sie bemitleiden sich. Sie kommen sich vor wie Heuchler.

Seit ihrer Anfangszeit bei Mattel, als sie sich fragte, was sie da eigentlich tat, stand Stevie ihrer Arbeit nicht mehr so zwiespältig gegenüber. Nun ist sie wieder an dem Punkt: *Was habe ich mir da bloß angetan?* Allmählich denkt sie, sie setzt das Problem immer wieder fort. Sie arbeitet für Barbie, die so unverwechselbar ist wie Liberace oder Charo. Man sagt Barbie, und jeder weiß, wovon die Rede ist. Aber was als großartige Botschaft an Mädchen gedacht war, wird jetzt ins Gegenteil verkehrt, und die Schuld daran gibt sie den Männern bei Mattel.

Der Wasserkessel pfeift, und sie dreht schnell die Flamme aus, damit Simon nicht davon aufwacht. Wie in Trance tunkt sie den Teebeutel in das heiße Wasser, das immer dunkler und trüber wird.

Am nächsten Morgen drückt sie auf den Knopf des Weckers und dreht sich auf die andere Seite. Sie schläft wieder ein und regt sich erst, als Simon sie fragt, ob alles in Ordnung ist. Er ist schon angezogen, greift nach einer Krawatte und bindet sie.

«Ich habe heute Nacht schlecht geschlafen.»

«Schon wieder?» Er zieht das breite Ende durch die Schlaufe, und nachdem er den Knoten festgezogen hat, geht er zu ihr und fasst an ihre Stirn. «Nicht warm.»

«Ich fühle mich nicht krank», sagt sie. «Fahr du nur. Ich komme später nach.»

Nachdem Simon weg ist, denkt sie an die Besprechung mit Lewis heute Nachmittag, bei der es um neue Skipper-Kleider geht. Wie soll sie danach eine feministische Gruppe bei sich zu Hause empfangen? In dem Moment zieht sie etwas in Erwägung, was ihr früher nie in den Sinn gekommen wäre – sich krankzumelden. Schon bei dem Gedanken, sich nicht mit Lewis und Barcus und der *Puberty*-Barbie, wie manche sie nennen, herumschlagen zu müssen, empfindet sie große Erleichterung.

Doch wenn sie sich ein Mal krankmeldet, kann sie es wieder und wieder tun, und jedes Mal wird es ihr leichterfallen. Sie sieht sich schon apathisch werden, und obwohl das kontraintuitiv ist, weiß sie, dass etwas halbherzig zu machen noch ermüdender ist, als sein ganzes Engagement reinzustecken. Und zum x-ten Mal zieht sie in Betracht zu kündigen, doch wieder redet sie sich das aus, weil sie bezweifelt, dass sie je einen Designerjob bekommt, der nur halb so lukrativ ist wie dieser. Außerdem ist es für sie unvorstellbar, nicht mit Charlotte oder Ruth und Elliot zu arbeiten. Eine Woge nostalgischer Gefühle bricht über sie herein, als sie sich erinnert, wie sie Barbie zum ersten Mal in Charlottes Büro in der Hand hielt, wie sie ihre ersten Kleider entwarf und sie dann in der Fernsehwerbung sah. Sie hat Ruth während der Jahre beobachtet, und ihre Entschlossenheit ist ihr in Fleisch und Blut übergegangen. Die ist wie ein Muskel, der trainiert wurde und gewachsen ist. Sie kann Barbie nicht aufgeben, so wenig wie sie Jack aufgeben kann.

Sie schlägt die Bettdecke zurück und beschließt, sich nicht unterkriegen zu lassen. Sie wird heute nicht nur zur Arbeit gehen, sondern sie wird auch den Kurs umkehren und von den verantwortlichen Männern verlangen, dass sie die Growing Up Skipper einstellen wie damals die Allan-Puppe. Und die Midge.

Nachdem sie geduscht und sich angezogen hat, fährt sie zu Mattel und geht direkt in Ruths Büro. Ihre Auseinandersetzung wird mehr Gewicht haben, wenn sie Ruths Unterstützung hat.

Früher musste man sich an ihre Sekretärin wenden und versuchen, innerhalb eines vernünftigen Zeitraums in ihren Terminkalender aufgenommen zu werden. Doch nun ist Ruth beschämenderweise jederzeit ansprechbar. Als Stevie zur Mahogany Row gelangt, sitzt Ruths Sekretärin nicht an ihrem Platz, und Ruths Bürotür steht einen Spalt weit offen. Stevie will gerade anklopfen, als Ruth von ihrem rosa Sofa aufblickt und sie hereinwinkt.

«Geht es Ihnen gut?», fragt Stevie und schließt die Tür hinter sich. Ruth sieht zerbrechlich und schwach aus. Älter als neunundfünfzig. Ihre Haare sind stumpf, ihre Augen matt. Ihr Nagellack ist abgesplittert, ihr roter Lippenstift in die Fältchen am Lippenrand gelaufen. In letzter Zeit hat Ruth so viel abbekommen, da sollte es Stevie nicht überraschen, einen Riss an ihr zu sehen – aber sie sagt sich auch, es ist nur ein Riss. Sie ist zuversichtlich, dass Ruth es schafft, wieder auf die Beine zu kommen. Niemand wird sie brechen. Niemals.

«Es wird schon wieder», sagt Ruth. «Mit der Zeit. Aber wichtiger ist», sie rückt auf ihrer Couch zur Seite und klopft einladend auf die Sitzfläche, «wie geht es Ihnen? Und wie geht es Jack?»

Die zweite Frage überrascht. Stevie setzt sich und schüttelt den Kopf. Sie kommt bei Jacks Stimmungsschwankungen nicht mehr hinterher. Mal ist er überdreht und redet davon, seine eigenen Entwickler um sich zu scharen, mal schluchzt er, er sei ein Wrack. Mal schmeißt er eine Party, und dann dreht er sich um und wirft die UCLA-Jungs aus dem Schloss. Ihre Geduld mit ihm ist erschöpft, und sie kann sich nur vorstellen, wie erschöpft er selbst sein muss. «Der Arme», sagt sie. «Er ist in einem furchtbaren Zustand.»

«Nun, dann sind wir schon zwei.» Ruth macht einen Laut, halb Lachen, halb Wimmern. «Er und ich, wir haben es wirklich vermasselt, nicht wahr. Wir hatten etwas Gutes und haben es vermasselt.»

Darauf schweigen sie eine Weile, und Stevie schaut durch das Büro, zu den Regalen, in der alle Barbies stehen, die sie zusammen gemacht haben, angefangen bei der Barbie Nr. 1 mit ihrem Pferdeschwanz und ihrem schwarz-weißen Badeanzug bis zu der Barbie mit der Bubble-Cut-Frisur ... da stehen auch Ken und Midge, Allan und Skipper, die Francie-Puppen und Christie ... da sind Barbies, die sich beugen und drehen, sogar sprechen können. Jede Barbie und ihre Freundinnen sind da bis hin zu den neuesten *Malibu*-Barbies. Stevie wendet sich wieder der Frau zu, die das begonnen hat, und denkt, es ist ein ungewöhnliches Vermächtnis, aber ein Vermächtnis. Stevie möchte, dass die Reihe weitergeht, und deshalb erklärt sie ihre Idee, die Growing Up Skipper vom Markt zu nehmen, und warum sie die Puppe so entschieden ablehnt.

Ruth hört ihr zu, ist aber unkonzentriert. Sie kratzt an ihrem Nagellack. Als Stevie zu Ende gesprochen hat, schüttelt Ruth nur den Kopf. «Das ist nicht mehr das Unternehmen, das Sie damals eingestellt hat. Das ist nicht das Mattel, das ich geschaffen habe. Und das bedaure ich.»

«Das ist nicht Ihre Schuld.»

Ruth schaut, als könnte es vielleicht doch ihre Schuld sein. «Wir beide haben lange zusammengearbeitet», sagt sie, und überraschenderweise nimmt sie Stevies Hand. «Sie sind intelligent und talentiert.» Sie drückt die Hand, um das zu bekräftigen. «Tun Sie, was Sie tun müssen. Denken Sie an sich selbst. Gehen Sie nicht mit dem Schiff unter.»

Später an dem Tag sagt Patsy zu Stevie, dass Jack vermisst wird. Keiner weiß, wo er sich aufhält. Stevie befürchtet das Schlimmste und macht sich auf die Suche. Schließlich spürt sie ihn in Las Vegas auf.

Er ist mit Zsa Zsa im Caesar's Palace. Das allein ist schon

beunruhigend. Zsa Zsa liebt es, Jacks Geld auszugeben, und es gibt keinen besseren Ort, um es zu verplempern, als Vegas. Zwei Tage später kommen sie zurück und haben achttausend Dollar an den Spieltischen verloren, aber er hat wenigstens eine Ehefrau gewonnen. Nachdem er zwölftausend Dollar für einen Diamantring hingeblättert hat, ist Jack nun der sechste Mr Zsa Zsa Gabor.

«Warum hast du das getan?», fragt Stevie ihn nach seiner Rückkehr. Sie sind in seinem Büro im Schloss. Auf dem Flokati liegen lauter Verträge und die Tantiemenabrechnungen, die er vor seinem Flug nach Vegas für seine Anwälte herausgesucht hat.

«Weil ich sie liebe», sagt er und tritt einen Papierstoß beiseite, bevor er sich zu ihr auf das Sofa setzt.

«Du liebst diese Frau nicht.»

«Bist du eifersüchtig?»

«Das würdige ich keiner Antwort. Im Ernst, warum hast du sie geheiratet? Eine Frau ist kein Impulskauf.»

Er lacht. Seine Augen wirken glasig, aber nicht von Tränen. Er ist betrunken oder vielleicht high. Wie sie ihn kennt, ist er beides. Seit die Studenten nicht mehr bei ihm wohnen, bremst ihn nichts mehr. Und sie weiß, dass er seine Medikamente nicht mehr nimmt.

«Schtiivie!» Zsa Zsa steht in der Tür, die Hände in die Hüften gestemmt. Sie trägt ein durchsichtiges hellgrünes negligéhaftes Ding, das man nur Zsa Zsa durchgehen lässt. «Was macht Schtiivie hier?»

«Entspann dich», sagt Jack. «Sie besucht mich nur.»

«Ist schon gut.» Stevie steht auf. «Ich wollte sowieso gerade gehen.»

«Nein, geh nicht», sagt Jack, nimmt ihre Hand und zieht sie zurück auf die Couch.

«Hörst du nicht, Jack?», sagt Zsa Zsa und gießt sich ein Glas ein. «Schtiivie wollte gehen.»

«Ich muss wirklich los», sagt sie und steht erneut auf. «Außerdem will ich eure Flitterwochen nicht stören.»

Als sie zur Treppe geht, hört sie Zsa Zsa mit ihm zanken. «Ich will nicht, dass du diese Schtiivie wiedersiehst. Du bist jetzt mit mir verheiratet. Du kannst keine Mätresse haben.»

«Du lieber Himmel, sie ist nicht meine Mätresse. Sie hat jetzt eine feste Beziehung. Sie ist nur eine Freundin.»

«Nun, ich will deine *Freundin* nicht in meinem Haus haben.»

«Das ist *mein* Haus», erklärt er.

«Na schön. Wenn du das so siehst, dann bleibe ich heute Nacht in *meinem* Haus.»

Stevie saust durch die Haustür nach draußen, gerade als Zsa Zsa im Negligé in ihren Jaguar steigt. Sie gibt Vollgas, streift fast Stevies Auto und fährt vom Schloss zu ihrem Haus nebenan über den Rasen, sodass sie die Grasnarbe aufreißt.

Stevie packt ihr Lenkrad, während ihre Sicht verschwimmt, und in ihrem Kopf entsteht ein Druck, der nirgends entweichen kann. Ihr Freund zerstört sich selbst, und das zerreißt sie. Welche Verschwendung. Sie kennt keinen talentierteren Menschen als ihn. Was ist aus dem Mann geworden, der jeden um sich herum inspiriert hat? Der Elan und Spaß verbreitete? Mit dem jeder zusammen sein wollte? Jetzt ist er allein. Keine Studenten mehr, die ihn ablenken. Selbst Zsa Zsa ist gegangen. Jetzt gibt es nur noch Jack und sein Schloss, Schnaps, Pillen und Kokain. Und es gibt nichts, was sie für ihn tun könnte. Sie kann nicht auf ihn aufpassen, ihn nicht rund um die Uhr bewachen. Selbst wenn sie seine Barschränke ausräumte und all den Schnaps, die Pillen und das Kokain ins Klo spülte, er würde es sich neu beschaffen.

Ein stummer Schrei in ihrem Kopf treibt ihr Tränen über die

Wangen, und es zieht ihr die Brust zusammen, dass ihr das Atmen wehtut. Und als sie denkt, sie kann diesen furchtbaren Untergang keine Sekunde länger aushalten, da gewinnt etwas anderes die Oberhand. Ein neuer Raum tut sich in ihrer Brust auf. Das Schlimmste ist überstanden – stärker kann es nicht schmerzen –, und als sie daraus hervorkommt, empfängt sie rettende Klarheit. Stevie versteht es jetzt, und die Erkenntnis, zu der sie gelangt, ist nicht ganz dasselbe wie Aufgeben. Sie begreift, dass sie Jack nicht retten kann, so wenig wie Ruth oder Mattel. Aber sie kann sich selbst retten.

Es nimmt Gestalt an

Als Bob Mackie hört, dass Stevie bei Mattel gekündigt hat, lädt er sie zum Lunch ins Scandia am Sunset Boulevard ein. Sie beginnen mit der berühmten Viking Platter: feine Aquavit-Pancakes mit Sour Cream und Kaviar. Sie schwärmen von den alten Zeiten am Chouinard, und er erkundigt sich nach Charlotte und einigen ihrer Mitstudenten. Er erzählt, wie es war, für Carol Burnett zu arbeiten, und wie er anfing, Chers Kleider für die *Sonny & Cher Comedy Hour* zu entwerfen.

Bei Dänischer Seezunge und einem zweiten Glas Wein bringt er das Gespräch auf sie. «Was für Pläne hast du nun?», fragt er.

Das ist eine sehr gute Frage. Sie ist sich nicht sicher. Sie weiß nur, dass sie nicht bei Mattel bleiben konnte. Die Entscheidung zu gehen war hart und zugleich ganz leicht. Leicht, weil es offensichtlich war, dass sie nichts mehr zu geben hatte, ihre Inspiration versiegt war und sie sich keine Freude mehr abringen konnte. Und hart, weil sie noch nichts Neues hat. Das lässt die Entscheidung jetzt beängstigend, vielleicht sogar dumm erscheinen. Sie hat ihr Leben durcheinandergebracht – sie ist eine menschliche Schneekugel, die geschüttelt wurde. Die Bestandteile ihrer Existenz wirbeln um sie herum. Ihre Kollegen haben für sie eine Abschiedsparty geschmissen, mit Trinksprüchen und Ehrungen. Sogar Jack war dabei und einigermaßen nüchtern, was sie sehr gefreut hat. Er und Ruth haben einander den ganzen Abend umkreist wie zwei Raubkatzen, die überlegen, ob sie angreifen oder sich zurückziehen sollen. Zum Glück haben beide keine Szene gemacht, aber es war das letzte Mal, dass sie alle unter einem Dach waren.

«Überlegst du, eine Auszeit zu nehmen?», fragt Bob. Er stützt einen Ellbogen auf und neigt sich nach vorn, aufrichtig neugierig.

Sie denkt darüber nach, während sie sich den Mund abtupft. «Nur wenn es nicht anders geht. Ich nehme mir ein bisschen Zeit, um mir klar zu werden, was ich machen will. Aber ehrlich gesagt fällt es mir schwer, mal nichts zu tun. Zu Hause sitzen macht mich verrückt. Was soll ich sagen», sie zuckt milde lächelnd die Achseln, «ich arbeite gern.»

«Also bist du bereit, wieder ins Hamsterrad zu steigen?»

«Oh ja, definitiv.»

«Na, das freut mich zu hören, denn weißt du, es hat seinen Grund, warum ich dich heute eingeladen habe.»

«Oooh, und welchen?» Sie rechnet mit pikantem Klatsch und greift nach ihrem Glas.

«Ich will, dass du für mich arbeitest.»

«Wie bitte?» Stevie stellt ihr Weinglas ab.

«Ich brauche eine neue Designerin. Ich habe mehr Arbeit, als ich bewältigen kann, und ich bin begeistert von deinen Barbie-Kleidern. Und außerdem, wir Chouinard-Abbrecher müssen zusammenhalten.»

«Und ich dachte, wir essen nur zusammen, um mal wieder zu quatschen. Damit habe ich nicht gerechnet. Ich fühle mich sehr geschmeichelt», sagt sie, und das ist noch untertrieben. Bob gehört jetzt zu den bekanntesten Modedesignern des Landes, vielleicht sogar der Welt. Er hat jeden eingekleidet, der etwas darstellt, von Mitzi Gaynor über Diana Ross und die Supremes bis hin zu vielen anderen Berühmtheiten.

Er lacht. «Fühl dich nicht einfach nur geschmeichelt, sag, dass du es machst.»

Sie trinkt einen Schluck Wein und lehnt sich zurück, atmet und nimmt das alles in sich auf. Das Leben ist doch voller Überraschungen, und eine Überraschung sieht man eben nicht kommen. Vor siebzehn Jahren, als Charlotte, Jack und Ruth zu ihr in das Diner kamen, ahnte sie nicht, wie sehr sich ihr Leben verändern würde. Sie nahm den Job bei Mattel an, weil sie nichts Besseres in Aussicht hatte, und hätte nicht gedacht, dass Barbie ihr den Antrieb und das Selbstvertrauen geben würde, ihren Traum zu verfolgen. Es dauerte, bis das klar wurde, und es war nie so offensichtlich wie jetzt. Charlotte sagte einmal: Zwei Jahre für Barbie, und Sie können sich Ihren Arbeitgeber aussuchen. Es waren nun viel mehr als zwei Jahre, aber Stevie ist an die Spitze gesprungen und hat die Zeit damit mehr als wettgemacht.

Bob sagt etwas über Angleichung ihres Gehalts, Krankenversicherung und andere Vergünstigungen, aber sie hat schon alles gehört, was sie wissen muss. Sie braucht die Vor- und Nachteile nicht abzuwägen, denn all die schwirrenden Partikel in ihrer Schneekugel schweben auf sie zu, setzen zum Landen an und fallen genau dorthin, wo sie hingehören. Bob Mackie bietet ihr eine einmalige Chance. Es ist genau wie damals, als ihr der Job bei Mattel angeboten wurde. Es waren zweihundert Dollar die Woche – was gab es da zu überlegen? Bob Mackie will, dass sie mit ihm zusammenarbeitet – was gibt es da zu überlegen? Sie hat in ihrem Leben gerade die nächste Stufe erreicht.

Ruth hat durch den Stress so viel abgenommen, dass sie sich eine neue Prothese machen lassen muss. Als sie bei Peyton Massey auf dem Untersuchungstisch sitzt, raschelt das Papier unter ihr bei jeder Bewegung. Die Sonne scheint durch die Lamellenjalousie, und die Metallschränke werfen das grelle Licht zurück.

Während Peyton den Gips für die Brustform vorbereitet, denkt Ruth an all die Gussformen, die sie verworfen haben, bis Barbies Brüste gut geworden waren. Eine perfekte Brust zu formen ist eine Kunst. Und Peyton ist nahe dran, aber noch nicht am Ziel.

«Können wir die Brustwarze diesmal anders gestalten?», fragt sie.

Er neigt den Kopf zur Seite und vergewissert sich, dass der Gips richtig sitzt. «Das hängt von der Form und dem Abdruck ab.»

«Na, dann kleben Sie ein Pflaster auf meine Brustwarze. Ich will jedenfalls nicht, dass ein Torpedo aus meiner Brust ragt, und bei Ihnen ist es immer so verdammt kalt.»

Er lacht. «Meinetwegen. Sobald wir den Abdruck haben, tue ich mein Bestes, um das zu korrigieren.»

«Und da wäre noch der Geruch. Peyton, bitte, Sie müssen etwas dagegen tun. Gibt es keinen anderen Kunststoff, den Sie verwenden können? Einen, der nicht so schwer und so rau ist. Er scheuert mich wund.»

«Sonst noch was?», sagt er, doch er klingt mehr belustigt als verärgert.

«Tatsächlich ja ...» Sie zählt allerhand auf, was er auch noch verändern könnte. Er nimmt es gut gelaunt auf.

Zwei Wochen später, als sie zur Anprobe dort ist, sind beide beeindruckt, wie viel natürlicher die neue Brust aussieht.

«Sehen Sie», sagt sie. «Ich wusste, ich hatte recht mit der Brustwarze. Jetzt müssen Sie nur noch einen anderen Kunststoff finden.»

«Ruth, eigentlich bin ich auf Gliedmaßen spezialisiert. Ich bin nicht im Brustprothesen-Geschäft.»

«Nun ja, sollten Sie vielleicht aber sein. Wissen Sie, wie viele Frauen die brauchen? Die sind nicht verfügbar. Nirgendwo.

Glauben Sie mir, man kann nicht in ein Kaufhaus gehen und sich eine kaufen. Was zurzeit auf dem Markt ist, ist furchtbar.»

Er lacht. «Ruth, selbst wenn ich interessiert wäre, Brüste zu machen, die würden sehr teuer werden.»

«Nicht wenn wir sie in Massenproduktion herstellen.»

«Wir?» Er lacht wieder. «Sie glauben, *wir* können Brustprothesen in Serie herstellen?»

«Das würde die Stückkosten signifikant senken. Ich denke schon eine Weile darüber nach.» Nämlich seit sie mit Barbara zum ersten Mal nach einer Prothese suchte. «Oh, Peyton, das ist eine gute Idee. Lassen Sie uns das tun. Lassen Sie uns gemeinsam in das Geschäft einsteigen.»

«Was? Ruth, seien Sie realistisch. Das klappt nicht.»

«Wieso nicht?»

«Die weibliche Brust ist höchst individuell. Wie Fingerabdrücke. Es gibt keine zwei, die identisch sind – nicht mal an derselben Frau. Und dann müssen Sie noch bedenken, wie verschieden die Amputationen sind. Das ist viel zu kompliziert.»

«Oh, das habe ich schon mal gehört. Ich habe herausgefunden, wie man Barbies Brüste machen muss, ich werde auch herausfinden, wie wir Ihre machen müssen. Alles, was ich brauche, ist Ihr Talent und Ihre Kunstfertigkeit. Sie entwickeln sie, und ich kümmere mich um das Übrige.» Als sie das ausspricht, wird ihr klar, dass Peyton Massey ihr neuer Jack Ryan wird. Sie könnten zusammenarbeiten und etwas erschaffen, das allen Frauen überall nützt. Ja, Peyton ist skeptisch, so wie Jack damals. Aber sie kann ihn überzeugen, wie sie damals Mattel überzeugen konnte.

Ihr steht das klar vor Augen. Ein neuer Weg tut sich vor ihr auf, und zum ersten Mal seit Jahren, seit die ganze Sache mit der SEC anfing, kann sie noch etwas anderes sehen als nur diese Ermittlung – mein Gott, sie sieht sogar eine Zukunft für sich selbst, außerhalb von Mattel.

Ein neues Kapitel

1976

Ruth betritt den Konferenzraum mit dem rosa Musterkoffer, der sie auf dem Flug von Los Angeles begleitet hat. In einem königsblauen Hosenanzug von Óscar de la Renta und einem Camisole darunter steht sie vor den Entscheidungsträgern von Neiman Marcus in deren Flagship-Store in Dallas. Es ist Jahre her, dass sie einen derartigen Rausch verspürte, sich solch einer Herausforderung stellte.

Als sie die Anwesenden abschätzt, steigt ihr Adrenalinspiegel noch mehr an, und sie ist bereit, die Leute zu begeistern. Da ist der Regionalleiter mit seiner Cowboy-Krawatte und neben ihm der Bezirksleiter mit mächtigen Koteletten und ein weiterer Mann mit Schlaghosen und Plateauschuhen, dessen Titel sie nie erfahren hat. Am anderen Ende des Tisches sitzt der Chefeinkäufer, eine adrett gekleidete Frau mit einem roten Schal. Sie sitzt neben dem Warenmanager, einer Frau mit langen, glatten Haaren, die wiederum der Wäschespezialistin gegenübersitzt.

Nach dem Händeschütteln und Austausch von Höflichkeiten geht es zur Sache. An dieser Idee wurde schon einige Jahre gearbeitet, und jetzt steht sie hier mit der Lösung, die so viele Frauen brauchen, um sich wieder ganz zu fühlen.

Es gab tausend Gründe, Peytons Brustprothese nicht in Serie zu produzieren, genauso wie es tausend Gründe gab, Barbie nicht zu erschaffen. Und doch sieht man, was Barbie für Mädchen auf der ganzen Welt getan hat. Es war nicht einfach, aber Ruth wird nie bereuen, wie hart sie dafür gekämpft hat. Eine Erfindung von ihr hat dazu beigetragen, neue Ansichten darüber entstehen zu lassen, was Mädchen tun können, was sie in ihrem Leben werden können. Mit Barbie war Ruth daran beteiligt, die Erwartungen neu zu definieren und einige Beschränkungen aufzuheben, die jungen Mädchen auferlegt wurden. Und ungeachtet dessen, was die Frauenbewegung, die Feministinnen dazu sagen, wird sich Ruth für nichts entschuldigen. Sie mag bei ihren eigenen Kindern als Mutter versagt haben, aber das schmälert nicht, was sie erreicht hat. Sie ist stolz und bescheiden, weil sie immerhin eine kleine Rolle dabei gespielt hat, eine Generation von Frauen hervorzubringen, die stärker und unabhängiger ist.

Es ist zwanzig Jahre her, seit sie diesen Weg beschritten hat, und dieselben Mädchen, die einst mit der ursprünglichen Barbie spielten, der ersten von ihr geschaffenen Puppe, sind jetzt erwachsene Frauen. Erwachsene Frauen, die vielleicht Brustkrebs haben oder eines Tages bekommen werden. Als Ruth und Barbie zum ersten Mal in ihr Leben traten, waren sie jung und hatten viele Möglichkeiten. Damals haben sie vielleicht davon geträumt, sich eines Tages zu verlieben, zu heiraten und Kinder zu bekommen, und das nur als einen Teil ihrer Geschichte. Sie träumten vielleicht auch davon, Ärztin, Anwältin, Professorin oder Chemikerin zu werden, wie es Ruths Absicht war. Vielleicht haben sie sich ausgemalt, einmal Künstlerin, Tänzerin, Musikerin oder Sängerin zu werden. Vielleicht wollten sie ein Düsenflugzeug steuern, den Mond umkreisen, den Gipfel des Pikes Peak besteigen oder auf dem Machu Picchu den Sonnenuntergang erleben. Sie hatten damals so viele Träume, und in keinem davon kam Brustkrebs vor.

Vor zwei Jahrzehnten wusste Ruth, was diese Mädchen wollten, und jetzt nach so vielen Jahren – und nach ihrer eigenen Erfahrung damit – weiß sie auch, was diese Frauen brauchen. Als sie den Musterkoffer für Nearly Me öffnet und die Brustprothese auspackt, die sie mit Peyton entwickelt hat, wendet sie sich breit lächelnd an ihre Zuhörer. Sie hat wichtige Arbeit vor sich.

Nehmt euer Spielzeug und geht nach Hause

Barbie ist heute beliebter denn je, und Mattel ist stolz darauf, dass in jeder Sekunde drei Barbies verkauft werden.

Ruth Handler wurde des Finanzbetrugs für schuldig befunden und zu 2500 Stunden gemeinnütziger Arbeit und einer Geldstrafe von 57000 Dollar verurteilt. 1976 gründete sie die Ruthton Corporation, die Nearly Me herstellte, eine Reihe von Brustprothesen für Krebspatientinnen. Es wurde zu einem weiteren Multimillionen-Dollar-Unternehmen und ist auch heute noch erfolgreich. Ruth starb 2002 im Alter von 85 Jahren an den Folgen von Darmkrebs.

Jack Ryan wurde von Zsa Zsa nach nur einem Jahr geschieden und heiratete noch drei Mal. Sein Rechtsstreit mit Mattel wurde schließlich außergerichtlich für 10 Millionen Dollar beigelegt. 1991, zwei Jahre nachdem er einen Schlaganfall erlitten hatte, nahm er sich das Leben. Er wurde 64 Jahre alt.

Elliot Handler schied 1975 bei Mattel aus, nur sechs Monate nachdem Ruth das Unternehmen verlassen hatte. Er verbrachte seinen Ruhestand mit Malen und seinen Kindern und Enkeln. Er starb 2012 im Alter von 95 Jahren.

Charlotte Johnson schied 1980 bei Mattel aus, nachdem bei ihr Demenz diagnostiziert worden war. Sie starb 1997 im Alter von 80 Jahren.

Seymour Rosenberg wurde wegen Verschwörung, Postbetrug und Fälschung von Finanzdokumenten gegenüber der SEC verurteilt. Wie Ruth musste auch er eine Geldstrafe von 57000 Dollar zahlen und 2500 Stunden gemeinnütziger Arbeit leisten.

Ken Handler starb 1994 im Alter von 50 Jahren. Seine Familie sieht einen Hirntumor als die Todesursache an, aber andere behaupten, er sei an Komplikationen im Zuge einer AIDS-Erkrankung gestorben.

Barbara Handler Segal gründete später ihr eigenes Wäschegeschäft und ist jetzt im Ruhestand. Sie ist Jahrgang 1941, und nein, sie war nicht die ältere Frau, die im Barbie-Film auf der Bank saß.

Bob Mackie ist ein langjähriger Barbie-Designer. Was 1980 begann und bis heute andauert, hat zur Schaffung von fast 50 Sammler-Barbies geführt.

Stevie Klein, meine fiktive Figur, erfüllte sich ihren Lebenstraum und wurde Modedesignerin. Sie heiratete den fiktiven Simon Richards, und die beiden lebten glücklich bis an ihr Lebensende.

Nachbemerkung der Autorin

Wie Sie weiter unten sehen werden, war dieses Buch in Arbeit, lange bevor der Barbie-Film herauskam und die Barbie-Manie die Welt erfasste. Die Idee für dieses Buch kam mir 2019, nachdem mir jemand aus der Puppenabteilung von Mattel von Ruth Handler erzählt hatte. Da ich bereits zwei andere Bücher in der Pipeline hatte, konnte ich erst im Frühjahr 2022 mit der Arbeit an «Ein Leben für Barbie» beginnen.

Die Geschichte von Barbie und Mattel ist komplex und kontrovers, aber auch faszinierend, und es wäre unmöglich gewesen, alles in einem Buch zu behandeln, geschweige denn in einem Roman. Ich möchte jedoch klarstellen, dass dieser Roman nicht in Zusammenarbeit mit Mattel geschrieben oder entwickelt wurde. Er ist ein fiktives Werk, das auf den Fakten basiert, wie ich sie gefunden und interpretiert habe.

Bei meiner Recherche erlebte ich meine Kindheit noch einmal und stieß sogar auf ein paar faszinierende Familiengeschichten. Eines Tages erzählte mir meine Cousine Gail Levinson beim Mittagessen, dass ihre Verwandten den Magic-8-Ball erfunden haben, den Mattel später gekauft hat und vertrieb. Ich entdeckte außerdem einige Ungereimtheiten in der Geschichte der Barbie, die die Wahrheit ein wenig undurchsichtig machten, je nachdem, wer sie erzählte. Da es sich um einen Roman, nicht um ein erzählendes Sachbuch handelt und weil es ein Ensemble von Barbie-Helden und -Schurken gibt und eine Handlung, die sich über drei Jahrzehnte erstreckt, habe ich mir einige schöpferische Freiheiten erlaubt, die ich hier mit Ihnen teilen werde.

Zuallererst möchte ich Charlotte Johnsons immensen Beitrag zum Erfolg der Barbie würdigen. Charlotte war in den frühen Jahren für Barbies umwerfende Garderobe verantwortlich. Später kamen andere Designer hinzu, darunter Carol Spencer, die 1963 bei Mattel anfing. Für den Zweck dieses Romans und zugunsten des Erzählflusses habe ich jedoch die fiktive Stevie Klein eingeführt, um Charlotte zu unterstützen. Auch wenn Stevie bei mir eine aktive Rolle bei der Gestaltung einiger ikonischer Outfits spielt, darf man nicht vergessen, dass sie auf Charlotte Johnsons Genialität beruhen. Ich kann mir nicht vorstellen, wie Barbies Garderobe ohne sie ausgesehen hätte.

Barbie ist sicherlich eine einprägsame Figur, aber es gibt unterschiedliche Berichte dazu, wie Mattel auf den Namen gekommen ist. Was wir wissen, ist, dass Ruths Tochter und Jacks Frau beide Barbara hießen, und es heißt auch, dass beide Barbie genannt wurden. Ich habe auch gesehen, dass man die Puppe ursprünglich Barbara und Babs nennen wollte, die Namen aber bereits vergeben waren.

Es stimmt auch, dass Barbie von der Bild-Lilli inspiriert wurde, die auf einer deutschen Comicfigur aus der *Bild*-Zeitung basiert. Aufgrund ihrer Beliebtheit wurde Lilli später in eine Puppe umgewandelt, die als Scherzartikel für Männer gedacht war. 1961, zwei Jahre nach dem Debüt der Barbie, verklagten Greiner & Hausser, die Schöpfer der Bild-Lilli-Puppe, und Louis Marx & Company, der Lizenznehmer, Mattel wegen Patentverletzung. Der Fall wurde 1963 außergerichtlich beigelegt, und Mattel sicherte sich die Patente für die Bild-Lilli für 21600 Dollar. Zwanzig Jahre später waren Greiner & Hausser und Louis Marx & Company aus dem Geschäft.

Ein Wort zu Jack Ryan: Je nachdem, mit wem man spricht, bekommt man ein anderes Bild von ihm. Es stimmt, dass er bei Raytheon an den Hawk- und Sparrow-Raketen gearbeitet hat, bevor er zu Mattel kam. Dort war Jack auch maßgeblich an der Entwicklung der Chatty Cathy und der Hot Wheels beteiligt. Er war zwar brillant, aber auch Legastheniker, bipolar und ein Suchtmensch, der sich ständig mit Frauen, Alkohol und Drogen befriedigte. Seine Partys im Schloss waren legendär und standen denen von Hugh Hefner in der Playboy-Villa in nichts nach. Jack ist eine tragische Figur, aber sein Beitrag zur Barbie lässt sich nicht bestreiten. Zwischen ihm und Ruth herrschte gegen Ende seiner Tätigkeit für Mattel große Feindseligkeit. Infolgedessen verklagte er Mattel schließlich wegen strittiger Tantiemen. Es stimmt auch, dass er bei Mattel der Casanova war und es ihm nie an weiblicher Gesellschaft mangelte. Barbie stellte seine ultimative Traumfrau dar, und es ist gut dokumentiert, dass er für mehrere Frauen kosmetische Operationen und Fitnesstrainer bezahlte, um sie in das Ebenbild der Puppe zu verwandeln.

Das bringt uns zu Ginger, die zwar fiktiv ist, aber lose auf Linda Henson basiert, Jacks Sekretärin, die nach seiner Trennung von Zsa Zsa Gabor zu der dritten Mrs Ryan wurde. Als Jack sich von ihr scheiden ließ, wurde sie magersüchtig, und wie Ginger starb sie an einem Herzinfarkt, als sie erst dreißig war.

Im Lauf der Jahre war Barbie starker Kritik ausgesetzt, aber einige Varianten haben mehr negative Aufmerksamkeit auf sich gezogen als andere. Ein Beispiel – das in diesem Buch dargestellt wird – war die Growing Up Skipper. Sie kam 1975 auf den Markt, und mit einer Drehung des Arms wurde sie größer und bekam Brüste. Sie fragen sich vielleicht, wer auf diese absurde Idee gekommen ist. Manche sagen, Ruth habe dies angeregt, andere behaupten, die Puppe sei von Steven Lewis entwickelt worden, nachdem man bei Mattel begonnen hatte, Ruth aus dem Unternehmen zu drängen.

Ich habe zu Ruths Gunsten entschieden und sie auf die Seite der Feministinnen gestellt, indem ich ihr eine ähnliche Aussage zuschreibe, wie sie von der NOW bekannt ist, die laut Jerry Oppenheimers Buch *Toy Monster* Mattel aufforderte, eine männliche Puppe mit Penis zu entwickeln, der wächst, wenn man ihren Arm bewegt.

Für Barbie-Liebhaber möchte ich hier auf ein paar Dinge hinweisen. Die erste Barbie-Fernsehwerbung wurde im März und nicht im Juni 1959 ausgestrahlt. Ich habe den Zeitpunkt aus Gründen der Übersichtlichkeit verschoben. Nach Angaben der Hawthorne Historical Society zog Mattel 1959 von seinem früheren Standort in der 5432 West 102nd Street in Los Angeles nach 5159 Rosecrans Avenue in Hawthorne, Kalifornien. Um die Erzählung zu straffen, lasse ich die Handlung durchgehend am Standort Hawthorne spielen.

Ruth wurde von ihrer älteren Schwester Sarah Greenwald aufgezogen. Es wird behauptet, Ruths Mutter sei nach der Geburt krank geworden und habe sie deshalb zu Sarah gegeben. Andere sagen, Ida Mosko sei einfach zu ausgelaugt gewesen, um sich um ein weiteres Kind zu kümmern. Ruth beschönigt diesen Umstand in ihrer Biografie und behauptet, es habe sie nicht beeinträchtigt, dass sie von ihrer Mutter im Stich gelassen wurde. Sie besuchte eine andere Schule und eine andere Synagoge als ihre Geschwister und sagte, dass sie ihnen dennoch nahestand. Vielleicht war das auch so, aber es gibt kaum Belege dafür, dass sie eine besondere Beziehung zu ihrer Mutter hatte, die kein Englisch sprach und außerdem schwerhörig war. Hinsichtlich der zehn Anklagepunkte, die Mattel-Führungskräften in den späten Siebzigerjahren zur Last gelegt wurden, ist anzumerken, dass Ruth ihr Leben lang ihre Unschuld beteuerte.

Wie bereits erwähnt, habe ich bei meinen Recherchen festgestellt, dass die Geschichte des Unternehmens unterschiedlich dargestellt wird. Einige Autoren sympathisieren mit Jack, andere stellen sich auf Ruths Seite und erwähnen ihn kaum. Wenn Sie gern etwas über geschäftliche Gaunereien lesen, empfehle ich Ihnen *Toy Monster* von Jerry Oppenheimer und *Barbie and Ruth* von Robin Gerber. Ruth Handlers Autobiografie *Dream Doll* schildert noch mal eine ganz andere Version der Geschichte. Ich überlasse es dem Leser zu entscheiden, wie es sich wirklich zugetragen hat.

Im Juli 2022 nahm ich an der National Barbie Doll Collectors Convention teil, wo ich die Welt der Barbie-Sammler kennenlernte. Ein freundlicherer und fröhlicherer Menschenschlag dürfte schwer zu finden sein. Ich habe eine Liste einiger wichtiger Sammler und Barbie-Influencer beigefügt und empfehle Ihnen, ihren Social-Media-Feeds zu folgen. Deren Beiträge werden Sie garantiert aufmuntern.

Im Jahr 1959 gab es zwei Barbies, eine blonde und eine brünette. 1961 kam eine rothaarige Puppe hinzu. Im Lauf der Jahre hat Mattel bei seiner Barbie-Kollektion auf Vielfalt und Integration gesetzt. 1968 wurde mit Christie die erste «schwarze Barbie» eingeführt. Heute bietet Mattel eine große Vielfalt an Hautfarben – fünfunddreißig bei der letzten Zählung – sowie fast hundert verschiedene Frisuren und neun verschiedene Körpertypen an. Mit der Entwicklung von Barbies mit Behinderungen setzt Mattel sein Bestreben fort, eine Puppe zu schaffen, mit der sich jeder identifizieren kann.

Während ich dieses Buch schreibe, gibt es Gerüchte über eine Fortsetzung des Barbie-Films. Aber ob Barbie 2 auf die Leinwand kommt oder nicht, eines ist sicher: Barbie ist ein Evergreen.

Lektüreempfehlungen

Eames, Sarah Sink. *Barbie Fashion: The Complete History of the Wardrobes of Barbie Doll, Her Friends and Her Family.* Vol. 1, 1959–1967. Paducah, KY: Collector Books, 1990.

Feder, Karan. *Barbie Takes the Catwalk: A Style Icon's History in Fashion.* San Rafael, CA: Weldon Owen, 2023.

Gerber, Robin. *Barbie and Ruth: The Story of the World's Most Famous Doll and the Woman Who Created Her.* New York: Harper Business, 2009.

Lord, M. G. *Forever Barbie: The Unauthorized Biography of a Real Doll.* New York: William Morrow, 1994.

Oppenheimer, Jerry. *Toy Monster: The Big, Bad World of Mattel.* Hoboken: Wiley, 2009.

Ryan, Ann P. *Dream House – The Real Story of Jack Ryan: The Father of Barbie,* 2022.

Shannon, Jacqueline and Ruth Handler. *Dream Doll: The Ruth Handler Story.* Stamford, CT: Longmeadow Press, 1994.

Spencer, Carol. *Dressing Barbie: A Celebration of the Clothes That Made America's Favorite Doll and the Incredible Woman behind Them*. New York: Harper, 2019.

Barbie-Influencer in den sozialen Medien

Matthew Keith als @DollsOnTheBrain auf Instagram, TikTok und Facebook.

Azusa Sakamoto als @AzusaBarbie auf Instagram, YouTube und X.

Tonya Ruiz als @GrandmaGetsReal auf Instagram, TikTok und Facebook.

Nicanor Aquino's Barbie Haus of Chic als @Plastic_Chic auf Instagram und Facebook.

Julia Renkert als @MittenStateBarbie auf Instagram.

Janice McLean als @Barbie_Vintage_RetroFun auf Instagram.

Jared Mijares als @LifeInPlasticBlog auf Instagram, TikTok und YouTube.

Laura Maar als @MidgeFan73 auf Instagram.

Danksagung

Ich möchte mich bei allen bedanken, die mir geholfen haben, aus einer Idee ein fertiges Buch zu machen. Also Chanel Cleeton, Stacey Ballis, Alison Hammer, Jamie Freveletti, Julie Anixter, Keir Graff, Stephanie Nelson, Tasha Alexander, Andrew Grant, Abbott Kahler, Melanie Benjamin, Lisa Barr, Barbara Sapstein, Andrea Peskind Katz, M. J. Rose, Lisa Kotin, den Tall Poppies und meinen Agenturschwestern, den Lyonesses. Für frühes Lesen und unschätzbares Feedback bin ich Mindy Mailman, Stephanie Thornton, Kerri Maher, Heather Webb, Lauren Margolin (Good Book Fairy), Olivia Meletes-Morris, Karen Call und besonders Andrea Rosen zu Dank verpflichtet, die mehr Entwürfe dieses Buches gelesen hat, als ich zählen kann.

Bei Captain Fun, Rich Rosen und seinen Mitstreitern Karen und Michael Rosen, die das Wohnzimmer meiner Mutter in ein Barbie-Fotostudio verwandelt und mir beigebracht haben, dass Perfektion der Feind des Guten ist. Bei Fred Stern, der mehr als das tat, indem er das Buch überprüfte, um sicherzugehen, dass ich die Stadt L. A. richtig dargestellt habe, und für die zusätzliche Überprüfung der Fakten durch die Hawthorne Historical Society.

Mein Dank gilt auch Azusa Sakamoto (Azusa Barbie), die den Barbie-Lebensstil voll und ganz verinnerlicht hat und ein wahrer Sonnenschein ist. Großen Dank schulde ich auch Matthew Keith (Dolls on the Brain). Und Carol Spencer, einer der ursprünglichen Barbie-Designerinnen, die viele wunderbare Geschichten über ihre Abenteuer mit Barbie erzählt hat. Carol hat diesem Buch einen Hauch von Authentizität verliehen, den ich sonst nicht hätte einfangen können.

Ich danke meinem Verlagsteam, das unermüdlich hinter den Kulissen arbeitet und alles für dieses Buch gegeben hat. Meinem wunderbaren Agenten, Kevan Lyon, der mehr Superkräfte besitzt als jeder andere. Meiner tollen Redakteurin, Amanda Bergeron, die immer recht hat, auch wenn ich das oft nicht gleich erkennen kann. Sareer Khader, durch die alles reibungslos läuft und die immer zur Stelle ist, wenn ich sie brauche. Mein Dank gilt auch Ivan Held, Christine Ball, Claire Zion, Craig Burke, Jeanne-Marie Hudson, Tawanna Sullivan, Patricia Clark, Elisha Katz, Danielle Keir, Dache' Rogers, Theresa Tran und Jordan Jacob.

Und meiner Familie, die mich die ganze Zeit unterstützt hat: Debbie Rosen, Pam Rosen, Jerry Rosen, Andrea Rosen, Joey Perilman und Devon Rosen. Und schließlich meinem Ein und Alles, John Dul, der jedes Wort liest, mir immer die Wahrheit sagt und jeden Tag zu etwas Besonderem macht, nur weil ich ihn mit ihm teilen darf.

Ein Gespräch mit Renée Rosen

Viele Leserinnen und Leser könnten annehmen, dass Sie das Buch als Reaktion auf die Barbie-Manie geschrieben haben, die mit dem Film einsetzte, aber tatsächlich wollten Sie die Barbie-Geschichte schon lange erzählen. Was hat Sie dazu bewogen?
Die Idee, einen Roman über die Entstehung von Barbie zu schreiben, ging mir schon 2019 durch den Kopf. Kurz vor der Veröffentlichung von «Cosmopolitan – Die Zeit der Frauen» wurde ich jemandem aus der Puppenabteilung von Mattel vorgestellt, der mir Ruth Handlers Geschichte erzählte, und ich bekam sofort eine Gänsehaut. Nach weiteren Recherchen erfuhr ich, dass Ruth nur ein Teil der Barbie-Geschichte war, und ich wusste ohne Zweifel, dass dies der Stoff für einen Roman ist. Zu der Zeit arbeitete ich jedoch an zwei anderen Büchern, «The Social Graces» und «Fifth Avenue Glamour Girl», die zuerst erscheinen sollten. Aber Barbie hatte ich immer im Hinterkopf, und ich konnte es kaum erwarten, damit anzufangen.

Hat der Film und sein Erfolg Ihr Buch in irgendeiner Weise beeinflusst?
Der Film hatte keinerlei Einfluss auf das Schreiben, außer dass ich eine Zeile ändern musste, in der meine Ruth dieselben Worte wie Rhea Perlman ausspricht: «Ich bin Mattel.» Aber davon abgesehen war mein Roman schon ziemlich weit fortgeschrit-

ten, als der Film in die Kinos kam, und ich wusste, wohin meine Geschichte führen sollte. Ich wollte die Leser in die Anfänge von Barbie und die frühen Tage von Mattel zurückversetzen, die mich fasziniert haben. Tatsachen sind sicherlich seltsamer als Fiktion. Der Film hat jedoch einige unserer Marketingentscheidungen beeinflusst. Wir wussten zum Beispiel, dass wir ein rosafarbenes Cover brauchten. Wir wussten, dass wir Barbie im Titel haben wollten und dass wir Barbie selbst zeigen wollten.

Ich gebe zu, dass ich in der Zeit, als Barbie im Schwange war, in einem Zustand völliger FOMO war, und während wir darüber diskutierten, das Buch schnell in Druck zu geben, erkannten wir auch, dass es wichtiger war, den Roman richtig zu machen, als dem Moment hinterherzujagen. Ich habe mir immer wieder vor Augen gehalten, dass es Barbie schon seit fünfundsechzig Jahren gibt. Sie wird nicht verschwinden. Und ich hoffe, dass die Leserinnen und Leser Gefallen finden werden an dieser Geschichte über die Entstehung der berühmtesten Puppe der Welt.

Haben Sie als Kind mit Barbies gespielt?
Oh ja! Leidenschaftlich gern. Ich bin nie zu einer Freundin gegangen ohne meinen Barbie-Koffer mit allen Outfits und Accessoires. Ich hatte mehrere Barbies, ein paar Kens, Skipper, Midge, das Original-Barbie-Traumhaus – einfach alles. Ich lieh mir sogar den G.I. Joe meines Bruders aus, damit ich eine weitere Jungenpuppe hatte.

In gewisser Weise schreibe ich es diesen Barbie-Spielen zu, dass ich Schriftstellerin wurde. Während sich meine Freundinnen mehr mit dem Wechsel der Garderobe beschäftigten, habe ich mir die verschiedenen Handlungsstränge ausgedacht. Ich weiß noch, dass ich dachte: Barbie und Ken können nicht nach Paris fliegen. Erstens haben sie finanzielle Probleme, und zweitens sind sie in einen Streit verwickelt. All das muss erst geklärt werden, bevor sie nach Europa reisen können. Ja, meine Faszination für Barbie hat früh angefangen, aber ich habe nie darüber nachgedacht, wer sie erschaffen hat und welche Hindernisse zu überwinden waren, um sie auf den Markt zu bringen.

Können Sie etwas über die Recherche zu dem Roman sagen?
Die Recherche war eine reine Freude, voller Nostalgie und wunderbarer Erinnerungen an meine Kindheit. Nachdem ich von meinem Verleger grünes Licht bekommen hatte, habe ich alles über Barbie gelesen, was ich in die Finger bekam. Wie Sie in meiner Nachbemerkung sehen, stimmen nicht alle Berichte überein, und die Barbie-Geschichte hat definitiv drei Seiten: Ruths, Jacks und die Wahrheit.

Meine Freundin und Autorenkollegin Stacey Ballis wies schon früh darauf hin, wie entscheidend Barbies Garderobe für den Erfolg der Puppe war, und zufällig stellt Staceys gute Freundin Helga Scherer Puppenkleidung im Maßstab 1:6 her. Wir besuchten Helga in ihrem Atelier, und sie zeigte mir einige ihrer Tricks und wie sie eine Papierklammer in eine Barbie-Handtasche umwandelte, was ich schließlich in meinem Buch verwendete.

Im Juli 2022 habe ich mit der Teilnahme an der National Barbie Doll Collectors Convention den Recherche-Jackpot geknackt. Dort wurde mir klar, wie groß und vielfältig die Barbie-Sammlercommunity ist. Es gab Frauen und Männer, junge und alte, die alle mit Barbiepuppen herumliefen. Und ich hatte noch nie so viele Barbie-Accessoires gesehen: Turnschuhe, Handtaschen, Schmuck, Jacken und mehr. Ich fühlte mich in eine Märchenwelt versetzt. Alle waren glücklich, freundlich und überaus großzügig. Mein Gastgeber Jared Mijares überhäufte mich mit Barbies und Accessoires. Während der Convention habe ich auch Barbie-Influencer und mehrere Barbie-Designer getroffen, aber das war nichts im Vergleich zu einem Treffen mit Carol Spencer, einer der ursprünglichen Barbie-Designerinnen. Carol ist die Königin von Mattel. Es gab für sie sogar einen rosa Thron auf der Bühne. Carol war so freundlich, mit John und mir zu Mittag zu essen, und erzählte uns viele Anekdoten über Barbie. Ich werde immer dankbar sein für ihre Offenheit und ihren Beitrag zu unzähligen Spielstunden in meiner Kindheit.

Wie war der Schreibprozess für Sie?
Ich glaube, der schwierigste Teil beim Schreiben des Romans war die Entscheidung, wessen Geschichte es ist. Ruth und Jack wetteiferten um die Aufmerksamkeit auf jeder Seite, und ich hielt es auch für wichtig, einen fiktiven Designer einzuführen, um die verschiedenen Themen des Buches abzurunden. Ich schwankte häufig: Ist das Ruths Geschichte? Oder Jacks Geschichte? Oder Stevies Geschichte? Am Ende wurde mir klar, dass es die Geschichte von ihnen allen sein musste, ebenso die von Elliot, Charlotte und all den kleinen Mädchen da draußen. Ich glaube, das hat den Roman insgesamt reicher gemacht, aber leider auch länger.

Als ich das Manuskript abgab, verlangte meine brillante Lektorin von mir als Erstes, es um hundert Seiten zu kürzen. Ich nahm ein Skalpell zur Hand und strich alle überflüssigen Wörter, Szenen und jede Wiederholung, bis es auf eine schlanke, handliche Größe zurechtgestutzt war. Und dann begann die wirklich harte Arbeit. Nachdem wir alles Überflüssige entfernt hatten, konnten wir die Erzählstränge formen und eine sehr komplexe Geschichte so straffen, dass sie sowohl unterhaltsam als auch informativ ist. Zu sagen, dass dieses Buch ein Produkt der Liebe war, wäre eine gewaltige Untertreibung.

Renée Rosen

Cosmopolitan – Die Zeit der Frauen

448 Seiten

Die junge Alice Weiss kommt nach New York, um Fotografin zu werden. Doch ihr wird nur eine Stelle als Sekretärin für die erste weibliche Chefredakteurin des Cosmopolitan-Magazins angeboten, Helen Gurley Brown.
Allerdings steht die Cosmopolitan kurz vor der Einstellung. Mitarbeiter und Management rebellieren offen gegen Helens skandalöse Ideen, wie zum Beispiel Artikel über Sex zu veröffentlichen. Vertrauliche Informationen geraten immer wieder in falsche Hände.
Alice findet sich völlig unvorbereitet inmitten dieser Intrigen wieder. Der Glamour von New York – edle Restaurants, dekadente Partys und Männer, die ebenso verführerisch wie trügerisch sind – lockt. Doch Alice ist entschlossen, Helen zum Erfolg zu verhelfen. Denn es bricht eine neue Zeit an: die Zeit der Frauen!

«Ein Roman wie Champagnerbläschen.» Booklist
«Der Teufel trägt Prada trifft Mad Men.» Popsugar

Weitere Informationen finden Sie unter **rowohlt.de**